河出文庫

ベンヤミン・アンソロジー

ヴァルター・ベンヤミン
山口裕之 編訳

kawade bunko

河出書房新社

ベンヤミン・アンソロジー

凡例

一、原註、訳註は各文末にまとめそれぞれ1、2、3……、(1)、(2)、(3)……で表記した。ただし「ボードレールにおけるいくつかのモティーフについて」には＊1、＊2……で表記する原註もある。

一、訳者による補足は〔 〕で括った。

一、原文のイタリック体の箇所には傍点を付した。ただし、「技術的複製可能性の時代の芸術作品」では、イタリック体の箇所をゴシック体で表記している。

言語一般について　また人間の言語について

人間の精神生活のあらゆる表現は、一種の言語《シュプラーヘ》ととらえることができる。このようにとらえることによって、そこで用いられている真の方法のやりかたにしたがいつつ、いたるところで新たな問題設定の可能性がもたらされることになる。音楽の言語、彫刻の言語について語ることもあれば、ドイツ語あるいは英語で書かれた判決の言語とは直接的には何の関係もない司法の言語について語ることもでき、あるいはまた、技術者の専門用語とは別ものの技術の言語というものについて語ることもできる。このような連関において言語とは、技術、芸術、司法あるいは宗教といった当該の対象における、精神的内容の伝達を目指す原理を意味する。一言でいえば、精神的内容の伝達はすべて言語である。言葉《ヴォルト》による伝達は、そのなかでは、人間による伝達という一つの特殊なケースであるにすぎない。それはまた、人間による伝達の根底にある伝達であったり、あるいはそれにもとづく伝達（司法、文学）でもある。しかし、言語という存在は、何らかの意味でつねに言語が内在している人間の精神的表現のすべての領域に及んでいるだけではない。それは、ともかくあらゆるものに及んでいるのだ。生き物の世界としての自然においても、非生物の世界としての自然においても、何らかの仕方で言語とかかわりをもたない出来事や事物は存在しない。というのも、自分自身の精神的内容を伝達することは、あらゆるものにとって本質的なことであるからだ。そういった言葉の使い方において、「言語」は決してメタファーなどではない。というのも、みずからの精神的本質を表現というかたちで伝達することのないものを、われわれは何も思い浮かべられないということは、それ自体として十分に内容をもった認識だからである。そういった伝達が見かけ上(あるいは実際に)結びついている意識の程度が高いものであれ、低いものであれ、言語が完全に存在しない状態など想像できないという事実になんら変わりはない。言語との関係を一切もたない存在があるとすれば、それは一つの理念である。しかしこの理念は、神という理念を描き出す諸理念の圏内にあっても、実り豊かなものとはなりえない。

こういった用語を使う場合、いかなる表現も、それが精神的内容の伝達である限りにおいて、すべて言語に数え入れられる、というところまでは正しい。とはいえ、表現とはそのもっとも内奥の本質全体からいって、言語としてのみ理解すべきものである。他方で、ある言語的本質を理解するためには、それがどのような精神的本質の直接的表現であるかを問わなければならない。つまり、たとえばドイツ語とは、われわれがそれを通じて(durch)表現できる――と誤って考えている――ものの表現などでは決してなく、その内において（in）自己（Sich）を伝達するものの直接的表現なのである。この「自己」こそが精神的本質である。これによってまず自明のことと考えられるのは、言語において自己を伝達する精神的本質は言語そのものではなく、言語とは区別される何かであるということだ。ある事物の精神的本質がまさにその事物の言語のうちにあるという見解、仮説として理解されているこの見解は、あらゆる言語理論がまさに陥ろうとしている大きな深淵である。[1] この深淵の上方、まさにこの深淵の上方で漂ったまま存在しつづけることが、言語理論の課題とするところである。精神的本質と、その伝達をになう言語的本質とを区別することは、言語理論上の研究におけるもっとも根本的な区別である。この違いはまったく疑問の余地のないものと見えるため、むしろ精神的本質と言語的本質は同一のものであるというしばしばなされる主張のほうが、理解することのできない深い背理《パラドクシー》を生み出している。その背理がロゴスという言葉の二重の意味(1)のうちに現れていることを、われわれはこれまでにも目にしてきた。それにもかかわらず、この背理は解答として言語理論の中心に置かれ、いまでもなお〔解答ではなく〕背理であり続けている。そして、それが冒頭に提示される場合には、解決できないものとなっている。

言語は何を伝達するのか。言語は自らに相応する精神的本質を伝達する。この精神的本質は言語において自己を伝達するのであって、言語を通じてではない。このことを知っておくことが根本的なことである。したがって、さまざまな言語の話者とは、そういった諸言語を通じて自己を伝達する者〔自分の意思を伝える者〕であると考えるならば、そういった話者など存在しないということになる。精神的本質はある言語の内において自己自身を伝達するのであって、ある言語を通じてではない。それはつまり、精神的本質は言語的本質と外側から等しいわけではないということだ。精神的本質が言語的本質と同一であるのは、それが伝達可能である場合のみに限られる。ある精神的本質において伝達可能なものが、その言語的本質なのだ。つまり、言語は事物のそれぞれの言語的本質を伝達するが、その精神的本質を伝達するのは、精神的本質が直接、言語的本質のうちに含まれている場合に限られる。すなわち、精神的本質が伝達可能である場合に限られるのである。

言語は事物の言語的本質を伝達する。しかし、言語的本質のもっとも明確な現れは、言語自身である。言語は何を伝達するか、という問いに対する答えは、つまりこういうことになる——言語はいずれも自己自身を伝達する。たとえば、〔いま私の前にある〕このランプの言語はランプを伝達するのではなく（というのも、ランプの精神的本質は、それが伝達可能である限りにおいて、決してランプそのものではないからだ）、言語ランプ、すなわち伝達のうちにあるランプ、表現となったランプを伝達する。なぜなら、事物の言語的本質とは事物の言語である、というのが言語の性質なのだから。言語理論を理解できるかどうかは、この命題に含まれる同語反復《トートロジー》と見えるものをすべてなくしてしまうまで、この命題を明晰なものとできるかどうかにかかっている。この命題は同語反復的なものではない。というのも、この命題が意味しているのは、ある精神的本質において伝達可能なもの、それがその言語そのものである、ということだからだ。すべては、この「である」に――これは「直接……である」と等しい――もとづいている。この段落の始めに述べたように、ある精神的本質にあって伝達可能なものが、その言語の内にもっともはっきりと現れる、というのではなく、この伝達可能性そのものが直接に言語そのものなのである。あるいは、次のように言ってもよい。ある精神的本質の言語とは、そのまま直接、その精神的本質にあって伝達可能なものなのである。ある精神的本質にあって（an）伝達可能なもの、その伝達可能なものにおいて（in）精神的本質は自己を伝達する。すなわち、言語はいずれも自己自身を伝達する。あるいは、もっと正確に言えば、言語はいずれも自己の内において、自己自身を伝達する。言語はもっとも純粋な意味で、伝達の〈媒質《メーディウム》〉なのである。媒質的《メディアール》・中動態的なもの[2]、これこそがあらゆる精神的伝達の直接性であり、言語理論の根本問題である。この直接性を魔術的と呼びたいということであれば、言語の問題の根幹は言語の魔術ということになるだろう。それと同時に、「言語の魔術」という言葉はもう一つ別のもの、つまり言語の無限性ということを指し示している。これは直接性が前提条件となっている。というのも、言語を通じては何ものも自己を伝達することはない、というまさにその理由のために、言語において自己を伝達するものは、外側から限定されたり計られたりすることはありえない。それゆえ、いずれの言語にも、同一尺度で計ることのできない、独自の性質をもった無限性が備わっているのだ。言語の限界を示すのは、言語の言語的本質であって、その言語の言葉のうえでの内容物ではない。

事物の言語的本質が事物の言語である。この命題を人間に適用して言えば、次のようになる。人間の言語的本質が人間の言語である。それはつまり、こういうことだ。人間は自分自身の精神的本質を自分の言語において伝達する。しかし、人間の言語は言葉《ヴォルト》となって語る。つまり、人間は他のあらゆる事物を名づけることによって、自分自身の精神的本質を（それが伝達可能である限りにおいて）伝達する。われわれはしかし、事物を名づける言語をほかに知っているだろうか？ 人間の言語以外には知らないなどと反論しないでいただきたい。それは正しくない。われわれは人間の言語以外に名づける言語を知らないというだけなのだ。名づける言語と言語一般とを同一視することで、言語理論はもっとも深い洞察を奪われてしまうことになる。人間の言語的本質とはつまり、人間が事物を名づけるということなのである。

何のために名づけるのか。人間は誰に対して自己を伝達するのか。しかし、こういった問いは、人間に向けられる場合には、それ以外の伝達手段（言語）に向けられるのとは別の問いになるだろうか。ランプは誰に対して自己を伝達するのか。山々はどうか。狐はどうか。その答えは、「人間に対して」である。これは擬人化的表現ではない。この答えが正しいことはわれわれの認識のうちに示されるし、またおそらく芸術においても示されるだろう。そのうえ、もしランプや山々や狐が人間に対して自己を伝達しないのだとしたら、人間はそれらをどのようにして名づけるというのか。人間はそれらを名づけるのだ。人間は、それらを名づけることによって、自己を伝達する。では、人間は誰に対して自己を伝達するのか。

　この問いに答える前に、人間はどのようにして自己を伝達するか、ということをもう一度検証することが肝要だろう。ここで本質的な区別を行う必要がある。つまり、以下のような二者択一の問いを立てる必要がある。それは、こういった問いを前にすることによって、まちがいなく言語についての根本的に誤った考え方が露呈することになる二者択一の問いである。人間は自分自身の精神的本質を、人間が事物に与える名を通じて伝達するのだろうか。あるいは、それらの名においてだろうか。それに対する答えは、こういった問いの立て方の背理《パラドクシー》のうちに含まれている。人間は自分自身の精神的本質を、名を通じて伝達すると思っている人にしてみれば、自分が伝達しているものは自分の精神的本質である、などということは受け入れられるものではない。そもそも精神的本質の伝達は、事物の名を通じて、つまり、人間が事物を言い表すための言葉《ヴォルト》を通じて行われるものではないのだから。また、その人にしてみれば、あることがらを他人に伝達するということしか受け入れられないだろう。なぜなら伝達は、[3]私がある事物を言い表すための言葉《ヴォルト》を通じて行われるからだ。こういった見解は市民的な言語観であり、それが到底もちこたえられるものでないこと、空疎であることは以下において次第に明らかになっていくだろう。こういった見解は次のように言う。伝達の手段は言葉《ヴォルト》であり、伝達の対象はことがらであり、そして伝達の受け手は人間である、と。それに対して、もう一方の見解には伝達の手段も、対象も、受け手も存在しない。この見解は次のように言う。人間の精神的本質は、名において自己を神に伝達する。

名は、言語の領域で唯一こういった意味をもっており、またこのような比類ないほどの高い意義をもっている。つまり、名は言語そのもののもっとも内奥の本質なのだ。名をつうじて自己を伝達するものはもはやなく、名において言語自身が絶対的に自己を伝達する。名とはそのようなものである。名において、自己を伝達する精神的本質はまさに言語となるのだ。精神的本質が自己を伝達する際に、絶対的な全体性のうちにある言語そのものとなっているところでのみ、名が存在する。そしてまた、そこには名だけが存在する。人間言語の遺産である名はつまり、この言語そのものが人間の精神的本質であるということを保証する。そして、ひとえにその理由により、あらゆる精神的存在のうちで人間の精神的本質のみがすべて伝達可能なのである。そのことが人間言語と事物の言語の違いを根拠づけている。しかし、人間の精神的本質は言語そのものであるがゆえに、人間は言語を通じてではなく、言語においてのみ自己を伝達することができる。人間の精神的本質としての言語がこのように集中して総体的な姿をとっていることの精髄が名なのである。人間とは名づける存在である。そのことで、われわれは人間から純粋言語が語りだしていることを認識する。あらゆる自然は、それが自己を伝達する限りにおいて、言語において自己を伝達する。つまり結局は、人間において伝達するということとだ。それゆえ人間は自然の支配者なのであり、事物を名づけることができる。事物の言語的本質を通じてのみ、人間は自己自身からその事物の認識へといたる――名において。事物が自らの名を人間から受け取ることによって、神の創造は完遂される。名において、人間からただ言語だけが語りだすのだ。名を、言語の言語と言い表すこともできるだろう（「の」という属格が手段の関係ではなく、媒質の関係を言い表すとすれば）。またこの意味で、人間は――名において語るがゆえに――言語の語り手であり、まさにそれゆえに言語の唯一の語り手なのである。人間を「語るもの」とするその呼称のうちに（たとえば聖書によれば、「名を与えるもの」である――「人が呼ぶと、それはすべて、生き物の名となった。[4]」）多くの言語はこの形而上学的認識を包み込んでいる。しかし、名は言語の究極の叫び《アウスルーフ》であるだけでなく、その本来の呼びかけ《アンルーフ》でもある。それとともに、名のうちに、言語の根本的法則が立ち現れる。その法則によれば、自己を語ることと他のあらゆるものに語りかけることは同一のことである。言語は――そして言語というかたちで表れる精神的本質は――それが名において語るところでのみ、つまり、普遍的な命名行為において、純粋に自己を語る。そのようにして、絶対的に伝達可能な精神的本質としての言語の集中的《インテンジーフ》な総体性と、普遍的に伝達する（命名する）本質としての言語の拡張的《エクステンジーフ》な総体性とが、名において頂点に達する。言語は、言語のうちから語りだす精神的本質が、その構造全体において、言語的な本質つまり伝達可能な本質となっていないところでは、言語の伝達する本質つまりその普遍性にしたがって考えるならば、完全なものではない。人間のみが、普遍性と集中性の両面について完全な言語をもっているのである。

　こういった認識によって、混乱に陥る危険にさらされることなく、ここで一つの問いを立てることができる。その問いは、きわめて高度の形而上学的重要性をもつものであるが、まずはこの場で、きわめて明確に用語法上の問いとして持ち出すことができる。つまり、精神的本質は、――人間の精神的本質だけではなく（これは必然的である）――事物の精神的本質、さらに精神的本質一般は、言語理論的な観点からして、言語的本質と言い表すことができるかどうか、という問いである。精神的本質が言語的本質と同一であるならば、事物はその精神的本質によれば、伝達の媒質であるということになる。そして、その媒質において自己を伝達するものは――媒質的《メディアール》・中動態的関係によれば――まさに媒質（言語）そのものである。そのとき、言語とは事物の精神的本質である。つまり、精神的本質ははじめから伝達可能なものとして措定される。あるいはむしろ、まさに伝達可能性のなかへと措定される。そして、事物の言語的本質は、精神的本質が伝達可能である限りにおいて、精神的本質と同一であるというテーゼは、「である限りにおいて」という言葉において同語反復《トートロジー》となる。言語の内容を表すものは存在しない。「伝達」として言語が伝達するのは精神的本質である。すなわち、伝達可能性そのものなのである。さまざまな言語の違いは媒質の違いであり、これら媒質はいわばその密度にしたがって段階的に区別される。しかもそれは、伝達するもの（命名するもの）

の密度にしたがってであるとともに、伝達可能なもの（名）の密度にしたがって、という二重の観点から区別される。これら二つの領域は、純粋に分けられているものであると同時に、人間の名の言語においてのみ一つのものとなるのだが、これらはもちろんつねに相応しあっている。

言語の形而上学にとって、単に段階的な違いしかない言語的本質と精神的本質とを同一視することは、あらゆる精神的存在を段階的に区分する事態を生み出す。精神的本質そのものの内部で起こるこの段階的区分は、もはやいかなる上位カテゴリーのもとでもとらえることはできない。それゆえこの段階的区分は、実在の程度あるいは存在の程度――精神的本質に関しては、これらはすでにスコラ哲学にとってなじみのものであった――によって生じる、あらゆる精神的本質および言語的本質の段階的区分へと行き着くことになる。しかし、このように精神的本質と言語的本質を同一視することは、言語理論的な観点からすれば、非常に大きな形而上学的射程をもつものである。なぜなら、この同一視によって、何度も繰り返しひとりでに生じるかのように言語哲学の中心で立ち現れ、言語哲学と宗教哲学のきわめて親密な結びつきを生み出してきたあの概念に到達することになるからだ。それはつまり啓示の概念である。あらゆる言語表現の内部には、〈口に出して言われたもの〔明白なもの〕であり、口に出して言うことができるもの〉と〈口に出して言うことができないものであり、口に出して言われていないもの〔暗黙のもの〕〉とのあいだの相克が働いている。この相克を見て取るとき、われわれは〈口に出して言うことができないもの〉の視野《パースペクティヴ》のうちに、同時に究極の精神的本質を見る。精神的本質と言語的本質を同一視するときに、両者のあいだのこの反比例の関係が否定されるということは、いまや明らかである。というのも、ここで問題となっているのは次のようなテーゼであるからだ。つまり、精神が深いものであればあるほど、つまり精神がより実在的でより現実的であるほど、精神はそれだけ、口に出して言うことができるもの、口に出して言われたもの〔明白なもの〕となる、ということだ。精神と言語との関係をきわめて明確なものとすることは、こういった同一視のうちに含まれているのだが、その結果、言語的にもっとも実在的な表現、もっとも確定された表現、言語的にもっとも簡明的確でもっとも不動のもの、要するに、〈口に出して言われたもの〔明白なもの〕〉の性格をもっとも強くもつものが、同時に、純粋に精神的なものとなる。啓示の概念が言い表そうとしているのはまさにこのことである。むろん、この概念が言葉の不可侵性を、言葉となって自らを語る精神的本質の神性の唯一で十分な条件および特徴であると考える場合、ということだが。宗教という最高の精神領域は、〔啓示の概念においては〕同時に〈口に出して言うことができないもの〉が存在しない唯一の領域である。というのも、それは名前によって語りかけられ、啓示となって自らを口に出して語るからである。しかしここには次のことが告知されている。宗教のうちに現れるような最高の精神的本質のみが、純粋に人間および人間のうちにある言語にもとづいているのに対して、文学《ポエジー》も含め、あらゆる芸術は、言語精神という究極の精髄にもとづいているのではなく、たとえ完成された美のかたちをとろうとも、事物の言語精神にもとづいている。「言語、それは理性と啓示の母、これらのアルファでありオメガである」とハーマンは言っている。[5]

　言語自体は、事物そのもののうちで完全に口に出して語られたもの〔明白なもの〕とはなっていない。この命題は、転義的意味と感性的な意味とに応じて、二重の意味をもっている。つまり、事物の言語は不完全であるということであり、また、事物の言語は黙しているということである。事物には、純粋に言語的な形成原理――つまり音声――が与えられていない。事物は、多かれ少なかれ物質的な共同体を通じてしか、互いに自己を伝達しあうことができない。この共同体は、どのような言語的伝達の共同体でもそうであるように、直接的であり無限である。つまり魔術的である（というのも、物質の魔術というものも存在するからだ）。人間の言語の比類ない点は、人間の言語と事物との魔術的共同体が、非物質的で純粋に精神的なものだということにある。そして、その象徴となっているのが音声である。神は人間に息を吹き入れた[6]――それはつまり、同時に命であり精神であり言葉である――と述べることで、聖書はこの象徴的事実について語っていることになる。

　以下において、言語の本質を創世記の最初の数章にもとづいて考察するが、それによって聖書解釈を目的としてつきつめてゆくのでもなければ、これらの箇所に即して、聖書を客観的に啓示された真実として考察しようとするわけでもなく、言語の本性を顧慮するとき聖書のテクストから自ずと生じてくるものを見出そうとしているのである。聖書は、まず第一にこの意図において、ただ次にあげる理由のためにかけがえのないものである。この論考では、言語は、展開の過程においてのみとらえられるある究極の現実、説明することのできない神秘的な現実であることが前提とされている。こういったことを前提としているという点で、この論考は原理的に聖書に従っているというのがその理由である。聖書は、自らを啓示と見なすことによって、必然的に言語についての根本的な事実を展開させることになる。神が息を吹き入れる話が語られる天地創造の物語の第二のヴァージョン[7]では同時に、人間は土から造られたと報じられている[8]。これは天地創造の物語全体の中で、創造主の用いる素材について語られる唯一の箇所である。創造主はこの素材のうちに、その意志――その他の創造ではおそらく直接的に創造しようとしているのだが――を表現しているのだ。この天地創造の第二の物語では、人間の創造は、「神は言われた――そのようになった」という言葉を通じて起こるものではなく、この言葉から創造されたのではない人間に対して、いまや言語という賜物が与えられることになる。そして、人間は自然の上位へと高められる。

　しかし、人間が創造される箇所での創造行為に見られるこの独特の革命的変化は、第一の創造の物語にもそれに劣らずはっきりと書きとめられている。そしてこの創造行為は、まったく別の連関ではあるが同じくらい明確に、人間と言語との特別な関連を創造という行為から保証している。創世記第一章の創造行為は多様なリズムをもっているが、これはまた一種の基本形式も認めている。その基本形式から人間を創造する行為だけが逸脱しており、このことは独特の意味を感じさせる。確かにここでは、人間についても自然についても、何から創造されるかというその素材について、どこにも明示的に言及されていない。そして、「神は造った」という言葉のうちに、その都度、物質から創造したということが考えられているかどうかは、未決定のままにしておくほかはない。しかし、自然の創造（創世記第一章）が行われるとき、そこには「在れ－神は造った（創造した）－神は名づけた」というリズムがある。いくつかの創造行為（第一章三節、第一章一四節）では、「在れ」という言葉だけが現れる。それぞれの創造行為の最初と最後に現れるこの「在れ」という言葉、そして「神は創造した」という言葉には、そのたびごとに、創造行為が言語に対してもっている深い明確な関係が現れている。創造行為は言語によって創造する全能の力で始まり、そして最後に言語は創造されたものをいわば自らのうちに取り込む。つまり、創造されたものを名づけるのである。言語とはつまり創造するものであり、完成させるものである。言語は言葉《ヴォルト》であり名である。神において名は創造的なものである。なぜなら、名は言葉であるからだ。また、神の言葉は認識するものである。なぜなら、神の言葉は名であるからだ。「そして神はこれを見て、よしとされた。」つまり、神は名によってそれを認識したのである。名と認識との絶対的な関係は、ただ神のうちだけにある。ただ神のうちにおいてのみ、名は――それはもっとも奥深いところで創造する言葉と同一であるので――認識の純粋な媒質となっている。

それはつまり、神は事物をそれらの名において認識可能なものとした、ということである。しかし人間は、認識に依拠しつつ事物を名づける。

神が人間を創造する場合、自然を創造するときのこの三段階のリズムは、まったく別の秩序に席を譲っている。人間の創造では、言語は別の意味をもっているのだ。創造行為に見られる三つ組はここでも保たれているのだが、並置して比較するときその隔たりはいっそう力強く現れる。それは、創世記第一章二七節に三度現れる「神は創造した」という箇所である。神は人間を言葉《ヴォルト》から創造したのではなかった。そして神は人間を名づけなかった。神は人間を言語の下に置こうとしたのでない。神は、創造の媒質として自分に仕えてきた言語を、自らのうちから人間のなかで解き放ったのだ。人間のうちで自分の創造的なものを委ねたとき、神は休息した。この創造的なものは、神の現実性《アクチュアリティ》から解き放たれて、認識となった。人間は、神が創造主として用いたその同じ言語を認識する者なのである。神は人間を自らの姿にかたどって創造した[9]。神は認識する者を、創造する者の姿にかたどって創造したのである。それゆえ、人間の精神的本質は言語であるという命題には説明が必要となる。つまり、人間の精神的本質は、創造行為が行われた言語なのである。創造は言葉《ヴォルト》のうちで成し遂げられた。神の言語的本質は言葉《ヴォルト》なのである。あらゆる人間の言語は、名のうちで言葉《ヴォルト》が反映したものにすぎない。認識が創造に到達することがないように、名が言葉《ヴォルト》に到達することはない。あらゆる人間の言語の無限性はつねに、神の言葉《ヴォルト》の無制約で創造的な絶対的無限性と比べるとき、制約された分析的本質をもつものにとどまっているのである。

この神的な言葉のもっとも深遠な模像、人間の言語が言葉そのもののもつ神的無限性ともっとも親密に関わる地点、また同時に、人間の言語が有限ではない言葉や認識とはなりえない地点、それこそが人間の名である。人間の名の理論は、有限な言語と無限な言語の境界についての理論である。人間はあらゆる存在の中で、自分と同様の存在を自ら名づける唯一のものであり、また神が名づけなかった唯一のものである。この連関で創世記の第二章二〇節の後半を引き合いに出すのは、大胆なことかもしれないが、ありえないことではないだろう。そこには、人間はあらゆる生き物を名づけたが、「しかし、自分に合う助ける者は見つけることができなかった」とある。実際のところ、アダムは妻を得るや否や、妻を名づけている（第二章では「女（イシャー）」、第三章では「エヴァ[10]」）。名前を与えるとともに、両親は子どもたちを神に捧げる。両親は生まれてきたばかりの子どもを名づけるのだから、彼らがここで与える〈名〉に当てはまるのは——語源的にではなく、形而上学的に理解する場合——認識ではない。厳密に考えるならば、いかなる人間も〈名〉（その語源的な意味に従えば）に当てはまるものとはならない。というのも、固有名とは人間の音声となって現れた神の言葉《ヴォルト》であるからだ。固有名によって、どの人間も神によって創造されたことが保証される。この意味で、固有名自体が創造的力をもつものである。このことを神話による叡智は、人間の名は運命であるという直観（これはおそらく少なからず見出される）のかたちで語っている。固有名は、人間と神の創造的な言葉ヴォルトとがなす共同体である。（これが唯一の共同体であるというわけではない。また、人間にはまだ、別のかたちの神の言葉《ヴォルト》との言語共同体がある。）言葉《ヴォルト》を通じて、人間は事物の言語と結びついている。人間の言葉《ヴォルト》とは事物の名なのである。このことによって、言葉とことがらのあいだの関係は偶然的なものであるとか、言葉とは何らかの慣習によって決められた事物の記号（あるいは事物の認識の記号）であるとかいった市民的な言語観に当てはまる考え方が生じることはもはやありえない。言語が記号そのままを生み出すということは決してない。しかし、神秘主義的な言語理論によって市民的な言語理論を否定するということもまた、誤解を与えかねない。というのも、神秘的言語理論によれば、言葉とは徹頭徹尾、ことがらの本質であるからだ。ことがらそのものは言葉をもたないのだから、それは正しくない。ことがらは、神の言葉から創造され、人間の言葉にしたがってつけられた名のうちに認識される。しかし、こういったことがらの認識は、自発的な創造ではない。ことがらの認識は、自発的創造のように絶対的に無制約で無限に、言語のなかから生起するのではない。そうではなく、人間がことがらに与える名は、ことがらがどのように人間に自らを伝達するかにもとづいている。神の言葉は名のうちに創造的な力を保ちつづけたわけではない。神の言葉はある部分では受容的〔受胎的〕な力——これは言語受容的〔言語受胎的〕なものではあるが——をもつものとなった。この受容〔受胎〕の対象とされているのが、事物そのものの言語なのである。その事物からは、またもや音声を欠いたまま、自然の黙した魔術のうちに、神の言葉が放射されている。

受容、そしてそれと同時に自発性は、ただ言語の領域においてのみ、このように独特な結びつきで見出されるのだが、この受容と自発性に対しては、言語はそれを言い表す独自の言葉をもっている。この言葉はまた、名もなきものを名のうちに受け入れる、あの受容についても当てはまる。それはつまり、事物の言語の人間の言語への翻訳である。翻訳の概念を言語理論のもっとも深い層において基礎づけることは不可欠の作業である。なぜならこの概念は、これまでなされているように何らかの観点で補足的に論じるにしては、あまりに広大な射程をもつものであり、また強大な力をもつものであるからだ。この概念は、高次の言語はいずれも（神の言葉は例外として）他のあらゆる言語の翻訳と見なすことができるという見解をもつとき、その十全な意味を獲得する。諸言語の関係はさまざまな密度をもつ媒質の関係であると先に述べたが、こういった関係によって諸言語相互の翻訳可能性が存在することになる。翻訳とは、変換の連続体を通じて、ある言語をもう一方の言語へと移行させることである。翻訳が自分の領域として手中に収めているのは、抽象的な合同領域や相似領域ではなく、この変換の連続体なのである。

事物の言語を人間の言語へと翻訳することは、単に黙したものを音声あるものへと翻訳することではない。それは、名もなきものを名へと翻訳することである。それはつまり、不完全な言語をより完全な言語へと翻訳することである。翻訳にできるのは、まさに何かを付け加えること、つまり認識を付け加えることにほかならない。しかし、この認識の客観性は神において保証されるものである。なぜなら、神が事物を創造したのであり、事物が創造された後になって神が最後にそれぞれの事物を名づけたように、事物のうちにある創造的な言葉は、認識する名の萌芽であるからだ。しかし、この神による命名は明らかに、創造する言葉と認識する名が神のうちで同一のものであるということの表現にすぎず、神がはっきりと人間自身に与えた課題、つまり事物を名づけるという課題をあらかじめ解決するものとはならない。人間は、黙した名もなき事物の言語を受け入れ、それを音声をもつ名へと移すことによって、この課題を果たす。この課題を仮に解決することができないとすれば、それは、事物においては魔術的共同体のなかで物質の伝達となった言葉、また人間においては至福の精神のなかで認識と名の言語となった言葉、これら同一の創造的な言葉から解放されて、人間の名の言語と事物の名なき言語が神のうちで近しいものではなくなっている場合である。ハーマンは次のように述べている。「人間が始めに耳にしたもの、目にしたもの……そして両手で触れたものは、……生きた言葉であった。というのも、神は言葉であったからだ。口にしたこの言葉、心の中のこの言葉によって、言語の起源は子どもの遊びのように自然で、近しく、軽やかなものであった……。(11)」画家ミュラーは『アダムの最初の目覚めと最初の至福の夜々』という文学作品(12)のなかで、神に次のような言葉を語らせることによって、人間に命名を行うようにと呼びかけている。「塵《ちり》から作られた男よ、近づきなさい。よく見ること《アンシャウエン》でより完全なものとなりなさい。言葉によってより完全なものとなりなさい。」このよく見ること〔直観〕《アンシャウウング》と命名という結びつきのうちに意図されているのは、内的には、事物（動物）《ヴォルトシュプラーヘ》における伝達を志向する寡黙さが、それらを名のうちに受け止める人間の言葉の言語に向けられたものであるということだ。この作品の同じ章で、詩人の口から次のような認識が語り出している。事物の創造の発端となった言葉だけが、動物のさまざまな言語で――たとえ黙したものであっても――自己自身を伝達することによって、事物の命名を人間に許している、と。このことは、次のようなイメージとなって表れている。神が動物たちに順番に合図をし、それにしたがって動物たちは命名してもらうために人間の前に歩み出るのだ。このようにほとんど崇高といってもよいような仕方で、黙した被造物と神との言語共同体が、合図を行うイメージとなって与えられている。

事物の存在のうちにある黙した言葉は、人間の認識のうちにある命名する言葉のはるか下位にとどまっている。同じように、人間の命名する言葉にしても、神の創造する言葉の下位に置かれている。人間の言語がこのように多様である理由はそのようにして与えられている。事物の言語は、翻訳されることによってのみ、認識と名の言語のうちに入っていくことができる。しかし、ただ一つの言語しか存在しないパラダイス的状態から人間がひとたび堕ちてしまうと、たちどころにこれほど多くの翻訳、これほど多くの言語が生じることになったのだ。（聖書によれば、この楽園追放の結果は後になって初めて現れたのだが。）[13]人間のパラダイス的言語は、完全に認識する言語であったはずだ。

それに対して、あらゆる認識は後になってもう一度、言語の多様性のうちで無限に分化し、実際のところ、名における創造よりも低次の段階で分化せざるをえなかった。パラダイスの言語が完全に認識する力をもつものであったということは、認識の木の存在をも隠しておくことができないということだ。その木の実は、何が善で何が悪であるかという認識をもたらすものとされる。しかし、神は七日目にすでに創造の言葉とともに認識していた。「見よ、それは極めて良かった。(14)」蛇の誘惑によってたどり着いた認識、何が善で何が悪かという知識は、名をもたない。それはもっとも深い意味で虚しいものである。この知識はそれ自体、パラダイス的状態のうちに存在する唯一の悪なのである。善悪をめぐる知識は名を離れる。それは外側からの認識であり、創造する言葉の非創造的な模倣である。名は、それを認識するとき、自己自身を離れて出て行く。堕罪とは、人間の言葉の誕生のときである。この言葉のうちでは、名はもはや無傷のままでいることはできなかった。この人間の言葉は、名の言語から、また認識する魔術——あるいは内在的な自分自身の魔術といってもよいだろう——から抜け出し、いわば外側から、はっきりと魔術的なものになったのである。言葉はそのとき（自己自身以外の）何かを伝達すべきものとなる。これこそがまさに言語精神の堕罪である。それは外面的に伝達を行うものとしての言葉であり、明確に間接的な言葉が明確に直接的な言葉、つまり創造する神の言葉をパロディーにしたものであり、そしてそれら二つの言葉のあいだにある至福の言語精神、アダムの言語精神の衰退である。というのも、事実、蛇の約束の後に善と悪を認識するようになる言葉と、外的に伝達する言葉とのあいだには根本的に同一性が存在するのだから。事物の認識は名に由来する。しかし、善悪の認識は、キルケゴールが理解するこの言葉の深い意味で「おしゃべり」である。[15] この「おしゃべり」には、浄化され高められることしか残されていない。実際、あのおしゃべりな人間、あの罪人〔アダム〕もまた、浄化され高められる場に立たされることになった。つまり、裁きのもとに。とはいえ、裁く言葉にとって善悪の認識は直接的なものである。善悪の認識の魔術は名の魔術とは別物であるが、しかし、同じ程度に魔術である。この裁く言葉は、最初の人間たちをパラダイスから追放する。彼ら自身がこの裁く言葉を引き起こしたのである。それは、ある永遠の法にもとづくものであり、この裁く言葉は、その法にしたがって自分自身を呼び覚ましたことを唯一のもっとも深い罪として罰し——そしてそれを待ち受ける。堕罪では、名の永遠の純粋性が侵されることになったのだから、裁く言葉、つまり判決〔判断〕のもっとも厳格な純粋さが生じることになった。言語の根本的連関にとって、堕罪は三重の意味を帯びている（それ以外の意味についてはここではふれない）。人間は名の純粋な言語から抜け出ることで、言語を（人間にとって不適切な認識の）手段とし、またそれとともに一部分ではいずれにせよ記号そのものにしてしまう。このことが後になって、言語の多数性という結果を招くことになる。第二の意味は、人間のうちで傷つけられた名の直接性の原状回復として、いまや堕罪からある新しい直接性、つまり判決〔判断〕の魔術が生じるということである。それは、自分自身のうちではもはや至福の安らぎを得ることはない。第三の意味はおそらくこう大胆に推測してもよいだろうが、言語精神の能力としての抽象化の起源も、堕罪のうちに求めることができるということである。というのも善悪は、名づけえぬもの、名なきものとして、名の言語《ナーメンシュプラーヘ》の外にあるからだ。人間は善悪の問いを立てる行為の深淵で、この名の言語のもとを去る。しかし、既存の言語をみると、名はいまでは単に、言語の個々の具体的要素の根幹となる基盤を与えているにすぎない。しかし、抽象的な言語の要素は――おそらくこのように推測してもよいだろうが――裁く言葉のうちに、つまり判決〔判断〕のうちに根ざしている。抽象の伝達可能性がもつ直接性（それがつまり言語の根なのだ）は、裁きの判決のうちにある。人間が堕罪に際して具体的なものの伝達における直接性――つまり名――のもとを離れ、あらゆる伝達の間接性、つまり手段としての言葉、虚しい言葉の間接性の深淵、おしゃべりという深淵へと堕ちていったとき、抽象を伝達する際のこの直接性は、裁くものとなったのだ。なぜなら――このことはもう一度言っておきたい――おしゃべりとは、天地創造の後の世界での善悪を問う問いであったからである。認識の木は善悪の目を開かせる（認識の木はそうすることもできたわけだが）原因となるために神の庭園に立っていたのではない。問う者への裁きのしるしとして立っていたのだ。この途方もないイロニーこそ、法の神秘的起源を指し示すものである。

言語を間接的なものとすることで言語の多数化の基盤となった堕罪の後、言語の混乱まではほんの一歩でしかありえなかった。事物にじっくりと目を注ぐことで事物の言語が人間に理解されるものとなるのだが、人間が名の純粋性を傷つけたがゆえに、すでに揺らいでいた言語精神の共通基盤を人間たちから奪い去るには、あとはこの事物の直観からの離反が成し遂げられるだけのことだった。事物がもつれ絡み合うところでは、記号も必ず混乱に陥る。おしゃべりのなかで言語を下僕のように扱うとき、その必然的な結果として、愚行のうちで事物を下僕のように扱うことになる。このように事物を下僕として扱うことが、つまり事物から離反するということなのだが、そのとき、バベルの塔の建設計画や言語の混乱が同時に生じることになった。

純粋な言語精神のうちにある人間の生活は至福のものであった。しかし、自然は口をきくことができない。人間に名づけられるにせよ、口をきくことができないというこの状態が、それ自体どのように至福のもの——といってもより低い次元の至福ではあるが——となったかということは、確かに、創世記の第二章ではっきりと感じ取ることができる。画家ミュラーは、アダムが動物たちを名づけたあと、彼のもとを離れる動物たちについて、アダムに次のように言わせている。「動物たちが私のところから飛び跳ねていくときの高貴さのうちに、その男が彼らに名前を与えたということを見た。」しかし、堕罪の後、地を呪う神の言葉とともに、自然の相貌にきわめて深い変化が生じる。いまや、自然が黙している別の状態が始まる。自然の深い悲しみという言葉によって言おうとしたのは、まさにこの自然が黙している状態である。自然に対して言語が与えられるとすれば、あらゆる自然が嘆き始めるだろうということは、一つの形而上学的真実である。（その際、「言語を与える」というのは、単に「自然が話せるようにする」ということ以上のものを意味する。）この命題は二重の意味をもっている。それが意味するのはまず、自然は言語そのもののことで嘆くだろうということだ。話すことができないということ、これこそが自然のもっとも大きな苦しみである。（そして、自然を救済するために、――通例考えられているように、詩人の生活や言語だけでなく――人間の生活と言語は自然のうちにあるのだ。）第二に、この命題の言い表していることは、自然はそもそも嘆くだろう、ということだ。しかし、この嘆きはまったく未分化で無力な、言語の表出である。この嘆きが含んでいるのは、ほとんど感覚的な息だけでしかない。植物がさわさわと音をたてるだけでも、そこにはつねに嘆きの音がともに鳴り響いている。自然は口をきくことができないために、嘆き悲しむ。しかしながら、この命題を逆転させるとき、自然の本質のさらに奥深くへと入ってゆくことになる。つまり、自然の悲しみのために自然は口がきけない、ということである。あらゆる悲しみのうちには、話すことができなくなるというきわめて深い傾向がある。これは、伝達の能力や意欲の欠如をはるかに越えたことがらである。悲しいことは、認識不可能なものによってすっかり認識されてしまっていると感じる。たとえ名づけるものが神のような至福の存在であるにせよ、名づけられているということは、つねに悲しみを予感させるものであり続けるのだろう。しかし、名という至福のパラダイスの言語のうちからではなく、名はすでに萎《しお》れているにもかかわらず、それでもなお神の決定の言葉にしたがって事物を認識する幾百もの人間言語のうちから名づけられているとすれば、それはどれほど多くの悲しみとなることか。事物は、神のうちをのぞいて、固有名をもたない。なぜなら、神はもちろん、創造する言葉のうちに、固有名で呼ぶことで事物を呼び出したからだ。しかし、人間の言語では、事物は過剰に名づけられている。人間言語と事物の言語の関係のうちには、ほぼ「過剰命名」とでも言い表すことができるものが存在する。あらゆる悲しみ、そして（物の側から見れば）あらゆる口がきけない状態のもっとも深い言葉の上での理由である過剰命名。悲しみの言語的本質としての過剰命名は、言語のもつもう一つ別の注目すべき関係を指し示している。それはつまり、言葉を話す人間のさまざまな言語のあいだの悲劇的な関係のうちに働いている、過剰な明確さである。

彫刻の言語、絵画の言語、文学《ポエジー》の言語というものがある。文学《ポエジー》の言語は、それだけではないにしても、いずれにせよそれもともに、人間の名の言語のうちに基盤をもってい る。それとまったく同様に、彫刻や絵画の言語がある種の事物言語といったもののうちに基盤をもち、これらの言語のうちで、事物の言語があるはるかに高い次元の言語へと――といっても、おそらくは同じ領域内の言語へと――翻訳されるということも、大いに考えられることといえる。ここでいっているのは、名をもたない、音響的ではない言語、物質からなる言語である。その場合、事物が伝達しあうときの、それら事物の物質的な共通性のことを念頭におく必要があるだろう。

さらにいえば、事物の伝達はまちがいなく、世界そのものを分割できない全体としてとらえるような共同体といった性格をもつものである。

さまざまな芸術形式すべてを言語としてとらえ、それらと自然言語との関連を求めようとする試みは、それら芸術形式の認識についてもあてはまる。音響的な領域に属しているためにすぐに思い浮かぶ例としては、歌と鳥の声とが近しい関係にあるということがある。他方、芸術の言語は記号の理論とのきわめて深い関係のうちにのみ理解することができるというのも確かなことである。記号の理論なしには、どのような言語哲学もまったく断片的なものにとどまってしまう。言語と記号の関係（人間言語と文字の関係はその非常に特殊な例をなしているにすぎない）は、根源的で根本的なものであるからだ。

このことは、もう一つ別の対置関係を描き出す機会を与えてくれる。その対置関係は、言語の全領域にゆきわたるものであり、また、さきほど述べた狭い意味での言語と記号という対置関係と重要な関係をもっている。もちろん、この狭い意味での言語が記号とそのまま一致するわけでは決してないのだが。つまり、言語とはいずれにせよ、単に伝達可能なものを伝達することではなく、同時に伝達不可能なものの象徴《シンボル》でもあるということなのだ。この言語の象徴的側面は、言語と記号の関係と関連しているが、たとえば、ある種の関係においては名と判決〔判断〕にもひろがっている。これら名と判決は、伝達的な機能をもっているだけでなく、まずまちがいなく、伝達的機能と密接に結びついた象徴的機能――これについては、ここでは少なくともはっきりと言及して取り上げなかったのだが――をもっている。

したがって、こういった考察の結果、まだ完全なものではないかもしれないが、言語についての純化された概念が手もとに残ることになった。ある存在の言語とは、その精神的本質が自己を伝達する媒質である。この伝達の途切れることのない流れが、自然全体を通って、もっとも低次の存在から人間にいたるまで、そして人間から神へと流れている。人間は、自然と自分の仲間に対して（仲間には固有名で）与える名を通じて、自己自身を神に伝達する。そして、自然に対して人間は、自分が自然から受け取る伝達に応じて名を与える。というのも、自然全体もまた、名もなき黙した言語に、つまり創造する神の言葉の残滓で満ちているからだ。この神の言葉は、人間のうちに認識する名となって、また、裁きを行う判決となって人間の上に漂いつつ保たれてきた。自然の言語は、歩哨がそれぞれ次の歩哨へと自分自身の言語で伝えていく、ある秘密の合言葉に喩《たと》えることができる。しかし、合言葉の中身はその歩哨の言語そのものなのだ。あらゆる高次の言語は、低次の言語の翻訳である。それは最終的に明晰なものとなって、この言語運動の統一体である神の言葉が展開してゆくまで続いてゆく。

原註

1　あるいは、仮説を冒頭に掲げようという誘惑こそがむしろ、あらゆる哲学の行為の深淵をなすのだろうか。

訳註

（1）ロゴス（λόγος）は、「言葉（Wort）」そのものを表すとともに、それによって表される「意味内容」「思想」をも意味する。

（2）ここで使われている medial という言葉は、Medium の形容詞として、直前に言及されている「媒質」を表すとともに、「中間にあるもの」の文法上の特殊な意味として、古代ギリシア語における「中動態」（受動態と能動態の中間的な機能をもつ）の意味も重ねあわされていると考えられる。

（3）「市民的（bürgerlich）」という言葉は、まちがいなくネガティブな意味で用いられているが、広い意味では、一九世紀から二〇世紀初頭にかけて形成されてきたドイツ教養市民層の価値観の総体を指し示していると考えられる。このテクストが書かれたベンヤミンの青年時代から後期の思想にいたるまで、ベンヤミンは一貫して、こういった市民的価値観の解体を彼の執筆活動の中心に据えていたといってもよい。テクストのこの箇所で「市民的」言語観に対して批判的に言及する場合、言語を伝達の手段としてとらえるといった教養的思考では、ベンヤミンがここで提示しようとしている言語の本質は決してとらえられないということになるだろう。

（4）「創世記」第二章一九節。聖書からの引用は基本的に「新共同訳」に依拠している。

（5）ヨハン・ゲオルク・ハーマン（一七三〇－一七八八）、ドイツの哲学者、文筆家。カントの同時代人であるが、啓蒙的合理主義に対して批判的立場をとり、人間の根源的な力としての感性、宗教性にむしろ依拠した。こういった方向性は、彼の神秘主義的な言語観のうちにも明確に現れている。引用されているのは、一七八五年一〇月一八日付、フリードリヒ・ハインリヒ・ヤコービへの書簡。

（6）「創世記」第二章七節。

（7）「創世記」のなかの人間の創造に関する箇所には、二種類の記述が存在する。一つは、神が自分の姿に似せて人間を創造し、男と女をともに造るという記述（第一章二六－二七節）で、もう一つは、神が土

（アダマ）の塵から人（アダム）を造り、命の息を吹き入れるというものである（第二章四－七節）。ここで「天地創造の物語の第二のヴァージョン」と呼んでいるのは、この後者を指している。ちなみに、この第二のヴァージョンでは、女は男のあばら骨から造られることになっている（第二章二一－二三節）。

(8)「創世記」第二章七節。

(9)「創世記」第一章二七節。

(10)ルター訳聖書の「創世記」第二章二三節では、女について、Mann〔男〕から取ったのだからMännin〔「男」の女性形〕と呼ぼう、となっている。この箇所は、旧来の日本語訳聖書では非常にわかりにくい翻訳となっていたが、現在の「新共同訳」聖書では、ヘブライ語に依拠して、「これをこそ、女《おんな》（イシャー）と呼ぼう／まさに、男《おとこ》（イシュ）から取られたものだから。」となっている。

(11)ハーマン「言語の神的起源と人間的起源についてのリッター・フォン・ローゼンクロイツの最終的見解」。

(12)フリードリヒ・ミュラー（一七四九－一八二五）、ドイツの画家・版画家、シュトルム・ウント・ドラング期の詩人。本文で言及されているように「画家ミュラー」の通称で呼ばれることが多い。『アダムの最初の目覚めと最初の至福の夜々』は、一七七八年の散文作品。

(13)「創世記」第一一章一－九節で語られるバベルの塔のことを指す。

(14)この言葉は実際には天地創造の六日目で語られたものである。「創世記」第一章三一節。

(15)たとえばキルケゴールの『現代の批判』では、次のように言われている。「おしゃべりするというのはどういうことであろうか？　それは黙することと語ることとのあいだの情熱的な選言を排除することである。」（岩波文庫、桝田啓三郎訳、八八頁）

暴力の批判的検討

暴力の批判的検討という課題は、法と正義に対して暴力がどのような関係にあるかを描き出すことと言い換えることができる。というのも、ある原因が――それがどれほど作用力をもつものであろうとも――道徳的関係のうちに入り込むときはじめて、正確な意味での暴力となるからだ。こういった〔道徳的〕関係の領域は、法や正義といった概念で言い表される。これら二つの概念のうち、まず一つ目のものについていえば、どのような法秩序でも、もっとも根本的な基本関係をなしているのは目的と手段の関係であるということは明らかである。さらにいえば、暴力は目的の領域にではなく、まずは手段の領域において求められるということも明らかだ。これらのことを確認することで、暴力の批判的検討にとってより多くのものが、またもちろん、見かけとは別のものが与えられることになる。つまり、暴力が手段だとすれば、暴力の批判的検討の基準はいとも簡単に手に入るように思われるかもしれない。こういった基準は、それぞれの場合について、暴力が正当な目的のための手段であるか、あるいは不当な目的のための手段であるかという問いとなって現れる。このような考え方によれば、暴力の批判的検討は、暗黙のうちに正当な目的の体系のうちに含まれていることになる。しかし、そういうことにはならない。なぜなら、そのような正当な目的の体系が含みもっているものは――どのような疑念に対してこの体系の確実性が保証されていると仮定するにしても――ある原理としての暴力そのものの判断基準ではなく、暴力を適用する個々のケースのための判断基準だからである。正当な目的のための手段としてでさえ、暴力一般、つまり原理としての暴力が倫理的なものであるかどうかという問いは、依然として答えられていないことになるだろう。この問いに明確に答えるためには、もっと詳細な判断基準が必要となる。つまり、手段が仕える目的のことを顧慮しないで、手段そのものの領域において区別をつけることが必要である。

このようなより厳密で批判的な問題設定を排除していることが、法哲学における一大潮流を特徴づけている。おそらくそのもっとも際立ったメルクマールは、自然権であろう。自然権は、正当な目的のために暴力的な手段を使うことを、何ら問題だとみなさない。ちょうど人間が、行きたいと思う目的地へと自分の体を動かしていくことを「権利」と思っているのと同じように。自然権のものの見方によれば（それがフランス革命の際のテロリズムに、イデオロギー的基盤を得させることになった）暴力は自然の産物であり、いわば原材料である。そういった原材料を用いることは、暴力を不正な目的のために濫用するのでない限り、何の問題もない。自然権の国家理論によれば、人々は国家のために自分の暴力をすべて断念することになっている。そのようにできるのは、個々人はそれ自体として、またそのような理性にもとづいた契約を結ぶ前は、彼が事実上所有している暴力を法律上も任意に行使するという前提があるからだ（この前提は、例えばスピノザが『神学・政治論』のなかではっきりと示している）[1]。このような見方は、もっと後になって、ダーウィンの生物学のために力を盛り返すことになったといえるかもしれない。これはきわめてドグマ的なやり方で、自然淘汰とならんで暴力のみを、自然のあらゆる生命の目的に唯一かなう根源的な手段であるとみなしている。ダーウィン流の通俗哲学によく見られることだが、こういった自然権のドグマから、ほとんど自然的な目的だけにかなう暴力はそれだけですでに合法的であるとする、さらに粗雑な法哲学のドグマまでは、ほんの一歩でしかない。

自然的所与としての暴力に関するこの自然法的テーゼに対して、歴史的形成物としての暴力に関する実定法的テーゼは真っ向から対立する。自然法が、あらゆる現存の法をその目的の批判的検討によって判断できるだけだとすれば、実定法は、これから成立するあらゆる法律をその手段の批判的検討によって判断できるにすぎない。正義〔正しさ〕が目的の判断基準であるとすれば、適法性が手段の判断基準である。しかし、これら二つの流派は、こういった対立にかかわりなく、共通して見られる基本的ドグマにおいて一致する。つまり、正しい目的は正当な手段によって達せられるものであり、正当な手段は正しい目的に向けられるものである、というドグマである。自然法は、目的の正しさによって手段を「正当化」しようとし、また実定法は、手段を正当化することによって目的の正しさを「保証」しようとする。もしこの共通のドグマ的前提が誤ったものであり、正当な手段と正しい目的が相容れない矛盾のうちにあるとすれば、その二律背反は解決不可能なものとなってしまうだろう。この圏域をいったん離れ、正しい目的のための判断基準および正当な手段のための判断基準という、互いに自律的な判断基準を立てなければ、この問題を考える糸口は生まれないだろう。

目的の領域、またそれとともに正しさの判断基準についての問いは、ここでの考察のためには、さしあたり除外しておく。それに対して、その中心におかれるのは、暴力となって現れるある種の手段の正当性についての問いである。自然法の原理はこの問いに決着をつけることはできず、底なしの詭弁に陥るにすぎない。というのも、実定法が目的の絶対性について何もわからないとすれば、自然法は手段の制約については何もわからないからである。それに対して実定法の理論は、暴力を適用する個々のケースとはかかわりなく、暴力の種類に関して根本的な区別を行っているがゆえに、この考察の出発点での土台となる仮説として受け入れることができる。この区別は、歴史的に認められた暴力、いわゆる承認された暴力と、承認されていない暴力とのあいだに引かれている。以下の考察はこの区別を出発点とするが、それはもちろん、所与の暴力を承認されたものであるかどうかによって分類する、という意味ではありえない。というのも、暴力の批判的検討において、暴力の実定法的な基準は適用されるものなのではなく、むしろ単に評価の対象となるだけだからだ。ここで問題となっているのは暴力についてのそのような基準あるいは区別がそもそも可能であるということから、暴力の本質がどのようなものと推測されるか、言い換えれば、そのような区別の意味は何か、ということである。こういった実定法的な区別が意義のあるものであり、自らのうちに十分な存立基盤をもち、他の何によっても置き換えることができないということは、やがて十分に示されることになるだろう。同時にそれによって、こういった区別だけが生じうる領域に光が当てられることになるだろう。一言でいえば、暴力の適法性のために実定法の打ち立てる基準が、その意味に応じて分析することしかできないとすれば、それに対して、その基準の適用という領域は、その価値に応じて批判的検討の対象とならざるをえない。こういった批判的検討のためには、実定法の哲学の外部にある視点が重要となるが、それとともにそういった視点を自然法の外部に見出すことも重要である。そのような視点を与えることができるのは、ただ歴史哲学的な法の見方だけだということが、これから明らかにされるだろう。

暴力を適法なものと適法でないものとに区別することの意味は自明である、と簡単に片づけるわけにはいかない。その意味は正しい目的のための暴力と正しくない目的のための暴力とを区別することにある、といった自然法の抱く誤解は、きっぱりとしりぞけなければならない。むしろ、すでに示唆しておいたように、実定法はあらゆる暴力に対して、ある特定の条件下で暴力が適法性あるいは承認を手にすることになる歴史的起源についての証明を求める。法的暴力を認めるということは、きわめてわかりやすいものとしては、その目的に対して基本的に無抵抗の服従をするというかたちで現れるものであるから、さまざまな暴力を区分する仮説上の理由は、暴力の目的が一般的にまた歴史的に認められているか、あるいはそういった承認が欠如しているか、ということにもとづいたものでなければならない。こういった承認を欠く目的を自然目的と呼び、またもう一方を法的目的と呼ぶことにしよう。さらにいえば、暴力のさまざまな機能は——その暴力が自然目的に仕えるか、あるいは法的目的に仕えるかということに応じて——なんらかの法的関係をふまえているとき、もっとも明確なかたちで展開される。話を単純にするために、以下の説明では、現在のヨーロッパの法的諸関係を引き合いに出すことにしたい。

法的《レヒト》主体としての個々人についていえば、個々人の自然目的をいかなる場合にも認めないという傾向が、この法的関係の特徴をなしている。[2] 場合によっては、合目的的に個々人の自然目的を暴力によって追い求めようとすることがあるかもしれないが、そのときも同じことが言える。つまりこういうことだ。個人がある目的を合目的的に暴力によって追い求める可能性のあるあらゆる領域で、この法秩序は、まさに法的暴力だけがこのような仕方で実現することができる法的目的を打ち立てるよう、強く迫るのだ。それどころか、この法秩序は、たとえば教育の領域もそうだが、自然目的が原則的には広範囲にわたって自由に認められている領域をも、法的目的によって制限するように強くそのように迫る。同じことをこの法秩序は、教育的な処罰の権限の境界に関する法律においても行っている。近代ヨーロッパの立法の一般的原則《マクシム》は、次のように言い表すことができるだろう。個人の自然目的はすべて、多かれ少なかれ大きな暴力をともなって追求される場合には、法的目的と必然的に衝突することになる。(正当防衛の権利がここで巻き込まれる矛盾については、以下の考察において、ひとりでに説明されていくことになるだろう。)この原則《マクシム》からさらに、法は個々人が手にしている暴力を、法秩序の足下を揺るがす危険とみなす、という考え方が生まれる。法の目的と法の執行を意味のないものにしてしまう危険とみなす、ということだろうか? いや、そうではない。というのも、もしそうであるならば、暴力そのものではなく、単に法に反する目的に向けられた暴力だけが断罪されることになるだろうから。どこかで自然目的をいまでもなお暴力によって追い求めることが許されている場合には、法的目的の体系はもちこたえることができないのだという人もいるだろう。しかし、それはさしあたり、単なるドグマにすぎない。それに対してはおそらく、次のような驚くべき可能性を考慮に入れてみる必要があるだろう。つまり、個々人に対抗して暴力を占有しようとする法の利害関心《インタレスト》は、法的目的を保持しようとする意図によってではなく、むしろ法そのものを保持しようとする意図によって説明できるのである。また、暴力が法の手中に収まっていない場合に法を脅《おびや》かすのは、暴力が追い求める目的によってではなく、ただ単に暴力が法の外側に存在するという事実によってなのである。「偉大な」犯罪者の姿は、たとえ彼の目的が反感を引き起こすものであったとしても、これまでもたびたび民衆のひそかな讃嘆の念を生み出してきたということを考えてみれば、さらに強烈なかたちで、これと同じような推測を思い描くこともできるのではないだろうか。こういったことが可能となるのは、その犯罪者の行為のためではなく、ひとえに暴力のため、その犯罪者の行為によってその存在が証拠だてられている暴力のためなのである。こういった場合、暴力は――今日の法は、あらゆる行為の領域で、個人からこの暴力を取り去ろうとしているわけだが――実際、脅かすようなものとして姿を現し、屈服の状態にあってもなお、法に反感をいだく民衆の共感を引き起こすのだ。暴力が法にとってこれほどまでに威嚇的なものと感じられ、また、法がこれほどまでに暴力を恐れるのはもっともなわけがあるのだが、それは暴力がどのような機能をもっているからであろうか。このことは、現在の法秩序においてもなお暴力を繰り広げることが許容されているまさにその場において、見て取れるはずだ。

　このことはまず、労働者に保証されたストライキ権というかたちをとる階級闘争のうちに見られる。組織された労働者は、国家と並んで、暴力の権利を認められた、今日ではおそらく唯一の権利《レヒト》主体であろう。こういった見解に対してはもちろん、行為の不作為、つまり非行為――ストライキとは結局のところそのようなものである――は、暴力と言い表すことは決してできないといった反論も待ちかまえている。こういった考え方はまた、おそらく国家権力〔国家の暴力〕にとっても、ストライキ権の容認がもはや避けがたいものとなったときには、それを容認しやすくするものでもあった。しかし、ストライキ権の容認は無条件ではないから、何もかもが認められているというわけではない。確かに、行為の不作為、あるいは勤務の不作為は、単に「関係の中断」と等しいものである場合には、まったく非暴力的な、純粋な手段でありうる。また、国家の（あるいは法の）見方によれば、労働者のストライキ権のうちに認められているのは暴力の権利などでは決してなく、雇用者によって間接的に暴力が行使される場合、その暴力から逃れるための権利であるのだから、そういった権利に添うストライキのケース、単に雇用者からの「離反」ないしは「疎遠」を表すものとしてのストライキというケースも、もちろんときおり生じることはあるだろう。しかし、不作為の対象となる行為を――その行為と全く関係のない条件であれ、その行為の単に外面を修正するだけの条件であれ――ある特定の条件のもとで以前と同じように再開すると原則的な方針を表明しておいて、そのような行為の不作為がなされる場合、こういった不作為のうちには必ず、暴力の要素、さらにいえば脅迫としての暴力の要素が入り込むことになる。そしてこの意味では、労働者の見解（これは国家の見解と対立するものだが）によれば、ストライキ権とは、ある特定の目的を成し遂げるために暴力を適用する権利であるということになる。この二つの見解の対立は、革命的ゼネストに直面するとき、きわめて先鋭化したかたちで現れる。革命的ゼネストでは、労働者はつねに自分たちのストライキ権を盾に取るだろうし、それに対して国家は、ストライキ権は本来「そのような」ものではなかったのだから、彼らの主張はストライキ権の濫用だと言い、特別な法令を公布することになるだろう。なにしろ国家は自由にいいわたすことができるのだから。立法の前提としている特別なストライキの動機がどの企業にも等しくあるわけではないのだから、あらゆる企業で同時にストライキを行使することは違法である、と。こういった解釈の違いには、国家がある特定の暴力を承認するときの法的状況の具体的矛盾が姿を現している。国家はこういった暴力の目的に対して、ときには無頓着に自然目的として扱いながら、（革命的ゼネストといった）危急の場合には、敵対的な態度をとることになるのだ。そういうわけで、一見すると逆説的にも見えるが、ある種の権利を行使するときの振る舞いもまた、ある特定の条件のもとでは、やはり暴力と呼ぶことができる。つまり具体的にいえば、そのような振る舞いが積極的なものである場合、自らに認められた権利を、それを付与した法秩序を打ち倒すために行使するのであれば、その振る舞いは暴力と呼んで差支えないだろう。しかし、消極的な振る舞いであっても、その振る舞いがこれまで考察してきたような意味で脅迫といえる場合は、同じように暴力と呼ぶことができるだろう。それゆえ、暴力の行使者としての労働者に対して、法がある特定の条件のもとで暴力をもって対峙する場合、それは単にその法的状況における具体的矛盾を明白に示しているだけであって、法における論理的矛盾を証拠だてているわけではない。国家がストライキにおいて恐れているのは、他の何にもまして、暴力のもつ機能なのだ。本論考は、この暴力の機能を明らかにすることを、暴力の批判的検討の唯一確実な基盤としている。仮に暴力が――さしあたりそのように見えるかもしれないが――今手に入れようとしている任意の対象を直接的に確保するための単なる手段であるとすれば、そのような暴力は単に略奪的な暴力として目的を達成することしかできないだろう。そのような暴力は、諸関係をある程度安定した状態で打ち立てたり、それらを修正したりするには、まったく役に立たない。しかし、ストライキは、暴力にはそれが可能であることを示している。それによって正義の感情がどれほど傷つけられることがあろうとも、暴力は法的諸関係を打ち立てたり修正したりすることができるのだということを、ストライキは示しているのだ。そういった暴力の機能は偶然的で個別的なものだという反論がすぐさま出てくる。しかし、戦争の暴力を考察することによって、こういった反論もしりぞけられることになるだろう。

戦争権の可能性は、ストライキ権の可能性と全く同じく、法的状況のうちにある具体的矛盾にもとづいている。つまり、権利《レヒト》主体は〔他者の〕暴力を承認するが、その暴力の目的は、その暴力を承認するものにとってはつねに自然目的であり、それゆえ危急の場合には、自分自身の法的目的あるいは自然目的と衝突することもありうる、という矛盾である。確かに戦争暴力はさしあたりかなり直接的に、また略奪的な暴力として、その目標に向かう。しかしながら、きわめて注目に値するのは、国法上の関係がほとんど何の兆しも見せていないような原始的な諸関係においてさえ――あるいはむしろ、まさに原始的な諸関係であるからこそ——、そしてまた、勝利者がいまや疑いの余地なく所有関係を手にした場合でさえ、講和《フリーデ》というものが儀式上どうしても必要になるということである。実際、「平和《フリーデ》」という言葉は、「戦争」という意味の相関概念をなす意味では（というのは、ほかにも全く別の意味、同じく非メタファー的かつ政治的意味ではあるが、カントが『永遠の平和』[3]というときの意味もあるのだから）、ア・プリオリな承認、あらゆるその他の法的諸関係から自立した、どのような勝利であれ必要となる承認をまさに表しているのである。この承認の要点は、新たな関係が、その存続のために事実上何らかの保証を必要とするかどうかということにまったくかかわりなく、新しい「法」として認められるということ、まさにそのことにある。したがって、このような暴力にはすべて——自然目的のために行使されるあらゆる暴力にとっての根源的で原像的な暴力である戦争の暴力をもとに結論づけてよいとすれば——法措定的な性格がそなわっている。こういった洞察がどのような含みをもつことになるかということについては、あとでまた立ち返ることにしたい。この洞察によって、先に述べた近代法の傾向、つまり、単に自然目的に向けられたものであれ、ともかくいかなる暴力をも、少なくとも法的《レヒト》主体としての個人からは取り去るという近代法の傾向も説明がつく。大犯罪者の場合、その暴力が、新たな法を措定するという脅しとなって、近代法に立ち向かうことになる。顕著なケースでは、こういった脅しが無力なものであっても、大昔と同様に今でも、民衆はそういった脅しに慄然とするのだ。しかし、国家がこういった暴力を恐れるのは、それがまさに法措定的だからである。たとえば、外国勢力が国家に対して交戦権を容認するよう、また労働者階級が国家にストライキ権を認めるよう迫る場合、国家はその暴力を法措定的なものと認めざるをえない。

先の戦争〔第一次世界大戦〕において、軍事暴力に対する批判が、暴力全般に対する熱心な批判の出発点となった。そういった暴力全般の批判は少なくとも一つのことを教えてくれる。つまり、かつてのように素朴に暴力行為を行うことも、それに甘んじることももはやないということだ。しかし、だからといって、暴力は、単に法措定的なものとして批判の対象となったのではなく、おそらくある別の機能のために、さらに徹底的に批判されることになった。つまり、一般的兵役義務によってはじめて成立可能となった軍国主義には、暴力の機能のもつある二重性が特徴となっている。軍国主義とは、国家の目的のために、手段としての暴力を国民全員が使うように強制することである。このように暴力を行使するよう強制することは、最近、暴力を行使することそのものと同じくらい、あるいはそれ以上に強調されて詳しく検討されてきた。そういった暴力行使の強制には、自然目的のために暴力を単純に用いるのとはまったく別の機能をもつ暴力の姿が現れている。こういった強制の本質的な点は、暴力を、法的目的の手段として用いるということにある。というのも、市民を法律に従わせること――ここで想定しているケースでいえば、一般兵役義務法に従わせること――は、一つの法的目的であるからだ。暴力の第一の機能が法措定的なものであるとすれば、この第二の機能は法維持的なものと呼んでよいだろう。ところで兵役義務は、他のものとは原理的にまったく区別されない、法維持的暴力の適用ケースなのだから、それに対する真に決定的な批判は、たとえば平和主義者や行動主義者の熱弁にみられるほどには、決して簡単なものではない。兵役義務に対する批判は、むしろあらゆる法的暴力の批判的検討、つまり合法的暴力あるいは行政的暴力の批判的検討と一致するものであり、それ以下のプログラムで行うことはまったくできない。そういった批判はまた、きわめて子供じみたアナーキズムを標榜しようとするのでもなければ、一人の人間に対する一切の強制を認めず、「気に入ったことならば何をしてもよい[4]」と宣言するのではもちろんどうすることもできない。その種の格言は、倫理的・歴史的領域に対する反省的思考も、またそれとともに行為がもつどのような意味に対する反省的思考も、さらにはまた現実一般のもつどのような意味に対する反省的思考をも締め出してしまうだけだ。現実のもつ意味というものは、もし「行為」が現実の領域から取り去られたとすれば、そもそも構成することができないのだが。もっと重要なのはおそらく次のことだ。「汝の人格のうちにある人間と、誰であれ他者の人格のうちにある人間とを、いかなるときも同時に目的として用い、決して単に手段としてのみ用いることがないように行動せよ[5]」という、おそらく疑念の余地のない最小限のプログラムをもつ定言命法がしばしば引き合いに出される。しかし、そうしたところで、ここで行おうとしている批判的検討そのもののためには十分ではない。というのも実定法は、それ自身の根幹を意識している場合には、各個人の人格のうちにある人間の関心《インテレッセ》を認め、それを推し進めてゆくことを強く要求すると思われるからだ。実定法は、ある運命的な秩序を描き出し、それを維持していくことのうちに、こういった関心《インテレッセ》をみてとる。この運命的な秩序が法を保持していると主張することにはそれなりの理由があるわけだが、この運命的秩序に対する批判的検討を行わないままにしておくことはできない。しかし同時にまた、「自由」のもつあのより高次の秩序を描き出すこともできないまま、はっきりしたかたちをもたない「自由」の名のもとに現れるだけの異議申し立てを行っても、そのようなものはこの運命的秩序に対してはすべて無力である。しかし、さらに完全に無力であるのは、その異議申し立てが法秩序そのものを全面的に論難するのではなく、個々の法規や法的慣習を論難する場合である。これら個々の法規や法的慣習は、もちろん、法がその権力の庇護のもとにおいているものだが、この法の力〔権力〕の本質的な点は、ただ一つの運命のみが存在するということ、そしてまた、この現存するもの、そしてとりわけ脅かすもの〔法の力〕が、犯しがたく運命の秩序に属しているということにある。なぜなら、法維持的暴力は脅かす暴力であるからだ。しかも、この脅かす力は、事情に通じていないリベラルな理論家たちが解釈しているような威嚇の意味はもたない。厳密な意味での威嚇であれば、そこにはある種の明確さがともなう。そういった明確さは脅かすことのもつ本質とは相いれない。それはまた、法律の手の届かないところにある。なぜなら、法の手を逃れるという希望があるからだ。それだけになおさらのこと、法律は運命と同じく、脅かすものとなって現れる。なにしろ犯罪者が法律の手におちるかどうかは、運命しだいなのだから。法の脅かす力の不明確さのうちにあるきわめて深い意味については、あとで運命の領域――「不明確さ」はこれに由来する――を考察する際にはじめて解明されることになるだろう。この運命の領域についての重要なヒントとなるものが、刑罰の領域のうちにある。刑罰のなかでも、実定法の妥当性が問題とされて以来、他のあらゆる刑罰にもまして、死刑が批判を引き起こしてきた。たいていの場合、そういった批判の根拠は根本的なものではなかったのだが、それでもその動機は原理的なものであったし、また今でもそうである。死刑を批判する人たちは――おそらくは論拠を与えることができないままに、それどころかたぶん感じ取ろうともせずに――、死刑を論難するということは、量刑に関して非難したり、法律について非難することではなく、法そのものをその根源において非難することなのだということを感じとっていたのである。暴力が、つまり運命の冠をつけた暴力が法の根源であるとすれば、次のような推測はそれほど的外れなものではない。つまり、もっとも高次の暴力において、すなわち、暴力が法秩序のうちに現れる場合でいえば、生死を決する暴力において、暴力の起源〔法措定的暴力と法維持的暴力〕が現存するもの〔法〕のうちに代表するものとなって突出して現れ、この現存するもののうちに恐ろしい姿を現すのだ。原始的な法的諸関係においては、死刑がたとえば所有権侵害といった不法行為――死刑がまったく「関係」のないように思われる不法行為――に対しても定められていることは、このことと合致する。死刑の意味は、法律違反を罰することではなく、新しい法を確定することなのである。というのも、生死を決する暴力を行使することで、他のいかなる法の執行にもまして、法は自分自身の力を強めることになるからである。しかし、もっと繊細な感覚をもつ人にとっては、まさにこの生死を決する暴力の行使のうちに、法における何か腐ったものがもっともはっきりと感じ取れるかたちで姿を現している。なぜなら、このような繊細な感覚は、運命が独特の威厳をもってそのような暴力の行使のうちに現れることになった諸関係から、自分自身がはるか遠くに隔たったものであることを知っているからだ。しかし、法措定的暴力及び法維持的暴力の批判的検討を完結させようとするのであれば、知的思考は、なおいっそう決然とこういった諸関係に近づこうとしなければならない。

これら二種の暴力は、死刑の場合よりもはるかに不自然な結びつきで、いわば幽霊のような混合物となって、近代国家のかかえるもう一つ別の制度、すなわち警察のうちに存在している。警察は、確かに法的目的のための（処分権をともなう）権力〔暴力〕であるが、しかし同時に、この法的目的を広範囲にわたって自ら措定する（命令権をともなう）権限をもっている。こういった官庁のきわめて恥ずべきところは、そこでは法措定的暴力と法維持的暴力の区別がなくされているということにある。このような恥ずべきことをごく少数の人しか感じ取っていないのは、ただ単に次のような理由のためだ。つまり、きわめて荒々しい介入をするのに警察の権限で十分ということはまずなく、そのためなおさらのこと、警察の権限は、非常に繊細ないくつかの領域で、また思慮深い人たちに敵対して——こういった領域、人物から国家を守るのは法律ではない、というわけだ——見境なくふるまうことが許されているからなのだ。法措定的暴力には、勝利において自分自身の力を示すことが求められているのに対して、法維持的暴力は、新しい目的を措定しないという制約のもとにある。警察権力〔暴力〕は、この両方の条件から解き放たれている。警察権力は法措定的である。なぜなら、その特徴的な機能はもちろん法律の公布ではないが、法律にもとづいているという要求を掲げて法を発することだからだ。また、警察権力は法維持的である。なぜなら、警察権力はそのような目的に仕えるために存在しているからだ。警察権力の目的はその他の法の目的とつねに同一であるとか、それらと結びついているものにすぎない、といった主張はまったく正しくない。むしろ、警察の「法」が示しているのは、根本的には、国家が何としても達成したいと願っている経験的《エンピーリッシュ》な〔具体的・実際的な〕目的を——無力であるためか、どの法秩序にも内在する連関のためであるかはともかくとして——もはや法秩序によってでは確実に保証できない部分なのである。だから警察は、「安全のために」ということで、明白な法的状況が本来存在しないケースでも数知れず介入してくる。もしも警察が、法的目的との関係など何もないまま、法規によって規則づけられた人生のあいだ終始、情け容赦のない厄介者として市民に付きまとったり、市民を監視さえするということがなければ、そこにはそもそも明白な法的状況などない。法は、場所と時間にしたがって確定された「決定」において形而上学的カテゴリーを承認し、そのカテゴリーによって批判的検討を要求する。こういった法とは対照的に、警察制度を考察しても、本質的なものに行き当たることはない。警察制度のもつ権力〔暴力〕ははっきりとしたかたちをもたない。まるで、文明国家の生活のなかに現れる、どこにいるともつかみどころのない、いたるところに広がった幽霊のようなものである。また、警察は個々の点ではどこでも似たり寄ったりの姿であるかもしれないが、結局のところ、次のことは見誤るべくもない。つまり、絶対君主制においては、警察は、立法上の絶対権と行政上の絶対権が統合されている支配者の権力〔暴力〕を代表しているのだが、警察の精神は、民主政体におけるもののほうがさらにひどい状態なのである。民主政体では、警察の存続はそういった関係〔絶対君主制における立法・行政の絶対権の統合〕によって高められることもなく、考えられる限りもっともはなはだしい権力〔暴力〕の堕落を証明するものとなっている。

暴力はすべて、手段としては、法措定的であるかあるいは法維持的である。これらの述語のいずれをも要求しないとすれば、暴力はそれによって一切の有効な力を自ら放棄していることになる。しかし、そこからいえることは、手段としての暴力はすべて、もっとも都合のよいケースであっても、法一般のもつ問題性と関わっているということである。本論考のこの箇所では、この問題性のもつ意味がまだ確信をもって見て取れないとしても、これまでに論じたことからすれば、法は、かなり二義的な倫理的照明を当てられて浮かび上がってくることになるだろう。そのため、相反する人間の利害関係を調整するためには暴力的手段以外の手段は存在しないのではないかという疑問が、おのずと浮かんでくる。とりわけこういった疑問によってはからずも明らかとなるのは、抗争の完全に非暴力的な調停によって法的契約にいたることは決してない、ということである。というのも法的契約は、契約締結者双方によってどれほど平和的に結ばれるものであるにしても、最終的には暴力に行き着く可能性をもっている。なぜならば、法的契約は、契約締結者のどちら側に対しても、万一、相手が契約違反を犯すようなことがあれば、その相手に対して何らかの力〔暴力〕に訴える権利を与えているからである。それだけではない。こういった契約の結果だけでなく、あらゆる契約の根源は暴力を指し示している。確かに暴力は、法措定的なものとして、契約のうちに直接的に姿を現している必要はない。しかし、法的契約を保証する力〔権力〕にしても――それがまさにその契約そのもののなかで暴力を用いて合法的に行使される場合――暴力的な根源をもつものである限り、暴力は、契約のなかで代理的に表現されて存在しているのである。ある法的制度のなかで、暴力が潜在的に存在しているという意識が消え去るとき、その法的制度は凋落する。現代では、議会がそのよい例となっている。議会は、周知のみじめな見世物となっているが、それは議会が自らの存在の基盤となっている革命的な力を意識しないままになっていたからである。実際また、ドイツではとくに、そういった暴力的な力の最後の顕現《マニフエスタツイオーン》は、議会にとっては実を結ぶものとはならなかった。ドイツの議会には、議会のうちに表象されている法措定的暴力の感覚が欠けているのだ。議会が、この暴力にふさわしいはずの決定にいたることなく、妥協のうちに、政治的案件の非暴力的な——と思い込んでいる——取り扱い方にいそしんでいるのは、何の不思議もない。しかし、このことはいまでもなお、「あらゆるあからさまな暴力をたとえどれほど軽蔑的にしりぞけるとしても、暴力のメンタリティのうちにその本質を見出す所産」である。「なぜなら、妥協へと行き着く志向は自分自身からではなく、外側から、さらには反対の志向によって動機づけられるものであり、また、どのような妥協にしても、それがどれほど自発的に受け入れられるものであるにせよ、強制的性格を払拭して考えることはできないからだ。『こうでなければもっとよいはずなのだが』というのが、あらゆる妥協の根本感情である。[2]」特徴的なことだが、議会の凋落によって数多くの人々が、政治的抗争の非暴力的調停という理想からそっぽを向くことになったのに対して、戦争は同じだけの数の人々をこの理想に向かわせた。平和主義者に対して、ボルシェヴィストやサンディカリストが相対峙する。彼らは今日の議会に対して、壊滅的で、全体としては的確な批判を行った。すぐれた議会はそれでもなお比較的望ましく、また喜ばしいものであるかもしれないが、政治的合意のための原理的に非暴力的手段について論究する際には、議会主義について論じるわけにはいかない。なぜなら、きわめて重大な案件において議会が到達するものといえば、根源においても結果においても暴力のつきまとう、あの法秩序でしかありえないからだ。

　抗争の非暴力的調停はそもそも可能なのか？　まちがいなく可能だ。私人同士の関係にはそういった例が数多く見られる。心の文化が合意の純粋な手段を人間の手にゆだねたところでは、非暴力的な意見の一致がいたるところで見られる。あらゆる種類の合法的手段および違法な手段は、ことごとく暴力であるが、こういった手段に対して、純粋な手段としての非暴力的手段を対置することができるだろう。心からの丁重な気持ち、情愛、平和を愛する気持ち、信頼、その他ここでさらに挙げることができるものは、そのような非暴力的手段の主観的な前提である。それに対して、この非暴力的手段の客観的現れを規定しているのは、純粋な手段は決して直接的解決の手段ではなく、つねに間接的解決の手段であるという法則である（この法則のもつ途方もない影響関係についてここで論じることはできないが）。それゆえ、非暴力的手段は人間と人間のあいだの抗争の調停に直接的にかかわることは決してなく、ことがらを経由して関わってくるものである。物をめぐっての人間の抗争のもっとも即物的な関係のうちに、純粋な手段の領域が開かれる。それゆえ、技術こそが、この言葉のもっとも広い意味で、この純粋な手段のもっとも固有な領域である。そのもっとも根本的な例はおそらく、文民の合意の技術としてみる場合の話し合いであろう。話し合いにおいては、非暴力的な意見の一致が可能であるというだけでなく、暴力を原理的に排除しているということが、ある重要な関係からはっきりと裏付けられる。それはつまり、嘘が罰されないということである。嘘を根源的に罰する立法は、この地上にはおそらく存在しない。そのことのうちにはっきりと表れているのは、暴力にはまったく近づくことができないほどに非暴力的な、人間による合意の領域があるということである。それは、「分かり合うこと」の本来の領域、つまり言語である。それでも、後になって初めて、また独特の凋落過程において、法的暴力は、欺く行為を罰したことによって、この言語のうちへと入り込んでくることになった。法秩序はその根源において、自分の勝利に満ちた力〔暴力〕を信頼して、違法な暴力が姿を現すとすぐさまそれを打ち負かすことで満足していた。また、欺く行為は、それ自体としては暴力にかかわる要素をなにももっていないため、「市民法は醒めた者のために書かれている」という原則、あるいは「金《かね》には目を」という原則にしたがって、ローマ法や古代ゲルマン法では処罰の対象となっていなかった。それに対して、後の時代の法は、自分自身の力〔暴力〕に対する信頼が欠けており、昔の法のように、他者のあらゆる暴力に劣るところはないともはや感じることがない。むしろ、他者の暴力に対する恐怖と自分自身に対する不信感が、後の時代の法の動揺を表している。後の時代の法は、法維持的暴力がいっそう強力にその姿を顕示させないようにという意図で、〔法的〕目的を措定し始めている。つまり、法が欺く行為に対して反対するのは、道徳的考慮からではなく、欺く行為が欺かれた人間のうちに引き起こしかねない暴力行為を恐れるからなのである。そういった恐れは、法自体のもつ暴力的本性とは法の起源からいっても相容れないものであるから、このような目的〔欺く行為に反対する目的〕は、法の正当な手段にとってはふさわしいものではない。こうした目的のうちには、法そのものの領域の凋落だけでなく、同時に純粋な手段の低下も現れている。というのも、欺く行為を禁止するとき、法は完全に非暴力的な手段の使用を、それが反作用として暴力を生み出しかねないという理由で、制限することになるからである。ここでわれわれが考えている法の傾向は、国家の利害関係と相反するストライキ権を容認する際にも影響を与えてきた。法がストライキ権を許可しているのは、法が対立を恐れる暴力的行為が、それによって妨げられることになるからなのだ。なにしろ、労働者たちは以前はすぐさまサボタージュに訴え、工場に火をつけたのだから。あらゆる法秩序の範囲内で、利害関係を平和的に調停するように人間を動かすために、さまざまな徳目はすべて別として、最終的に、ある効果的な動機《モティーフ》が存在する。その動機は、他を全く受けつけようとしない意志にさえ、暴力的手段ではなく、何度もあの純粋な手段をとらせている。それは、暴力的な対立があれば、その対立がどういう結果に終わろうと発生しかねない共通の不利益を恐れてのことである。私人同士の利害抗争の場合、そういった不利益が明白であるケースは無数にある。階級同士、国家同士が争っているときには、話は別であって、その場合、勝者も敗者も同じように圧倒しそうな勢いのあのより高次の秩序は、感情からすればたいていの人にとって、また知的理解ということではほとんどの人にとって、いまだ隠されたままである。ここでは、そのようなより高次の秩序や、それに対応する共通の利害を探し求めることは、この論考の範囲を超えてしまうことになるだろう。[3] そのような共通の利害は、純粋な手段の政治にとってきわめて持続的な影響力をもつ動機《モティーフ》を与えてくれるのだが。そういったわけで、私人同士の平和的な人間関係に一般的にみられるものとの類似性《アナロジー》をもつものとして、政治そのものの純粋な手段だけを、ここでは指摘することにしたい。

階級闘争に関していえば、そこでのストライキは、ある特定の条件のもとでは純粋な手段としてみる必要がある。二つの根本的に異なるストライキの種類の可能性についてすでに検討してきたが、これら二種のストライキの特徴について、ここでさらに掘り下げて考えてみたい。政治的検討というよりも、むしろ理論的検討にもとづいて、この両者を初めて区別したのは、ソレルの功績である。ソレルはこれら二種のストライキを、政治的ゼネストとプロレタリア的ゼネストとして対置した。この両者のあいだには、暴力に対する関係という点でも、ある対照性が存在する。政治的ゼネストの同調者については、ソレルは次のように述べている。「国家権力〔暴力〕の強化が、彼らの構想の基盤である。これらの政治家たち（つまり、穏健な社会主義者たち）は、現在あるさまざまな組織のなかで、強力に中央集権的で規律のとれた権力〔暴力〕の機構をすでに準備している。それは、対立派の批判によって惑乱されることもなく、沈黙を課すことができ、嘘の指令を発することになる権力である。」[4]「政治的ゼネストは……どうやって国家がその力を失わないか、どのように権力が特権階級から特権階級へと移行していくか、生産者という大衆がどのように自分の支配者を取り替えていくことになるかということを見せてくれる。」[5] こういった政治的ゼネストに対して（ちなみに、こういった公式は、かつてのドイツ革命に見られる公式であるように思われる）、プロレタリア的ゼネストは、国家権力〔暴力〕の廃止という唯一の使命を自らに課している。プロレタリア的ゼネストは、「どのような社会政策であれ、その一切のイデオロギー的帰結を排除する。その支持者は、もっとも民衆になじんだ改革でさえも〈市民的〉とみなす。[6]」「このゼネストは、自分の意図は国家を終結させることであると宣言することによって、征服により獲得する物質的利益には無関心であることをきわめてはっきりと告げている。国家とは実際、支配者集団の存在理由であった。この支配者集団は、社会全体がその負担を担っているあらゆる企業体から利ざやを得ているのである。[7]」こういった労働の停止の第一の形式〔政治的ゼネスト〕は、単に労働条件の外面的修正のきっかけとなるにすぎないのだから、あくまでも暴力である。それに対して、第二の形式〔プロレタリア的ゼネスト〕は、一つの純粋な手段として、非暴力的である。なぜなら、この第二の形式は、外的譲歩や労働条件の何らかの修正があれば再び労働を始めるというつもりで行われるのではなく、完全に変革された労働、つまり国家によって強いられるのではない労働となる場合のみ、再び労働に就くという決意のもとに行われるものだからである。つまり、それは一つの転覆であり、この種のストライキがきっかけになって生まれるものというよりは、むしろそれによって成し遂げられるものである。それゆえ、実際また、こういった企てのうち第一のもの〔政治的ゼネスト〕は、法措定的であるが、それに対して第二のもの〔プロレタリア的ゼネスト〕は、アナーキズム的である。マルクスのその時々の発言をうけて、ソレルは革命的運動のために掲げられるいかなる種類の綱領、ユートピア、つまり一言でいえば法措定の行為をしりぞける。「ゼネストによって、こういったけっこうなものはみな消え去ってしまう。革命は、ひとつの明白で単純な反乱として現れる。そして、社会学者のいる場所が残されることもないし、また社会改革を行おうとするエレガントな愛好家《アマチュア》たちや、プロレタリアのために思考することを職業としてきた知識人たちの居場所が残されることもない。[8]」このようなゼネストは場合によっては破局的な結末をもたらしかねないということで、ゼネストに暴力の烙印を押したがる考え方があるが、そのような考え方は、この奥深く、倫理的で真に革命的な構想に対して立ち向かうことなどできない。今日の経済は、全体としてみれば、火夫が持ち場を離れると止まってしまう機械に似ているというよりも、むしろ猛獣使いが背中を向けたとたん猛然と暴れだす猛獣のようなものだ、といっても差支えないかもしれない。しかし、それでもなお、ある行為の暴力性についての判断は、その結果や目的によってではなく、その手段の法則にもとづいてのみ行わなければならない。国家権力〔暴力〕にとっては、どのような結果がもたらされるかということしか眼中にないものだが、そういった国家権力はもちろん、たいていは実際のところ恐喝的である部分的ストライキとは反対に、まさにこのようなストライキ〔プロレタリア的ゼネスト〕を暴力であると呼び、これに対抗する。ちなみに、革命が行われたとき、実際に暴力が行使されるのをやわらげるのに、このゼネストのこれほど厳格な構想そのものがどれほどふさわしいものであるかということについて、ソレルはきわめて機知に富んだ理由をいくつかあげて、詳しく述べている。それに対して、暴力的な性格をもつ不作為の顕著なケースとなっているのが、いくつかのドイツの都市で行われた、医者たちのストライキである。これは、国境封鎖にも似て、政治的ゼネストよりも不道徳で野蛮なものである。ここに現れている恥知らずな暴力行使には、極めて強い嫌悪感を抱かざるをえない。この暴力行使がこれほどまでに忌まわしいものであるのは、それが、長年にわたって何ら抵抗するそぶりも見せずに、「死にその獲物をとっておいてやった」職業階級の行うものであるからだ。彼らは、そうしておいて、いい機会が最初に訪れたときに、自分から進んでその命をさっさと見捨ててしまう。年若い階級闘争よりも、数千年も経た、さまざまな国家の歴史のうちに、非暴力的な合意の手段がもっと明確なかたちで形成されてきた。法秩序の修正が、相互交流を行っている外交官の役割となることは、きわめてまれである。彼ら外交官は、根本的には、私人同士の同意というアナロジーにちょうど従うかたちで、国家の名において、平和的にまたなんの契約もなく、ケースに応じて、国家間の紛争を調停しなければならない。それは繊細な任務であって、調停裁判によればもっと決然と解決できるだろう。しかし、あらゆる法秩序の彼方、それゆえ暴力の彼方にあるがゆえに、調停裁判による解決よりも基本的により高く位置づけられる解決の方法なのである。このようにして、私人同士の人間関係と同じように、外交官同士の関係もまた、さまざまな独自の形式や美点を生み出してきた。それらの形式や美点は、外面的なものになってしまったからといって、必ずしもほんとうに外面的なものになってしまったわけではない。

自然法および実定法が視野に入れているさまざまな暴力の領域全体のなかで、これまでにふれた、あらゆる法的暴力のもつ重大な問題性から逃れているような暴力など見出すことはできない。しかし、それでもやはり、あらゆる暴力を完全にそして原理的に排除してしまうとすれば、人間にかかわる課題に対して何とか考えつく解決を与えることなど思い浮かべることもできないし、ましてや、世界史的なレベルでのこれまでのあらゆる人間存在の状況の圏域から解放されることなど、いうまでもない。そういったわけで、あらゆる法理論が注目しているのとは別種の暴力への問いが否応なく立てられることになる。同時にまた、「正しい目的は正当な手段によって達成することができ、正当な手段は正しい目的に向けることができる」という、それらの法理論に共通する根本的ドグマが真実であるかどうかという問いも否応なく浮上してくる。つまり、もし運命的な性質をもつような種類の暴力が、正当な手段を用いながらも、正しい目的そのものとはどのような和解もありえないほど対立するとすれば、どうなるであろうか。そしてまた同時に、そういったある別種の暴力を見て取ることができるようになったとして、その暴力が、正しい目的に対しての正当な手段でも不正な手段でもありえず、そもそも目的に対する手段などではなくて、むしろそれとは異なるものであるとすれば、どうなるであろうか。こういった問いによって、あらゆる法的問題は結局のところ決定不可能であるという、奇妙でまずはがっかりしてしまうような認識に対しても光が当てられることになるだろう（あらゆる法的問題が決定不可能であるということは、見込みのなさという点では、唯一、いま生成しつつある諸言語において「正」と「誤」を的確に決定することが不可能だということと比べることができるかもしれない)。手段の正当性や目的の正しさを決定するのは、実は、決して理性ではない。手段の正当性を決定するのは、運命的な暴力である。しかし、目的の正しさを決定するのは神である。これはまずお目にかかることのないような見解であるが、それは単に、あの正しい目的というものを何らかの法の目的と考えるという根強い習慣が支配しているためにすぎない。つまり、正しい目的を、単に一般的に妥当するもの(このことは正しさというメルクマールから分析的に導かれる)ととらえるだけでなく、一般化する力をもつ(このことは、後述するように、正しさというメルクマールと矛盾する)ものととらえるためだ。というのも、ある状況にとっては正しく、一般的に認められるものであり、一般的な妥当性をもつ目的は、他の状況には——たとえ、その他の関係については、かなり似たような状況であるとしても——同じようにはあてはまらないからだ。ここで問題となっているような、暴力のもつ間接的では[手段を介しては]ない機能は、日々の生活における経験でも見られる。人間についていえば、たとえば、怒りによって人間は、暴力の爆発というきわめてはっきりと目にすることのできる状態にいたる。こういった暴力は、何らかのあらかじめ定められた目的に、手段として関わっているわけではない。この暴力は手段ではなく、顕現《マニフエスタツイオーン》なのだ。しかも、この暴力にはきわめて客観的なさまざまな顕現のかたちがあり、そのそれぞれで暴力の批判的検討を行うことができる。こういった顕現を見出すことができるもっとも重要な例は、何よりもまず神話である。

原像的な形態をとる神話的な暴力は、神々の顕現そのものである。それは、神々の目的の手段ではなく、彼らの意志の顕現ということでもまずない。それは、何をおいても、神々の存在の顕現なのである。ニオベー伝説[6]には、この顕現の傑出した例となるものが含まれている。確かに、アポローンとアルテミスの行為は単なる処罰にすぎないと見えるかもしれない。しかし、彼らの暴力は、ある現行法を犯したことに対して罰を与えるというよりも、むしろはるかに、一つの法を打ち立てるものなのだ。ニオベーの高慢さが恐ろしい宿命を自らの上に招き寄せることになるのだが、それは高慢が法を傷つけるからではなく、高慢が運命を挑発するからなのだ。それはある闘争への挑発である。その闘争において、運命は必ず勝利をおさめることになっており、そして勝てばその時はじめて法を出現させる。古典古代的な意味でのこのような神的な〔神々の〕暴力[7]が、処罰のもつ法維持的暴力とはどれほど異なるものであったかということを、英雄伝説は示している。こういった英雄伝説では、たとえばプロメテウスのような英雄が、彼にふさわしい勇気をもって運命を挑発し、幸運と不運のあいだを行き来しつつ運命と闘争する。だが、いつの日か人間に新しい法をもたらすという希望なしに、彼がこの伝説に打ち捨てられるということはない。この英雄が、そしてまた、彼に生まれつきそなわっている神話の法的暴力こそが、民衆が今日でもなお大犯罪者に対して讃嘆の念を抱くとき、頭に思い描こうとしているものなのである。つまり暴力は、運命の不確かで二義的な領域から、ニオベーの上にふりかかるのだ。この暴力は、破壊的なものというわけではない。この暴力はニオベーの子どもたちに血まみれの死をもたらすのだが、その母親の命を奪うことはない。この暴力は、子どもたちの最期によって母親の命を以前にもましてさらに罪にまみれたものとし、沈黙しつつ罪を永遠に負うものとして、また、人間と神々のあいだの境界をあらわす標石として、母親の命をここに残しておくのだ。神話的な顕現にみられるこの直接的暴力が、法措定的暴力ときわめて近いものであること、さらには同一のものであることが示されるとすれば、その直接的暴力のうちにある一つの問題性が――先に戦争暴力の叙述のなかで、法措定的暴力をただ手段にのみかかわる暴力と特徴づけたが、その限りにおいて――法措定的暴力にもかかわってくることになる。そのとき同時に、こういった連関は、あらゆる場合に法的暴力の根底に存在する運命に対してさらに幅広く光を当てることになり、また、法的暴力の批判的検討を大まかに最後まで推し進めることになるだろう。つまりこういうことだ。法措定における暴力の機能は、次に述べる意味で二重の機能をもっている。確かに法措定は、暴力という手段を用いて、法として組み込まれることになるものをその法措定の目的として追い求める。しかし、目的とされたものが法となって組み込まれた瞬間に、法措定は暴力を解任して終わりとするのではない。むしろそのとき初めて厳密な意味で、さらには直接的に――暴力とかかわりをもたず、暴力に依存しない目的ではなく、必然的にそして緊密に暴力と結びついた目的を、権力の名のもとに、法として組み込むことによって――暴力を法措定的暴力とするのだ。法措定とは、権力を措定することである。そして、その限りにおいて、暴力の直接的顕現の行為である。正しさがあらゆる神的な目的措定の原理であり、権力があらゆる神話的な法措定の原理である。

後者〔神話的法措定〕は国法に適用され、途方もなく重大な結果をもたらしている。つまり、国法の領域では、神話的な時代のあらゆる戦争の「講和」によってもたらされるような境界設定は、法措定的暴力一般の原現象なのである。この境界設定のうちにきわめてはっきりと表れているのは、どれほど多くの所有物を獲得しようとも、それよりも権力こそが、あらゆる法措定的暴力によって保証されなければならないものなのだということである。境界が設定されるところでは、敵を完全に壊滅するということはない。それどころか、勝利者に圧倒的な力〔暴力〕がある場合でさえ、敵に対してさまざまな権利が認められることになる。しかも、デーモン的・二義的な仕方で、「等しい」権利が認められる。つまり、協定を締結する両者にとって、同一の境界線が、踏み越えてはならないものとされるのである。まさにここで、恐ろしいまでの根源性のうちに、「踏み越えて」はならない法規のもつ同一の神話的二義性が現れているのだ。アナトール・フランスは、「連中は貧しい者にも富める者にも同じように、橋の下で寝泊まりすることを禁じている」(8)と述べているが、そのとき彼は、この神話的二義性について諷刺的に語っていることになる。また、あらゆる法はその端緒において、王や強大者たち、つまりは権力者たちの特権であった、とソレルは推測しているが(9)、そのとき彼は、単に文化史的な真実を述べているだけではなく、形而上学的な真理に触れていることになるように思われる。つまり法は、それが存続する限り、「必要な変更を加えて《ムターティス・ムタンディス》」そのようなもの〔権力者の特権〕であり続けるだろう。というのも、唯一、法を保証することができる暴力という視点からすれば、平等などは存在せず、せいぜいのところ、等しい規模の暴力があるだけだからだ。しかし、境界設定という行為は、法を認識するためには、さらに別の観点で意義深いものである。法規や画定された境界線は、少なくとも原始時代においては、書き表されていない法規〔不文律〕であった。人間は何も知らぬままそれを踏み越え、そのようにして罪の償いを課せられることがある。書き表されておらず、またそれについて知りもしない法規を犯したことで引き起こされるあの法の介入は、処罰とは異なり、償い〔贖罪〕と名づけられているからだ。何も知らなかった人間が罪の償いを課せられるのはいかにも不運なことではあるが、しかし償いということが生じるのは、法という意味で考えるならば、偶然ではなく、運命なのである。運命はここでも再び、その計画的な二義性のうちに姿を現す。すでにヘルマン・コーエンは、古典古代の運命観についてのある短い考察のなかで、「こういった逸脱、こういった離反を引き起こし、もたらしているのは、運命の秩序そのものである」ことを、「避けることができなくなっていく認識」と呼んでいる。[9] 法を知らなかったからといって処罰を免れることはできない、という近代の原則がいまでもなお、こういった法の精神についての証明となっている。古典古代の共同体の初期における成文法をめぐる戦いも、神話的な規約の精神に対する反逆と理解することができるが、このことも同様に法の精神を証明するものである。

直接的暴力の神話的な顕現は、より純粋な領域を打ち開くどころか、もっとも奥深いところでは、あらゆる法的暴力と同一のものとして姿を現す。それによって、法的暴力の問題性についての予感は、法的暴力の歴史的機能が有害で破滅的なものだという確信となる。そういったわけで、法的暴力の歴史的機能を完全になくしてしまうことがわれわれの課題となる。まさにこの課題が、最後の段階で、神話的な暴力を阻むことのできる純粋な直接的暴力とは何か、という問いをもう一度提示することになる。あらゆる領域で、神話に対して神が対立するように、神話的暴力に対しては、神的暴力が対立する。しかも、神的暴力と神話的暴力の対立は、あらゆる点での対置関係によって特徴づけられる。神話的暴力が法措定的であるとすれば、神的暴力は法を壊滅するものであり、神話的暴力が境界を設定するのに対して、神的暴力はそれを果てしなく〔なんの境界線もないまま〕壊滅する。神話的暴力が、罪を犯すことと罪を償う（sühnen）ことに同時に関わっているとすれば、神的暴力は罪から解き放つ（entsühnen）性格をもつ。神話的暴力が脅かすものであるとすれば、神的暴力は有無を言わせず叩きつけられるものである。神話的暴力が血にまみれているのに対して、神的暴力は全く血を流さないまま命を奪い去る。こういった神的暴力の例として、コラの徒党に対する神の裁きがニオベー伝説に対置されるものといえるかもしれない[10]。神の裁きは特権をもつ人たち、つまりレビ族(11)の人間に下されるのだが、神が彼らを打つとき、何の予告も威嚇もなく、有無を言わせず行われる。そして、壊滅する前に躊躇することもない。しかしながら、この神の裁きは同時に、まさにこのような壊滅の行為によって罪から解き放つのだ。血を流さないこと、そして罪から解き放つこと、という二つの性格のあいだに認められるこの暴力の内的連関は見誤りようもない。というのも、血は単なる生そのもののシンボルであるからだ。ところで、法的暴力が引き起こされるのは自然の生そのものが罪を犯すことに起因しているのだが——これについてはここで立ち入って論じるわけにはいかない——、この単なる自然の生そのものの罪によって、生ける者は、無実のまま不幸にも贖罪〔罪の償い〕の手に引き渡される。そして、贖罪はこの者の罪を「償う（sühnen）」。そしてまた、〔無実の者・罪のない者ではなく〕罪ある者を罪から解き放つ（entsühnen）こともあるかもしれないが、しかしその場合も、罪からではなく、法から解き放たれることになる。というのも、単なる生そのものが終わるとともに、生ける者に対する法の支配も終わりを告げることになるからだ。神話的暴力は、その暴力自身のために行われる、単なる生そのものに対する血の暴力である。神的暴力は、生けるもののために行われる、あらゆる生に向けられた純粋な暴力である。前者は犠牲を要求し、後者は犠牲を受け入れる。

この神的暴力を証言するのは宗教的伝承だけではない。むしろ、現代生活のうちにも、少なくとも神聖なものとされている顕現のかたちで、この神的暴力が存在している。教育的な暴力として完成されたかたちで法の外部にあるものは、神的暴力の現象形態の一つである。こういった神的暴力が現れていることは、神自身が奇跡を行って直接的に神的暴力を行使することで明らかにされるのではなく、あの血を流さず、有無を言わせず、罪から解き放つという要素によって示される。そして、最終的には、法措定がそこにはないということによって示されるのだ。その限りでは、この暴力を「壊滅的」と呼ぶことも確かに正当なことである。しかし、この暴力が「壊滅的」であるとすれば、それは相対的な意味で、つまり財産・法・生命といったものに関してそうなのであって、決して、生ける者の魂に関して絶対的な意味で「壊滅的」というわけではない。純粋な暴力あるいは神的暴力をこのように押し広げて考えると、とくに現代では、もちろんきわめて激しい批判の攻撃を引き起こすことになるだろう。そして、「こういう考え方を演繹して行くと、必然的に、人間がお互いに致死的な暴力をふるうことを条件つきで認めることになる」と述べて、このような考え方に対立するものが現れるだろう。それはしかし、容認できない。なぜならば、「私は殺してもよいか」という問いに対しては、「汝殺すなかれ」という戒律[12]として、動かすことのできない答えが与えられるからである。神は行為が生じるより「先に存在する」ように、この戒律は行為よりも先にある。しかしながら、この戒律に従うように促すのは、罰に対する恐怖であってはならないということがどれほど正しいにしても、この戒律はもちろん、つねに、なされてしまった行為に対しては適用できないもの、同じ尺度で考えることのできないものである。戒律からは、なされてしまった行為に対する判決の言葉は出てこない。そういうわけで、なされた行為に対する神の判決を前もって見てとることも、その理由を前もって読みとることもできない。だから、人間を暴力によって殺害することに対して、他の同胞が有罪判決を下す場合、その判決を戒律から根拠づけようとする人たちは正しくない。戒律は判決の基準としてあるのではなく、行為する個人ないし共同体にとっての行動の指針としてあるのだ。行為する個人ないし共同体は、孤独のなかで、この戒律と対峙しなければならない。そして、極端な場合、この戒律に従わない責任を自分自身に引き受けることも必要となる。正当防衛の場合の殺人に対して有罪とすることをはっきりとしりぞけたユダヤ教もまた、戒律をそのようなものとして理解していた。しかし、かの思想家たちはやや古い程度のある原理に立ち返り、そこからあの〔太古の〕戒律さえも根拠づけるつもりでいるようだ。それは生命の神聖さという命題である。彼らはそれをあらゆる動物の生命や植物の生命にまで当てはめることもあれば、人間の生命に限定することもある。彼らの立論の仕方は、革命での抑圧者の殺害を引き合いに出す極端なケースでは、次のようなものとなっている。「もし私が殺さなければ、私が正義の王国を築くことは決してないだろう……と知的なテロリストは考える。……しかし、一人の人間存在の幸福や正義よりも……人間存在そのもののほうがより高次のものである、というのがわれわれの信条である。[10]」この最後の命題は誤りであるばかりか、高貴とはいえないものであることは確かだが、この命題がある義務をはからずも露呈しているということも同様に確かなことである。それは、戒律の根拠を、殺害された者に対して何がなされたかということにのうちにこれ以上求めようとするのではなく、神および殺害者〔行為者〕自身に対して何がなされたかということに求める義務である。人間存在がただ単なる生そのものだけを意味すると考えるのであれば——先にあげた見解のなかでは、この命題はその意味で述べられているのだが——、人間存在が正しい人間存在よりも高次のものであるという命題は、誤ったものであり、また卑しいものである。しかし、もし人間存在（あるいは「生」といったほうがよいかもしれない）が、〈人間〉という確固とした集合状態を意味するとすれば、この命題は途方もない真理を含んでいることになる。ちなみに、これらの言葉のもつ二重の意味は、Frieden〔平和・講和〕という言葉の二重の意味に完全に類似したものであり、これらがそれぞれ二つの領域に関係づけられることからその二重の意味を解き明かさなければならない[13]。つまり、人間というものが存在しないことは、正しい人間がまだいない（「単に」ということばが必須）ことよりももっと恐ろしいことなのだ、ということがこの命題の言おうとしている内容であるとすれば。先にあげた命題が正しく見えるのは、この二義性のためである。人間〔という全体的存在〕が、人間の単なる生そのものと一致することは決してない。また、人間のうちの単なる命そのものと一致することはないし、その他、人間の何らかの状態や特質と一致することもない。さらには、身体をもった個としての人間の唯一性と一致することさえないのだ。人間がどれほど神聖であるとしても（あるいは、この地上での生、死、死後の生るとしても)、人間のそれぞれの状態が神聖であるわけではないし、また人間の身体そのものの生、ほかの人間によって傷つけられるような生が神聖だというわけではない。では、人間の生を動物や植物の生と根本的に分けているものは何か。たとえ動物や植物が神聖であるにしても、それらが神聖であるのは、これら動物や植物の単なる生そのもののためでもないし、またこれらが生のうちにあるからでもない。命の神聖さというドグマの起源をたどっていくことは、十分に価値のあることだろう。このドグマは、自分の失ってしまった神聖な存在を宇宙論的に見極めがたいもののうちに求めようとする、弱体化した西欧の伝統の最後の混乱した試みであるが、こういったドグマはひょっとすると、いやおそらくは、比較的最近のものといえるだろう。(これに対して、殺人を禁じるあらゆる宗教的戒律の古さということには、そういった意味はない。〔命の神聖さという〕近代の原理とは異なり、これらの戒律には別の思想がその根底にあるからだ。)最後に、このドグマは次のようなことを考えさせてくれる。つまり、ここで「神聖な」といわれているものは、古い神話的思考によれば、罪を負っていることをまさにそのまま表すもの、すなわち単なる生そのものにほかならないということだ。

暴力の批判的検討は、暴力の歴史の哲学である。暴力の歴史の「哲学」であるというのは、この歴史の終わりという理念だけが、歴史の時間的データに対する批判的態度、つまり切り分け、決定する態度を可能にするからだ。すぐ近くのものにしか向けられていない視線には、せいぜい、法措定的暴力や法維持的暴力といったかたちをとる暴力のさまざまな形態のうちに、弁証法的にあれこれ動いているさまを認めるくらいのことしかできない。こういった弁証法的な揺れ動きの法則が生じるのは、まず、どのような法維持的暴力にせよ、それが存続していくうちに、敵対する暴力を抑圧することで、法維持的暴力のなかに現れている法措定的暴力を間接的に自ら弱めることになるからだ。(そのいくつかの兆候については、本論考の考察の過程で示しておいた。)この状態は、新しい暴力あるいはかつて抑圧された暴力がこれまでの法措定的暴力に打ち勝ち、それによって、新たな凋落に向けて、新しい法を打ち立てるまで続いて行く。神話的な法形態に呪縛されたこの循環を打ち破ること、相互に依存し合っている法と暴力もろともにその力を剝奪すること、そして最終的には国家権力〔暴力〕からその力を剝奪すること――新しい歴史の時代はこれらのことにもとづいて築かれるのだ。神話の支配が現在もあちこちですでにほころびを見せているとすれば、新しい時代も想像が及ばないほど遠い先のことではなく、法に対する批判の言葉もおのずと片づいてしまうことだろう。しかし、法の彼方で、たしかに暴力が純粋な直接的暴力となって存続することが暴力に保証されているのであれば、それによって、革命的暴力もまた可能であるということ、まただのようにそれが可能となるかということ、そしてまた、人間による純粋な暴力の最高度の顕現に対してどのような名前を与えるべきかが示されることになる。しかし、純粋な暴力がどういった特定の場合に現実に存在したかということを決定するのは、人間にとって可能なことではないし、また緊急のことでもない。というのも、暴力のもつ、罪から解き放つ力は人間にはわからないものであるため、とてつもない出来事となって現れるのでもない限り、神的暴力であるとはっきりと認識できることはないからだ。認識できるとすれば、それは神話的暴力だけだろう。神話が法との交雑によって生み出したあらゆる永遠の形式が、いまや新たに、純粋な神的暴力の手にゆだねられている。神的暴力は、群衆が犯罪者を神明裁判によって裁くときに現れることもあるし、またほんとうの戦争のうちに姿を現すこともある。しかし、あらゆる神話的暴力、すなわち法措定的暴力はしりぞけられるべきものである。この法措定的暴力は、支配する（schalten）暴力といってよいだろう。また、法措定的暴力に仕える法維持的暴力、つまり管理された（verwaltet）暴力も排すべきものである。それに対して、神的暴力は神聖な執行の標章にして印章であり、決してその手段ではない。これは統治する（walten）暴力と名づけてもよいだろう。

原註

1　この有名な要請に関しては、むしろ、その内容が少なすぎるのではないか、つまり、何らかの視点においては、自分自身あるいは他者を手段としても使用させたり、自ら使用したりすることが許されているのか、という疑念が生じる。こういった疑念には十分な理由があると思われる。

2　エーリッヒ・ウンガー『政治と形而上学』ベルリン、一九二一年。

3　ウンガー、『政治と形而上学』。

4 ジョルジュ・ソレル『暴力論』第五版、パリ、一九一九年（岩波文庫）（第五章第三節）。
5 ソレル『暴力論』（第五章第四節）。
6 ソレル『暴力論』（第四章第二節）。
7 ソレル『暴力論』（第五章第三節）。
8 ソレル『暴力論』（第四章第二節）。
9 ヘルマン・コーエン『純粋意志の倫理学』第二版、一九〇七年。
10 クルト・ヒラー「あとがき　アンチ・カイン」、『ダス・ツィール』第三巻、ミュンヘン、一九一九年。

訳注

（1）スピノザ『神学・政治論』（畠中尚志訳、岩波文庫）第一六章「国家の諸基礎について、各人の自然権及び国民権について、また最高権力の権利について」。
（2）「法的関係 Rechtsverhältnis」とは、「法的主体 Rechtssubjekt」相互の関係、ないしは法的主体と法的客体との関係を指す。これらの概念は「個人」と「集団」の両方に関して用いられるが、テクストでは「個人」に関する概念として考察が進められている。テクストの他の箇所では、Recht が「法」というよりも明らかに「権利」として意図されている場合もあり、その場合は「権利主体」と訳している。
（3）カント『永遠平和のために』（宇都宮芳明訳、岩波文庫）。
（4）ゲーテ『トルクヴァート・タッソー』（潮出版社『ゲーテ全集』第五巻所収）第二幕第一場でタッソーが口にする有名な言葉。
（5）カントの『人倫の形而上学の基礎づけ』（岩波書店『カント全集』第七巻所収）のなかの有名な言葉。「定言命法」とは、ある条件のもとに何かを要請する「仮言命法」（「～ならば～せよ」）に対置される概念であり、無条件に従うべき倫理的要請である。

(6)テーバイ王アムピーオーンの妃であるニオベーは、女神レートーに対して、自分は七人の男の子と七人の女の子がいるので、アポローンとアルテミスという二人の子どもしかいないレートーよりも優れていると誇った。それによって、女神レートーの怒りを買い、彼女の子どもであるアポローンとアルテミスにそれぞれ男の子と女の子を皆殺しにされた。ゼウスによって子どもたちは石にされ、またニオベー自身も悲しみのために石となる。(『イーリアス』第二四書六〇二―六一七行、『変身物語』第六巻一四六―三一二行)

(7)ここでは、少し後の箇所で「神話的な暴力 mythische Gewalt」に対置される「神的な暴力 göttliche Gewalt」と同じ言葉が使われている。しかし、コンテクストからすれば、ここでの göttlich という言葉は「神 Gott」ではなく、まさに「古典古代的な意味での」といわれているように「神々 Götter」を指す形容詞だと考えるのが妥当だろう。

(8)アナトール・フランス『赤い百合』一八九四年。

(9)ソレル『暴力論』第三章第二節。

(10)旧約聖書「民数記」第一六章参照。モーセに反逆した首謀者のコラは、レビ族の祭司である。

(11)レビ族は、イスラエルの部族のなかでも、祭祀に仕える部族であり、その意味で「特権をもつ人たち」である。

(12)「十戒」のなかの六番目の戒律。「出エジプト記」二〇章一三節参照。

(13)ここで言われている二重の意味とは、その対象すべてを包括するような本質的・根源的な意味と、ある特定の現象形態における意味といえるだろう。Frieden という言葉についていえば、「講和」という根本的・本質的な意味に対して、「平和」はその特殊な現れである。クルト・ヒラーが用いた「人間存在 Dasein」という言葉を、ベンヤミンはここでそのまま引き合いに出しているが、この言葉で問題となるのも、本質的・理念的な意味での「人間存在」と、個々の人間そのものという二つの次元の対比である。

「生 Leben」という言葉についても同じように、「生」そのものの理念的な意味と、ある特定の生き物・人間の「命」というきわめて具体的な意味が問題となる。

神学的・政治的断章

メシア自身がはじめて、あらゆる歴史的な出来事を完結させる。しかもそれは、メシア自らが、歴史的な出来事のメシア的なものに対する関係を救済し、完結し、作り出すという意味においてだ。それゆえ、歴史的なものは自分からメシア的なものにかかわろうとすることはできない。それゆえ、神の国は歴史的な可能態《デュナミス》の目標《テロス》ではない。神の国を到達点とすることはできないのだ。歴史という視点で見れば、神の国は到達点ではなく、終局点である。それゆえ、世俗的なものの秩序は神の国という思想にもとづいて打ち立てることはできない。それゆえ、神権政治には政治的意味などなく、あるのは宗教的な意味だけだ。神権政治の政治的意味をあらゆる力を傾けて否定したのが、ブロッホの『ユートピアの精神』の最大の功績である。

世俗的なものの秩序は、幸福の理念にもとづいて打ち立てられる。幸福の理念とメシア的なものとの関係は、歴史哲学が教えるもっとも根本的なものの一つである。この両者の関係から、ある神秘主義的な歴史観の前提条件が与えられているのだが、そこでの問題は次のようなイメージによって描き出すことができるだろう。ある矢印の方向が、世俗的なものの可能態《デュナミス》が力を及ぼす到達点を表し、もう一つの矢印の方向がメシア的な力の凝集する方向を表すとすれば、自由な人類の幸福追求はもちろん、あのメシア的な力の方向から外れて進んでいく。しかし、ある力が自分自身の進む方向によって、反対の方向に向かう別の力を強めることができるように、世俗的なものの秩序もまた、メシアの国の到来を促進することができる。つまり、世俗的なものは、確かにこのメシアの国のカテゴリーではないが、メシアの国がかすかに近づいていることのカテゴリーであり、またそのもっとも適切なカテゴリーの一つなのである。なぜならば、あらゆる地上的なものが幸福のなかで追い求めるものは自らの没落なのだが、地上的なものは、ただ幸福においてのみ没落を見出すことになると定められているからだ。もちろんその一方で、心（人間の心の内部）のうちにはたらく直接的なメシアの力の凝集は、不幸（苦悩という意味での）を通り抜けてゆくことになる。不滅へといたる霊的な面での〈原状回復〉には、現世的な〈原状回復〉が対応しているが、これは一つの没落が永遠に続いていくことである。そして、この永遠に滅びてゆく現世的なもののリズム、その総体性のなかで、つまり空間的にだけでなく時間的な総体性のなかで滅びてゆく現世的なもののリズム、すなわちメシア的な自然のリズムこそが、幸福なのである。なぜなら、自然がメシア的であるというのは、それが永遠に、そして総体的に滅んでゆくこと〔はかなさ〕のためなのだから。

このはかなさを追い求めることが、〈自然〉という人間の段階にとっても、世界政治の課題であり、その方法はニヒリズムと呼ばれることになる。

翻訳者の課題

芸術作品や芸術形式の認識にとって、受容者を考慮に入れることが実り豊かなものとなるということは決してない。特定の読者、あるいは読者を代表する人物に関連づけて考えると、必ずや本来の道から足を踏み外してしまうというだけでない。「理想的」な受容者という考え方でさえ、あらゆる芸術理論的論究において害悪となる。なぜなら芸術理論的論究には、ひたすら人間の存在と本質そのものを前提とすることが要請されているからである。同様に、芸術自身も人間の身体的・精神的本質を前提とする。しかし、どのような芸術作品においても、人間からどのような注意を向けられているかを芸術が前提とするということはない。というのも、いかなる詩も読者に向けられたものではなく、いかなる絵画も鑑賞者に、いかなる交響曲も聴衆に向けられたものではないからだ。

翻訳とは、原作がわからない読者に向けて書かれるものなのだろうか。そういった考え方は、芸術の領域における両者の地位の違いを十分に説明しているように見える。さらにこのことは、「同一のこと」を繰り返して言う、唯一可能な理由であるように見える。しかし、文学は何を「言う」のだろうか。文学は何を伝達するのだろう。文学を理解する者にとって、伝達されるものはほとんどない。文学にとって本質的なものは伝達ではなく、意味内容でもない。それにもかかわらず、媒介することを目指す翻訳があるとすれば、それは単に伝達を、つまり非本質的なものを媒介することしかできないだろう。それはまた悪い翻訳の目印でもある。ある文学作品のなかで伝達の埒外にあるもの――それが本質的なものであることは、悪い翻訳者でさえ認めるだろう――は、一般的に、とらえることができないもの、神秘的なもの、「詩的なもの」とされているのではないだろうか。それは、翻訳者もいわば詩作することによってのみ、再現することができるものなのではないか。事実、悪い翻訳の第二のメルクマールはこのことに由来する。つまり、悪い翻訳とは、非本質的な内容を不正確に伝えることと定義してよいだろう。翻訳が読者に仕えようとする限り、状況に変化はない。しかし、仮に翻訳が読者のためにあるのだとすれば、原作にしても同じことになるはずだ。原作はそうではないとするならば、翻訳はこういった関係からどのように理解することができるだろうか。

翻訳とは一つの形式である。翻訳を形式としてとらえるには、原作へと立ち返ることが重要である。というのも、原作のうちには、その翻訳可能性というかたちで、翻訳の法則が含まれているからである。ある作品の翻訳可能性を問うということには、二重の意味がある。つまりその問いは、ある作品が読者全体のうちに十分ふさわしい翻訳者を見出すことになるかどうか、という意味でもあり、さらに本来的な意味としては、ある作品がその本質上、そもそも翻訳を許容するものであるかどうか、したがって——この形式の意味に即して——翻訳を求めているのかどうか、という問いでもありうる。原理的には、第一の問いに対する判断は問題を孕んだものとなるだろうし、第二の問いは議論の余地なく判断を下すことができるだろう。浅薄な思考だけが、後者の独自の意義を否定することによって、その二つは同じことを意味するのだと説明することになるだろう。そういった考え方に対しては、ある種の関係概念は、初めから人間だけに関係づけられるのではないとき、正しい意味を、あるいは最上の意味を手にすることになるのだ、と言っておけばよい。だから、たとえすべての人間が忘れてしまったとしても、忘れがたい生《レーベン》や忘れがたい瞬間という言い方が許されることになるのだ。つまり、もし忘れがたい生や瞬間の本質が、忘れられないことを求めるのであれば、この〔「忘れがたい」という〕述語は偽りを含んでいるのではなく、人間には応えることのできない要請を含んでいるだけのことであり、また同時に、その要請に応えることができる領域、すなわち神の記憶《ゲデンケン》を指し示していることにもなるだろう。またそれにともなって、言語作品が人間にとって翻訳不可能なものである場合にも、それらの作品の翻訳可能性は同様に検討の対象となるだろう。そして、翻訳を厳密にとらえるならば、言語作品とは実際のところある程度まではそのようなもの〔翻訳不可能なもの〕ではないだろうか。特定の言語作品の翻訳を要請すべきかどうかという問いは、このように切り離して考えなければならない。なぜなら、翻訳が一つの形式であるとすれば、翻訳可能性はある種の作品にとって必然的に本質的なものである、という命題が成り立つからだ。

翻訳可能性はある種の作品にとって本質的な特質である。このことは、そういった作品の翻訳はその作品自体にとって本質的であるということを意味するのではなく、原作に内在する特定の意味はその翻訳可能性となって現れるということを言い表そうとしている。翻訳は、それがいかに優れたものであっても、原作に対して何か重要な意味をもちうることは決してない、というのは明らかである。しかしながら、原作の翻訳可能性のために、翻訳と原作はきわめて近い連関にある。いや、むしろこの連関は、それが原作そのものにとってもはや何の意味ももたないからこそ、いっそう緊密なものとなる。この連関は、自然的な連関と呼んでもよいだろう。あるいは、もっと厳密にいえば、生の連関といってよい。生の現れは、生きている者にとって何か意味を与えるものでないにせよ、生きているものときわめて緊密に連関している。それとまったく同じように、翻訳は原作から生まれる。しかも、原作の生〔生きること〕(Leben) からというよりも、原作が「生き延びること (Überleben)」から生じているのだ。なにしろ、翻訳とは原作よりも後に生まれるものなのだから、そしてまた、翻訳は重要な作品——それが成立した時代にはより抜きの翻訳者など望むべくもなかったのだが——がその死後においてもなお「生き続ける (Fortleben)」段階を示すものなのだから。芸術作品の「生 (Leben)」そして「死後の生 (Fortleben)」[1]という考え方は、メタファーとしてではなく、完全に事実そのものに即して理解しなければならない。思考がさまざまな偏見にとらわれていた時代でさえ、生を認めることができるのは有機体に対してだけではないと考えられていた。しかしながら、フェヒナー(2)が試みたように、魂という弱々しい王笏のもとで生の支配を拡げるということができるわけではない。ましてや、生を動物的なものというさらに権威のない要素から定義することなど論外だ。また、生に対してそのときどきの特徴を与えるにすぎない感情から生を定義しようとするのも同じことだ。そうではなく、むしろ、歴史が存在するあらゆるもの、単に歴史の舞台となっているというだけではないあらゆるものに対して、そこに生があることを認めるときにのみ、生という概念は自らにふさわしい権利を手にすることになる。というのも、自然からではなく、ましてや感覚や魂といった不安定なものからなどではなく、まさに歴史から、生のかかわる範囲が定められるからだ。あらゆる自然の生を、歴史のより包括的な生から理解するという哲学者の課題はそこから生まれる。それに、少なくとも作品の死後の生は、被造物の死後の生などより、比べものにならないほど認識しやすいといえるのではないか。偉大な芸術作品の歴史という場合、そこには作品がどのような源に由来するか、その芸術家が生きていた時代に作品がどのように形成されたか、そして後の世代における原理的には永遠に続く死後の生の時期といったものが含まれる。この最後にあげたものが姿を現すとき、それは名声と呼ばれる。単なる媒介以上のものとしての翻訳が成立するのは、ある作品が死後の生においてその名声の時代に到達したときである。つまり、悪い翻訳家がよく自分の仕事に対して要求しているように、翻訳が作品の名声に貢献するというのではなく、作品の名声があるからこそ、翻訳の存在が可能となるのだ。翻訳においてこそ、原作の生は、つねに新たな状態での最終的な、そしてもっとも包括的な発展段階に到達する。

この発展は、ある独特で高次の生の発展として、ある独特で高次の合目的性によって規定されている。生と合目的性――一見してすぐにわかるような、それでいてほとんど認識されることのないこの両者の連関は、生のあらゆる個別の合目的性が目指す目的が、ここでもまた生そのものの領域にではなく、ある高次の領域において求められるときにのみ、解き明かされることになる。あらゆる合目的的な生の現象は、そういった現象の合目的性全般と同様に、結局は、生にとって合目的的なのではなく、生の本質の表出にとって、つまり生の意味を描き出すことにとって合目的的なのである。そのように翻訳も、最終的には、さまざまな言語間のもっとも内的な関係の表出にとって合目的的である。翻訳は、この隠れた関係を自分自身では明らかにすることはできないし、また作り出すこともできない。しかし、翻訳はこういった関係を、萌芽的なかたちであるいは内向的《インテンジーフ》なかたちで実現することによって、描き出すことはできる。さらにいえば、ある意味されたものを、それを作り出す萌芽という試みによって描き出すことは、非言語的な生の領域においてはほとんどお目にかかることのないような、きわめて独特な表現モードである。というのも、非言語的な生には類似や記号というかたちをとる別のタイプの指示の形式があるが、それは内向的《インテンジーフ》なかたちでの実現ではない、つまり、先取りするかたちでの暗示的な実現ではないからだ。しかし、ここで考えられている、言語間のきわめて内的な関係は、ある独特な収斂の関係である。この関係のもっとも重要な点は、諸言語は互いに無関係なものなのではなく、ア・プリオリに、そしてあらゆる歴史的関係とは別のこととして、それらが言おうとしていることにおいて互いに親近的な関係にあるということにある。

とはいえ、こういった説明を試みようとすれば、われわれの考察はむだな回り道をしたあげく、またもや伝統的な翻訳の理論に合流してしまうようにも見える。翻訳において諸言語の親縁性を証明する必要があるとすれば、原作の形式と意味をできるだけ厳密に伝えるというやり方以外に、この親縁性をいったいどうやって証明できるというのだろうか。この厳密さという概念は、伝統的な翻訳理論ではもちろんとらえることができないだろうし、翻訳において何が本質的であるかという説明を結局できないままになってしまうことだろう。しかし実際には、諸言語の親縁性は、二つの文学作品の表面的で定義できない類似性においてよりも、翻訳において、はるかに深くそして明確に証明されるのだ。原作と翻訳とのあいだの真の関係をとらえるためには、模写理論が不可能であることを認識批判によって証明する際の思考過程ときわめて似通った意図をもつ検討を行う必要がある。もし認識が現実の模写であるとすれば、認識には客観性も、ましてや客観性に対する要求も存在しえない、というのが認識批判の示していることであるとすれば、われわれの検討によって証明できるのは、もし翻訳が原作との類似性をその最終的な本質として追い求めるのだとすれば、そもそもいかなる翻訳も不可能だということである。というのも、原作の死後の生がもし生けるものの変容と刷新でないとすれば、死後の生という言葉でそれを呼ぶべきでないわけだが、原作はまさにそういった死後の生のなかで変化していくからだ。書きとめられた言葉にも追熟(3)というものがある。作家の時代には、場合によっては彼の詩的言語の傾向であったものが、後の時代には用済みのものとなってしまうこともありうるし、内在的傾向が形成物としての作品から新たに浮かび上がることもありうる。当時若々しかったものが、後の時代には使い古された響きとなることもあるし、当時一般的な言葉が古めかしい響きになることもある。こういった変容の本質をなすもの、また意味の同じく絶え間ない変容の本質をなすものを、言語および言語作品のもっとも固有な生のうちに求めるのでなく、後世の人々の主観に求めるとすれば、それは――きわめて粗野な心理主義さえ認めるとしても――ことがらの理由と本質とを取り違えることになる。さらに厳密に言えば、それは、もっとも力強く、もっとも実り豊かな歴史的プロセスの一つを、思考力がないために否定するということなのだ。また、作家の最後の一筆を〔作品に早く死をもたらしてやるための〕「慈悲の一刺し」にしようとしても、あの死滅した翻訳の理論を救うことにはならないだろう。なぜなら、偉大な文学作品の言葉の調子や意味が何世紀もたつうちに完全に変容してしまうように、翻訳者の母語もまた変容してゆくからである。さらにいえば、詩人の言葉がその詩人の言語のなかで生き残っていくのに対して、もっとも偉大な翻訳でさえ、必ずその言語の成長のなかに取り込まれ、そして新しくなっていく言語のなかで落ちぶれていかざるをえない。翻訳とは、二つの死滅した言語の虚しい等式などとはまったくかけ離れたものである。それゆえ、あらゆる形式のなかで翻訳にこそ、そのもっとも固有の特質として、他言語の言葉の追熟に留意するという役割、自国語の言葉を生み出す苦しみに留意するという役割が割り当てられているのだ。

翻訳においてさまざまな言語のあいだの親縁性が現れるとすれば、それは模写されたものと原作との曖昧な類似性によるのとはちがうかたちで現れる。親縁性がある場合、必然的に類似性が見つかるわけではないということは、そもそも自明のことである。そしてまた、この連関において親縁性の概念は、この二つのいずれの場合も出自が同じだということでは十分に定義することができないという点で、その狭義の用法と一致する。もちろん、その狭義の用法を規定するためには、出自という概念がどうしても必要になるだろうが。二つの言語の親縁性は、歴史的な親縁性を除外して考えるとすれば、どこに求めることができるだろうか。文学作品の類似性のうちに求めることはできないし、まったく同じように作品の言葉の類似性に求めることもできない。むしろ、諸言語のあいだに見られる、歴史を超えたあらゆる親縁性は、いずれも全体をなしているそれら個々の言語のうちに、それぞれある一つのことが、しかも同一のことが意図されているということに由来するものである。しかしながら、その同一のものに、個々の言語は到達することができない。到達できるのは、互いに補完し合うそれら諸言語の志向《インテンツイオーネン》の総体だけである。それはつまり、純粋言語である。つまり、異なる言語では個々の要素、単語、文、連関が互いに相容れないものであるのに対して、これらの言語はその志向そのものにおいては互いに補完し合う。言語哲学の基本法則の一つであるこの法則を厳密に把握するためには、志向という概念において、意図されているものと何かを意図するその仕方とを区別しなければならない。Brot〔ドイツ語で「パン」〕とpain〔フランス語で「パン」〕という語では、意図されていることは確かに同じものだ。しかしそれに対して、それを意図する仕方は同じではない。つまり、意図するその仕方では、これら二つの言葉はドイツ人とフランス人にとってそれぞれ異なるものを意味し、両者にとって入れ替えることのできないものであり、さらに最終的には互いに相容れないものとならざるをえない。しかし、意図されているものについていえば、これら二つの言葉は、つきつめて言えば、全く同一のことを意味しているということになる。意図する仕方は、このようにこれら二つの単語で互いに反目するものとなっているのに対して、これら二つの語のそれぞれもとの言語においては互いに補完し合う。さらにいえば、これら二つの言語において、意図する仕方は補完し合って、意図されたものを作り上げることになるのだ。つまり、個々の言語、互いに補完されていない言語では、意図されたものは――個々の語や文の場合のように――相対的に独立した状態で目にすることができるものでは決してなく、むしろつねに変転する状態のうちにとらえられるものである。そして最終的には、意図されたものは純粋言語として、さまざまな意図する仕方すべての調和《ハルモニー》から姿を現すことになるのだ。そのときまで意図されたものは、それぞれの言語のうちに隠されたままの状態でとどまっている。しかし、これらの言語がこのようにしてその歴史のメシア的終局に到るまで成長していくとすれば、その時、翻訳は——さまざまな作品が永遠に死後の生のうちに生きていることに触発されて、またさまざまな言語が無限に息を吹き返していくことに触発されて燃え上がる翻訳は——何度も新たに、それぞれの言語があの神聖な成長を遂げているかどうかを確かめることになる。つまり、その隠されたものが啓示からどれほど隔たったものであるか、また、この隔たりを知ることで、この隠されたものがどれほど顕われ出ることができるかを確かめるのだ。

とはいえ、このようにいっても、あらゆる翻訳は何らかのかたちで、諸言語が互いに異なるものであるということに取り組むうえでの暫定的な方法にすぎないことは認めよう。時間的で暫定的な解決以外のもの、つまり瞬間的で最終的な解決が人間に与えられることはない(4)。いずれにせよ、直接的にそれを手に入れようとすることはできない。しかし間接的には、諸言語のなかである高次の言語の隠れた種子を成熟させるのは、さまざまな宗教の成長なのである。翻訳はつまり、——それが作り出したものがずっと存続することを要求するわけにはいかないし、またその点で芸術とは異なるわけだが——あらゆる言語結合の最終的、究極的、決定的な段階に向かっているのであり、このことは否定しようがない。原作は翻訳において、いわばより高次でより純粋な言語の大気圏へと成長していく。もちろん、この大気圏のなかで原作はずっと生き続けることはできないし、また原作の形態のすべての部分についてこの大気圏に達しているという状態にはほど遠い。しかしそれにもかかわらず、原作は驚くほど強烈なやりかたで、この大気圏を少なくとも指し示している。それは、あらかじめ定められた、しかしわれわれが手にすることのできない、諸言語の和解の領域、成就の領域としての大気圏である。こういった領域に原作がすっかり到達するということはないにせよ、この領域にはある翻訳作品において単なる伝達以上であるものが存在する。さらに正確にいえば、この本質的な核となるものは、その翻訳作品そのものにおいてさらに別なものに翻訳することができないものと規定することができる。つまり、その翻訳から伝達ということに関してできる限り多くのものを取り出し、それを翻訳するとしても、真の翻訳者の仕事が取り組んでいたものはあいかわらず手つかずのままとなっているのだ。それは原作の詩人のことばと同様、移し替えることのできないものである。なぜなら、原作と翻訳とでは、本質的内容《ゲハルト》と言葉の関係がまったく異なるからだ。つまり、原作では本質的内容と言葉が果実と果皮のような一体性をなしているとすれば、翻訳の言葉は大きな襞をもった王のマントのように本質的内容を取り囲んでいる。というのも、翻訳の言葉は、実際に現れている以上の、ある高次の言語を意味するものであり、それによって、翻訳そのものの本質的内容に対して不適切なもの、暴力的で異質なものにとどまってしまうことになるからだ。こういった分裂のためにどのような移し替えもできなくなってしまい、また同時に不要なものとなる。なぜなら、言語の歴史の特定の時点である作品を翻訳するとき、その翻訳はすべて、この作品の本質的内容の特定の側面についていえば、その他のあらゆる言語で行われたさまざまな翻訳を代表するものだからである。翻訳はつまり原作を——イロニー的に[5]——より究極的な言語領域のなかへと移植する。このような言語領域から原作を別のものに置き換えることは、どのような移し替え〔翻訳〕によってもも不可能であり、原作はこの言語領域のなかへとつねに新たに、そして原作そのもの以外の部分で、高められていくことができる。少なくともその限りにおいて、翻訳は原作をより究極的な言語領域のなかへと移植する。「イロニー的」という言葉から、ロマン主義者たちの思考のあり方を思い起こしておくのも無駄なことではなかろう。彼らは他の誰にもまして作品の生というものを洞察していたのだが、この作品の生に対する最高の証明となるのが翻訳だったのである。もちろん、彼らは翻訳そのものについてはほとんど認識しておらず[6]、むしろ批評に対して彼らの注意をすべて傾けていた。批評もまた、ごく些細なものであるとはいえ、作品の死後の生のうちにある、一つの契機なのだから。しかしながら、彼らの理論が翻訳に向けられることはほとんどなかったとしても、彼らの偉大な翻訳作品そのものは、この〔翻訳という〕形式の本質と威厳についてのある感覚と手を携えるものであった。この感覚は——あらゆることがそれを指し示しているが——必ずしも詩人においてもっとも強力に現れるものである必要はない。むしろ、詩人そのもののうちには、この感覚はごくわずかな部分しか占めていないかもしれない。歴史を考えてみるだけで、重要な翻訳者はまた詩人であり、重要でない詩人は取るに足らない翻訳者であるといった因習的な偏見は間違いであることがわかるだろう。ルター、フォス、シュレーゲル(7)といった一連の偉大な人物は、詩人としてよりも翻訳者としてのほうがはるかに重要であるが、たとえばヘルダーリンやゲオルゲといった、他の偉大な人たちの場合、彼らの創作活動の範囲全体を考えるならば、詩人という概念だけでとらえることはできない。とりわけ、単に翻訳者として考えるわけにはいかない。つまり、翻訳がある独自の形式であるように、翻訳者の課題もまた、一つの独自の課題としてとらえるべきものであり、詩人の課題と厳密に区別しなければならないものなのである。

翻訳者の課題は、翻訳先の言語へと向かう志向《インテンツィオーン》を見出すことにある。その志向から、この翻訳先の言語のなかで、原作のこだまが呼び起こされる。文芸作品とは完全に区別されるべき翻訳の特徴は、まさにこの点にある。なぜならば、文芸作品の志向は、決して言葉そのもの、言葉の全体性に向かうのではなく、もっぱら直接的に、言葉によって言い表された特定の本質的内容の連関に向かうからである。しかし翻訳は、文学創造のようにいわば言葉そのものの奥深い森林のうちにあるのではなく、その森の外部で、この森と対峙しそのうちに足を踏み込むことなく、原作を呼び込む。自分自身の言語〔翻訳先の言語〕のなかで、ある外国語の作品の反響をこだまがそのつど響かせる――そのようなことができる唯一の場所で、翻訳は原作を呼び込むのだ。翻訳の志向は、文学創造の志向とは別の何かを、つまり、ある外国語で書かれた個々の芸術作品から出発してある言語の総体を目指すだけではない。翻訳の志向そのものがある別の志向でもあるのだ。詩人の志向が素朴な志向、最初の志向、直観的志向であるのに対して、翻訳者の志向は派生的志向、最終的志向、理念的志向である。なにしろ、数多くの言語を一つの真の言語へと統合するという壮大なモティーフが、翻訳者の仕事を満たしているのだから。この真の言語において、個々の文や文学作品や判断の言葉は確かに、互いに了解し合うことは決してない。だからこそあいかわらず翻訳にも頼らざるをえない。しかしそれでもなお、これらさまざまな言語自身が、その意図する仕方において補完し、和解することによって、この真の言語において互いに一致するにいたるのだ。ここでいう真の言語とは、そのような言語である。しかしもし、あらゆる思考が苦労して求める最終的な秘密が何の緊張もなく、自らは沈黙しながら保たれているような真理の言語というものがあるとすれば、この真理の言語こそが、まさに真の言語というべきものである。この真の言語を予感し記述することが、哲学者の期待できる唯一の完全性なのだが、まさにこの真の言語こそがさまざまな翻訳のうちに内向的《インテンジーフ》なかたちで隠されている。哲学の女神《ムーサ》など存在しないし、また翻訳の女神《ムーサ》も存在しない。しかし、感情に流される芸術家たちが考えたがるように、哲学も翻訳も芸術とは無縁の低俗なものというわけではない。というのも、翻訳のうちに姿を現すあの言語への憧れを何よりも特徴とするような、哲学的な天才的資質《インゲーニウム》というものが存在するからだ。「諸々の言語は、それが複数存在するという点において、不完全である。すなわち、絶対無二、最高の言語というものがないのである。換言すれば、考えるということは、何の付属物もなしに、また頭の中で呟くこともなしに、それどころかまだ無言の状態のまま不死の言語を書くということなのだが、地上にあってはそれぞれの言語に特有な語法の雑多なことが、語を人が明瞭に口にすることを妨げる。もしそうでなければ、語は、それ自体が物質的に真理であるただ一回の打ち込みによって、存在を得るであろうに。(8)」マラルメがこれらの言葉で思い起こしていることが、哲学者にとって厳密に見極めることのできるものであるとすれば、そのような言語の萌芽をともなった翻訳は、文学と学問理論のちょうど中間に位置することになる。翻訳作品は、外に対して強い印象を刻印するという点では、文学や学問理論に及ばないにせよ、内に向かっては、これらに劣らず、深く歴史のなかへと自らの特質を刻みこんでいくのだ。

翻訳者の課題がこのような光に照らされて現れるとすれば、その解決の道はますます見通しのきかない闇に包まれていくかのようにも思われる。というよりも、翻訳において純粋言語の種子を成熟させるというこの課題は、決して解決できないもの、何らかの解決というかたちで方向を定めることのできないものであるように見える。というのも、もし意味の再現ということが翻訳の基準でなくなるとすれば、そのような解決の基盤が失われてしまうのではないだろうか。そしてまさにこのことが、否定的な言い方をすれば、これまで述べてきたことの意図するところである。忠実と自由——意味に即した再現の自由と、意味の再現に仕えるときの語に対する忠実さ——というのが、翻訳について議論する際にいつももちだされる昔ながらの言葉である。翻訳のうちに意味の再現以外のものを求める理論に対しては、これらの概念はもはや何の役にも立たないように思われる。確かに、これまでの言葉の使い方からすれば、これらの言葉はつねに解決不能な相克のうちにあるものとみなされてきた。というのも、忠実というものが、そもそも意味の再現にとって何かできるだろうか。個々の語を翻訳する際の忠実さということについていえば、忠実さは、これらの語が原作においてもっている意味を完全に再現することはほとんどできない。なぜなら語の意味は、原作に対して語のもつ詩的意味からすれば、意図されているもので尽きてしまうのではなく、意図されたものが、その特定の語において、意図する仕方とどのように結びついているかというまさにそのことによって、詩的意味を獲得するからである。このことは、ことばはある特定の感触をともなっている、という言い回しでよく言い表される。ましてや統語論《シンタックス》に関しての逐語性をもちだすことになると、意味の再現という話はすべてひっくり返り、まさに理解不能なところに陥ってしまうことになるだろう。一九世紀の人々の目には、ヘルダーリンのソフォクレスの翻訳は、そういった逐語性の途方もない実例と映っていた。形式の再現に忠実であることが、結局は意味の忠実さをどれほど困難なものとするかということは、おのずと明らかである。したがって、逐語性の要請は、意味を保つという関心からは導き出すことができない、ということになる。意味を保つということであれば、悪い翻訳者の無規律な自由の方がはるかに役に立つ。もちろん、文学や言語にとってはまったく反対であるが。というわけで必然的に、逐語性の要請——それが正当なものであることは明白なのだが、その根拠は完全に秘匿されている——は、もっと十分に説得力のある連関から理解しなければならない。つまり、ある器の破片をつなぎ合わせようとする場合、どれほど細かな部分についても互いに適合していなければならないが、しかし同じ形である必要はない。同様に翻訳は、原作の意味に自らを似せようとするのではなく、むしろ愛をこめて、そして細部に至るまで、原作での意図する仕方を自分自身の言語のなかで付け加えてゆかなければならない。そのようにして翻訳は、ちょうどあの破片が一つの器の断片であると認められるように、原作と翻訳の両者をもっと大きな一つの言語の断片として認めることになる。まさにそれゆえに、翻訳は何かを伝達しようとする意図を、そして意味を、かなりの程度慎まなければならない。そして、この点で原作は翻訳にとって——伝達されるべきものを伝える努力やそれをきちんと並べていく作業から、翻訳者や翻訳作品が解放されている限りにおいて——本質的なのである。翻訳の領域においてもまた、ἐν ἀρχῇ ἦν ὁ λόγος、つまり「初めに言葉があった[9]」ということが当てはまる。それに対して、翻訳の言語は意味に対して自由であることができる。いやそれどころか、自由でなければならない。それは、意味の志向《インテンツィオ》を再現というかたちで鳴り響かせるためではなく、調和《ハルモニー》として、つまり意味の志向が自らを伝達する場である言語を補完するものとして、志向の独自の仕方を鳴り響かせるためである。したがって、翻訳の言語による原作であるかのように読めるということは、とくにその翻訳が成立した時代には、その翻訳に対する最大の賛辞となるわけではない。むしろ、逐語性によって保証される忠実さがもつ意義はまさに、言語補完への大いなる憧れが作品から語り出すということにあるのだ。真の翻訳は向こう側を透かして見せることのできるものであり、原作を覆い隠したり、原作に当たる光をさえぎることもなく、翻訳に固有の媒質《メーディウム》によって強められることで、純粋言語をより一層完全なかたちで原作の上に注ぐのだ。それを可能にするのが、とりわけシンタックスを置き換えるときの逐語性である。まさにこの逐語性こそが、翻訳者にとってもっとも根本的な構成要素となるのは文ではなく、語であるということを証明する。なぜなら、文は原作の言語の前に立つ壁であるのに対して、逐語性はアーケードであるからだ。

翻訳の忠実さと自由は、昔から互いに相反する傾向とみなされてきたのだが、このように一方〔忠実さ〕をより深く解釈してみても、両者を和解させることにはならず、むしろ反対に、もう一方〔自由〕の権利をすべて否認することになるように思われる。というのも自由は、もし意味の再現に関係するのでないとすれば、何に関係するというのだろうか。そしてこの意味の再現に対して、いま、立法的な立場を取ってはならないと言っているわけである。しかし、ある言語形成物〔作品〕の意味を、この作品が伝達するものの意味と同一視してよい場合でさえ、ある究極の要素、決定的な要素がそこには残っている。それは、作品の意味のすぐ近くにありながらも無限に遠く、意味の下に隠されていることもあれば、もっとはっきりと表れていることもあり、意味によって分断されていることもあれば、あらゆる伝達を超えて力強く表れていることもある。あらゆる言語、またその言語によって作られた作品には、伝達可能なもののほかに、伝達不可能なもの、つまり何かを象徴するもの、あるいはその場合の連関に応じて、象徴されるものがつねに存在する。象徴するものというのは、さまざまな言語による有限な形成物〔作品〕の場合のみであって、それに対して象徴されるものは、さまざまな言語の生成過程そのものの場合に現れる。そして、さまざまな言語の生成過程のうちに自らの姿を描き出そう（darstellen）とするもの、いや作り出そう（herstellen）とするもの、それこそがあの純粋言語の核そのものなのである。しかしこの核は、隠れて断片的なものであるにしても、生のうちに〈象徴されるもの〉としてともかくも現れているのに対して、形成物としての作品のうちでは単に〈象徴するもの〉となって存在しているにすぎない。純粋言語そのものに他ならないあの究極の本質は、諸言語においては言語的なものとその変容だけに結びついているのに対して、形成物としての作品においては、この同じ究極の本質が、重く異質な意味というものにとりつかれてしまっている。究極の本質を意味から解放すること、象徴するものを象徴されるものそのものにすること、形成されたもののかたちで純粋言語を言語運動へと取り戻すこと、それが翻訳のもつ力強い、そして唯一の能力である。純粋言語は、もはや何も意図せず、何も表現しないが、表現を欠いた創造的な言葉となって、あらゆる言語において意図されたものそのものである。この純粋言語のなかで、最終的には、あらゆる伝達、あらゆる意味、そしてあらゆる志向《インテンツィオーン》が一つの層に達する。そこではそれらがすべて消滅すべく定められている。

そして、まさにこの層から、翻訳の自由が、新しいより高次の権利を得ると確認されることになる。伝達されるものの意味から解放することがまさに忠実さの課題とするところであるが、翻訳の自由はこういった伝達されるものの意味によって存続していくわけではない。自由はむしろ、自分自身の翻訳の言語において――純粋言語のために――自らの価値を示す。異質な言語のうちに呪縛された純粋言語を、自分自身の翻訳の言語のなかで救済すること、作品のうちにとらわれた言語を作品の改作において解放すること、それが翻訳者の課題なのである。この課題のために、翻訳者は自分自身の言語の朽ちてもろくなった障壁を打ち壊す。たとえばルター、フォス、ヘルダーリン、ゲオルゲは、ドイツ語の限界を押し拡げていった。ここから、翻訳と原作の関係にとって、重要性という点で、何が意味に残されることになるかを、ある比喩によってとらえることができるだろう。接線は円とほんの束の間、そして一点で接する。また、この接線が無限にその直線を延ばしてゆく法則を規定しているのはおそらくこの接触であって、接点ではない。同様に、翻訳はほんの束の間、そして意味の無限に小さな点においてのみ、原作と接触する。そして、忠実さという法則にしたがって、言語運動の自由のなかで、そのもっとも固有な軌道をたどってゆく。ルドルフ・パンヴィッツはこの自由の真の意義を――自由という言葉を用いているわけでもなく、また自由概念の基礎づけを行っているわけでもないが――『ヨーロッパ文化の危機』のなかの論述で特徴づけている。この論述は、『西東詩集』注解のなかのゲーテの言葉と並んで、翻訳の理論に関してドイツで出版された最良のものと言ってよいだろう。そこには次のようにある。「わが国の翻訳は、最良のものであっても、誤った原則から出発している。これらの翻訳は、ドイツ語をインド語やギリシア語や英語にするのではなく、インド語やギリシア語や英語をドイツ語にしようとする。また、外国の作品の精神に対してよりも、自国語の言葉の使い方に対してはるかに多くの畏敬の念を抱いている。……翻訳者の根本的な誤りは、自国語を外国語によって激しく揺り動かすのではなく、自国語の偶然的な状態を固持するということだ。翻訳者は、とりわけ非常に離れた言語から翻訳する場合には、言葉とイメージと音とが一体となる言語そのものの究極的な要素へと立ち戻らなければならない。翻訳者は、自分の言語を外国語によって押し拡げ、深めなければならない。どの程度それが可能であるか、それぞれの言語がどの程度まで変容しうるものか、どの程度まで言語と言語の差異が方言と方言の差異にすぎないものとなるかはわからない。しかし、こういったことが起こるのは、われわれが言語のことをあまりに軽く考えるのではなく、十分に重く受け止めるときだけなのである。[10]」

翻訳がこの形式の本質にどれほど応じることができるかは、客観的には、原作の翻訳可能性によって規定される。原作の言語の価値と尊厳が少なければ少ないほど、また原作が伝達的性格をもつものであればあるほど、そこで翻訳が得るものは少なくなる。そしてついには、あの意味の完全な優位が、十分な形式を備えた翻訳の推進力となるどころか、翻訳を無に帰してしまう。作品が高い資質をもつものであればあるほど、その作品はそれだけいっそう、その意味にほんの束の間触れるだけであっても、翻訳可能なものであり続ける。このことはもちろん原作だけに当てはまる。それに対して翻訳作品は翻訳不可能なものであるが、それは意味が自分にまとわりつくときの重さのためではなく、むしろそれがあまりに束の間のことであるためである。他の本質的な点においてもつねにそうだが、ここでもヘルダーリンの翻訳、とりわけソフォクレスの二つの悲劇の翻訳(11)は、このことをはっきりと示すものであることがわかる。これらの翻訳では、二つの言語〔ギリシア語とドイツ語〕の調和《ハルモニー》は非常に深いものであり、そのため意味は、風によってエオリアンハープが鳴るように、言葉によってかすかに触れられるだけだ。ヘルダーリンの翻訳は、翻訳という形式の原像である。それらの原作テクストのもっとも完全な翻訳であってさえ、ヘルダーリンの翻訳とそのようなもっとも完全な翻訳との関係は、原像と模範的な像との関係に等しい。このことは、ヘルダーリンとボルヒャルトによる、ピンダロスの第三ピューティア頌歌《オーデ》の翻訳にも示されている(12)。だからこそ、ほかのどのような翻訳にもまして、そこにはあらゆる翻訳のかかえる根源的で途方もない危険が潜んでいる。つまりそれは、そのように押し拡げられ、すみずみまで手中におさめられた言語の門が急にバタンと閉まり、翻訳者を沈黙のうちに閉じ込めてしまうという危険である。ソフォクレスの翻訳はヘルダーリンの最後の仕事だった。これらの翻訳では、意味は深淵から深淵へと転落し、ついには底なしの言葉の深みのなかでまさに消失せんばかりとなる。しかし、とどめようとするものも存在する。とはいえ、それをとどめることができるテクストは、聖なるテクスト〔聖書〕をおいて他にはない。聖なるテクストでは、意味は、流れ出る言語と流れ出る啓示の分水嶺であることをやめている。テクストが直接的に、つまり何かを媒介する意味をもたず、逐語的なかたちで、真の言語、真実、あるいは理論に属すとき、このテクストはまさしく翻訳可能なものなのである。もちろんそれは、もはやそのテクストのためにではなく、ただ諸言語のために翻訳可能なものとなっているのである。このようなテクストに向かう場合、翻訳に対しては――逐語性と自由をもちつつ、行間逐語訳(13)というかたちをとって、聖なるテクストと同じように、言語と啓示が何の緊張ももたず必然的に合一するほどに――際限のない信頼が要求されている。なぜなら、あらゆる偉大な書物のうちにはある程度、また聖なるテクストであれば最高度に、その潜在的な翻訳が行間に含まれているからだ。聖なるテクストの行間逐語訳が、あらゆる翻訳の原像、あるいは理想なのである。

訳註

(1) ここでは名詞として使われているFortlebenという語は、本来動詞であり、作品や名声がその当人の死後も「生き続ける」ことを意味する。ここでは、作品が「生きていること」＝「生」(Leben)に対して、作者の死後もその作品が「生き続けること」を「死後の生」(Fortleben)という語で翻訳している。

(2) グスタフ・フェヒナー(一八〇一－一八八七)、ドイツの物理学者、哲学者。精神物理学(Psychophysik)の創始者であり、精神と物質の一体性を想定した哲学を打ち立てた。

(3) 追熟(Nachreife)とは、もともと果物などが収穫された後に熟すことを意味するが、ここでは言葉

Worteがいったん作品として書きとめられたあと、さらに成熟してゆくことを意味する（もちろん、この「追熟」に対置されるものとして、果物が木になっているときに熟していくように、作家の創作過程で言葉が成熟してゆくことが想定されている）。

(4)「時間的（zeitlich）」および「瞬間的（augenblicklich）」という二つの言葉はここでは対立的な意味をもたされているが、これらはたとえば『歴史の概念について』のうちに典型的に表れているようなベンヤミンの歴史意識、歴史哲学の方法に由来すると考えられる。「時間的」という語が、人間が通常経験しているような、この世界のなかでの時間にかかわるものであるのに対して、「瞬間的」という言葉は、この時間の流れのなかにいわば凝固した一点として存在するもの、『歴史の概念について』では《いまこのとき（Jetztzeit）》といわれているものにかかわると思われる。

(5)「イロニー的（ironisch）」という語は、テクストの少し後の部分で再び言及されている箇所からもわかるように、ドイツ・ロマン派におけるキー概念である。ベンヤミンは、彼の博士論文『ドイツ・ロマン主義における芸術批評の概念』のなかで、とりわけフリードリヒ・シュレーゲルの「イロニー」の概念についてとりあげている（ちくま学芸文庫、浅井健次郎訳では、一六八－一八〇頁参照）。彼はこのなかで、「素材のイロニー」と「形式のイロニー」を区別して論じているが、テクストのこの箇所では明示的に述べられてはいないものの、翻訳という一つの形式にかかわるものとして、これらのうち「形式のイロニー」を念頭に置いているのではないかと思われる。

(6)テクストの後の箇所でベンヤミン自身が言及しているが、ロマン派において、翻訳は重要な文学活動の領域を形成していた。とりわけ、アウグスト・ヴィルヘルム・シュレーゲルによるシェイクスピアの翻訳とヘルダーリンによるソフォクレスの翻訳は重要な意味をもつ。

(7)マルティン・ルター（一四八三－一五四六）はもちろん『聖書』の翻訳によって、ヨハン・ハインリヒ・フォス（一七五一－一八二六）は、とりわけホメロスの『イーリアス』と『オデュッセイア』の翻訳によって、そしてアウグスト・ヴィルヘルム・シュレーゲル（一七六七－一八四五）は、註（5）でもふれたようにシェイクスピアの翻訳によって、それぞれ知られている。

（8）マラルメ「詩の危機」一八九二年（『マラルメ全集Ⅱ』筑摩書房、一九八九年所収の松室三郎訳「詩の危機」を参照しつつ部分的に変更を加えた）。

（9）「ヨハネによる福音書」第一章第一節。

（10）ルドルフ・パンヴィッツ『著作集2　ヨーロッパ文化の危機』ニュルンベルク、一九一七年。パンヴィッツとこの著作については、三ッ木道夫編訳『思想としての翻訳　ゲーテからベンヤミン、ブロッホまで』白水社、二〇〇八年参照。

（11）ヘルダーリンによるソフォクレスの『オイディプス』と『アンティゴネー』の翻訳を指す。

（12）ヘルダーリンのピンダロスの翻訳は、ピンダロスのさまざまなドイツ語翻訳のなかでも傑出した位置を占める。ルドルフ・ボルヒャルト（一八七七－一九四五）は、とりわけホフマンスタールとゲオルゲから強い影響を受けたドイツの作家・詩人。翻訳者としても重要な仕事をしている。

（13）とくに中世のラテン（あるいはギリシア語）の文献、とりわけ聖書の翻訳に際して、典型的に見られる逐語訳のかたち。ラテン語あるいはギリシア語の文献の行間に単語の意味を書きこむかたちで行われた。

カール・クラウス

グスタフ・グリュック(1)に献げる

I 全人間

すべてがなんと騒がしくなることか。
『詩となった言葉II』(2)

古い銅版画には、叫びながら髪を逆立て、一枚のビラを両方の手にもって振りかざしながら急いでやってくる使者が描かれている。それは、戦争やペスト、殺人の絶叫と苦痛の声、火事や洪水に満ち、あらゆるところで「最新の知らせ（Zeitung）(3)」を広めるビラだ。そういった意味での「知らせ」、シェイクスピアでこの言葉が用いられるときの意味である「知らせ」、それが『ファッケル(4)』である。それは、「叡智界(5)」での裏切り、地震、害毒、火災に満ちている。見通しのつかないほどうようよと蠢《うごめ》いている新聞一族を『ファッケル』が攻めたてるとき、その憎悪は、倫理的なものというよりも、ちょうど最初の祖先が、自分の精子に由来する、退化してしまったいたずら小人の一族に向けて投げかける憎悪のように、むしろ生命そのものにかかわるものだ。「世論〔公的意見〕」という名称からして、この憎悪にとっては身の毛がよだつほどおぞましいものである。意見とは個人的なことがらだからだ。公的なことにとって関心事となるのは、判決だけである。公的なものとは裁くものであり、さもなければそもそも公的なものではない。しかしながら、公的なもの〔公衆〕から裁く力を奪うこと、無責任な人間、何も知らない者といった態度をとるように公衆に対して暗に仕向けること、それこそがまさに、新聞の作りだす世論〔公的意見〕のもつ意味なのだ。実際、法律、言語、政治にかかわる事実的なことがらを描き出すことに『ファッケル』が力を傾ける、あの髪の毛が逆立つような極度の緻密さにくらべれば、日刊紙のある程度正確な情報でさえ何ということはない。世論など『ファッケル』にはまったくかかわりがない。この「知らせ」の血も滴るようなニュースは、世論による裁きのことばを挑発的に引き出そうとしているのだから。しかも、これ以上激しく迫ることがないほど、何にもまして、新聞《プレッセ》に対する裁きのことばを。

クラウスがジャーナリストたちに投げかけた類の憎悪は、たとえ彼らの行為がどれほど忌まわしいものであるにせよ、彼らの行為にまさに根拠をもつものだなどということは決してありえない。この憎悪の理由となるものは、まちがいなく彼らの存在そのもののうちにある。仮に、彼らの存在が、クラウスの存在とどれほど離れているものであろうとも、あるいはどれほど親近的なものであろうとも。しかし、実際のところ、その両方が当てはまる。ジャーナリストによる最新の人物描写によれば、クラウスは最初の一文からすぐさま次のような人間の特徴を与えられている。「この男は、自分自身や自分の存在に対して、さらには事物の単なる存在そのもの全般に対して、ほとんど関心をいだいていない。むしろ、事物どうしの関係のなかではじめて、そしてとりわけ、事物どうしが出来事のなかで出会う場所で、その事物を感じとる。彼はこの瞬間に、はじめて統合されたものとなり、実体をそなえ、生き生きとした人間となるのだ。[6]」この文章によってわれわれが手にするものは、クラウス像の陰画《ネガ》にほかならない。実際、自分自身と自分の存在に対して、彼ほど燃えさかるような関心をいだいた人間が他にいるだろうか。このテーマから離れることの決してない人間であるというのに。また、事物の単なる存在そのもの、その根源に対して、彼ほど注意深く関心をいだいた人間がいるだろうか。出来事が日付や目撃者やカメラと結びつく、あの出会いによって、彼ほど深く絶望した人間が他にいるだろうか。最終的には、クラウスは常套句《フラーゼ》に対する戦いのうちに自分の全精力を集結させた。常套句、それは勝手きままを言葉によって表現したものである。この勝手気ままさによって、ジャーナリズムの時事性《アクチュアリティ》が事物に対してあつかましくも支配権をふるうことになるのだ。

新聞に対するクラウスの戦いのこういった側面をもっとも明るく照らし出しているのは、彼の同志であるアドルフ・ロース[7]のライフワークである。ロースの宿敵となったのは、「ウィーン工房」[8]のサークルで新たな芸術産業を生み出そうと苦心していた工芸家や建築家たちだった。彼は数多くの文章に自分のスローガンを書きとめたが、とりわけ一九〇八年に『フランクフルト新聞』[9]に掲載された「装飾と犯罪」という論説では、その後もつねに引き合いに出される言い回しが使われている。この論文のなかで発火した輝く閃光は、なんとも奇妙なジグザグの通り道を描き出すことになった。「俗物や多くの芸術通たちが、銅版画やレリーフに手で触れて調べるやり方をとがめているゲーテの言葉を読んだとき、自分は、触れることが想定されているものは芸術作品ではありえないということ、芸術作品たるものは、手で触るということから引き離されていなければならないということを理解した。[10]」つまり、ロースの第一の関心事は、芸術作品と実用品とを区別することだった。同様に、クラウスの第一の関心事は、情報と芸術作品を分けておくことだった。無定見なジャーナリストと装飾家は、根本的なところで一致している。クラウスはハイネを、装飾家として、ジャーナリズムと文学との境界を覆い隠しごまかした人間として、詩《ポエジー》と散文からなる文芸欄《フエイトン》の創始者として、倦むことなく弾劾した。後にはさらに、アフォリズムを印象に売り渡した人間として、ニーチェさえもハイネの同列に仕立て上げたのだった。ニーチェについては次のように書いている。「彼はこの半世紀の崩壊したヨーロッパの文体のさまざまな要素を混ぜ合わせたものに、さらに心理学をも付け加えた。彼の作り出した、言葉の新たな水準というものは、ハイネの水準が文芸欄《フェイトン》的な書きぶりの水準であるのと同じように、エッセイ的な書きぶりの水準である。これが私の見解だ。[11]」この二つの形式は、慢性病の兆候のようにみえる。この病気にかかっていると、あらゆる態度や立場は、グラフに現れた体温の上下だけで決まってしまう。つまりそれは、「にせもの」という病気だ。にせものの化けの皮を剝がすこと、それこそが、新聞に対するこの戦いの生まれてきた場所なのだ。[12]「ほんとうの自分ではないものになれる、という大いなる口実を生み出したのは誰か？」

それは常套句である。しかし、常套句は技術の産物だ。「新聞という機構は、工場のように、労働と販売という異なる部門を必要とする。一日の特定の時間に——大新聞の場合、二回か三回——一定量の仕事を機械に調達してやり、準備しておかなければならない。しかもそれは、どんな素材であってもよいというわけではない。その間どこかで、また生活、政治、経済、芸術といった何らかの領域で起こったことはすべて手に入れ、そしてジャーナリズムにふさわしく加工しておかなければならない。[13]」あるいは、クラウスではこのことはきわめて簡潔なかたちで次のように言われている。「技術に対しては次のような解明が必要だろう。確かに技術は新しい常套句を生み出すことはできない。しかし、人類の精神を、古い常套句なしですまされない状態にとどめておく。新しい生活と、古いものを引きずったままの生活形式——この二つのものが別々に残っている状態のうちに、世界悪は住み着き、育ってゆくのだ。[14]」この言葉によってクラウスは一気に、技術と常套句が結びついていった結び目を作り上げる。とはいえ、解かれるのはもう一つ別の結ばれた輪だ。つまり、ジャーナリズムは一貫して、高度資本主義の社会において、言語の機能が変化したことの表現となっているということである。クラウスがこのように絶え間なく攻めたてた意味での常套句とは、空疎な美辞麗句が装飾となって、思想に対して愛好家にとっての価値を与えるのと同じように、思想を流通可能なものとする商標である。しかしまさにそれゆえに、言葉の解放は、常套句の解放――つまり、お仕着せの複製物から生産の道具へと変容すること――と同一のことになったのだ。『ファッケル』そのものにも、理論ではないにせよ、そのモデルが含まれている。『ファッケル』に見られるきまった言い回しは、結び目を作る性質のものであって、決してほどく性質のものではない。ウィーン生活のさまざまな不快な振る舞いにしつこくこだわることと聖書のパトスとの交錯、これこそが現象に近づくために『ファッケル』のとるやり方なのである。この雑誌にとっては、給仕の不躾なふるまいに対して世の中の人々を証人として呼び出すだけではこと足りない。死者たちを墓から連れてこなければならないのだ。当然のことだろう。というのも、カフェ、新聞、社会で騒ぎたてられるあのウィーンの醜聞《スカンダール》が、こせこせと、鼻をつくように充満しているさまは、クラウスがはじめから知っていたことを目立たないかたちで知らせているだけのものだったのだから。それは突然、誰の予想よりも早く、その本来の対象、もっとも初期の対象へといたり、そして戦争〔第一次世界大戦〕勃発の二ヵ月後、「この大いなる時代に」という講演によって、その対象を名指しで呼ぶことになった。この講演によって、この憑かれた男に群がっていたデーモンたちはみな、同時代の烏合の衆のうちへと入り込んでいったのである。

「この大いなる時代に——それがほんの小さな頃の様子も知っていた時代、まだ時間があればふたたび小さなものとなるであろう時代、有機体の成長の領域ではそういった変化は不可能であるから、むしろ太った時代、そして実際のところまた重々しい時代と呼びたいような時代。想像もできないようなことがまさに起こる時代、そしてまた、もはや想像できなくなったものが起こらざるをえない——想像できれば起こらないだろうから——時代。深刻な時代になるかもしれないという可能性を考えて死ぬほど笑い転げた、このまじめな時代。自分の悲劇に驚き、気晴らしを求め、自分自身の悪事の現場を押さえながらも、うまい言葉を探すこの深刻な時代。報道をもたらす行為と行為を引き起こす報道の身の毛もよだつシンフォニーにどよめく、この騒がしい時代。この時代に、みなさんは私に対して私自身の言葉を何も期待することはできない。沈黙を誤解から守ってくれるこの言葉以外には何も期待することはできない。修正不可能なものに対する畏敬の念、不幸に対する言葉の服従が、私のうちではあまりに深く根付いているのだ。魂の飢えを感じることもなく、人間が魂の飢えで死んでゆき、ペンが血に、剣がインクに浸される想像力《ファンタジー》の貧困の王国では、考えられていないことが行われなければならない。しかし、ただ頭で考えただけのことは言葉で語ることができない。この時代に、みなさんは私に対して私自身の言葉を何も期待できない。新しい言葉を語ることなどできない。書きものをしている部屋はあまりに騒々しいし、おまけにその騒音が動物のものなのか、子どものものなのか、あるいは臼砲のものなのか、今はそれを決定すべきではないからだ。行為に語りかける者は、言葉と行いの両方をけがすことになり、二重の意味で軽蔑に価する。この職業は死に絶えていない。行為に発言権があるために、今となっては何も言うべきことがない者が語り続ける。何事か言うべきことがある者は、前に出て、そして沈黙せよ！⑮」

このような事情がクラウスの書いたすべてのものにある。それは裏返しの沈黙である。出来事という嵐が、沈黙の黒いケープのなかに吹き込んでそれをもちあげる。そして、派手な裏地を外にめくって見せるのだ。沈黙のきっかけとなるものはいくらでもあるにせよ、それらのきっかけのいずれもが、突然風が吹き抜けるように、不意にクラウスに降りかかっているように思われる。たちどころに精密な機構が、それを片づけるために作動する。口語的表現形式と文章的表現形式が密接にかみ合いながら、さまざまな論争の可能性の状況が一つ一つ徹底的に汲みつくされる。その際、クラウスがどのような留保条項で自分のまわりを取り囲んでいるかは、『ファッケル』の各号に張りめぐらされた、編集上の通知文という鉄条網から、また、「自分自身の著作から」と題された講演のプログラムや聴衆とのやり取りのうちに含まれた、刃物のように鋭い定義や留保からも、はっきりとみてとることができる。沈黙、知識、冷静沈着という三位一体が、論争家クラウスという人物像を構成している。彼の沈黙は堰堤《えんてい》であり、それを前にして、知識というきらきら光を反射する貯水池はますます水かさを増していく。彼の冷静沈着さはいかなる問いも寄せつけず、誰かのもち出す原則に従おうなどというつもりは一切もたない。むしろ、この冷静沈着さにとって何よりも大事なことは、状況を解体すること、状況のうちに含まれている真の問題設定を見つけ出し、あらゆる解答の代わりに、それを敵対者に対して示すことなのだ。ヨハン・ペーター・ヘーベル(16)のうちに機転のもつ構成的で創造的な側面が最高度に展開されているとすれば、クラウスには、その破壊的で批判的な側面が展開されている。しかし、この二人のいずれにとっても、機転とは道徳的な冷静沈着さであり――シュテスルは「弁証法のなかで洗練された物の考え方(17)」といっている――、われわれの知っている慣習よりももっと重要な、知られざる慣習の表現なのである。クラウスの住んでいるのは、極めつきの悪事でさえ「へま」となる世界である。クラウスは途方もないものにも区別をつけることができるが、それはまさに、彼の尺度とするものが市民的な礼儀正しさの尺度ではないからなのだ。市民的な礼儀正しさの尺度だと、ありふれた悪事の境界線を越えるとたちまち息が切れてしまい、世界史的な悪事を理解することなどとてもできないのだ。

クラウスはこういった尺度をずっと以前から知っていた。ちなみに、真の機転にとって、ほかの尺度は存在しない。それは神学的な尺度である。というのも、機転とは、たとえば偏見にとらわれた人間が想像するように、あらゆる状況を慎重に検討しながら、一人一人の人間が自分にとって社会的にふさわしいものとなるように仕向けてゆく能力のことをいうわけではないからだ。むしろその反対である。機転とは、社会的状況を（といっても、そこから脱することなく）自然の状況として、それどころかパラダイス的状況として扱う能力である。だから、国王に対して、あたかも生まれながらにして額に王冠を抱いていたかのように接するだけでなく、召使に対しても、いわば制服を着たアダムに対するかのようにする、そのような能力なのである。ヘーベルはこういった気品を彼の聖職者としての態度のうちにもっていたのだが、クラウスはそれを甲冑のうちに備えている。彼の被造物の概念には、最終的には一七世紀にヨーロッパ全体でアクチュアルな意味をもって広まっていた思弁という神学的遺産が含まれている。しかし、この概念の神学的な核心の部分ではある変化が生じており、この概念はオーストリア的世俗性の全人間的信仰宣言《クレド》のなかにごく自然に吸収されることになる。この全人間的クレドは、神の創造の世界を教会に置き換えてしまっているが、その教会のなかではいまや、ときおりかすかに香煙のかおりがただよい儀式を思い起こさせる[18]だけだ。このクレドをもっともふさわしいかたちで打ち立てたのはシュティフターである。シュティフターの反響は、クラウスが動物、植物、子どもを取り上げるところではどこでも聞き取ることができる。シュティフターは次のように書いている。「風のそよぎ、水のせせらぎ、穀物の生長、海のうねり、大地の緑、空の輝き、星のまたたきなど、これらを私は偉大と考える。壮麗におしよせてくる雷雨、家々をひきさく稲妻、大波をうちあげるあらし、火を噴く山、国々を埋める地震など、これらを私は先に述べた現象より偉大とは思わない、いやむしろ小さいものと考える。なぜなら、それらも、はるかに高い諸法則の作用にすぎないからである。……人間が幼年期にあって、その精神的な眼がまだ科学の洗礼を受けていなかったころは、人間は身近なもの目立つものにとらえられ、畏怖と驚嘆の念へとひきさらわれた。しかしその理解力がひらかれ、眼が事物の関連へと向かいはじめたとき、個々の現象はしだいにかげをひそめ、法則のほうがますます浮かびあがってきて、個々の不思議なことはなくなり、真の驚異が増大したのである。……自然のなかで普遍的な法則が静かにやすみなく作用をつづけ、目に立つものも、これらの法則の個々の現れにすぎないのと同じように、道徳の法則も静かに、魂に生気をあたえながら、人間と人間とのかぎりない交流のうちに働き続けているのであって、突発的な行為のさいの瞬時の驚異は、この普遍的な力のささやかな表示にすぎない。[19]」この有名な文章のなかで、神聖なるものは暗黙のうちに、法則〔法〕というつつましやかではあるが、問題のある概念に席をゆずっている。しかし、このシュティフターの自然と人倫の世界は十分に透明なものであり、カントの概念と取り違えることはまったくないし、その核心において被造物として認識できるものである。あの価値のないものとして世俗化された雷雨や稲妻、嵐、砕ける波、地震――これらを全人間は、人間という冒瀆的な存在に対するこれら自然の営みによる最後の審判の回答とすることによって、ふたたび神の創造の世界へと取り戻したのだ。ただし、神の創造と最後の審判のあいだの期間は、ここでは救済史的な成就を見ることも、ましてや歴史的な克服の過程となることもない。なぜならば、オーストリアの風景がシュティフターの散文の喜びにみちた広がりをどこまでも満たしているように、クラウスにとって彼の人生のおぞましき年月は、歴史ではなく、自然なのだから。また、地獄の風景によってくねくねと曲がりくねるように判決を受けた河の流れなのだから。それは、日に五万本もの木が六十の新聞のために切り倒される風景である。クラウスはこういった情報を「終末」という標題をつけてもたらした。[20] 人類が「生きもの」との戦いで敗北するということは、神の創造の世界にはむかうために技術がいったん戦場に引き出されると、主人の前でも止まらなくなるのと同じくらい確かなことだからだ。クラウスの敗北主義は国家を超えたもの、つまり地球全体にかかわるものであり、歴史とは彼にとって、彼の種族を神の創造の世界から分けている荒野にすぎない。この創造の世界の最後の式典が、世界を焼く劫火〔世界大戦〕である。「生きもの」の陣営への投降者となって、クラウスはこの荒野をわたってゆく。「そして人間的なものに屈する動物だけが／生の主人公となる。[21]」シュティフターの古風なクレドがこれほどまでに陰鬱で紋章学的な刻印を帯びたことはかつてなかった。

クラウスが何度も繰り返し、動物や「あらゆる心のうちの心、つまり犬の心[22]」に愛情を注ぐとき口にする名前、それが「生きもの」である。それはクラウスにとって神の創造の世界を映す真の徳の鏡であり、その鏡のなかで、誠実さ、純粋さ、感謝のきもちが、遠く失われた時代のかなたからわれわれに微笑みかけてくる。人間がその徳の鏡の座を占めるとは、なんと嘆かわしいことか。それがつまり信奉者なのだ。彼らは師匠のまわりにいるよりも、打ち倒されて死骸となった敵のまわりに醜く嗅ぎまわりながら群がる。確かに、犬がこの作家をエンブレムのように象徴する動物であるというのはゆえのないことではない[23]。つまり、犬とは信奉者の理想的事例であり、従順な生きもの以外のなにものでもない。そして、この従順さが個人的なものであるほど、また根拠のないものであるほど、それだけ好ましいものとなる。クラウスがこの従順さをきわめて厳しく試すのはもっともなことだ。しかし、もしこれらの生き物たち〔信奉者〕のもつ限りなく疑わしいものを表すものが何かあるとすれば、それは、彼らが、クラウス自身がはじめて精神的命を与えた者たち、クラウスが生み出し（zeugen）かつ説得する（überzeugen）ということを同一の行為によって成し遂げた者たちからのみ成り立っているという事実である。彼の証《あかし》（Zeugnis）が力をもつのは、ただ、その証が決して何かを生み出すこと（Zeugung）につながらない者に対してだけなのだ[24]。

この時代の零落し貧窮した人間、つまり同時代人なるものが、いまとなっては「私人」というもっとも萎縮した形態をとることによってしか、「生きもの」の神殿に避難所を求めることが許されていないというのは、きわめて当然の成り行きといえる。「神経」[25]のためのあの奇妙な戦いには、どれほどの諦念とどれほどのアイロニーが込められていることか。神経、それはウィーン人の最後の毛根であり、クラウスはそこにまだ肥沃土がくっついているのを認めることができた。ロベルト・ショイ[26]は次のように書いている。「クラウスは、これまで一度もジャーナリストに筆をとらせたことのない、ある大きな対象を発見した。それは、神経の権利だ。彼はこの権利が、財産、家屋敷、党派や憲法と同じく、熱心に擁護するに価する対象であると考えた。彼は神経の代弁者となり、日常においてわれわれを煩わせるさまざまな瑣末なことに対する戦いを引き受けたのだ。しかし、この対象は彼の手のなかで育ってゆき、私的生活の問題というものになっていった。私生活は警察、新聞、モラル、既成概念に対して擁護されるべきものとなる。そして、つねに新しい敵を見つけることが彼の天職となった。[27]」

クラウスの場合いたるところに見られる反動的理論と革命的実践の奇妙な移り変わりが、まさにここには現れている。実際、性と家族、経済面での生活基盤と肉体面での生活基盤を政治的にくまなく明らかにしようと企てていた社会、ガラスの壁にかこまれ、テラスが部屋それぞれの奥深くまで引き込まれているため、もはや部屋など存在しなくなっているような家をいままさに次々と建てようとしている社会において、[28]モラルや既成概念に対抗して私生活を確保しようとすること――こういったスローガンは、もしその私生活が、市民的な意味での私生活とは反対に、この社会的大変革に厳密に合致するものでないとすれば、最も反動的なスローガンであるだろう。一言でいえば、それは、自分自身を解体し、自分自身を公然と形成する私生活、たとえばペーター・アルテンベルク[29]のような貧しい者たちの私生活、あるいはアドルフ・ロースもその一人であるが、扇動者の私生活である。クラウスは、ロースを擁護することを自分の仕事とした。この戦いで、そしてこの戦いでのみ、ほかならぬ信奉者たちがあの匿名性をまったく自分勝手に無視することによって、彼らもまた利益を得ることになる。諷刺家クラウスは、彼の私的存在をこの匿名性のうちにしまいこもうとしていたのだが。彼ら信奉者たちを阻止するものといえば、「私人」として存在する場である廃墟を代表してご挨拶申しあげようと、クラウス自身が戸口に歩み寄るときの決意くらいしかない。

戦いに必要であれば、クラウスは決然と自分自身の存在を公のことがらにすることができるのだが、それにともなって、彼は昔から、個人的な批判と事実にかかわる批判とを区別することに遠慮会釈なく対向してきた。[30] こういった区別こそが、論争というものの信用を失わせ、文学状況・政治状況のなかで腐敗が生まれる主要因となっているのだ。クラウスが人物にもとづいて、つまり、その人が何をするかではなく、どのような人間であるか、また、何を書いているかではなく——そのため著作にもとづくことはまずない——何を言っているか、にもとづいて自身の態度を決めること、これこそが、論争を行うときの彼の権威の前提となるものである。この権威が、真の予定調和、宥和的な調和に対する信頼をもって、ただ一つの文、ただ一つの語、ただ一つの抑揚から、ある一人の作家の精神世界を、それが些細なものであれば、それだけいっそう確実に、完全に無傷のまま引き上げるのだ。ところで、個人的なことがらと事実的なことがらが、敵対者のなかだけでなく、なによりも自分自身のなかで、どれほど一つに結びついているかということをもっとも的確に証明しているのは、彼が決して一つの意見を代表することがないということである。なぜなら、意見とは、その人の人格から離れ、商品流通のうちに組み込まれる偽りの主観性であるからだ。全人格をあげて取り組むことのないような論をクラウスが展開するということは決してなかった。このようにしてクラウスは、決して幻滅させない、という権威のもつ秘密を体現している。権威に終わりがあるとすれば、それは権威が死ぬか、あるいは幻滅させる場合だけだ。他のすべての人が避けなければならないもの、たとえば恣意性、不正、首尾一貫性の欠如によってさえ、この権威が否定されることは決してない。反対に、幻滅を与えるとすれば、それは、たとえば公正であるとか、ましてや首尾一貫しているなど、権威がどのような語り口をとっているかはっきりと説明できる場合だ。クラウスはかつてこのように書いている。「男性にとって、〈正しい〉ということはエローティクにかかわることではない。男性は、自分自身の正しくないことよりも、他人の正しさのほうをよろこんで優先するものだ。[31]」そのように男性としての特質を示すことは、クラウスの場合にはない。彼の存在は、せいぜいのところ、他人の独りよがりの正しさを、自分自身が正しくないということに対置させようと望むくらいのことだけだ。そして、そのように自分が正しくないということにあくまでこだわる姿勢をとるとき、彼がいかに正しいことか。「そのうちいつか、多くの人のいうことが正しいということになるだろう。しかしそれは、私が今日〈正しくない〉ということが〈正しい〉ということだろう。[32]」これこそが真の権威の言葉だ。この言葉がどのような力を及ぼすかを見てとるには、ただ一つ、次のような所見に思い当たるだけでよい。つまり、権威は、他人に対すると同じ程度に自分自身に対しても拘束力がある、しかも仮借なく拘束力があるということ、権威は倦むことなく自分自身に対して（決して他人に対してではなく）震え慄《おのの》くということ、権威は果てしなく自分自身に満足し、自分自身に対して申し開きをするということ、そしてこの申し開きは、決して個人的な資質、それどころか人間の能力の限界といったことにさえその理由を求めてはならず、たとえどれほど不正で、個人的なものとみなされようとも、事実的なことがらそのものを理由としなければならないということである。

そのような無制限の権威のしるしとなるのは、むかしから、立法権と行政権が一つになることであった。しかし、この二つがもっとも緊密に結びついているのが、何にもまして「文法」[33]である。それゆえ、この「文法」はクラウスにおいて、彼の権威をもっとも決定的に表現するものとなっている。クラウスは、ハールーン・アッラシード[34]のように誰にも悟られることなく、夜、新聞の作りだした文章の建物のあいだをさまよい歩き、常套句という硬直した建物の正面《ファサード》の裏手にまわって中を覗き込む。そして、「黒魔術」[35]の狂宴のうちに、言葉の凌辱、言葉の受難を見つけ出すのだ。「新聞はメッセージを伝える者か？　いや、出来事だ。語られた言葉か？　いや、人生だ。新聞は、真の出来事とは出来事についてのニュースであると要求するだけではない。新聞は、これら二つの不気味な一致という事態を引き起こす。その一致によって、行為はそれがなされる前にまず報道されるようにいつも見えることになり、さらには、しばしば実際にそうなる可能性も生じている。いずれにせよ、確かに従軍記者は見ることが許されていないのだが、戦士が従軍記者になるという状態がそこでは生じているのだ。その意味で、私は生涯にわたって新聞を過大評価してきたという陰口をよろこんで受けよう。新聞は召使ではない。召使がどうしてこれだけ多くのことを望んだり手に入れたりできようか。新聞は出来事なのだ。またしても、道具がわれわれの手に余るという状態になってしまった。われわれは、火災の通報をする人間、国家のなかでおそらくもっとも下位の役割を果たすだけの人間を、この世界の上に、火災や建物の上に、事実やわれわれの想像力の上に位置づけてしまったのだ。」(36) 腐敗と魔術に対して権威と言葉——この戦いのなかでは、このように標語となるものが割り振られている。この戦いがどうなるか予想を立ててみるのは無駄なことではない。誰も、「客観的立場」の新聞というユートピア、「党派に偏らないニュースの報道」という幻想に身をゆだねることなどできないし、ましてやクラウスの場合そういうことは決してありえない。新聞とは権力の道具である。新聞の価値は、それが仕えている権力の性格によってのみもたらされる。新聞が何を代弁しているかだけでなく、どのように代弁しているかということでも、新聞は権力を表現するものとなっている。しかし、高度資本主義が新聞の目的だけでなく、その手段をも貶めているとすれば、パラダイス的な全人間性が新たに花開くような状況を、高度資本主義に打ち勝つ力に対して期待するわけにはいかない。それは、ゲーテやクラウディウス(37)の言葉がいままた遅れ咲いてあらわれることを期待できないのと同じことだ。この高度資本主義に打ち勝つ力は、まず第一に、あの価値を貶められた理想をお払い箱にしてしまうという点で、支配的権力とは区別されることになるだろう。クラウスがこういった戦いで勝利することも敗北することもないのだということ、また、『ファッケル』〔松火《たいまつ》〕が惑わされることなくこの戦いの行方を照らし出すことになるのだということをずっと見てとるには、これで十分だろう。日刊紙は読者たちにいつも同じセンセーションの繰り返しを携えて仕えているが、こういったセンセーションに対して、クラウスは永遠に新しい「知らせ」を対置する。それは、天地創造の歴史について知らせることになっているもの、つまり、永遠に新しい嘆き、絶え間なく続く嘆きである。

Ⅱ　デーモン

眠っていたのだろうか？　いましも眠るところだ。

『詩となった言葉Ⅳ』

クラウスを弁護する論証がすべて失敗してしまうのは、クラウスという現象のうちに深く根ざすものであり、彼にかかわるあらゆる論争に刻印された特徴でもある。レオポルト・リーグラーの大作[38]は、クラウスを弁護する姿勢から生まれている。クラウスが「倫理的人格」であると証明することが、彼の第一の意図である。しかし、そうはいかない。彼の像が浮かび上がる、その暗い背景は、同時代ではなく、太古の世界、あるいはデーモンの世界なのだ。創造の日の光がクラウスの上に注がれる。すると、彼の姿がこの夜の世界から浮かび上がる。しかし、すべての部分が浮かび上がるわけではない。思いのほかこの夜に深くとらわれた部分がまだ残っている。この夜の世界に順応することのできない眼には、この姿の輪郭をとらえることは決してできないだろう。そのような眼にとって、知覚されたいという抑えがたい欲求にかられて、クラウスが倦むことなく送り続けている合図は、すべてむだに終わってしまう。メルヒェンのなかに出てくるように、クラウスのなかのデーモンは、虚栄を自分の本質の表現としてきたからだ。あの人目につかない丘の上で狂ったように振る舞うデーモンの孤独もまた、クラウスの孤独である。「ありがたい、誰もおれさまが小悪魔《ルンペルシュティルツヒェン》だとは知らないのだな。[39]」この小躍りするデーモンが決して鎮まることがないように、クラウスのなかでは、突拍子もない考察をおこなうことによって、大混乱の状態がいつまでも続いていく。[40]フィアテルはクラウスのことを「自分の天分による患者」と呼んだことがある。[41]実際、彼のさまざまな能力は病苦であるが、そういった真の才能以上に、虚栄心こそが彼を心気症患者《ヒポコンデリー》としているのだ。

クラウスは、自分自身のうちに自らの姿を映し出すのでなければ、屈服させた敵対者のうちに自らの姿を映し出す。彼の論争術はかねてより、もっとも進歩した手段で作業を行う暴露〔化けの皮を剝ぐ〕の技術と、太古の技による自己表現の技術とがきわめて密接に交錯したものである。しかしこの領域でも、二義性を通じて、デーモンの姿が現れている。つまり、自己表現と暴露は二義性のなかで入り混じり、自己暴露となるのだ。「反ユダヤ主義とは、自分の民族に対してユダヤ人の証券界がいつでも取り出せるように用意してある非難のうち、たった十分の一ほどをあげて、本気になってそれを取り上げるような考え方のことだ。[42]」クラウスはかつてこのように述べている。敵対者のクラウスに対する関係そのものも、この図式にしたがって作り上げられている。彼がここで掲げているのは、そのような図式だ。クラウスに対する非難にせよ、クラウスという人物への誹謗にせよ、敵対者たちがそのもっとも正当な表現をクラウス自身の著作から、また著作のなかでは、自己陶酔〔自分を鏡に映すこと〕が自己讃美にまで高まってゆく箇所から取り出すことができないような非難や誹謗など存在しない。彼にとって、自分自身について語らせるのに値段が高くつきすぎるということはない。そして、こういった思いつきがうまくいくことで、彼が正しいことがいつも示される。

もし文体が、言語思考の広野を縦横に散策しながらもそれによって凡庸に堕することのない力であるとするならば、その文体を手に入れるのは、たいていの場合、言語という血を統語法《シンタックス》の血管を通してもっとも離れた手足にまで送る偉大な思想のもつ心臓の力である。クラウスにおいてはそういった思想がとらえそこなわれることは一瞬たりともない。彼の文体を可能とするその心臓の力とは、容赦なく外にさらけ出すために彼が自らについて内にいだいているイメージである。そう、彼は虚栄心に満ちているのだ。クラウスが落ち着きなくとび跳ねながら、講演の演壇にたどり着こうと部屋をさっと横切っていく姿を、カーリン・ミカエリスは描き出している。(43) クラウスが自分の虚栄に生贄を捧げるとしても、彼があらゆる傷、あらゆる弱点とともに犠牲にするのが結局のところ彼自身、つまり彼の生活、彼の苦しみでないとすれば、彼は、今あるがままのデーモンであるということはありえないだろう。このようにして彼の文体ができあがり、そしてそれとともに典型的な『ファッケル』の読者が生まれる。彼ら『ファッケル』の読者にとっては、副文や不変化詞、それどころかコンマのなかにさえ、もの言わぬ神経の切れ端や繊維がぴくぴくと動いており、はるか遠く離れた無味乾燥な事実にもなお、皮を剝がれた肉の切れ端が引っかかっているのだ。至高の批評器官としての特異体質――これこそが、この自己陶酔の隠れた合目的性であり、充足のための行為がすべて同時に殉教のそれぞれの場面(44)となってしまう作家のみが知っている地獄の状態なのである。クラウスのほかにには、この地獄の状態をこれほどまでに体験したのはキルケゴールをおいて誰もいない。

「私は、著作を同時に俳優としても体験している作家のおそらく最初のケースだろう。」(45) クラウスはこのように書き、その言葉によって、自分自身の虚栄に対してももっとも正当な場所をあてがっている。それはつまり、ある役を演じるという場である。寸評のなかで相手の真似をしたり、論争のなかでヘンな顔をしてみせたりする演技の天分が、戯曲の朗読のなかで華々しく解き放たれる。その原作者たちが独特の中間的な位置を占めているのはいわれのないことではない。つまり、作家であるとともに俳優であるシェイクスピアとネストロイ、そして、作曲家であり指揮者でもあるオッフェンバックである(46)。あたかも、クラウスという男のデーモンが、これらの戯曲のもつ動き回る雰囲気、即興のあらゆる閃《ひらめ》きに満ちた雰囲気を探し求めているかのようである。なぜなら、この雰囲気だけがクラウスに、からかい、苦しめ、脅しながら勢いよく飛び出す何千もの機会を与えてくれるからだ。そういった機会に、講演者クラウスがデーモンのようにさまざまな人物――ペルソナ〔per-sona〕、つまりそれを通じて音が響き渡るもの――を演じ分けられるかどうか検証するのは、彼自身の声である。そして、彼の声のなかに住んでいる登場人物たちの身振りが、彼の指の先端のまわりに勢いよく集まってくるのだ。しかし、彼の論争の対象に対する関係においても、演技的な要素は決定的な役割を演じている。クラウスが相手の真似をするのは、相手の姿勢のきわめて細かな継ぎ目にも、憎しみの鉄梃《かなてこ》をあてるためだ。シラブルのすきまをちくちくと細かくつつくこの男は、そこに巣食うウジ虫たちをほじり出す(47)。ほじり出されるのは、金で動くウジ虫やおしゃべりのウジ虫、悪だくみのウジ虫やお人好しのウジ虫、子どもっぽいウジ虫や物欲のウジ虫、大食のウジ虫や術策のウジ虫だ。実際のところ、にせものを暴き立てること――これは劣悪なものを暴き立てることより難しい――は、ここでは行動心理学的に行われる。『ファッケル』で行われる引用は、どこにそれが書かれていたかを指し示す以上の意味をもっている。引用は、引用を行う者が演技によって相手の化けの皮を剝ぐための小道具なのである。もちろん、まさにこの連関で、演技者クラウスのいかがわしい〔二義的な〕謙虚さが、諷刺家クラウスの残酷さとどれほど密接に結びついているかがはっきりとする。この謙虚さはこの朗読者のなかで捉えどころのないものにまで高まっているわけだが。へつらう――誰かにおもねる行為のもっとも低い段階をこのように呼ぶのはいわれのないことではない。クラウスが行うのはまさにこれだ。しかも、破壊するために。ここでは慇懃さが憎しみの擬態となり、憎しみが慇懃さの擬態となっているのではないか? いずれにせよ、この両方が完成の段階に、しかも中国的な意味での完成の段階に到達している。「苦悩」という言葉は、クラウスの文章のなかであれほど多くの箇所で、そしてまた不透明な暗示のかたちで使われているのだが、この「苦悩」にとってまさにここがその本来の場所である。投書、資料、文書に対する彼の抗議の言葉は、共犯関係に巻き込まれてしまわざるをえない男の防御反応にほかならない。しかし、彼をこのように巻き込むのは、同胞たちのやることなすことである以上に、彼らの言葉なのだ。彼らの真似をするクラウスの情熱は、このように巻き込まれることの表現であると同時に、巻き込まれることに対する戦いでもある。そしてまた、あのつねに目覚めた罪の意識の理由であり原因でもある。そして、デーモンが本領を発揮する場となるのは、ただこの罪の意識だけだ。

クラウスの誤謬や弱点をならべたてた家計——これは彼の才能の総体であるというよりも見事な建物というべきだ——は、きわめて繊細で精密な組織になっており、外側からこれを確認してみたところで、ただ揺らしてみることにしかならない。ましてや、この男を「調和的に十分陶冶された人間の類型の模範(48)」として証明しようとしたり、また、文体的にも思想的にも同じくばかげた言い回しだが、彼を博愛主義者として登場させ、そのため彼の「厳しさを心の耳で」聞き取る者が、その厳しさの理由を同情に見出したりするとすれば、それはとんでもない話だ。そうではない。この何ものにも左右されず、決然として堅固な確かさは、信奉者たちが好んでその理由としたがる、あの高貴で詩人のような心もち、博愛心に満ちた心もちに由来するのではない。信奉者たちがクラウスの憎悪を愛情から導き出すことが、どれほど陳腐で、また同時に根本的に誤っていることか。そこにより根源的なものがどれほど働いているかはあまりに明らかなのだから。つまり、そこに働いているのは、悪意から詭弁へ、詭弁から悪意へと移行する過程にすぎない人間性、人間憎悪の上級学校である自然、そして復讐と絡み合うときだけ生き生きとしたものになる同情なのである。「ああ、私に選択が任されてさえいれば(49)／その犬を切り分けるか、あるいはその屠殺者を切り分けるかを／私は選んでいただろう！」クラウスが愛しているもののイメージに従ってクラウスの姿をかたちづくろうとすることほどバカげたことはない。「永遠の世界改良者」クラウスに対しては、ときおり満足げなまなざしが向けられることになるが、こういったクラウス像に対して「時代から解き放たれた世界攪乱者」クラウスを対置させる者がいたことはもっともなことだ。「時代が自殺しようと自らに手をかけたとき、彼こそがその手であった」とブレヒトは述べている。こういった認識に並ぶものはほとんどない。アドルフ・ロースによる友人の言葉もまちがいなくそうだ。彼は次のように説明している。「クラウスは、ある新しい時代への敷居のところに立っている。[50]」ああ、まったくちがうのだ。彼が立っているのは、最後の審判への敷居なのだ。華麗なバロックの祭壇画には、聖人たちがほとんど額縁のあたりまで追いやられ、天使たち、救われて変容した者たち、地獄に堕ちる者たちの手足がこの聖人たちの前を漂っている様子が、息をのむような遠近法的短縮によって描かれている。そして聖人たちは、抵抗するように大きく広げた手をこれらの手足に向けて伸ばしている。それと同じように、クラウスめがけて世界史全体が、たった一つの地方記事、たった一つの常套句、たった一つの新聞広告の手足となって殺到する。それは、アブラハム・ア・サンタ・クララ[51]の説教からクラウスに受け継がれた遺産である。だからこそ、転覆するあの近さ、瞑想性からはまったくかけ離れた瞬間のもつあの当意即妙さ、そして意思に対しては理論的な表現だけを、知識に対しては実践的な表現だけを許す、あのねじれた交錯があるのだ。クラウスは歴史の守護神《ゲーニウス》ではない。彼は新しい時代への敷居に立っているのではない。彼が被造物に背を向けることがあるとすれば、また嘆く《クラーゲン》ことをやめることがあるとすれば、それはただ、最後の審判で告発《アンクラーゲン》するためなのである。

すべてが、例外なくすべてが、言葉もことがらも、クラウスにとっては必然的に法の領域で起こっているということを認識しない限り、この男については何一つ理解していることにならない。火を喰い、刀を呑み込むような、新聞に対するクラウスの文献学的作業は、言葉のあとを追ってゆくのとまったく同じように、法のあとを追い求めてゆく。彼の一連のエッセイ「文法」を言語訴訟規則として認識しないのであれば、また彼が語る他人の言葉を〈罪体有罪認定証拠〉として、彼自身の言葉を裁きの言葉として把握しないのであれば、彼の「文法」を理解することにはならない。クラウスには体系というものがない。どの思想もそれぞれ自分の小さなスペースをもっている。しかし、どの小さなスペースも一瞬のうちに、しかも外見上はほんの些細なことがきっかけとなって、部屋《カンマー》になる。いや、法廷《ゲリヒツカンマー》となることができる。そして、この法廷では、言葉が議長を務める。クラウスは「自分自身のうちのユダヤ性をおさえつけ」なければならなかったとか、さらには「ユダヤ教から自由への道を」[52]進んでいった、と彼について語った者がいる。しかし、クラウスにとっても正義と言葉は互いのうちに打ち立てられているものなのだという事実ほど、それが誤っていることを証しするものはないだろう。神の正義という像を言葉というかたちで崇拝すること、さらにいえば、ドイツ語という言葉で崇拝すること、これこそが真にユダヤ的な〈命がけの宙返り《ザルト・モルターレ》〉である。クラウスは、それによってデーモンの呪縛を打ち破ろうとする。なぜならば、このこと、つまり法秩序そのものを被告席に着かせることが、この熱狂的な男の最終的な職務行為だからである。

しかもそれは、「命の通わない規則」によって「自由な個人」を隷属化することに対して小市民的な反抗を行うようなものではない。ましてや、これまで一瞬たりとも法律についての説明など経験がないのに、法律の条文に向かって突進してくるあの革新派の連中の態度によるものでもない。クラウスは法律を実体そのものについて告発しているのであって、そのはたらきに関して法律を告発しているわけではない。その告発の内容は、正義に対する法の反逆罪である。もっと正確にいえば、言葉に対する概念の反逆罪ということになる。概念は言葉から生まれて存在しているのだから。それはつまり、たった一つの文字が欠けているために死んでしまうファンタジー、クラウスが《ある音の死を悼むエレジー》[53]のなかで心を強く打つ嘆きの歌を歌ったあのファンタジーの意図的殺害でもある。というのも、裁判（Rechtsprechung）よりも正書法（Rechtschreiben）のほうが上位にあるのであって、後者が苦しみを受けることになるとすれば、前者は忌まわしい存在となるからだ。そのようにして、クラウスはここでも新聞との邂逅をはたす。それどころか、まさにこの呪縛圏のなかで幽霊たちとの逢引きを行う。彼ほど法がどのようなものか見抜いていた人間はいない。それにもかかわらず、彼が法を呼び出すとすれば、それはひとえに彼自身のデーモンが、法そのものとしての深淵にあれほどまでに強くひきつけられていると感じるからなのである。それは、クラウスが精神と生が集まってくる場所、つまり道徳裁判で、ぽっかりと口をあけているのを経験する――それももっともなことだが――あの深淵だ。そして、次のような有名な言葉で、この深淵の深さを測る。「道徳裁判とは、個人的不道徳が一般的不道徳という目的をめざして展開してゆくことである。その一般的不道徳という陰鬱な背景から、立証された被告の罪が光りをはなって浮かび上がる。」[54]

精神と性はこの領域のなかで連帯を組んで動いている。その連帯の法則は、二義性[55]である。デーモン的な性にとり憑かれている状態とはつまり、「このつらい現世が育むことのないような[56]」甘美な女性たちのイメージをまわりに漂わせて、自らを享楽の対象とする自我である。そしてデーモンにとり憑かれた精神の、愛を知らない自己充足的な姿――つまりジョーク〔ウィット〕――にしても、事情は変わらない。これら二つのいずれも、本来の目的に達することはない。こういった自我が女にたどりつくことはないし、またジョークがことばとなることもないのだ。孕ませる力にかわって崩壊させる力が、秘められたものにかわってどぎついものが現れてしまっている。と思うと、それらは猫なで声でとりいり互いに入れ替わる。ジョークのことばには快楽がふさわしいものとなり、オナニーにはしかるべく落ちがつくのだ。何の希望もなくデーモンにとらわれた男、クラウスは自らの姿をそのように描き出した。時代というデーモンたちのすみかのなかで、彼は自分のために、氷原のただなかにあるもっとも悲しみにあふれた場所、炎の反照に照らし出された場所をとっておいた。「人類最後の日」にあって彼はその場にたたずむ――それまでの日々を描き出してきた「不平家」となって。[57]「私は、崩壊しつつある人類のさまざまな場面へとばらばらに崩壊して分かれてゆくこの悲劇を、わが身に引き受けた。犠牲者たちを憐れむ精神にこの悲劇を聞いてほしいからだ。たとえこの精神そのものが、将来にわたって人間の耳とのつながりを失ってしまっているのだとしても。この精神には、この時代の基調音を、私の血まみれの狂気のこだまを聴きとってほしい。この血まみれの狂気のために、私もこれらの騒音の罪をともに背負っている、その狂気のこだまを。この精神が、そのこだまを救済として受け止めるよう望んでいるのだ。」

「罪をともに背負っている……」これは、知識人を見限るようなそぶりをとった時代に対して、自責の念によるものだとしても、自分自身を記憶のうちにふたたび呼びもどしてほしいと望んだ知識人のマニフェストを思い起こさせる。だから、この罪の意識――この罪の意識のうちで、きわめて個人的な意識が歴史的な意識と出会う――については、一言述べておく必要がある。この罪の意識はつねに表現主義へとつながっていくと思われる。クラウスの作品の成熟は、地面を突き破っていく根によって、この表現主義から養分を得てきたのだ。次のようなキーワードが知られている――クラウス自身、どれほどの嘲笑をこめて、それらのキーワードを記録にとどめてきたことか。たとえば、舞台装置、文章、絵画を創出する際に、「固まった」状態になったり、「階段状」にしたり、「険しくそそり立つ」ようにしたりする、という表現だ。見まがうべくもないことだが――そしてこれは表現主義者たち自身がはっきりと宣言していることである――表現主義の表象世界には中世初期の細密画の影響がみられる。しかし、こういった細密画の人物像を（たとえば「ウィーン創世記」[58]について）詳しく検討すると、その大きく見開かれた目やとらえきれないほどの衣服の襞だけでなく、むしろ表現全体のうちに、何か非常に謎めいたものが立ちはだかることになる。まるで癲癇《てんかん》の発作に襲われたかのように、彼らはいつも慌てふためいて走りながら、互いに身体を傾けあっている。「傾き」は、なににもまして、深い人間の情動となって現れることがある。[59] この人間的情動が、この細密画の世界とともに、あの表現主義の詩人たちの世代のマニフェストをも深く慄《おのの》かせるのだ。しかし、これはこういった事情の一つの視点、いわば内側に入り込んでゆく凹面的な視点にすぎない。つまりこれらの人物像の表情に注がれるまなざしである。彼らの背中に目を注ぐ者にとっては、この同じ現象がまったく別の様相を帯びる。神を賛美する聖人たち、ゲッセマネの情景での下僕たち、[60] イエスのエルサレム入城を目撃する人々において、彼らの背中が段をなし、人間のうなじや人間の肩によるテラスが出来上がっていく。これらのテラスは、実際、険しい勾配の階段へと固まっていき、天へのびていくというよりも、下方の地上へ、さらには地下へとつづいていく。それらは、積み重なって転がっている岩の塊のように、あるいは粗くけずられた階段のように、上り下りすることができる。このことを見逃してしまうと、彼らのパトスに対して適切な表現を与えることはできない。これらの肩の上で、どれほどの対立する力が精神の闘いを闘ってきたにせよ、こういった力の一つによって、われわれが戦争直後、打ちのめされた大衆について得た経験が何であったのか、はっきりと口に出して言い表すことができるのである。表現主義においては、根源的に人間的な衝動がほとんどあますところなく広く流行となった衝動のなかへとかたちを変えて流れ込んでいったのだが、最終的にこの表現主義に残されたもの、それがこの経験だったのだ。そして、あの人間たちが背中を丸めて背を向けていたあの名もなき力の名前とは、罪であった。「従順な大衆が自分たちの知らない意志によってではなく、自分たちの知らない罪によって、危険な状況に陥ることになるからこそ、大衆は同情に値する」[61]と、クラウスはすでに一九一二年に書いている。クラウスは「不平家」として、罪を弾劾するために自らこの罪にかかわり、この罪にかかわるために罪を弾劾する。犠牲を通じて罪と出会うために、彼はある日、カトリック教会の腕のなかに飛び込んだのだった。[62]

クラウスが正義の女神ユスティーチアと愛の女神ヴェーヌスの踊るシャッセ・クロワゼに合わせて口笛を吹いた、あの痛烈に響くメヌエットには、「俗物は愛については何も知らない」というライトモティーフが鋭く執拗に演じられる。この鋭さと執拗さに対応するものといえば、同じようなデカダンスの姿勢や、「芸術のための芸術《ラール・プール・ラール》」の宣言のうちにあるくらいだろう。というのも、「芸術のための芸術」はデカダンスにとって愛にあたるものでもあるのだが、専門的知識を職人の手仕事的な知識、つまり技術にもっとも緊密に結びつけたのは、ほかならぬこの「芸術のための芸術」なのだから。また、「芸術のための芸術」は、ちょうど猥褻という引き立て役から愛を際立たせてきたように、文士業という引き立て役があるからこそ、文学《ディヒトゥング》にまばゆい光をあてて際立たせてきたのだから。「切羽詰まった状況はどんな男でもジャーナリストにしてしまうが、どんな女も売春婦にしてしまうわけではない。[63]」こういった表現のうちに、クラウスはジャーナリズムに対する論争の二重の基盤を示している。この仮借ない闘いを解き放ったのは、博愛主義者、啓蒙的人類愛の持ち主や自然愛好家などではなく、むしろ先祖をボードレールにもつ腕達者な文士、芸人、さらにはダンディなのだ。クラウスと同じくボードレールだけが、健全な人間理性の満ち足りた状態を憎み、クラウスと同じくボードレールだけが、ジャーナリズムに職を見つけるために、知識人たちが健全な人間理性と結んだ妥協を憎んだのだった。ジャーナリズムは文士業、精神、デーモンに対する裏切りである。「おしゃべり」がその真の実態であり、文芸欄《フェイトン》はすべて、そのつど新たに、愚かさと悪意——それを表現しているのが「おしゃべり」なのだが——の力関係がどうなっているかという、解決することのできない問いを立てている。文士と娼婦のあの連帯関係を打ち立てているのは、根本的にこの二つの存在形式、つまり単なる精神そのものという特徴をもつ生と、単なる性そのものという特徴をもつ生とが完全に合致することなのである。そして、この連帯関係を確固として証明するのは、またしてもボードレールという存在である。このようにしてクラウスは、性の原則と交錯させながら、自らの手仕事の原則が何であるかを、はっきりと口に出して言い表すことができるのだ。彼は「万里の長城」のなかでそのようにしている。男は、「何度となく、もう一人の男と張り合ってきた。その男はもしかすると生きていないかもしれないのだが、それでもその男が自分に勝利するということは確実なのだ。それは、その男が自分よりも優れた資質をもっているからではなく、もう一人の別の男、あとから来た男だから、つまり、女に順番のもたらす快楽を与え、最後に勝利することになる男だからなのである。しかし、男たちはこのことをまるで悪夢のように自分の頭から拭い去る。そして、最初の男になろうとするのだ(64)。」言葉が女であるとするならば(65)──それを行間から読み取ることにしよう──、欺かれることのない本能がこの作家を、彼女〔言葉〕のもとで最初の男になろうと急ぐ連中から、どれほど遠くに引き離していることか。彼女を知識で満たしてあげるのではなく、埒もない予感で彼女をますますちくちくといじめたてるような思いを、クラウスがどれほどめぐらしていることか。彼がどれほどそのような思い〔思想〕を、憎しみや軽蔑や悪意のなかに錯綜させていることか。クラウスがどれほど自分の歩みを遅らせ、亜流《エピゴーネン》という回り道を求めていることか(66)。そしてついには、ジャックがルルのために用意している最後の一突きによって、順番の快楽を締めくくることになるのだ(67)。

売春が単なる性そのものという特徴をもつ存在であると同じように、文士業とは単なる精神そのものという特徴をもつ存在である。しかしデーモンは、娼婦にあの通りに行けと指示するとともに、文士を法廷のなかへと追いやる。それゆえ、クラウスにとって法廷は、たとえばカレルやポール＝ルイ・クーリエやラサールといった偉大なジャーナリスト(68)にとって昔からそうであったように、討論の場《フォーラム》なのである。この討論の場を避けること、つまり平和攪乱者になるという、単なる精神そのものの真正でデーモン的な機能から逃れること、そして娼婦を突然裏切ること──クラウスにとって、この二重の欠落こそがジャーナリストを定義するものである。ロベルト・ショイは、クラウスにとって売春は自然的形式であって、女性の性を社会的に歪めたものではないのだ、と正しく見てとっている(69)。しかしながら、性の交わりと金銭の交換が交錯しているということによって、またその交錯の仕方によってはじめて、売春の性格ができあがるのだ。売春がひとつの自然現象であるとすれば、それは、金銭の交換という経済の自然的側面からも、また性の自然的な側面からも、まったく同様にそうだといえる。「売春を軽蔑するだって？／娼婦は泥棒よりたちが悪いだって？／学んでほしい、愛は報酬を受け取るだけではない／報酬が愛を与えることもあるのだ！(70)」この二義性、二重の自然性となって現れたこの二重の本性が、売春をデーモン的なものとする。しかし、クラウスは「自然の力の側につく(71)」。新聞を攻撃するときも、売春を擁護するときも、クラウスにとって社会学的領域が決して透明なものとはならないのは、彼がこのように自然にとらわれていることと関係している。クラウスにとって人間にふさわしいものは、解放された自然——革命的に変化した自然——を規定し成就するものとしてではなく、自然そのものの根本元素《エレメント》として、つまり歴史をもたない太古の自然の根本元素《エレメント》として、分割されていない原存在のなかに現れる。このことは、彼の自由の観念や人間性の観念に対して、不明確で不気味な光の反映を投げ返している。この観念は、罪の領域から遠く離れたものではない。それは、彼が一つの極からもう一つの極へと、つまり精神から性へと歩いてわたった領域である。

　クラウスが他の誰よりも血まみれになって苦しみぬいたこの現実に向き合うとき、信奉者たちが師匠のはたらきのうちに崇めるあの「純粋な精神」など、何の価値もない妄想《キマイラ》であることが露わにされてくる。だからこそ、彼の発展にかかわるあらゆるモティーフのうちでも、それをたえず制限し監査することほど重要なことはない。彼の監査帳には『夜に』という標題がつけられている。(72)なぜなら夜は、単なる精神そのものが単なる性そのものへと、また単なる性そのものが単なる精神そのものへと切り替わるスイッチであり、また生に反するこれら二つの抽象概念が、それぞれ互いの存在を認めることによって、落ち着いて行く場だからだ。「私は昼となく夜となく仕事をする。そうして私には多くの時間が残る。それは、この仕事はどうかねと部屋にある絵に問いかける時間であり、眠いのではないですかと時計に問いかける時間であり、よく眠れましたかと夜に問いかける時間である。(73)」デーモンへの捧げものとなるのは、クラウスが仕事をしているときにデーモンに投げかけているこれらの問いかけである。しかし、彼の夜は母のような夜でもなく、また月の明かりに照らされたロマンティックな夜でもない。それは眠りと目覚めとのあいだの時間、文字通りの不寝番である。そして三つの段階をもつクラウスの孤独の中間にあたるものである——つまり、彼が敵対者とともに一人でいるカフェの孤独、彼がデーモンとともに一人でいる夜の部屋の孤独、彼が自分の作品とともに一人でいる朗読会場の孤独の。

もう雪が降っている。
『詩となった言葉Ⅲ』

Ⅲ　非人間

諷刺は、郷土芸術の唯一正当な形式である。しかし、クラウスはウィーンの諷刺家であると言われてきたとき、そのような意味で言われたのではなかった。むしろ、彼の作品を文学的消費財の巨大な貯蔵庫へ入れられるように、できるかぎり彼の活躍の場を奪い去ろうとしたのだ。クラウスを諷刺家として描き出すということはつまり、彼という人間についてもっとも深い解明を行うものになると同時に、痛ましい歪曲像を生み出すことにもなりうる。クラウスにとってかねてからの関心事は、嘲笑することで金もうけを行い、誰かを誹謗するときにも読者に笑いを提供する以上のことを何も考えていないような物書きを、正真正銘の諷刺家と区別することだった。このような物書きに対して、偉大な諷刺家のタイプは、いましも戦車に乗り、ガスマスクをかぶろうとする種族、涙はもう涸れてしまっているものの、哄笑は残している人類のただなかにこそ、自分の活動のもっとも堅固な基盤を見出してきた。この人類は、諷刺家のなかで、必要であれば、文明を乗り越えてさらに生き延びようと準備している。そして、この人類は、諷刺という本来の秘儀、つまり敵を食べるという秘儀において諷刺家と通じ合う。(74)諷刺家とは、人食いが文明に受け入れられたときにとっていた姿なのである。諷刺家が自らの起源を思い起こすとき敬虔な思いにかられないことはない。だからこそ、人間を食べるという提案は、(75)財力のない階層では子どもたちを活用しようというスウィフトのこれに類する計画から、支払能力のない借家人に対しては、彼らの肉を活用する権利を家主に認めてよいというレオン・ブロワの提案(76)にいたるまで、諷刺家の行う提案のおきまりのものになっていた。そのような提案のなかで、偉大な諷刺家たちは、同時代の人々の人間性がどのくらいのものか寸法を測っていたのである。「人間性、教養、自由は、貴重な財産である。これらは血や知性や人間の尊厳をどんなにつんで購おうとしても、高価すぎるということはない。(77)」クラウスにおいては、人食いと人権との対決はこのように終結する。一九〇九年のこの戯れの反動――古典的な人間性の理念に対する反動――が、機会さえあれば、現実的ヒューマニズムの信仰告白へと転換するのにいかにおあつらえ向きであったかということを判断するために、この人食いと人権との対決を、『ユダヤ人問題』でのマルクスの対決と比較してみるとよい。もちろん、審美的な方向をとっていたこの出版物(78)が、そのモティーフのうちただの一つも犠牲にすることなく、またただの一つも獲得することなく、一九三〇年の政治的散文になるべく定められていたということを見てとるためには、『ファッケル』を最初の号から一語一語文字どおりに理解しなければならなかっただろう。『ファッケル』がこのように転換したのはそのパートナー、つまり新聞のおかげなのだが、この新聞こそが人間性に終焉をもたらしたものである。この終焉をクラウスは次のような言葉であてこすっている。「人権とは大人の壊れやすいおもちゃだ。大人たちはこのおもちゃを踏みつけたがるのだが、だからこそそれを取り上げられないようにする。[79]」このようにして、一七八九年に自由を告げ知らせるはずのものであった、私的なものと公的なものとの境界設定が、嘲笑の対象となってしまったわけだ。キルケゴールは、新聞によって「私的なものと公的なものとの区別が、私的かつ公的なおしゃべりのなかで解消される[80]」と述べている。

おしゃべりのなかでデーモン的に入り混じっている公的領域と私的領域を弁証法的な対決へともたらすこと、現実の人間存在を勝利へと導くこと、それこそが、クラウスが発見し、オッフェンバック論[81]のうちにもっとも集約的に表現したオペレッタの意義である。おしゃべりが愚かさによって言葉の隷属化に烙印を押すものであるように、オペレッタは音楽によって愚かさの変容を確かなものとする。女性の愚かさのもつ美しさを見誤ることがありうるなど、クラウスにとっては昔から、美を解さない俗物の救いようのない考えによるものと思われていた。その美しさの輝きを前にすると、進歩という妄想《キマイラ》など消え去ってしまう。そして、オッフェンバックのオペレッタでは、真、善、美の市民的な三位一体が寄り集まり、新たに稽古を積んで、音楽伴奏つきのばか騒ぎ空中ブランコでの大演目となる。真とはナンセンス、美とは愚かさ、善とは弱さだ。これこそがオッフェンバックの秘密であり、公的な規律——上流社会の人々の規律であれ、ダンスフロアの規律であれ、軍事国家の規律であれ——という深奥な無意味《ナンセンス》さのただなかで、私的な無規律という深奥な意味《センス》が、夢見るような眼をうち開く。言葉であれば、裁きの厳格さ、断念、他との区別を与える力であったであろうものは、音楽としては、悪だくみと言い逃れ、異議申し立てや期日延期となる。音楽は道徳的秩序のための座席案内嬢なのか？ 音楽は歓楽の世界にいる警察なのか？ そうだ、それは『パリの生活』[82]の公演とともに、古きパリのバレエスタジオ、グランショミエール[83]やクローズリー・デ・リラ[84]に注がれるあの輝きなのだ。「シャープとフラットを同時につけてあらゆることを語り、牧歌をパロディーに、嘲笑を抒情詩に売り渡す、この音楽のもつ誰も真似ることのできない二枚舌。そして何でも引き受けようと待ちかまえ、苦痛と快楽とを結びつける音形に満ちあふれている。ここには彼の才能が最も豊かにそしてもっとも純粋に展開されて現れている[85]。」唯一道徳的で、唯一人間にふさわしい世界の組織である無秩序《アナーキー》が、これらのオペレッタの真の音楽となっている。クラウスの声はこの内的な音楽を歌うというよりも語る。その声は、眩暈を起こさせるようなばか騒ぎの尾根をかん高い音で吹きわたり、不条理の深淵の奥底から地を揺るがすようにこだまする。そして、暖炉のなかの風のように、フラスカータの詩行となって、われわれの祖父の世代へのレクイエムを口ずさむのだ。オッフェンバックの作品は死の危機を体験している。彼の作品は小さく縮み、余計なものをすべて取り去り、この世の存在という危険な空間を通り抜ける。

そして、救済され、以前よりも現実的なものとなって、ふたたび姿を現すのだ。というのも、この気まぐれな声が大きく響きわたるところでは、電光広告の閃光や地下鉄《メトロ》の轟音が、バスとガス灯のパリを通り抜けて行くのだから。オッフェンバックの作品はクラウスにこれらをすべて返してくれる。なにしろ、オッフェンバックの作品は一瞬のうちにカーテンに早変わりする。クラウスは朗読会のあいだじゅう大声で客を呼び込む男の身振りを続けているが、その荒々しい身振りでこのカーテンをさっと引く。すると、お化け屋敷のなかが一目瞭然。するとそこには、いるいる、ショーバーに、ベケシーに、ケル[86]に、その他、出し物となるお歴々だ。彼らはいまではもう敵ではなく、珍品骨董の類、オッフェンバックやネストロイの世界から引き継いだ相続品、いやいやもっと昔の相続品、氷河期の穴居人のペナーテース、先史時代からある愚かさの守護神たちだ。クラウスが朗読を行うとき、彼はオッフェンバックやネストロイを語っているのではない。彼らがクラウスのなかから語り出しているのだ。そしてときおり、ハッと息をのむような、なかばどんよりとうつろでなかばきらめくような売春周旋屋の目つきが、自分の前にいる大衆になげかけられる。そして、このまなざしが、かぶると自分さえ誰だかわからなくなる仮面を身につけての呪われた結婚式へと彼らを誘い、そしてこれを最後にと、二義性という邪悪な特権を手にするのである。

　ここではじめてこの諷刺家[87]のほんとうの顔、いやほんとうの仮面が現れることになる。それは人間嫌いのタイモンという仮面である。「シェイクスピアはすべてをはじめから知っていた」[88]――その通り。しかし、なかでもこの諷刺家のことを知っていたのだ。シェイクスピアは非人間的な人物像、そのなかでももっとも非人間的な人物がタイモンなのだが、こういった人物像を描き出して次のように言っている。「おまえたちのような者が形作ってきた世界にふさわしいものを自然が創造しようと思ったとすれば、自然はそのような人間を生み出すことだろう。それは、そのような世界にひけを取ることのない人間、このような世界に生まれてしかるべき人間である。」タイモンとはそのような人間であり、またクラウスもそのような人間である。このどちらも人間と共通するものを何ももたないし、またもちたいと思ってもいない。「ここがティーアフェートだ。ここは人間という存在と手を切る。[89]」人里離れたグラールスの村から、クラウスは人類にこの決闘の手袋を投げつける。そして、タイモンは自分の墓にただ涙の海を望むばかりだ。タイモンの台詞の詩句と同じように、クラウスの抒情詩は戯曲の登場人物、つまり役柄につけられたコロンの後ろに置かれている。道化、キャリバン、[90]タイモンといったように。これほど含蓄に富み、品格を備え、優れたものはない。これらはしかし、それぞれがクラウス自身のシェイクスピアなのである。彼のまわりに集まるこれらの登場人物すべてについて、彼らの根源がシェイクスピアにあるということを見てとるべきだろう。クラウスがヴァイニンガーと男について、アルテンベルクと女について、ヴェーデキントと舞台について、ロースと食事について、エルゼ・ラスカー＝シューラーとユダヤ人について、あるいはテオドール・ヘッカーとキリスト教徒について話をするにせよ、[91]

シェイクスピアこそが彼の模範となる。デーモンの力はこの王国にたどり着いて終わりを告げる。デーモンの半人間的なもの、あるいは人間以下のものは、真に非人間的なものによって克服される。クラウスは次のような言葉のうちにそれを暗に語っている。「私のなかでは、すぐれた心理学の能力が、心理学的要素を問題としないより優れた能力と結びついている。(92)」クラウスがこの言葉によって自分自身に要求しているのは、俳優のもつ非人間的なもの、つまり人食い的なものである。というのも、俳優はどんな役柄を演じる場合も、自分自身のうちに一人の人間を取り込むことになるからだ。人食いがもっと善良な人間という正体をあらわし、主人公が芝居を演じる役者となって現れるものとされるとき、つまりタイモンが金持ちを、ハムレットが狂人を演じるとき、そのシェイクスピアのバロック的な長台詞《せりふ》では、まるで彼の唇から血が滴っているかのようである。このようにクラウスは、シェイクスピアの模範にしたがって、彼が血の味を覚えたその役柄を書いたのである。彼が自分の確信をねばり強くもちつづけているのは、彼が一つの役柄にねばり強くこだわること、その役柄のステレオタイプをもちつつこだわること、その役柄の渡し台詞にこだわることと同じことなのだ。彼の体験するあらゆることは、渡し台詞ということ以外の何ものでもない。だからこそ、彼は渡し台詞に固執する。そして、相方が自分に渡し台詞をよこさなければ、決してそれを許さない俳優のように、この世の人間に対して渡し台詞を要求するのだ。

クラウスによるオッフェンバックの朗読、ネストロイの小唄《クプレ》は、あらゆる音楽的手段から見放されたところにある。楽器のために言葉が身を引くということは決してない。しかし、言葉が自分の境界をどんどん先に推し進めていくことによって、最終的にはその力を失い、単なる「生きもの」そのものの声となって消えてしまうということが生じる。それがつまり口ずさむ音であり、この口ずさむ音と言葉との関係は、微笑みとジョークとの関係にひとしい。これは、クラウスの朗読の技法のうち、もっとも神聖なものである。ちょうど恐ろしい断崖絶壁や溶岩のただなかにある火口湖の水面に見られるように、この微笑み、この口ずさむ音のうちには、世界が平和に満ち足りてその姿を映している。そこでは、クラウスの聴衆たちやモデルたちとのあの深い共犯関係が突然のように出現する。クラウスがこの共犯関係を言葉で言い表したことは決してなかった。彼が言葉に仕えるとき、そこに一切妥協はありえない。しかし、彼が言葉に背を向けるや否や、彼はいろいろなことを受け入れる心づもりになるのだ。このとき、クラウスの朗読会にみられるあのどうしようもなく苦しめられるような魅力、いつまでも尽きることのないあの魅力が感じとれるものとなる。それはつまり、見解を同じくする同志と見解を異にする人間との区別が無に帰すのを眼にし、こういった催しがあれば先頭に立って仕切る偽りの友人たちというあの均質な大衆が形成されるのを眼にする魅力である。クラウスは敵たちの世界の前に歩み出て、彼らに愛させようとするが、結局のところ偽りの姿を強いることにしかならない。クラウスがこのことに対してなすすべがないままとなっていることは、とりわけオッフェンバック朗読会を特徴づけているあの破壊的なデイレッタンティズム[93]と厳密な関係にある。クラウスはこれらの朗読会のなかで、音楽に対して、かつてゲオルゲ派のマニフェストが思い描いていたよりもさらに限定された役割にとどまるよう要求している。もちろん、だからといってこの両者の言葉の身振りのうちにある対立を、それが存在しないかのように思わせることにはならない。むしろ、クラウスが、口ずさむ音という力を失った表現とパトスという武装した表現の両極的な言語表現を受け入れやすいようにしている決定要因と、彼が言葉を神聖なものとする際に、ゲオルゲ派の言語崇拝の形式を取り入れることを禁じている決定要因とのあいだには、きわめて厳密な結びつきが存在しているのである。ゲオルゲが「肉を神化し、神を肉化する」[94]と述べているあの宇宙的な上昇と下降にとって、言葉とは単に、無数の言葉の踏み段をもつヤコブの梯子[95]にすぎない。それに対してクラウスの場合、言葉はあらゆる神官的な要素と手を切っている。彼の言葉は予言する者の霊媒《メディウム》でも、支配する者の手段《メディウム》でもない。言葉が名を神聖なものとする場となりますように――このユダヤ的確信によって、クラウスの言葉は「言葉の肉体」というゲオルゲの呪術に対抗する。ずっと後に、ある決心をもって――この決心は沈黙の年月のうちに成熟していったのに違いない――クラウスはこの偉大な相手に立ち向かうことになった。このゲオルゲの仕事は、クラウス自身の仕事と同時代、二〇世紀の入り口に端を発するものであった。ゲオルゲの最初に公刊された書物、および『ファッケル』の最初の号には[96]、ともに一八九九年という年号がついている。そして、一九二九年の《三十年の後に》と題された回顧のなかで、クラウスははじめてこのゲオルゲを呼び出すことになった。この熱狂的な男クラウスのまえに、ほめたたえられる者であるゲオルゲが歩み出る。

神殿に住まうこの男、この神殿からは
商人も両替商も追い出さなくてよい、
その場を取り囲み、書き記す
パリサイ人や律法学者たちも。
世俗の輩はこの世捨て人をほめたたえる、
彼は憎むべきものはなにか、決して教えてくれなかった。
この男は道を歩む前に到達点を見出している、
彼は根源からきたのではなかった。

「おまえは根源から来た。根源が到達点なのだ。[97]」この言葉を、「死に瀕した人間」は神の慰めと約束として受け取る。クラウスはここで神の約束をほのめかしているが、フィアテルがクラウスのいう意味で、世界を「パラダイスへと戻ってゆく迷い道、わき道、回り道」と呼ぶとき、フィアテルも同じことをほのめかしていることになる。彼はクラウスに関する著書のこのもっとも重要な箇所で次のように続けている。「そこで、この一風変わった才能の展開を次のようにも解釈してみたい。彼の知性は、直接性へと戻ってゆくわき道である。公表とは言葉へと帰ってゆく迷い道、そして諷刺とは、詩へといたる回り道である。[98]」この「根源」——諸現象における真正さのしるし——は、発見によってとらえられる対象である。しかし、この発見は独特の仕方で再認識と結びついている。この哲学的認識の場面の見せ場となっているのが、クラウスの作品では抒情詩であり、そしてその抒情詩の言葉が韻である。それは「根源にあって決して偽ることのないことば[99]」であり、ちょうど一日の終わりにしあわせな安らぎがあるように、それぞれの詩行の終わりに根源をもっている言葉なのだ。韻、それはデーモンを墓へと運んでゆく二人の子どもの天使である。デーモンは根源にあって倒れたのだ。デーモンは、精神と性のどっちつかずの存在として生まれてきたからだ。デーモンの刀と盾、つまり概念と罪は、その手から滑り落ち、デーモンを打ち倒した天使の足もとでエンブレムとなる。それは詩作し、戦闘的な、両手にフルーレをもつ天使、ボードレールだけが知っていたあの天使、「ひとり、気まぐれな撃剣の稽古に出かける」あの天使である。

　あらゆる街角に偶然のもたらす韻を嗅ぎつけ、
　語に躓《つまづ》くことあたかも舗石《しきいし》に躓くがごとく、
　時には、久しく夢見てきた詩句に突き当りつつ。[100]

もっともそれは奔放な天使である。「こちらでは、たったいま角をまがったばかりのメタファーの後を追いたて、あちらでは言葉と言葉の仲を取り持ち、常套句を倒錯させ、姿の似るものたちに惚れ込み、交差対句法の絡み合いのうっとりとするような悪用を行って、いつもアヴァンチュールのことばかり考え、完成する快楽と苦悩のなかで、いらいらとせわしなく、そしてためらいながら。[101]」このようにしてクラウスの仕事の快楽主義的な要素が、この世の存在に対する沈鬱で幻想的な関係のうちに、ついにきわめて純粋なかたちで現れることになる。クラウスはそのような関係のなかで、ライムントとジラルディ[102]というウィーンの伝統から、官能的であるとともに諦念にみちた幸福の概念へといたるのだ。彼がニーチェにおける舞踏的なものに対立することになった必然性を理解しようと思うのであれば、この幸福の概念をはっきりと思い描くことがどうしても必要である。非人間は超人に行きあたらざるをえなかった。もちろんいうまでもなく、そのときに非人間は憤懣をいだくことになるのだが。

韻にゆきつくとき、子どもは自分が言葉の尾根にたどりついたことを知る。そこでは、根源であらゆる湧水のたてる水音が聞きとれる。この尾根こそが、クラウスのいう「生きもの」の本来の住みかとするところだ。この「生きもの」は、動物となってあれほど多く沈黙し、娼婦となってあれほど多くの嘘を並べたてたのち、子どもとなって口を開く。「すぐれた頭脳は、子ども時代に出した熱をそのときのあらゆる幻影とともに、いま熱が出てくるほど、すべて思い浮かべる能力をもっていなければならない。[103]」これらの文章によってクラウスが目指しているものは、見かけよりも遠くにある。いずれにせよ、クラウスにとって子どもは決して教育される対象としてではなく、彼自身の小さい頃のイメージのなかで、教育に敵対する者として思い浮かべられているのだが、そういった程度には、クラウスは先に述べた要求を実現している。教育の敵対者である子どもを教育するのは、この敵対関係なのであって、教育者ではない。「廃止すべきなのは〔生徒をたたく〕棒ではなく、あやまった使い方をする教師の方だ。[104]」クラウスはまさに、この棒をもっとうまく使う者になろうとしている。彼の博愛の心、同情の心は、この棒のところで限界に行き着く。彼は学校の教室でこの棒の痛さを思い知らされてきたわけだが、彼のもっともすぐれた詩が取り上げられるのも、またこの同じ教室なのである。「私はただのエピゴーネン。[105]」クラウスは学校の読本のエピゴーネンだ。《ドイツ少年の食前の祈り》、《ジークフリートの刀》、《ブゼントの墓》、《カール大帝の学校視察》——これらがクラウスの手本であり、これらの手本が、かつてそれを勉強したこの注意深い生徒のうちに、かたちを変えて現れているのだ。そのようにして、《グラヴロットの馬》から詩《永遠平和のために[106]》が生まれ、また彼の憎悪に満ちた詩のうちでももっとも憎しみの燃えさかる詩も、われわれの学校時代の読本を照らし出していた、あのヘルティの《森のたき火》によって火がつけられたのだった。もし最後の審判の日にすべての墓穴が開くのみならず、読本も同じように開くとすれば、《ラッパはどうした？　軽騎兵、出動！》のメロディーにあわせて、読本のなかから子どもたちの本物のペガサスが飛び出してくるだろう。そして、しわしわのミイラ、布地や黄ばんだ象牙でできた人形も。そしてこの比類のない日曜詩人は、死んで干からびて、馬の首に引っかかったまま、馬に運ばれてやってくる。だが、彼が手にしている両刃の剣は、彼の韻のようにピカピカと輝きをはなち、この世の最初の日のように鋭さをみせながら、新聞紙の葉をつけたジャーナリズムの森をぬけてゆき、おかしな表現の花が〔切り落とされて〕地を覆いつくすことになるだろう。

「あることばをじっと見ようとすると、それに近づけば近づくほど、そのことばは遠くに離れてこちらを振り返る。[107]」こういった洞察のなかでクラウスが行っているほど、言葉が完全に精神から切り離されたことはこれまでない。また、これほど言葉がエロスと親密に結びついたことはない。これはプラトン的な言語愛である。しかし、言葉が逃れることのできない近さとは、唯一、韻なのである。このようにして、近さと遠さのエロス的な原初的関係が、クラウスの言葉のなかで、韻と名というかたちをとって現れる。韻というかたちをとるとき、言葉は生きものの世界から立ちのぼり、名というかたちをとるとき、言葉はあらゆる生きものを言葉自身へと引き上げる。《孤独な人たち》[108]〔打ち捨てられた人たち〕と題された詩では、クラウスの経験した言葉とエロスのもっとも親密な相互浸透が、ギリシアの完璧なエピグラムや壺絵を思わせる平然とした偉大さをともなって、はっきりと表れている。「孤独な人たち」――彼ら、つまり言葉とエロスは、それぞれ互いに孤独な存在である。しかし、彼らはともに孤独な存在でもあり、そのことは彼らにとって大きな慰めである。「死して成れ[109]」という二つの言葉の敷居の上で、彼らはとどまっているのだ。快楽は、頭をうしろに向けて、「前代未聞のやり方によって」永遠の別れを告げる。それに対して魂は、快楽から目をそらしつつ、「慣れないやり方によって」音もなく異国の地に足を踏み入れる。このように快楽と魂はともに孤独であるが、同じように言葉とエロス、また韻と名もともに孤独なのである。『詩となった言葉』の第五巻は「孤独な人たち」に捧げられている。孤独な人たちに届くものがあるすれば、それはこの献辞の言葉だけだ。献辞とはプラトン的な愛の告白にほかならない。プラトン的愛は、愛の対象で快楽を満たすのではなく、その対象を名のうちに所有し、愛の対象を名のうちにそっと大切に扱う。この自我にとり憑かれた男は、感謝のほかには自己を断念するすべを知らない。彼の愛は所有ではなく、感謝なのだ。感謝と献辞——感謝の言葉を述べるということは、さまざまな感情を一つの名のもとに表すことだ。恋人がどのように遠ざかり瞬くようになるか、ほんの小さなものとなり光り輝いている恋人の姿が、どのように名のなかへと移っていくか、それこそが、『詩となった言葉』が知っている唯一の愛の経験である。だからこそ、「女なしで生きるのは簡単だが／女なしで生きてきたのは難しいことだった」[110]ということになる。

名という言語の圏域から、そして唯一その圏域からのみ、クラウスの論争上の基本的手口、つまり引用が明らかにされる。あることばを引用するということは、名を出してそのことばを呼ぶことである。クラウスの成し遂げたことは、その最高度の段階では、新聞さえも引用可能なものとしたということに尽きる。クラウスは新聞を自分自身の場に据える。するとたちどころに常套句は気づかされる――ジャーナリズムの沈殿物の奥底に沈んでいたとしても、常套句は、自分をこの夜の世界からさらおうと、言葉の翼にのって舞い降りてくる声の襲撃に対して安全ではないのだと。その声が罰しようとしてではなく、救済しようと近づいてくるとすれば、なんとすばらしいことか。ちょうど、シェイクスピアの言葉の翼にのって、ある男がアラースを前にして、早朝、陣営の前に立っている、砲撃でボロボロになった最後の木の上でひばりが鳴き始めた、と本国向けに報告しているあの一行の言葉に近づいてくるように。[111] 救済するためにこの地獄へと舞い降りていくには、クラウスにとってはほんの一行、しかも自分自身の言葉でさえない一行でこと足りる。さらにはほんの一ヵ所を強調してやるだけで十分なのだ。「あの石榴〔榴弾〕の木にとまって鳴いていたのは、ナイチンゲールです。ひばりではありません。」[112] 救済し、罰を与える引用において、言葉は自分が「正義」の活字母型であることを示す。引用は名を出してことばを呼び出し、それを連関から破壊的に引き離す。まさにこのことによって引用はこのことばをふたたびその根源へと呼び戻すのだ。ことばは新しく組み上がったテクストのなかで韻を踏み、音を響かせ、調和しつつ現れる。韻というかたちをとって、引用はそのオーラのうちに類似的なものを集める。また、名というかたちをとって、引用は孤独に、そして無表情にたたずむ。言葉を前にして、二つの領域――根源と破壊――が存在することが、引用において証明される。そして反対に、この二つの領域が相互浸透するところで――すなわち引用において――のみ、言語は完成したものとなる。この引用のうちに映し出されているのは、天使の言語である。そこではあらゆることばが意味の牧歌的な連関から追い立てられ、創造という書物の題辞となったのだ。

クラウスという作家においては、引用は、古典的ヒューマニズムと現実的ヒューマニズムという両極から、彼の教養世界の全範囲を包み込んでいる。シラーは――名前こそ出されていないものの――シェイクスピアと並ぶ存在である。「貴族は倫理的世界にもいる。卑しい者たちは/行いによって支払い、高貴な者たちは、存在によって支払う。[113]」この古典的な二行詩は、ヴァイマールの人間性の本来の場であり、また最終的にはシュティフターによって確定されたあのユートピア的な消失点を、封建領主の高貴な心と世界市民の誠実さがともに交錯するところにあるものと特徴づけている。クラウスがまさにこの消失点に彼のいう根源を設定しているということは、彼にとって決定的なことである。市民的・資本主義的状況を、それがまだまったく存在していなかった状態へと遡行させることが、彼のプログラムなのだ。しかし、だからこそクラウスは、存在そのものによって自分自身の重要性を主張するまさに最後の市民なのであり、表現主義が彼の運命の形象となったのである。なぜならば、ここではじめて革命的状況の前に立たされて、自分自身の態度を明確にする必要が生じたからだ。表現主義はこういった革命的状況を、行動によってではなく、存在によって正当に評価しようとしたのだが、まさにそのために表現主義は、丸まったかたち、険しいかたちをとることになった。このようにして、表現主義は、人格の最後の歴史的避難所となったのである。表現主義の身を屈みこませている罪、そして表現主義の掲げた純粋さ、これらはいずれも非政治的人間、あるいは「自然的」人間という幻影に属する。そのような人間像は、あの退行の終局点に姿を現し、マルクスによってその化けの皮をはがされたものである。マルクスは次のように書いている。「市民社会の一員である人間、つまり非政治的人間は、しかし必然的に自然的人間として姿をあらわす。……政治革命は市民生活をさまざまな構成要素に分解するが、これらの構成要素そのものを革命的に変革したり、批判の対象としたりすることはない。政治的革命は、市民社会に対して、つまり欲求・労働・個人的利害・個人的権利の世界に対して、これらの存続基盤に対すると同じようにふるまう。……つまり、これらの自然的基盤に対すると同じようにふるまう。現実の人間は、利己的な個人という姿をとってはじめて、また真の人間は抽象的な公民という姿をとってははじめて認められることになる……。現実の個人としての人間が、抽象的な公民を自らのうちに取り戻し、個人としての人間となってその経験的な生、個人的な労働、個人的な諸関係のなかで類的存在となったとき、……したがって社会的な力をもはや政治的な力という形態で自分自身から切り離さないとき、そのときはじめて人間的解放が成就されることになるのだ。(14)」マルクスではこの箇所で、古典的ヒューマニズムに対して現実的ヒューマニズムが対抗しているわけだが、この現実的ヒューマニズムはクラウスにとって子どものうちに現れる。この子どもという成長の途上にある人間は、理想的自然存在、ロマン主義的自然存在という偶像に対しても、国家に誠実な模範的市民という偶像に対しても、あからさまに反抗を示す。クラウスは、この成長の途上にある子どもという意味で、学校の読本を検討し、またとりわけドイツの教養を追い求め、そしてその教養がゆらゆらと揺ぎ、ジャーナリズムの勝手気ままな扱いの波の戯れに身をゆだねているさまを見てとった。だからこそ、《ドイツ人の抒情詩》が書かれたのだ。[115]「することができる人、それが彼らの必要とする人。しなければならない人ではない。／彼らは本質から仮象へとさまよいこんだ。／それが抒情詩のうちにあらわれているのは、クラウディウスではなく、／ハイネだったのだ。」しかしながら、成長の途上にある子どもは自然の空間ではなく、人類という空間において、つまり解放闘争において、本来、自分の姿を形成していくものであるということ、成長の途上にある人間であるということは、搾取や困窮との闘争によって強いられる態度から見てとることができるということ、神話からの解放は、観念的なものではなく、唯物論的なものしかありえず、生きものの根源にあるのは純粋さ（Reinheit）ではなく、浄化（Reinigung）なのだということ、このことがクラウスの現実的ヒューマニズムに、もっとも後の時期になってその痕跡を残している。絶望する人間にしてはじめて、引用のうちに、保持する力ではなく、浄化する力、連関から引き離す力、破壊する力を見出したのである。これこそが、この時代を生き延びるものがまだ何かあるという希望を残している唯一の力なのだ。その何かとはこの時代から取り出してきたものなのだから。

こういったことから、市民的徳目はすべて、もともと、このクラウスという男の出動部隊となっているのだと確認することができる。市民的徳目は、乱闘というかたちのうちにのみ、その闘争的な外観を残している。しかし、いまでは誰もそのようなものがあるなどとは気づかない。この偉大な市民的性格の持ち主がコメディー俳優になった必然性、このゲーテの言語遺産の保持者が論争家になった必然性、この非の打ちどころのない紳士が狂戦士《ベルセルク》となった必然性を、今では誰も理解できないのだ。しかし、クラウスが自分の階級で、自分の故郷ウィーンで、世界の変革を始めようと考えたがゆえに、これらのことが必然的に生じることになった。この企てが無駄なことであると認めて、そのさなかに企てを中断したとき、クラウスはこの仕事をふたたび自然の手に返した。しかし、今度の自然は、創造的な自然ではなく、破壊的な自然である。

時間を止まらせせよ！　太陽よ、おまえこそが成し遂げよ！
終末を偉大なものとせよ！　永遠の始まりを告げ知らせよ。
威嚇するように背筋を伸ばし、雷鳴がおまえの光を鳴り響かせよ。
鳴りわたるわれわれの死神が押し黙るように。

黄金の鐘よ、自らの灼熱で溶けよ、
そして宇宙の敵に向けられた大砲となれ！

その顔めがけて火を打ち放て！　もし私にヨシュアの力があるならば、ギベオンはよみがえるであろう。(116)

クラウスの後年の政治的信条《クレド》は、まさにこの自然に、つまりこの解き放たれた自然にもとづくものなのである。それは、確かにシュティフターの信仰告白《クレド》の対極をなすものではあるが、そのすべてが驚嘆すべきクレドである。ただし、唯一、不可解なのは、『ファッケル』のどれほど大きな活字でさえもそれをとどめていないということ、そして、戦後に書かれたこのもっとも力強い市民的散文を、『ファッケル』の今となってはもう手に入らない冊子——それは一九二〇年十一月のものだ——のうちに探し求めなければならないということである。

「私が考えているのはつまり——財産も人の命も自分の手に所有している、この人でなしのごろつき連中やその取り巻きと一度話をしてみたいと思っているし、また、この連中はドイツ語が分からず、私の『異議申し立て』(117)を読んでも、私の真の意図を読み取ることができないから、一度ドイツ語を話してみたいと思っているので……——私が考えているていないのはつまり、こういうことだ。現実としての共産主義は、彼ら自身の生を冒瀆するイデオロギーの反対物にすぎないのだが、ともかくもより純粋で理念的な根源のおかげで、より純粋で理念的な目的のための不快な対抗手段となっている。共産主義的な実践など悪魔に喰われてしまえばいい。だが、財産を所有しているやつらの頭上でいつも彼らに脅威を与えるものとなるように、神が共産主義を保たれるよう祈りたい。やつらは自分の財産を保持するために、さらにはまた、生命は財産のなかでいちばん大切なものというわけではないのだなどとなだめて、ほかの人たちをすべて、飢餓の前線、祖国の栄誉の前線へと駆り立てたがる連中だ。厚顔無恥のあまり、もはや何をどうすればよいかまったく分からなくなっているこのならず者たちが、これ以上厚顔無恥にならないように、また、自分たちに従順な人類が、自分たちから梅毒をうつされると、十分に愛情を受け取ったことになるだろうと考えるような、享楽の生活を楽しむ者たちだけからなる連中が、せめて寝るときくらいは悪夢にうなされるように、神が共産主義を保たれるよう祈りたい。せめて、自分たちの犠牲者に道徳のお説教を説く気が消え失せ、そういった人を冗談の種にして愉快がる気持ちが消え失せるようにと。[118]」

人間的で自然で高貴な言葉である。とりわけ次のような、記憶にとどめておくべきアドルフ・ロースの宣言に照らして考えるならば。「人間の仕事が破壊からのみ成り立っている場合、それは真に人間的で自然で高貴な仕事である。[119]」あまりにも長いあいだ、創造的なものにアクセントがおかれすぎてきた。そのように創造的であるのは、人から依頼されたり、人から管理されたりすることを避ける者だけだ。依頼され、管理される仕事――その典型が政治的仕事と技術的仕事である――は、汚れとごみにまみれ、素材へと破壊的に介入し、成し遂げた仕事に対してはもう使い古したものとして扱い、自分の仕事の条件に対しては批判的な視点をたずさえた態度をとる。そして、創造行為に耽るディレッタントの仕事とはあらゆる点で反対である。ディレッタントの仕事は無害で純粋だ。それに対して、卓越したものは、食らい尽くし、浄化する。だからこそ非人間は、現実的ヒューマニズムの使者として、われわれのもとにあるのだ。非人間は常套句の克服者である。彼が連帯するのはすらっとのびたモミの木ではなく、この木を食らい尽くす鉋《かんな》である。また、貴金属の鉱石ではなく、それを精錬する溶鉱炉である。平均的ヨーロッパ人は、創造的存在という呪物《フェティッシュ》にこりかたまっているために、これまで自分の生活を技術と一つに結びつけることができなかった。破壊において自らの力を明らかに示す人間性というものを理解するためには、「装飾」[120]というドラゴンと闘うロースのあとをすでに追っていなければならない。シェーアバルトの不思議な登場人物たちの話す恒星のエスペラントを聴きとっていなければならない。あるいは、与えることで人間たちを喜ばせるよりも、人間から奪い去ることで彼らを解放することを喜ぶクレーの「新しい天使」[121]を目にしていなければならない。

　法のもつ構築的な二義性に対して、構築を解体するように阻止的にはたらく正義もまた、破壊的である。また、クラウスは自分自身の仕事に対して、破壊的という意味で、正当にかかわってきた。「私の迷いはすべて、導き手として、あとに残る。」[122]これは、持続のうちにその支配の基礎をおく、冷静で醒めた状態の言葉だ。そして、すでにクラウスの著作は持続の道を歩み始めている。クラウスは、リヒテンベルク[123]の言葉を彼の著作の冒頭に掲げてもよいだろう。リヒテンベルクは、自分のもっとも深遠な著作の一つを

「忘却陛下」に捧げているのだ。足るを知る自己分別はいまや、デーモン的な自己陶酔のなかで消え去ったかつての自己主張よりも、さらに大胆な姿をとっている。デーモンを従えたのは純粋さでも犠牲でもない。しかし、根源と破壊が互いに相手を見出すところでは、デーモンの支配も終わる。子どもと人食いからなる存在として、デーモンの征服者がデーモンの前に立つ。それは新しい人間ではない。非人間、新しい天使である。タルムードによれば、新しい天使たちは、一瞬一瞬、無数の群れとなって生み出され、神の前で声をあげたのち、とだえ、無へと消え去ってゆく。そのような天使たちの一人なのかもしれない。それは嘆きの声か、とがめる声か、あるいは歓呼の声なのか。どちらでもよい。クラウスの束の間の命しかない作品は、このたちまち消え去ってしまう声を模倣しながら創られたものなのである。天使《アンゲルス》、それはあの古い銅版画に描かれた使者である。

訳註

(1) グスタフ・グリュックはこの頃ベンヤミンが交友関係をもっていた、銀行のかなり高い地位にあった人で、この人がベンヤミンのエッセイ「破壊的性格」で描かれている人物のモデルとなっている（一九三一年一〇月二八日付のショーレム宛の書簡参照）。第三章「非人間」で描かれる「破壊的」特質は、エッセイ「破壊的性格」と密接に結びついていることがわかる。ちなみに、「破壊的性格」は、この「カール・クラウス」と同じく一九三一年に『フランクフルト新聞』紙上で掲載された。

(2) 『詩となった言葉（Worte inVersen）』はクラウスの詩集のタイトルで、一九一六年にその第一巻が出た。

現在刊行されているドイツ語版著作集（ズーアカンプ社）では、一九三〇年に出版された第九巻まですべて収録された『詩集（Gedichte）』としてまとめられている。

（3）ここで用いられているZeitungという語は、一般的には「新聞」を意味する。新聞はクラウスと彼の雑誌『ファッケル』にとって最大の批判の対象であり、『ファッケル』がZeitungであるという言い方は、ここでは「知らせ」という特別な意味で用いられているにせよ、かなり挑発的に響くことになる。ちなみに、シェイクスピアのドイツ語への翻訳のなかで「知らせ」という意味でZeitungという言葉が用いられている例として、『ハムレット』第二幕第二場の次の台詞をあげておく（A・W・シュレーゲルとルートヴィヒ・ティークによるドイツ語翻訳。邦訳は、永川玲二訳（『集英社ギャラリー』［世界の文学］２イギリスI）による）。

ポローニアス　ノルウェイへの使者たちが、陛下、首尾よく帰ってまいりました。
王　おまえはいつもよい知らせを持ってくる。
POLONIUS　Mein König, die Gesandten sind von Norweg
　Froh wieder heimgekehrt.
KÖNIG　Du warest stets der Vater guter *Zeitung*.

（4）『ファッケル（Die Fackel）』は、クラウスが一八九九年に創刊し、彼の死の一九三六まで続いた諷刺雑誌。Fackelという言葉は「たいまつ」を意味し、日本語ではしばしば『炬火』とも表記される。一九一二年以降は、クラウス一人がこの雑誌の編集に携わった。そのため、一般的なイメージにおいても、クラウスと『ファッケル』は、強力に結びついている。

（5）「叡知界（mundus intelligibilis）」は、「感性界（mundus sensibilis）」に対置される概念であり、本来は、人間の知覚によって把握される現象・事実の世界（感性界）に対して、理性・思惟によってのみ思い描かれる精神的な領域を指す。ここではカント的な意味で、人間の道徳的規範の場としていわれているのかもしれない。

(6) ペーター・ズーアカンプ「ジャーナリスト」(『ドイツの職業』ライプツィヒ、一九三〇年)。ちなみに、この人物は現在の「ズーアカンプ出版社」の創設者である。

(7) ウィーンの建築家(一八七〇－一九三三)。ウィーンの宮殿前のミヒャエル広場に建てられた通称「ロース・ハウス」がとくに有名。ロースは、装飾批判をめぐるクラウスの思想的同盟者であり、『ファッケル』の表紙も途中から、ロースのデザインによる簡潔なものに変更された。

(8) 一九〇三年、ヨーゼフ・ホフマン、コロマン・モーザーらが中心となって設立された。ウィーンのモダニズム(「モデルネ」)の担い手であったウィーン分離派と共同の仕事を展開した。クラウスやロースにとって、その装飾性は一貫して批判の対象となった。

(9) この『カール・クラウス』というエッセイ自体が、一九三一年、『フランクフルト新聞』紙上で四回にわたって掲載されたものである。ベンヤミンが二十三年前に書かれたロースの「装飾と犯罪」に言及するために、『フランクフルト新聞』の名前をわざわざ出しているのは、そのためと思われる。

(10) ロース「装飾と犯罪」(アドルフ・ロース『装飾と犯罪―建築・文化論集』伊藤哲夫訳、中央公論美術出版社、二〇〇五年)。ちなみに、文中で言及されているゲーテの言葉とは、『親和力』第二部第六章の箇所を指す。

(11) カール・クラウス「言葉の水準について」、『ファッケル』五七七－五八二号(一九二一年)六一頁。

(12) レオポルト・リーグラー『カール・クラウスとその作品』ウィーン、一九二〇年。

(13) ズーアカンプ「ジャーナリスト」。

(14) カール・クラウス『夜に』(一九一九)。『夜に』は、『格言と反格言』(一九〇九)、『プロ・ドモ・エト・ムンド』(一九一二)とともにクラウスのアフォリズム集のタイトル。クラウスは、すぐれたアフォリズムの書き手だった。現在刊行されているドイツ語版著作集(ズーアカンプ社)では、『アフォリズム

(Aphorismen)』のタイトルでまとめられている。邦訳『カール・クラウス著作集5　アフォリズム』では、三つのアフォリズム集から、アフォリズムが自由に抜粋・再構成されている（池内紀編訳、法政大学出版局）。

(15) カール・クラウス「この大いなる時代に」、『世界審判』（一九一九年）。

(16) ヨハン・ペーター・ヘーベル（一七六〇－一八二六）、ドイツの作家。ベンヤミンが言及しているように、聖職者でもあった。とりわけ『ドイツ暦物語（ドイツ炉辺ばなし集）』によって知られる。ベンヤミンは「ヨハン・ペーター・ヘーベル」と題したエッセイを残しているほか、『暦物語』から「思いがけぬ再会」を好んで引き合いに出している（『物語作者』）。

(17) オットー・シュテスル『生の形式と文学の形式』一九一四年。オットー・シュテスル（一八七五－一九三六）は、オーストリアの作家。一九〇六年から一一年にかけて『ファッケル』の寄稿者だった。

(18) アーダルベルト・シュティフター（一八〇五－一八六八）、オーストリアの作家。ビーダーマイアー期の代表的な作家とみなされている。本文で次に引用される短編集『石さまざま』や長編小説『晩夏』が代表作。

(19) シュティフター『石さまざま』の「序文」。高木久雄他訳『シュティフター作品集第三巻』松籟社、一九八四年、四、五、七頁。

(20) 「終末」、『ファッケル』三八一－三八三号（一九一三年）、六八頁。

(21) クラウス『詩となった言葉Ⅱ』（一九一七年）。

(22) クラウス「ペーター・アルテンベルクへの弔辞一九一九年一月一一日」、『ファッケル』五〇八－五一三号（一九一九年）九頁。

(23) クラウスにとって、さまざまな動物たちや木々（「生きもの」）そして「子ども」は、一方ではクラウスが憧憬する根源的な状況につながる存在として一つの理想像のようにとらえられている。他方で、とりわけ戦争という近代技術の悪しき発現の場でそれらが虐げられた存在となるとき、深い愛情と同情が向けられる対象となる。なかでも「犬」は、そのような「生きもの」のうちクラウスがもっとも愛情を注いだものだった。

(24) zeugen（生み出す）、überzeugen（説得する＝過剰に生み出す）、Zeugnis（証）といった言葉の意味が絡み合う。明らかにクラウスに特有の言葉遊びを意識している。

(25)「神経」は、世紀転換期ウィーンに特有のキーワードの一つ。「神経」をめぐって数多くのエッセイが書かれており、実際、世紀転換期ウィーンの芸術には極度の神経質さにかかわる作品が多く見られる（たとえばエゴン・シーレやココシュカの絵画、表現主義時代のシェーンベルクの作品）。次に引用されるロベルト・ショイの言葉もそういったコンテクストにもとづいている。

(26) ロベルト・ショイ（一八七三－一九六四）、ウィーンの文筆家。『ファッケル』の寄稿者でもあった。

(27) ロベルト・ショイ『カール・クラウス』一九〇九年。ちなみに、この著作が出版されたのは、ウィーンの偽善的な二重モラルの欺瞞を攻撃するクラウスの著作『道徳と犯罪』が刊行された翌年であり、ここでショイが言及している「神経の権利」も、本来は、クラウスの著作活動全般に当てはまるものというよりも、とりわけ『道徳と犯罪』を中心とする彼の執筆活動に関連することといえる。

(28) ここでは後で言及される作家パウル・シェーアバルトの『ガラス建築』（一九一四年）を念頭においていると思われる。（パウル・シェーアバルト『永久機関』（種村季弘訳）、作品社、一九九四年所収。）

(29) ウィーンの文筆家・詩人（一八五九－一九一九年）。印象主義的なきわめて短い散文を多数残した。アルテンベルクは安宿で生活し、作品の多くをカフェで執筆した。クラウスが高く評価し、親近感を覚えていた数少ない同時代の詩人の一人である。

(30) クラウスはあることがらを批判するときに、しばしばそれと結びついている個人に攻撃を向ける。個人名と結びついた具体的事象への批判が、その根底にある広い意味でのイデオロギー批判へと収束するというこの戦略は、たとえばマキシミリアン・ハルデン、フランツ・ヴェルフェル、そして何よりもハインリヒ・ハイネに対する批判に見られる。

(31) クラウス『夜に』。「エローティク」(ここではerotischという形容詞で用いられている)という語は、クラウスにとって、男性の精神的な創造性にかかわる重要な概念である。クラウスにとってこれを支えるのが、女性の「官能性Sinnlichkeit」である。また、男性のエローティクは、男性の不毛な性的行為としてのSexualitätと対置される。

(32) クラウス『プロ・ドモ・エト・ムンド』(一九一八年)。ちなみに、このアフォリズム集の標題は、pro domo(自分のために、私欲のために)という慣用的な表現をもじって、pro mundo(世界のために、みんなのために)という対立的な意味内容を組み合わせた言葉遊びである。クラウスはこのラテン語の標題をドイツ語で説明したある書評に対して、『黒魔術による世界の没落』のなかで揶揄の言葉を向けている。

(33)「文法(Sprachlehre)」とは、クラウスが一九二一年から『ファッケル』誌上で断続的に掲載していたエッセイ「文法のために(Zur Sprachlehre)」を指す。クラウスはこれらのエッセイで、「文法」という標題から連想されるような言葉についての概念的・体系的説明を行うのでは決してなく、たとえば新聞で用いられていた表現を批判の対象としながら、きわめて具体的に、ある言葉の真の深みへと到達しようとしている。これらのエッセイはクラウスの死後、一九三七年に『言葉』という単行本のなかに収められることになった。ちなみに邦訳『カール・クラウス著作集 7・8言葉』(武田昌一他訳、法政大学出版局)では「言葉の実習」と訳されている。

(34) ハールーン・アッラシード(七六六-八〇九)は、アッバース朝の第五代カリフ。ここでは『千夜一夜物語』の時代のカリフとして言及されている。

(35) 直接的には、一九二二年に出版されたエッセイ集『黒魔術による世界の没落』(またその中に含まれる一九一二年の同名のエッセイ）で使われた言葉をまず念頭においていると思われる。「黒魔術」とは、続く引用でも述べられているように、新聞の黒インクによって生み出された「言葉」が「出来事」を生み出す事態を指す。クラウスにとって、よい意味での「言葉の魔術」が根源的な力をもつものであるのに対して、「黒魔術」は、ジャーナリズムがその言葉によって悪しき出来事を生み出す力であるといえる。

(36) クラウス「この大いなる時代に」。

(37) マティアス・クラウディウス（一七四〇－一八一五）は、ゲーテと同時代のドイツの詩人。クラウスにとって、クラウディウスはゲーテと並んで言葉の理想として思い描かれる詩人の一人だった。

(38) 「全人間」の章でも引用されているレオポルト・リーグラーの著作『カール・クラウスとその作品』（一九二〇年）。この著作は、クラウスに関する最初のまとまったモノグラフィーであり、クラウスに対するかなり熱のこもった称賛の言葉に満ちている。

(39) 「ルンペルシュティルツヒェン」、『グリム童話』（KHM55）。（野村泫訳『完訳グリム童話集3』ちくま文庫、一一六頁参照。）

(40) ベルトルト・フィアテル『カール・クラウス　ある人物像とその時代』一九二一年。フィアテル（一八八五－一九九三）、オーストリア生まれの文筆家。ドイツ、アメリカ、イギリスにも活躍の場を広げ、映画監督・舞台監督としても仕事を残している。一九一〇－一九一一年にかけて、『ファッケル』の寄稿者であった。

(41) テクストの後の箇所で引用される詩《三十年の後に》には、「虚栄の回顧」という副題が掲げられている。「虚栄」は、クラウスが自分自身に対する批判を逆手にとって、クラウス自身が自分の特質を表す言葉としてしばしば用いていた。

(42) クラウス『夜に』。

(43) カーリン・ミカエリス（一八七二－一九五〇）は、デンマークのジャーナリスト、作家。一九一一年一一月一四日にデンマークの新聞に掲載された記事の翻訳が、『ファッケル』に掲載されている。そこでは、クラウスがしばしば開いていた朗読会で、クラウスがどのようなようすであったか、いわば絵画的に描写されている（『ファッケル』三三六－三三七号（一九一一）、四二－四六頁）。

(44) カトリックの教会の内部には、キリストの受難を描く一四の場面（それぞれ「留《りゅう》」と呼ばれる）が掲げられている。これらは、とりわけ受難節に瞑想や祈りのために用いられる。

(45) クラウス『夜に』。

(46) ヨハン・ネストロイ（一八〇一－一八六二）はウィーンの劇作家、俳優。クラウスはこの諷刺的劇作家をきわめて高く評価し、死後五〇周年の年（一九一二年）に「ネストロイと後世」と題するエッセイを発表している（『黒魔術による世界の没落』所収）。ジャック・オッフェンバック（一八一九－一八八〇）は、オペレッタの作曲家。ドイツ生まれだが、パリで活躍。クラウスは、オッフェンバックのオペレッタでは人間がいつわりなく描かれているととらえていた。クラウスは「文学の劇場」と題した朗読会を生涯に七百回ほど開催していたが、そのなかで自作の朗読を行うとともに、シェイクスピア、ネストロイ、オッフェンバックはきわめて好んで朗読された。

(47) ここで「ウジ虫」という意味で用いられているLarveは「仮面」と同じ語であり、クラウスの論争術としてしばしば言及されている「化けの皮を剝ぐ〔仮面を取り去る〕（entlarben）」を含意した言葉遊びでもある。

(48) リーグラー『カール・クラウスとその作品』。

(49) クラウス『詩となった言葉Ⅱ』。ここで引用されている諷刺詩《拾得物秘匿》では、純真で誠実な犬を虐殺し食べてしまった人間の残酷な仕打ちが描かれている。クラウスにとって「犬」はいわば「自然」を代表する被造物であり、悪しき「文明」に対置される存在といえる。

(50) アドルフ・ロース「カール・クラウス」（一九一三年）、『にもかかわらず一九〇〇－一九三〇』。邦訳では、ロース『装飾と犯罪―建築・文化論集』所収。

(51) 一七世紀、バロック時代のオーストリアの聖職者、説教者。多数の説教集を書き、ドイツ語で書いたバロック時代のもっとも重要なカトリックの説教者として知られる。

(52) リーグラー『カール・クラウスとその作品』。リーグラーのこの言葉は、テオドール・ヘルツルのシオニズムに対する諷刺を行ったり、クラウスが一九一一年にカトリックに改宗したりすることによって、ユダヤ人としての特質を表に出さないクラウスの姿勢を念頭においたものと思われる。

(53) クラウス『詩となった言葉I』(一九一六年)。この詩では、ドイツ語の綴りのなかで、次第に無音のhの音が消滅していくことに対する嘆きがうたわれている。

(54) クラウス『格言と反格言』(『道徳と犯罪』所収のエッセイ「子ども好き」の一節を抜き出したもの)。

(55) 「二義性 Zweideutigkeit」「二義的 zweideutig」という言葉は、文字通り「二つの意味をもつ」ことを表すとともに、それにともなって「曖昧である」こと、また、「二つの意味をもつ」ことがさらに転用されて、ある言葉によって別の特殊な意味、とりわけ性的でいかがわしいことをも意味する。このエッセイで「二義的」という言葉が用いられるとき、基本的には「二つの意味をもつ」ことが中心となりながらも、「デーモン」の属性としてある種の「いかがわしさ」、「曖昧さ」も含意されている。この語が、ベンヤミンにとって「静止状態における弁証法」の意味を担うものであることは、『パサージュ論』の概要として書かれた「パリ、一九世紀の首都」の「ボードレール」の章から見てとれる。

(56) ケラー「死と詩人」。ちなみにこの詩は、ベンヤミンのケラー論のなかでも引用されている。

(57) 第一次世界大戦のさまざまな姿を描き出す、クラウスの主著の一つである長大な戯曲『人類最後の日々』のなかで、クラウスは自分自身を「不平家」として何度も登場させている。続く引用は、この『人類最後の日々』の第五幕第五四場の不平家のきわめて長い台詞の最後の部分。『カール・クラウス著作集10　人類最期の日々・下』(池内紀訳)法政大学出版局、二六一頁参照。

(58)「ウィーン創世記」は、六世紀前半の彩色挿絵のある創世記の写本。保存状態のよい最古の聖書の写本である。現在、ウィーンの国立図書館に収蔵されている。『技術的複製可能性の時代の芸術作品』のなかでも言及されている。

(59)「傾き」を表すドイツ語 Neigung は、「心の傾き」としての「愛情」という意味ももつ。

(60)イエスが十字架につけられる前の晩、イエスがゲッセマネの庭園で弟子たちとともに祈っているところに、彼を捕えるために大祭司の下僕や兵士たちが押し寄せてくる。マタイ福音書二六章四七節、マルコ福音書一四章四三節、ルカ福音書二二章四七節、ヨハネ福音書一八章三節参照。

(61)クラウス「そして戦争の時代に」、『黒魔術による世界の没落』(一九二二年)。

(62)クラウスは一九一一年にカトリックに改宗している。

(63)クラウス「リール裁判」、『道徳と犯罪』(一九〇八年)(邦訳『モラルと犯罪』小松太郎訳、法政大学出版局、一九七〇)。

(64)クラウス「万里の長城」、『万里の長城』(一九一〇年)。このエッセイは『ドイツの世紀末1　ウィーン——聖なる春』(国書刊行会)に収録されている。

(65)たとえばエッセイ「ハイネとその結末」(『黒魔術による世界の没落』所収)でも述べられているように、クラウスが「言葉 die Sprache」に対して女性に対するかのようなエロティックな態度をとっていることは、クラウスの読者には周知のことであった。このテクストでも、女性名詞である「言葉」を表す代名詞は「彼女」であり、こういった表現そのものからも「言葉」が女性として扱われていることが感じとれる。

(66)クラウスは一九一六年の詩《告白》のなかで、自らを「亜流《エピゴーネン》」とあえて呼んでいる。彼が他の人々の言葉をもとにして批評・創作の活動を行っていることが、その表面的な理由である。しかし、その根底には、「ハイネとその結末」に見られるように、すでに存在する言葉(彼女)に仕えることによって、思想を生み出すというクラウスの言語観がある。

(67) フランク・ヴェーデキント（一八六四－一九一八）の『パンドラの箱』（「ルル二部作」の第二作目）の結末を指す。クラウスは一九〇五年に『パンドラの箱』のウィーン上演に際して、導入の前口上を朗読している。

(68) アルマン・カレル（一八〇〇－一八三六）、フランスのジャーナリスト。七月革命後、王政に敵対する新聞の編集長をつとめた。ポール＝ルイ・クーリエ（一七七二－一八二五）、フランスの文筆家。王政復古後のフランス国王ルイ一八世に敵対的な文章を書いた者として知られる。フェルディナント・ラサール（一八二五－一八六四）、社会主義の政治家、文筆家。

(69) このロベルト・ショイの見解として要約されているものは、クラウスの著作『道徳と犯罪』での論議をふまえたものである。この著作の出発点となっているのは、二枚舌的な市民的モラルにもとづいて、「不道徳」な女性を断罪する社会の偽善性であった。しかしそれとともに、クラウスにとってはそのような女性の「官能性」こそが、いわば人間にとっての本源的なもの（「自然」）として、芸術家（男性）の「精神性」に力を与えるものであり、そのような「官能性」を擁護するという目的もここには秘められていた。

(70) クラウス《浄化》、『詩となった言葉I』。

(71) ロベルト・ショイ『カール・クラウス』。

(72) このエッセイのいくつかの引用に見られるように、クラウスのアフォリズム集の一つにつけられた標題である。

(73) クラウス『プロ・ドモ・エト・ムンド』。

(74) 「通じ合う kommunizieren」はキリスト教の「聖体拝領を行う」ことも含意しているように思われる。その場合、「秘儀 Mysterium」はキリストの体を食べるという儀式であり、この後の食人のコンテクストにイメージ的に結びついてゆく。

(75)『ガリヴァー旅行記』の著者として知られるジョナサン・スフィフト（一六六七－一七四五）が一七二九年に発表した諷刺的文書「アイルランドの貧民の子供たちが両親及び国の負担となることを防ぎ、国家社会の有益なる存在たらしめるための穏健なる提案」を指す。

(76)レオン・ブロワ（一八四六－一九一七）はフランスの文筆家。ここで言及されている「提案」については未詳。

(77)クラウス『格言と反格言』。（『黒魔術による世界の没落』、「黙示録」のなかの一節。）

(78)『ファッケル』は一八九九年の創刊当初、どちらかといえば社会批判の諷刺雑誌という性格を基本的にもっていたが、一九〇五年に「美的転換」と自ら呼ぶ転換によって、芸術的な方向が『ファッケル』のなかでより重要性を占めるようになっていく。第一次世界大戦後、クラウスは二〇年代に社会民主党に近づき、さまざまな政治的論争のなかに巻き込まれていくことになる。かなり大まかなとらえ方をすれば、第一次世界大戦以前の芸術的方向と、戦後の政治的方向というカラーの違いを見てとることができるだろう。

(79)クラウス『格言と反格言』。

(80)キルケゴール『現代の批判』。

(81)すぐ後に言及されるクラウスのエッセイ「オッフェンバック・ルネサンス」を指す。

(82)オッフェンバックの代表的オペレッタの一つ。一八六六年作曲。

(83)グランショミエール（Académie de la Grande Chaumiére）は、パリにある芸術学校。

(84)クローズリー・デ・リラは、パリの歴史的なカフェの一つ。著名な画家、芸術家たちが集った場所として知られる。

(85)クラウス「オッフェンバック・ルネサンス」、『ファッケル』七五七－七五八号（一九二七）四七頁。

(86) これらはみな、クラウスが『ファッケル』誌上で激しい論争を繰り広げた相手である。ヨハン・ショーバー（一八七四－一九三二）は、ウィーンの政治家。一九二七年の七月暴動の際に警察長官としてこれを弾圧、クラウスはそれに対して「私はあなたに退陣を要求する」と題されたエッセイで激しい批判を開始した。イムレ・ベケシー（一八八七－一九五一）はオーストリア・ハンガリーのジャーナリスト、出版業者。一九二三年にスキャンダルを売りとするタブロイド的日刊紙『シュトゥンデ（時間）』を創刊。クラウスの私事について虚偽の誇張で揶揄したり、私生活を暴露したために、一九二五年に「ベケシーによる暴露」、「ならず者はウィーンから出ていけ！」といったエッセイによって激しく批判した。最終的にはベケシーはその悪事のためにウィーンを追われることになり、クラウスは一九二六年にいわばその総決算として長大な「審判の時間」、「死の時間」を『ファッケル』に掲載した。一九二八年、クラウスは戯曲『無敵の人たち』でベケシーをふたたびやり玉にあげている。アルフレート・ケル（一八六七－一九四八）は、ドイツの文筆家、ジャーナリスト。ケルとの論争は一九一一年に始まる。クラウスは、ケルの発刊していた雑誌『パン』をもじって、「ちっぽけなパンは死んだ」、「ちっぽけなパンはもう異臭を放っている」といったエッセイで攻撃した。

(87) シェイクスピアの『アテネのタイモン』の主人公。人間嫌いの典型としてしばしば言及される。クラウスはシェイクスピアの戯曲を七編ほど翻訳しているが、そのうちに『アテネのタイモン』も含まれる。翻訳された七つのうちにシェイクスピア作品のなかでも異色のこの作品が含め入れられているということは、やはり特別なことといえるだろう。

(88) 「シェイクスピアはすべてをはじめから知っていた」、『ファッケル』六八六－六九〇号（一九二五）、一ページ。

(89) クラウス《風景（テディ山のティーアフェート、一九一六年）》、『詩となった言葉Ⅱ』。ティーアフェートは、スイスのグラールス州のテディ山のなかにある大自然に囲まれた場所。クラウスにとって、いわば自然の「根源」にふれることのできた場所ということになるだろう。Thierfehd（クラウスはこのように綴っているが、現在ではTierfehdと書かれる）という地名は、「動物Tier」と「決闘Fehde」が結びついたもので、クラウスはこの詩のうちに、人間に対する「動物の決闘」の場所、自然が人間と決別する場所という意味合いを含ませていると思われる。ベンヤミンは、これらのことを踏まえながら、「人間嫌い」が他の人間たちから隔絶するためにいる場所としてこの詩をあげていることになる。

(90)『テンペスト』に登場する怪物。

(91)オットー・ヴァイニンガー（一八八〇－一九〇三）は『性と性格』の著者としてクラウスの性の思想にきわめて大きな影響を与えた。ヴァイニンガーにとって女性は精神性をもたない単なる性的な存在であり、男性の精神性のみに価値を認めようとした。ペーター・アルテンベルク（一八五九－一九一九）は、なかばボヘミアン的な生活と奇行によって当時ウィーン中に知られる文筆家で、クラウスにとってこの年上の文筆家は一つの理想的な存在であった。小さな少女に対する偏愛の傾向があった。そして、『パンドラの箱』のウィーン上演にクラウスもともにかかわったフランク・ヴェーデキント、クラウスの思想的盟友である建築家アドルフ・ロース、クラウスが高く評価していた年下でユダヤ人女性の詩人エルゼ・ラスカー＝シューラー（一八六九－一九四五）、雑誌『ブレナー』の編集者であり、そこでクラウスについての著名人への「アンケート」を特集したカトリックの文筆家テオドール・ヘッカー（一八七九－一九四五）――彼らはみな、クラウスを語るうえできわめて重要な人物である。

(92)クラウス『夜に』。

(93)これはとくにクラウスが音楽に関して全くの素人であった（クラウス自身もたとえばエッセイ「ハイネとその顛末」のなかでそのことを認めている）ことを指していると思われる。

(94)ゲオルゲ《聖堂騎士》、（『第七の輪』所収）。『ゲオルゲ全詩集』富岡近雄訳、郁文堂、一九九四年、一七六頁参照。

(95) 旧約聖書のなかで、ヤコブが夢に見た、天と地とを結ぶ梯子。この梯子を大勢の天使たちが上り下りしていた。「創世記」二八章一二節。

(96) クラウスの最後の詩集となった『詩となった言葉Ⅸ』（一九三〇年）の最後に置かれた詩。続く引用は、この《三十年の後に》と題された詩からとられたもの。

(97) クラウス《死に瀕した人間》、『詩となった言葉Ⅰ』。この引用は原文に忠実ではなく、もとのテクストの前半部分は「おまえは根源にとどまっている」となっている。また、この後半の言葉は『歴史の概念について』の第一四テーゼのモットーとされている。

(98) フィアテル『カール・クラウス』。

(99) クラウス《韻》、『詩となった言葉Ⅱ』。

(100) ボードレール《太陽》、『悪の華』。『ボードレール全集Ⅰ』阿部良雄訳、筑摩書房、一五九頁。

(101) クラウス『プロ・ドモ・エト・ムンド』。ちなみに、元のテクストで、この引用箇所の主語となるのは、男性の「想像力《ファンタジー》」である。この語は女性のもたらす「快楽」との連関で取り上げられているが、クラウスにとって芸術家としての男性の「想像力」は、女性の官能性によってその力を得るものとされる。

(102) フェルディナント・ライムント（一七九〇－一八三六）は、ウィーンの劇作家。ネストロイとともに一九世紀のウィーンの民衆劇を代表する人物。アレクサンダー・ジラルディ（一八五〇－一九一八）、オーストリアの俳優、オペレッタ歌手。とりわけネストロイやライムントの民衆劇、ウィーンのオペレッタで活躍した。

(103) クラウス『格言と反格言』。

(104) クラウス『格言と反格言』。

(105) クラウス《告白》、『詩となった言葉Ⅱ』。

(106) クラウス『詩となった言葉Ⅳ』。

(107) クラウス『プロ・ドモ・エト・ムンド』。

(108) クラウス『詩となった言葉V』所収。この後に引用される二つの短い言葉もこの詩からとられたもの。

(109) ゲーテの詩《至福の憧憬》のなかで用いられている有名な言葉。

(110) クラウス《感謝》、『詩となった言葉Ⅲ』。クラウスが愛を傾けた女性として、とりわけ一九〇一年に夭折した女優アニー・カルマーと貴族のジドニー・ナデルニィ・フォン・ボルティン（一九一三年以降）が知られているが、クラウスは生涯独身だった。

(111) シェイクスピアの『ロミオとジュリエット』の第三幕第五場の最初の部分に、夜明けを知らせるひばりが石榴《ざくろ》の木にとまって鳴いたのを、まだ別れたくないジュリエットがあれはナイチンゲールだと言って否定する有名なくだりがある。ここで述べられている従軍記者は、第一次世界大戦の激戦地の一つであるアラース近郊で、この有名な台詞を常套句的に取り入れて報告記事を書いている。

(112) クラウス『ファッケル』四三一 - 四三六号（一九一六年）、二四頁。テクストでは「石榴《ざくろ》の木」を意味する Granatbaum のうち、Granat の部分だけが強調を表す隔字体となっている。それによって、その木が「榴弾 Granate」によってボロボロになった木であることが暗示されることになる。

(113) シラー「身分の違い」。

(114) マルクス『ユダヤ人問題に寄せて』。

(115) クラウス、詩集『詩となった言葉Ⅵ』（一九二二年）のなかの詩。本文中、次に続く引用は、この短い詩の全文を引用したもの。詩のなかで「彼ら」と呼ばれているのは、ドイツ人（ドイツ語を話す、民族としてのドイツ人）を指す。

(116) クラウス《ギベオンの太陽への祈り》、『詩となった言葉Ⅱ』。

(117) ここで使われている「Widersprüche（異議申し立て・矛盾）」という言葉は、クラウスのアフォリズム集『格言と反格言（Sprüche und Widersprüche）』を指すとともに、文字通り、「異議申し立て」の意味で用いられている。ちなみに、アフォリズム集のタイトルとしては、「格言・箴言 Srpüche」に対して、「反 wider-」という言葉を冠することで、あくまでも言葉の上でその投書に対立する Widersprüche（つまり、「反格言」＝「異議申し立て」）を意味することになる。

(118)「ある感傷的でない女性のローザ・ルクセンブルクへの回答」、『ファッケル』五五四－五五六号（一九二〇年）、八頁。もとになるローザ・ルクセンブルクの書簡自体はクラウスが非常に気に入っていたものであり、自らの主催する朗読会で何度も朗読している。クラウスが非常に感銘を受けたものとして『ファッケル』のなかでとりあげた獄中のローザ・ルクセンブルクの書簡、およびクラウスのコメントに対して、ある女性がその手紙の感傷的な要素を冷静に観察する投書を行った。引用された箇所は、その投書に対するクラウスのリアクションである。

(119) ロース「近代の集合住宅」（一九二六年）、『にもかかわらず一九〇〇－一九三〇』。邦訳では、ロース『装飾と犯罪―建築・文化論集』（伊藤哲夫訳）所収。

(120) パウル・シェーアバルト（一八六三－一九一五）、ドイツの作家。幻想的な文学の書き手。クラウスは彼の考えるマルクス主義的な「現実的ヒューマニズム」の文脈で、シェーアバルトに関心をもち、いろいろな箇所で言及している。ここではとりわけ彼の小説『レザベンディオ』（『小遊星物語』種村季弘訳、平凡社ライブラリー）を念頭においている。

(121) パウル・クレー（一八七九－一九四〇）の絵。『歴史の概念について』の第九テーゼで言及されているもの。ベンヤミンはこの絵を所有して自室に飾っていた。

(122) クラウス《二十年の後に》、『詩となった言葉V』（一九二二年）。

(123) ゲオルク・クリストフ・リヒテンベルク（一七四二－一七九九）、ドイツ一八世紀後半の科学者、文筆家。リヒテンベルクはドイツ語圏でのアフォリズムの創始者とみなされており、アフォリズムの書き手であったクラウスに対しても刺激を与えている。

類似性の理論

「類似性」という領域を理解することは、オカルト的な知識の広大な圏域を解明するために、根本的に重要である。しかし、こういった理解には、自分の出くわした類似性のさまざまな事例を示すことによってではなく、そのような類似性を生み出すプロセスを再現することによって到達することができる。自然はさまざまな類似性を生み出す。擬態[1]のことを考えてみるだけでよい。しかし、類似性を生み出すもっとも優れた能力[2]をもっているのは、人間である。それどころか、人間の備える高度な機能のうち、模倣の能力によって決定的に規定されていないものはおそらくないだろう。この能力には歴史的な過程がある。それは系統発生的な意味での歴史であり、また個体発生的な意味での歴史である。個体発生的な歴史についていえば、遊びが多くの点でこの能力を育てる学校となっている。まず第一に、子どもの遊びにはいたるところで模倣的な行動様式が浸透している。しかもその領域は、人間がほかの人間の真似をするといったことに決して限られない。子どもは、お店屋さんごっこや先生の真似をして遊ぶだけでなく、風車の真似や電車ごっこをしたりもする。しかし、ここで問題となるのは次のような問いである。つまり、模倣的な行動の修練を積むことは、子どもにとって一体どのような利点があるのか、ということだ。

これに答えるためには、系統発生的な面での模倣的行動の意味をはっきりととらえておくことが前提となる。この意味を判断するためには、今日われわれが「類似性」という言葉によって理解しているものに思いをめぐらすだけでは十分ではない。周知のように、かつて類似性の法則によって統治されていると思われていた生活領域は、今よりもはるかに広大なものだった。たとえば、小宇宙《ミクロコスモス》と大宇宙《マクロコスモス》がそうだ。これは、歴史の流れのなかで類似性の経験が見出してきた数多くのもののとらえ方のうちの一つにすぎない。今日の人間にとっても主張することができるだろうが、日常のなかで類似性であると意識的に感じ取っているさまざまなケースは、無意識のうちに類似性によって規定されているような無数のケースのうち、そのほんの一部に過ぎない。巨大な氷山の塊が水面下にあるのに対して、われわれが眼にすることができるのは水面からそびえ立っている小さな先端だけであるように、意識によって知覚されているさまざまな類似性——たとえば顔の類似性——は、無意識のうちに知覚された、あるいはまったく知覚されていない、無数に多くの類似性のごく一部を占めているだけなのだ。

しかし、この自然のさまざまな照応関係《コレスポンデンツ》(3)が決定的な意味をもつのは、これらの照応関係がみな、根本的に、模倣の能力の刺激剤や喚起剤だとわかるときである。模倣の能力が、人間のなかでこれらの照応関係《コレスポンデンツ》に応えるのだ。その際、考えておかなければならないのは、模倣する力にせよ、模倣の客体（つまり模倣の対象）にせよ、長い時間の流れのなかで、そのまま同じものであり続けるわけではないということだ。また、何世紀もたつうちに、模倣する力は——それとともに後には模倣によって理解する力も——ある種の領域から消え去り、他の領域へと流れ込んでしまったのだということも、考えておく必要がある。全体として、この模倣の能力の歴史的展開のうちには、ある統一的な方向性が認められると推測しても、それはあまりにも大胆な考えだということにはならないだろう。

この方向性には、一見すると、この模倣の能力がますます弱いものになっていくという特徴だけが存在するようでもある。というのも、古代の民族あるいは原始人の知覚世界と比べて、近代の人間の知覚世界には魔術的な照応関係《コレスポンデンツ》がはるかにわずかしか含まれていないように思われるからだ。問題となるのはただ一つ、これは模倣の能力が死に絶えつつあるということなのか、あるいはそうではなく、模倣の能力にもしかするとなにか変化が起こっているのか、ということである。そういった変化がどのような方向に向かっているのかということについては、間接的にではあるが、占星術からある程度のことを推し量ることができる。というのもわれわれは、古くから伝えられているものを研究している者として、具体的なかたちをとる形象や、模倣の対象となる性格はかつて存在したが、今日ではそういったものが存在するということさえ想像できない、ということを念頭に置いておく必要があるからだ。たとえば、星の配置〔星座〕もそうだ。このことを理解するためには、とりわけホロスコープを一つの原初的な統一体――これは占星術の解釈ではただ分析されるだけにすぎないが――としてとらえなければならないだろう。（星の配置はある性格をもった統一体を表し、その星の配置においてこの統一体が働きかけるときに初めて、それぞれの惑星のもっている性格が認識されることになる。）根本的に念頭に置いておかなければならないことは、天空で生じる事象は、集団としてであれ、個人としてであれ、昔の人々にとって模倣可能なものであり、それどころか、この模倣可能性には、そこに存在する類似性をどうやって操るかという指示さえ含まれていた、ということだ。さしあたり、占星術に経験的性格を与えることになった最後の段階は、人間によるこういった模倣可能性、あるいは人間の持つ模倣の能力のうちに見てとるしかない。しかし、もしほんとうに模倣するという特別な才能が、古代の人々の生を規定する能力だったとすれば、こういった才能を完全に有しているのは、特に宇宙的な存在のかたちへと完全に作り上げられてゆくのは、新生児以外にはほとんど考えられない。

ここで決定的なものとされる誕生の瞬間とは、〈一瞬〉である。このことによって、類似性の領域におけるもう一つの特質に目が向けられることになる。類似性を知覚するということは、いずれにせよ、一瞬の閃《ひらめ》きに結びついている。それはさっと過ぎ去る。これを再び手にすることはできるかもしれないが、他の知覚のようにしっかりととどめておくことは本来できない。類似性の知覚は、星の配置と同じように、束の間、眼前に現れ、そして過ぎ去ってゆく。さまざまな類似性を知覚するということは、つまり時間の契機と結びついているように思われる。それは、第三者が居合《ごう》わせるのと同じように、まさにその瞬間にとらえられることを望んでいる二つの星の合に、占星術師が居合わせることである。その時を逃せば、いかに精度の高い観察器具を用いたとしても、天文学者の労が報われることはない。

占星術について述べておけば、非感性的類似という概念を理解してもらうには十分だろう。言うまでもないことだが、これは相対的な概念である。つまり、ある星の配置と一人の人間とのあいだに存在する類似性ということが問題になりえた状況は、われわれの知覚のうちにはもはや存在しないということだ。しかしながら、非感性的類似という概念にまとわりついている不明確さをより明確なものにするための規範《カノン》はわれわれにもある。この規範《カノン》とは言語である。

すでに昔から、模倣の能力が言語に対してある程度の影響を与えていると考えられてきた。しかしながら、そうであるとしても、そこには根本的な原則となるものが欠けており、また、模倣の能力の意義について、ましてやその歴史について真剣に考えられてきたわけではなかった。そういった考察はとりわけ、類似性の周知の領域（感性的領域）ともっとも密接に結びついていた。いずれにせよ、言語が成立する場における模倣的な行動は、オノマトペ的な要素としてしかるべき場が認められてきた。しかし、見識のある人たちにとっては自明のことであるが、言語が取り決めによる記号体系ではないとすれば、言語というものに近づこうとするときに、オノマトペにもとづいた説明の仕方のうちにきわめて荒削りで原始的なかたちをとって現れている考え方へと、繰り返し立ち戻らなければならないことになろう。ここで問題となるのは、こういった説明の仕方を十分なものに作り上げ、より精密な理解に適合するものにすることができるか、ということである。

言い換えればそれは、レオンハルトが啓発に満ちた論文『言葉』[4]のなかで主張している、「言葉はみな、そしてまた言語全体が、オノマトペ的である」という命題に一つの意味を与えることができるか、という問いである。このテーゼを初めて完全に透明なものとする鍵は、非感性的類似という概念のうちに潜んでいる。同じものを意味するさまざまな言語の単語を、その「意味されるもの」を中心にして並べてみると、それらがみな、多くの場合、互いに類似性をまったくもっていないにもかかわらず、これらの語の中心に置かれた「意味されるもの」とどれほど似ているかということを究明することができるだろう。こういった考え方はもちろん、神秘主義的あるいは神学的な言語理論ときわめて密接な関係がある。しかし、だからといって、それが実際のテクストに即して行う文献学と無縁だというわけではない。ところで、周知のように、神秘主義的な言語理論は、話された言葉を考察の圏内に引き入れることだけで満足するわけではない。神秘主義的な言語理論は、まったく同じ意味で文字ともかかわっている。ここで注目すべきことは、この神秘主義的言語理論は、単語や文字の文字像〔書体〕[5]と「意味されるもの」あるいは「名前を与えるもの」との関係のなかで、おそらく音声によって言語を編成するある種の考え方よりももっとうまく、非感性的類似の本質を説明しているということだ。たとえば、Beth[6]という文字には、家という名前が含まれている。「話されたもの」と「意図されたもの」のあいだだけでなく、「書かれたもの」と「意図されたもの」のあいだ、さらには同じく「話されたもの」と「書かれたもの」のあいだに張りわたされた緊密な関係を作り出しているのは、このように非感性的類似なのである。しかも、それはそのたびごとにまったく新しく、原初にたちかえって行われるものであり、他から導き出されることで生み出されるのではない。

これらの緊密な関係のうちもっとも重要なものは、最後にあげた、「書かれたもの」と「話されたもの」とのあいだの関係といってよいだろう。なぜなら、ここで支配している類似性は、他のものと比較すると、もっとも非感性的なものだからである。これはまた、もっとも後になってから到達したものでもある。この類似性の本質をはっきりと浮かび上がらせようとするならば、この類似性が生じた歴史に目を向けなければ、ほとんど無理といってよい。確かに、その闇は今日でもなおこの歴史のうえに拡がり、見通すことができないものとなっているのではあるが。最新の筆跡学は、手書きの文字〔筆跡〕のうちに、書き手の無意識がそのうちに隠されている像（Bilder）——というか、本来ならば隠し絵（Vexierbilder）といったほうがよいだろう——を読み取ることを教えてきた。このようなかたちで書き手の活動のうちに姿を現す模倣の能力は、文字の成立よりもはるかに遠い昔には、書くという行為にとってきわめて大きな意味をもっていたと想定することができる。このように文字は、言語と並んで、非感性的なさまざまな類似、非感性的な照応関係《コレスポンデンツ》の文書庫《アルヒーフ》となったのである。

しかし、この言語および文字のもついわば魔術的側面は、言語や文字のもう一つの側面、つまり記号的側面と何の関係ももたないまま、並行性をたどって進んでいくわけではない。むしろ、言語のもつ模倣的特質はすべて、ある確固とした基盤のうえに成り立つ志向である。それは、自分自身とは異なるものに担われることによってのみ、つまり、この志向の基盤となる、まさに言語の記号的特質、伝達的特質に担われることによってのみ、姿を現すことができるのだ。一つ一つのアルファベットから成り立っている「文字」のテクストは、このように、隠し絵が形成されうる唯一の場となる基盤なのである。同じように、センテンスのもつ音のうちに潜んでいる意味連関は、基盤である。この基盤があってはじめて、稲妻のように音の響きから一瞬のうちに、類似的なものが現れることができる。しかし、この非感性的類似はあらゆる読む行為のうちに働きかけるものなので、この奥深い層において、「読む」という言葉のもつ注目すべき二重の意味、つまり「読む」という言葉の世俗的な意味と魔術的な意味へといたる道が開けることになる。学校に行く子どもたちは初等の入門書を読み、占星術師は星たちのうちに未来を読む。一つ目の文では、読むという行為は二つの要素に分かれていない。それに対して、二つ目の文では二つに分裂しており、読むという行為をその二つの層にしたがって、次のようにはっきりと示している。占星術師は星の配置を、天空の星たちから読み取る。そしてまた、占星術師は同時に星の配置から未来や運命を読み解くのである。

さて、このように星や内臓や偶然の出来事から何かを読み解くということが、人類の太古の時代にあっては、読むという行為そのものであったとすれば、さらにはまた、ある新しい読みへといたる媒介項——ルーネ文字はそのようなものだった——が存在したとすれば、次のように想定してみるのも、きわめて自然なことである。つまり、かつて未来などを見通す力の基盤であった模倣の才能が、何千年もかけて発展していくうちに、ほんとうに少しずつ、言語や文字のなかへと入り込んでいき、言語や文字のうちで、非感性的類似のもっとも完成された書庫となっていったということである。そうだとすれば、言語とは次のような意味で、模倣の能力を最高度に用いたものということができるだろう。つまり言語はひとつの媒質《メディウム》であり、類似的なものを知覚するあの昔の能力は、この媒質のなかへとあますところなく入り込んでいったのである。この媒質のなかでは、さまざまな事物はもはやかつてのように直接に、将来などを見通す者や祭司の精神のなかで出会うのではなく、言語の精髄のなかで、ほんの束の間の、そしてきわめて繊細な実体のなかで、さらにいえば芳香のなかで出会うことになる。そして、お互いに関係し合うことになる。言語はこのような媒質となるのだ。言い換えれば、未来などを見通す力が、歴史の過程において自分の昔からもっている力を譲り渡していったのが、文字そして言語にほかならないということである。

しかしそうなると、読んだり書いたりするときの速さは、これらの行為と切り離して考えることはほとんどできないわけだが、このテンポとは、さまざまな類似性が束の間現れ、そしてまた沈んでいきながら、事物の流れのなかから一瞬きらめくあの速度に精神がかかわろうとするときの努力、才能であるといってもよいだろう。このように世俗的な読みの行為はいまでもなお——理解するということをどうしても手放したくないのであれば——あらゆる魔術的な読みの行為と共有するものをもっている。それは、世俗的な読みが、ある必然的なテンポ、というよりもむしろ、ある危機的な瞬間の支配下にあるということだ。読む者は、何も得ることなく終わるのがいやだということであれば、この危機的な瞬間のことを決して忘れてはならない。

補足

われわれがもっている、類似性を見るという才能は、似たものになりたい、また似たふるまいをしたいという、かつて圧倒的にわれわれに強く迫っていた力の単なる弱々しい残骸にほかならない。似たものになるという、あのどこかに失われてしまった能力は、われわれがまだ類似性を見ることができるこの狭い知覚世界をはるかに遠く越えてゆくものであった。何千年も前に、誕生の瞬間、一人の人間のうちに星の位置が及ぼしていた力は、類似性に基づいて織り込まれたものだったのだ。

訳註

(1) ここでの「オカルト的」という言葉は、後に言及されている「魔術的」領域に関わるとともに、この言葉が中世の哲学的伝統のなかで意味していたように、魔術をも包括するもっと広い意味で、感覚によって知覚できないものを指し示していると考えられる。つまり、このテクストのキーワードである「非感性的」ということに直接つながっている。

(2)「擬態」とは、動物がたとえば身を守るために、周りの自然物や動植物（木の幹、木の葉、砂など）に身体の形態・色を似せること。たとえば、コノハガ、ナナフシ、カメレオンなどに見られる。

(3) ベンヤミンが「照応関係《コレスポンデンツ》」という言葉を使うとき、『ボードレールにおけるいくつかのモティーフについて』でとりわけボードレールの『悪の華』のなかの《万物照応《コレスポンダンス》》について言及しているように、自然のなかのさまざまな事物の関係、あるいはそれを受け止める人間の感覚が、互いに呼応しつつも、いわば未分化のまままとらえられている状態が含意されている。

(4) ルドルフ・レオンハルト『言葉』一九三一年。

(5)「文字像 Schriftbild」という語は、一般的には、たとえばローマン体やゴシック体といった、印刷における「書体」を意味する。ここでは、そういった一般的な意味と重ね合わせながら、まさに「文字 Schrift」のもつ「画像 Bild」そのものとしての機能、つまり、本来的には「意味されるもの」そのものとは結びついていない文字の画像性が問題となっている。この語は『ドイツ悲劇の根源』でも、「文字」のもつアレゴリー的特質を語る文脈で使われている。

(6) たとえば、イエス・キリストの生誕の地として知られる Bethlehem は、字義通りには「パンの家」を意味する。

模倣の能力について

自然はさまざまな類似性を生み出す。擬態のことを考えてみるだけでよい。しかし、類似性を生み出す最も優れた能力をもっているのは、人間である。人間がもっている、類似性を見るという才能は、似たものになりたい、また似たふるまいをしたいという、かつて圧倒的にわれわれに強く迫っていた力の残骸に他ならない。人間の備える高度な機能で、模倣の能力によって決定的に規定されていないものはおそらくないだろう。

この能力には歴史的な過程がある。それは系統発生的な意味での歴史であり、また個体発生的な意味での歴史である。個体発生的な歴史についていえば、遊びが多くの点でこの能力を育てる学校となっている。子どもの遊びにはいたるところで模倣的な行動様式が浸透している。しかもその領域は、人間がほかの人間の真似をするといったことに決して限られない。子どもは、お店屋さんごっこや先生の真似をして遊ぶだけでなく、風車の真似や電車ごっこをしたりもする。模倣的な行動の修練を積むことは、子どもにとって一体どのような利点があるのだろうか。

これに答えるためには、系統発生的な面での模倣的能力の意味をとらえておくことが前提となる。今日われわれが「類似性」という言葉によって理解しているものに思いをめぐらすだけでは十分ではない。周知のように、かつて類似性の法則によって統治されていると思われていた生活領域は、広範囲に及ぶ。小宇宙《ミクロコスモス》でも大宇宙《マクロコスモス》でも、類似性が統治していた。しかし、あの自然のさまざまな照応関係《コレスポンデンツ》(1)が決定的な意味をもつのは、これらの照応関係《コレスポンデンツ》がいずれもみな、模倣の能力の刺激剤や喚起剤なのだとわかるときである。模倣の能力が、人間のなかでこれらの照応関係《コレスポンデンツ》に応えるのだ。その際、考えておかなければならないのは、模倣する力にせよ、模倣の客体（あるいは模倣の対象）にせよ、何千年ものあいだ、同じものであり続けるわけではないということだ。むしろ、さまざまな類似性を作り出す才能——たとえば、舞踏のもっとも古くからある機能は類似性を作り出すということだが、そういった舞踏のなかで——、またそれとともに類似性が存在するとわかる才能は、歴史が移り変わっていくうちに変化していったのだと想定することができるだろう。

　こういった変化の方向性は、模倣の能力がますます弱いものになっていくということによって規定されているようにも見える。というのも、近代の人間の知覚世界には、古代の民族にはごく普通であった魔術的な照応関係《コレスポンデンツ》やアナロジーが、わずかの残存物となってしか含まれていないように思われるからだ。問題となるのは、この能力が凋落しつつあるということなのか、あるいはそうではなく、この能力が変容しつつあるのか、ということである。そういった変化がどのような方向に向かっているのかということについては、間接的にではあるが、占星術からある程度のことを推し量ることができる。

根本的に念頭に置いておかなければならないことは、かなり遠い過去においては、天空の出来事も、模倣することができるとみなされていた出来事に数えられていたということだ。舞踏や他の礼拝的な催しにおいては、そのような模倣を生み出したり、そのような類似性を操ったりすることもありえた。しかし、もしほんとうに模倣するという特別な才能が、古代の人々の生を規定する能力だったとすれば、こういった才能を完全に有するものとして、また特に宇宙的な存在のかたちへと完全に作り上げられてゆくものとして、新生児が考えられていたということは、想像に難くない。

占星術の領域について述べておけば、非感性的類似の概念とはどのようなものかということの最初の足掛かりを与えることになるかもしれない。確かにわれわれの生活には、そういった類似性について語ること、とりわけそういった類似性を呼び出すことをかつて可能としていたものは、もはや見出すことができない。しかしながら、非感性的類似が意味するものをより明確なものにするための規範《カノン》はわれわれにもある。この規範《カノン》とは言語である。

昔から、模倣の能力が言語に対してある程度の影響を与えていると考えられてきた。しかしながら、そうであるとしても、そこには根本的な原則となるものが欠けていた。また、模倣の能力のさらなる意義について、ましてやその歴史について考えられてきたわけではなかった。そういった考察はとりわけ、類似性の周知の領域、つまり感性的領域ともっとも密接に結びついていた。いずれにせよ、言語が成立する場における模倣的な行動は、オノマトペ的なものという名前のもとにしかるべき場が与えられてきた。自明のことではあるが、言語が取り決めによる記号体系ではないとすれば、オノマトペにもとづいた説明の仕方という、きわめて原始的なかたちをとって現れている考え方へと、繰り返し立ち戻らなければならないことになろう。ここで問題となるのは、こういった説明の仕方を十分なものに作り上げ、より精密な理解に適応させることができるか、ということである。

「言葉はみな、そしてまた言語全体が、オノマトペ的である」(2)と主張した人も確かにいる。とはいえ、この命題のうちに含まれているかもしれない基本的な枠組みを精確に言い表すだけでも難しい。しかし、非感性的類似という概念がこれをうまく扱えるようにしてくれる。つまり、同じものを意味するさまざまな言語の単語を、その「意味されるもの」を中心にして並べてみると、それらがみな、多くの場合、互いに類似性を全くもっていないかもしれないとしても、これらの語の中心に置かれた「意味されるもの」とどれほど似ているかということを究明することができるだろう。しかしながら、この種の類似性は、さまざまな言語のなかで同じものを表す単語どうしの関係のみに即して説明を行うべきではない。そもそもここでの考察は、話された言葉だけに限定することはできないのだから。むしろこの考察は、話された言葉とまったく同様に、書かれた言葉とかかわっているのだ。ここで注目すべきことは、この書かれた言葉が――多くの場合、話された言葉よりもおそらくさらに的確に――その文字像〔書体〕[3]と「意味されるもの」との関係を通じて、非感性的類似の本質を照らし出すということだ。要するに、「話されたもの」と「意図されたもの」のあいだだけでなく、「書かれたもの」と「意図されたもの」のあいだ、さらには同じく「話されたもの」と「書かれたもの」のあいだに張りわたされた緊密な関係を作り出しているのは、非感性的類似なのである。

筆跡学は、手書きの文字〔筆跡〕のうちに、書き手の無意識がそのうちに隠されている像を読み取ることを教えてきた。このようなかたちで書き手の活動のうちに姿を現す模倣の過程は、文字の成立よりもはるかに遠い昔には、書くという行為にとってきわめて大きな意味をもっていたと想定することができる。このように文字は、言語と並んで、非感性的なさまざまな類似、非感性的な照応関係《コレスポンデンツ》の文書庫《アルヒーフ》となったのである。

しかし、この言語および文字のもつ側面は、言語や文字のもう一つの側面、つまり記号的側面と何の関係ももたないまま、平行線をたどって進んでいくわけではない。むしろ、言語のもつ模倣的特質はすべて、炎にも似て、ある種の担い手があるときだけ現れ出ることが可能となる。この担い手となるのが、記号的なものである。同じように、複数の語や文からなる意味連関は担い手となる。この担い手があってはじめて、稲妻のように類似性が現れ出る。なぜなら、人間によって類似性が生み出されることは、人間が類似性を知覚するのとまったく同様に、多くの場合、またとりわけ、重要な場合では、一瞬の閃《ひらめ》きと結びついているからだ。それはさっと過ぎ去る。記号的なものと模倣的なものが言語領域のなかで溶け合うのを、書く速さ、また読む速さが高めているということも、ありえないことではない。

「これまで書かれたことがないものを読む。[4]」この読む行為こそ最も古いものである。それは、あらゆる言語に先立つ読みの行為であり、内臓から、星から、あるいは舞踏から読むという行為である。後になって、ルーネ文字や象形文字といった新しい読み方の媒介項が用いられることとなった。これらが、かつてオカルト的[5]な行為の基盤であったあの模倣の才能が文字や言語へと入り込んでゆく際の経過点となったのだ、という想定もきわめて自然だろう。そうだとすれば、言語とは次のような意味で、模倣的行動の最高度の段階であり、非感性的類似のもっとも完成された書庫だということができるだろう。つまり言語はひとつの媒質《メディウム》であり、模倣によって何かを生み出し理解するというあの昔の力は、この媒質のなかへとあますところなく入り込んでいったのである。そして、その力は最終的には、魔術の力を清算することとなる。

訳註

(1)「類似性の理論」の註(3)を参照。
(2)「類似性の理論」の註(4)を参照。
(3)「類似性の理論」の註(5)を参照。
(4) ホーフマンスタール『痴人と死』一八九三年。

（5）「類似性の理論」の註（1）を参照。

ボードレールにおけるいくつかのモティーフについて

I

ボードレールは、抒情詩を読むことが困難だと感じる読者を念頭においていた。『悪の華』の序詩は、このような読者に向けられている。彼らの意志の力など、ということはおそらく集中力にしても、たかが知れている。彼らには感覚的な楽しみのほうがいいのだ。彼らは、関心とか受容能力を失わせてしまう憂鬱《スプリーン》に慣れ親しんでいるからだ。このような読者、つまりもっとも恩知らずな読者をよりどころとする抒情詩人に出くわすと、いぶかしく感じてしまう。もちろん、すぐに思いつく説明も一つある。ボードレールは理解されたかったのだ。自分に似ている人たちに彼の本を捧げているのだから。読者に宛てて書かれた詩は、次のあいさつの言葉で締めくくられている。

偽善の読者よ、——私の同類、——私の兄弟よ！[1]

　このことは、次のように言い換えて表現してみると、さらに実り多いものとなる。つまり、ボードレールは、読者にすぐさま受け入れられ成功する見込みが最初からほとんどない本を書いたのだ。彼は、巻頭の詩が描いているようなタイプの読者を念頭においていた。これが先を見越した計算であったということは、後になってわかった。彼が考えていたような読者は、後世によって彼に与えられることになったのだ。こういった状況、言い換えれば、抒情詩受容の条件がますます不利なものとなっていったということは、とくに次の三つの事実によって裏打ちされる。第一に、抒情詩人は、「詩人」そのものとみなされなくなった。抒情詩人はもはや、ラマルティーヌ[1]がまだそうであったような「歌びと」ではない。抒情詩人は一つのジャンルの中に入ってしまった。（ヴェルレーヌ[2]はこういった専門化の手近でわかりやすい例である。ランボー[3]はすでに、職務上、読者を自分の作品から遠ざける秘教家だった。）第二の事実——抒情詩の大衆的成功は、ボードレール以降、もはや生じていない。（ユゴー[4]の抒情詩はまだ、出版されたときに強烈な反響を引き起こした。ドイツでは、『歌の本』[5]がその境目となっている。）三つ目の事情は、このことにともなって生じている。読者は、昔から引き継がれてきた抒情詩に対しても、冷たい態度をとるようになったのだ。ここで問題となっている期間は、およそ一九世紀中葉以降のものと考えてよいだろう。その同じ時代に『悪の華』の名声は絶えず広がっていった。もっとも好意的でない読者を念頭におき、また、当初は好意的な読者をそれほど多く見出すことができなかったこの書物は、何十年かたつうちに古典的な書物となった。そしてまた、もっとも出版部数の多い書物ともなったのである。抒情詩受容の条件が以前よりも不利になったとすれば、抒情詩がもはや例外的にしか読者の経験との接触を保っていないということを、すぐに思い描くことができる。これは、読者の経験の構造が変化したためということもありうる。しかし、こういった考え方を認めるにしても、読者の経験のなかで何か変化することがありえたとすれば、それは何であるかを言い表すことになおさらのこと困難を感じることになるだろう。こういった状況にあっては、哲学に伺いをたてることになるだろう。そのとき、ある独特な事情に行き当たる。一九世紀初頭以降、哲学は、文明化された大衆の規格化され、変性してしまった生活のうちに表れている経験に対して、「真の」経験を自分のものにしようとする一連の試みに取り組んできた。これらの果敢な試みは、一般に生の哲学という概念のもとに分類されている。これらは当然のことながら、社会における人間の生活を出発点としていない。それらの試みが引きあいに出したのは文芸であり、あるいはむしろ自然であり、そして最後にとりわけ神話時代であった。ディルタイの著作『体験と創作』(6)は、これら一連の試みのなかでもっとも初期の著作の一つである。そして、それらの最後を飾るのはクラーゲス(7)と、ファシズムに身を捧げたユング(8)である。ベルクソン(9)の初期の著作『物質と記憶』は、記念碑的業績としてこういった文献からはるかにそびえたっている。この著作は他の著作以上に、厳密な実証的研究との連関を保っている。これは生物学に準拠している。標題が示すとおり、この著作は、記憶《ゲデヒトニス》の構造を経験の哲学的構造にとって決定的なものとみなしている。実際、経験は、集合的な生においても個人的な生においても、伝統にかかわることがらである。経験は、回想《エアイネルング》のなかで厳格に固定された個々の出来事から形成されるというよりも、むしろ、多くの場合意識されることのない、積み重なったデータから形成される。それらのデータは記憶《ゲデヒトニス》のなかで合流する。記憶《ゲデヒトニス》を歴史的に明確にしてゆくことは、もちろん決してベルクソンの意図ではない。彼はむしろ、経験を歴史的に確定するどのような試みをもしりぞける。そうすることによって彼は、自分自身の哲学が生まれた源である経験、あるいはむしろ、彼の哲学がそれに対抗して生み出されることになった経験と近しい関係になること、とりわけそのことを、そして本質的にそのことを避けている。それは、大工業時代の荒涼とした、目をくらませるような経験である。こういった経験に対して目を閉じると、ある補完的な性質をもつ経験が表れてくる。それは、大工業時代の経験のいわば自然発生的な残像である。ベルクソンの哲学は、この残像を詳述し定着させる試みである。このようにして彼の哲学は、ボードレールの眼前に、彼の読者というかたちをとって偽ることなく姿を見せる経験を、間接的に指し示すものとなっている。

『物質と記憶』は経験の本質を持続《デュレ》によって規定している。その規定の仕方からすれば、読者は、そういった経験の適切な主体となるのはおそらく詩人だけだと思ってしまうだろう。実際、ベルクソンの経験の理論を具体的に検証したのは一人の詩人だった。プルースト(10)の作品『失われた時を求めて』は、ベルクソンの考えているような経験を、今日の社会的条件のもとに総合的な方法で作り出そうとする試みとみなすことができる。というのも、自然な方法で経験が生じる可能性は、ますますあてにできなくなっているからだ。ちなみにプルーストは、彼の作品のなかでこの問題について議論することを避けていない。彼はそこに、ベルクソンへの内在的批判を含んだ、ある新しい要素さえ持ち込んでいる。ベルクソンは、行動的生《ヴィタ・アクティーヴァ》と、記憶《ゲデヒトニス》から姿を現してくる特殊な観想的生《ヴィタ・コンテンプラティーヴァ》とのあいだの対立をしっかりと強調してはいる。しかし、ベルクソンの場合、生の流れを観想的に思い描くことに向かうかどうかは、自由な決断の問題であるかのように思わせるところがある。プルーストはこれとは異なる自分の見解を、すでに用語法のうえで示している。ベルクソンの理論における純粋記憶――つまりメモワール・ピュール――は、プルーストではメモワール・アンヴォロンテール、つまり無意志的記憶となっている。プルーストはこの無意志的記憶をすぐさま、理知の支配下にある意志的記憶と対立させる。この長大な作品の最初の数ページは、この関係を明らかにすることにあてられている。こういった用語を導入している考察のなかで、幼年時代の一時期を過ごしたというのに、コンブレーの町は何年にもわたって、自分の記憶にとってほんとうに貧しいものとしてしか現れてこなかった、とプルーストは語っている。プルーストによれば、ある日の午後、マドレーヌ（焼菓子）の味――プルーストはこれに後で何度も立ち返ることになる――が、自分をずっと昔の時代へと連れ戻してくれるまで、彼の心は、注意力の呼びかけに素直にしたがう記憶が用意してくれていたものだけに向けられていた。[11] それがメモワール・ヴォロンテール、つまり意志的な回想《エアイネルング》である、と。この意志的な回想についていえることは、過ぎ去ったものについてそれが与える情報のうちには、過ぎ去ったものが何も留められていないということだ。「われわれの過去にしても同じことだ。過去を意志の力で呼び起こそうとするが、無駄なことだ。われわれの理知が一生懸命になってやろうとしていることは何の役にも立たない。[2]」だからプルーストはためらうことなく次のように要約して説明している。過ぎ去ったものが存在するのは「理知の領域の外側、理知の力が及ぶ範囲の外側で、何か現実にある事物のうちである。……とはいえ、どんな事物のうちにあるかはわからない。そして、死ぬ前にわれわれがそういった事物に出会うか、あるいは決して出会うことがないかは、偶然による。[3]」

プルーストによれば、それぞれの人間が自分自身についてのイメージを手に入れるかどうか、自分の経験をわがものとできるかどうかは、偶然にゆだねられている。こういったことがらに関して、偶然にまかされているかどうかということは、決して自明のことではない。人間の内的関心事項が、こういったどうにも逃げ道のない私的な性格をもつようになるのは、もともとの性質によるものではない。それがこういった性格をもつようになったのは、人間の外的関心事項が自分自身の経験に同化される機会が減少してからのことである。新聞は、そのように〔外的関心事項と経験の同化が〕減少していることを指し示す数多くの徴候の一つである。仮に、読者がジャーナリズムの情報を自身の経験の一部として自分のものにすることを、ジャーナリズムが目論んでいたとすれば、ジャーナリズムは自分の目標に到達することはないだろう。だが、ジャーナリズムは逆のことを目指しており、だからその意図は達成されることになる。ジャーナリズムの意図は、出来事が読者の経験にかかわってくる可能性がある領域から、出来事を遮断しておくことにある。ジャーナリスティックな情報の原則(新しさ、短さ、わかりやすさ、そしてとりわけそれぞれのニュースがお互いに無関係であること)は、紙面のページ組みや言葉の使い方とならんで、それがうまくいくことに貢献している。(カール・クラウス[12]は、新聞の言葉のしぐさがどれほど読者の想像力を麻痺させているかを倦むことなく実証しようとした。)経験から情報を遮断するのは、さらに、情報が「伝統」のなかへ入ってゆかないことにもその理由がある。新聞は膨大な部数で発行される。「話をしてほしい」と他の人に頼まれるような機会など、そう簡単に読者の手に入るものではない。歴史的には、さまざまな伝達形式のあいだに競合があった。かつての見聞録が情報へと代わり、そして情報がセンセーションへと代わっていくことのうちには、経験がますます委縮していく事態が反映している。これらの形式はみな、物語とははっきりと異なるものとして浮かび上がっている。物語は伝達の最古の形式の一つである。物語は、出来事それ自体を純粋に伝えること（ちょうど情報がそうするように）に狙いを定めていない。物語は、出来事を経験として聞き手にもたせてやるために、出来事を報告する者の生のうちに埋め込む。ちょうど陶工の手の跡が陶器の皿に残されているように、物語には語り手の痕跡が残っているのだ。

プルーストの八巻の作品[13]は、語り手という人物像を現代に蘇らせるためにどれほどの準備が必要であったかをわからせてくれる。プルーストはこのことを見事なまでに徹底的に行った。彼はその際、はじめからある根本的な課題にゆき当たることになる。自らの幼年時代について報告するという課題である。この課題をそもそも果たすことができるかどうかは偶然の問題であると述べることによって、プルーストはこの課題の抱えるさまざまな困難を見てとっていた。このような考察を行う脈絡で、彼は無意志的記憶《メモワール・アンヴォロンテール》という概念を案出する。この概念は、それが作り出された状況の痕跡を帯びている。この概念は、さまざまなかたちで孤立した私人の財産のうちに含まれているのだ。厳密な意味で経験が存在するところでは、記憶《ゲデヒトニス》のなかで、個人的な過去のある種の内容が集合的な過去の内容と結合する。儀式や祝祭――おそらくプルーストの作品のどこにもそういったものにふれられていない――を伴う礼拝は、これら二つの記憶のテーマを何度も新たに融合させたのだ。こういった礼拝は、しかるべき時に想起《アインゲデンケン》を引き起こした。そして、生涯にわたって想起《アインゲデンケン》のきっかけであり続けたのだ。このようにして、意志的想起《アインゲデンケン》と無意志的想起《アインゲデンケン》は、互いに相容れないものではなくなってゆく。

III

ベルクソンの理論の副産物としてプルーストの理知の記憶《メモワール・ド・ランテリジャンス》のうちに現れるものに、もっと実質をともなった規定を行おうとするならば、フロイトにまで遡るのがふさわしいだろう。一九二一年に、記憶《ゲデヒトニス》（無意志的記憶《メモワール・アンヴォロンテール》の意味での）と意識のあいだの相関関係を打ち立てる『快感原則の彼岸』という論文が発表された。この相関関係は一つの仮説のかたちをとっている。以下においてこの仮説を受けて展開される考察は、この仮説を証明することを課題とするものではない。ここでの考察は、フロイトが構想したときに思い描いていた事態から遠くかけ離れた事態についてもこの仮説が有益なものであるかどうかを検討することで、満足しなければならない。フロイトの弟子たちは、あるいはもっと早い段階でこういった事態に行き当たっていたかもしれない。ライク[14]が彼の記憶の理論を展開している論考は、部分的に、プルーストが行った無意志的想起《アインゲデンケン》と意志的想起《アインゲデンケン》のあいだの区別と軌を一にしている。ライクは次のように述べている。

「記憶《ゲデヒトニス》の機能は印象の保護にある。回想《エアイネルング》は印象の解体を目指している。記憶《ゲデヒトニス》は本質的に保存的であり、回想《エアイネルング》は破壊的である。[4]」この論考が基づいているフロイトの根本命題は、「意識は記憶《エアイネルング》の痕跡の代わりに発生する[5,*1]」という仮定となって定式化されている。意識には「他の心的なシステムとは異なり、意識における興奮プロセスが、システムの要素の持続的な変化の痕跡を残さず、意識下の現象のなかでいわば消滅してしまうという特別な性質があることになる。[6]」この仮説の基本公式は、「意識化される行為と、記憶《ゲデヒトニス》の痕跡を残す作用が、同じシステムのなかに共存することはできない[7]」というものだ。記憶《エアイネルング》の残滓はむしろ、「こうした記憶の残滓を残すプロセスがまったく意識化されない場合にこそ、もっとも強力で、持続的なものとなることが多いのである。[8]」これをプルーストの言い方に移しかえると、無意志的記憶《メモワール・アンヴォロンテール》の構成要素となりうるものは、明確にまた意識をともなって「体験された」のではないもの、主体にとって「体験」として生じたのではないものに限られる、ということだ。「記憶《ゲデヒトニス》の基盤としての持続の痕跡」を興奮プロセスにおいて収集することは、フロイトによれば、意識とは異なるものと考えられる「別のシステム」が行うものとされる。[*2] フロイトによれば、意識それ自体は記憶《ゲデヒトニス》の痕跡を受け入れない。それに対して、意識はある重要な別の機能をもっている。意識は刺激保護として現れる必要があるというのだ。「生きている有機体にとっては、刺激受容よりも、刺激保護のほうがほとんどより重要な課題といえる。有機体は固有のエネルギー量を備えていて、その内部で行われる固有の形式のエネルギー転換を、外界で働く圧倒的に強力なエネルギーの均質化作用、すなわち破壊作用の影響から保護しようとしなければならない。[9]」この後者のエネルギーによる脅威は、ショックによる脅威である。意識が当たり前のようにショックを心に留めておくようになればなるほど、これらのショックによって外傷《トラウマ》的な作用がそれだけ少なくなると考えてよいはずだ。精神分析の理論は、外傷《トラウマ》的なショックの本質を「刺激保護の破綻から……理解」しようとする。この理論によれば、驚愕の意味は、「不安に対する準備が欠けていること」にある。[10]

フロイトの研究は、災害神経症患者に典型的に見られる夢をきっかけとしている。こういった夢は、これらの患者の身に降りかかった破局をもう一度生み出す。フロイトによれば、この種の夢は「不安を形成しながら、後になって刺激を克服しようとするものである。不安が形成されなかったことが、外傷神経症の原因となっていたのだ。[11]」いくぶん似たことをヴァレリー⑮も考えているようだ。この一致は気に留めておくべきものである。なぜならヴァレリーは、今日の生活条件のもとでの心的メカニズムの特別な機能のありかたに関心をもった人の一人だからである。(さらに、彼はこの関心を彼の詩的生産——これは純粋に抒情詩的なものであり続けた——と一致させることができた。このことから、彼は直接ボードレールに連なる唯一の作家である。)「人間の印象や感覚的知覚は」、とヴァレリーは述べているのだが、「それ自体としてみれば、不意打ちという分類に入れられる。それらは人間の不足の部分を証明している。……回想《エアイネルング》は……一つの根本的な現象であり、当初はわれわれに欠けていた」刺激受容の「組織化のための時間をわれわれに与えてくれるようとするものなのだ。[12]」ショックの受容は刺激克服のトレーニングによって、より容易なものとなる。刺激克服のためには、いざとなれば夢や回想《エアイネルング》の助力を得ることもできる。しかし、フロイトが考えているように、通常の場合このトレーニングは、脳の皮質に位置する覚醒した意識が担っている。この皮質は、「刺激作用によって燃え尽き」、その結果、「刺激受容に最適な条件を」もたらすことになる。[13] このようにショックが迎え撃ちにあい、意識によってショックがこのようにかわされることで、このショックを生み出す出来事に、的確な意味で体験という性格が与えられることになる。それによって、この出来事は（意識的な回想《エアイネルング》の保管室に直接この出来事を組み込むことで）詩的経験にとって不毛なものになる。

ここで、ショック体験が標準となってしまった経験のうちに、抒情詩が基礎をおくということがいったいどうやって可能なのかという問いが生じる。そういった抒情詩は、高度の意識性を当然予測させる。それは、詩の推敲に携わっているときに働いているプランのことを思い浮かばせるだろう。このことはボードレールの詩に完全に当てはまる。これによってボードレールは、彼の先人のなかではポー[16]と、また彼の後継者なかではここでもまたヴァレリーと結びつく。プルーストとヴァレリーがボードレールについて行った考察は、摂理に導かれたかのように互いに補い合っている。プルーストはボードレールに関する論考を一つ書いているが、それが扱う射程の点で、この論考よりも、彼の長編小説が行っている考察のほうが優れている。ヴァレリーは「ボードレールの位置」のなかで『悪の華』の古典的な序文を書いている。彼はそこで次のように述べている。「ボードレールにとって問題は次のように立てられねばならなかった(17)――偉大な詩人となること、しかしラマルティーヌでもなく、ユゴーでもなく、ミュッセになるのでもない。私は、ボードレールがこういった意図を意識していたといっているのではない。しかし、こういった意図はボードレールのうちに必然的に見出されるものであったはずだ。そうなのだ、この意図が本来ボードレールだったのだ。それは彼の国家理性《レゾン・デタ》だった。[14]」詩人に関して国家理性という言葉を使うのは奇異な感じを与える。このことはある注目すべきことがらを含んでいるのだ。すなわち、さまざまな体験からの解放ということである。ボードレールの詩的生産はある課題をするように割り当てられている。彼の頭に空白の箇所が思い浮かぶ。彼はそこに自分の詩をはめ込むのだ。彼の作品は、その他のどの作品もそうであるように単に歴史的なものと規定することができるだけではない。彼の作品は歴史的なものであることを欲し、そしてまた自らをそのように理解していたのである。

Ⅳ

個々の印象におけるショックの要素の割合が大きくなるほど、また、刺激保護のために意識がますます絶え間なく働く状態とならざるをえなくなるほど、さらには意識の働きがうまくいくほど、それらの印象が経験のうちに入り込んでゆくことは少なくなり、また、体験の概念にますます合致するものとなる。ショック防御の独特の働きは、最終的には次のことに見てとることができるかもしれない。つまり、出来事の内容の完全性を犠牲にしてでも、その出来事に意識のなかでの正確な時間のポイントを割り当てることである。それが、反省的思考のもっともすぐれた働きといえるだろう。反省的思考は出来事を一つの体験とする。反省的思考が欠けると、根本的には、喜ばしい驚愕、あるいは（たいていは）嫌気をともなった驚愕が生じる。フロイトによれば、そういった驚愕はショック防御の欠落をはっきりと裏付けるものである。こういった所見をボードレールはあるどぎついイメージのうちにとどめた。彼はある決闘について語っているが、その決闘で、芸術家は自分が打ち負かされる前に、驚愕のあまり叫び声を上げるのだ。[15]この決闘は創作のプロセスそのものである。ボードレールはつまりショック経験を彼の芸術家《アルティスト》としての仕事の中心に据えたのだ。この自伝的証言には大きな意味がある。何人もの同時代人の言葉が、この証言を裏付けている。驚愕に身を委ねているとき、[18]自ら驚愕を呼び起こすこともボードレールにはめずらしいことではない。ヴァレスはボードレールの奇矯な表情の変化について伝えている。[16]ポンマルタンは、ナルジョによる肖像画にもとづいて、見る者を不安にさせるようなボードレールの顔つきについて指摘している。[19]クラデルは、会話のときにボードレールに見られたきついしゃべり方のことをいろいろ語っている。[20] ゴーティエは、ボードレールが朗読のときに好んだ「隔字体」について語っている。[17,21] ナダールは、ボードレールの唐突な歩き方を描写している。[18,22]

精神医学では、外傷《トラウマ》嗜好的タイプというものも存在する。ボードレールは、ショックがどこからやってこようが、それを彼の精神的・肉体的人格によってかわすことを自分の務めとしていた。フェンシングの対戦がこのショック防御のイメージを表している。ボードレールは、友人のコンスタン・ギースを描写しようとして、パリが眠りについている時刻にギースのもとを訪れる。「彼は立って机の上にかがみこみ、昼のあいだ彼の周りのものに注いでいたと同じような鋭いまなざしで、紙にじっと目を注いでいる。彼は、鉛筆、ペン、絵筆でフェンシングの剣をふるう。グラスの水を天井に飛び散らし、シャツでペンを試す。彼は、まるでイメージが自分から消え去ってしまうのを恐れるかのように、大急ぎで激しく仕事のあとを追う。一人でいるとはいえ、彼はこのように戦闘的で、自分が次々と繰り出す突きをかわすのだ。[19]」そのような想像上の剣の闘いのうちにあるものととらえながら、ボードレールは自らの姿を《太陽》と題された詩の第一連のなかで描き出している。これはおそらく、彼が詩的な仕事に携わっているところを描く、『悪の華』のなかの唯一の箇所だろう。

古い場末街《フォーブール》、そこでは陋屋の窓々に、
ひそかな淫蕩を隠す鎧戸が垂れているのに沿って、

折しも残酷な太陽が、光の箭《や》の数を倍にして、
都市にも野や畑にも、屋根にも麦にも、照りつける時、
私はひとり、わが気まぐれな撃剣の稽古に出かける、
あらゆる街角に偶然のもたらす韻を嗅ぎつけ、
語に躓《つまず》くことあたかも鋪石《しきいし》に躓くがごとく、
時には、久しく夢見てきた詩句に突き当りつつ。[20]

ショックの経験は、ボードレールの作品構成にとって決定的な役割を果たすことになったさまざまな経験の一つである。ジッド(23)は、イメージと理念、言葉とことがらのあいだの断続をとりあげている。彼によれば、ここにボードレールにおける詩的興奮の本来の場所があるという。[21] リヴィエール(24)は、ボードレールの詩句を震撼させている冥界の衝迫について指摘している。それはまるで一つの言葉が崩壊するかのような状態である。リヴィエールは、そのような脆《もろ》くはかない言葉の例を挙げている。[22]

しかもなお、誰が知ろう、私の夢見る新しい花々が、
はたして、砂浜のように洗われたこの土壌の中に、
それらの活力ともなる神秘な糧を見出すかどうかを。[23]

あるいはまた、

　彼らを愛する大地の女神が、地の緑をいよいよ茂らせ[24]

ここにはさらにあの有名な冒頭の一節も含めることができる。

　あなたがお嫉みだった、高潔な心を抱くあの女中[25]

　韻文以外でもこういった隠れた法則性が正当に扱われるようにすること、このことが、散文詩集『パリの憂鬱《スプリーン》』でボードレールが追求した意図だったのだ。『ラ・プレス』の編集長アルセーヌ・ウーセ(25)への、この詩集の献辞には次のように書かれている。「われわれのなかで、野心にあふれている時代に、詩的散文という奇蹟の作品を夢見なかった者がいるだろうか。それはリズムや韻を欠きながらも音楽的でなければならず、また、心の抒情詩的な動き、夢想の波のような運動、意識のショック(26)にぴたりと合うように、十分にしなやかでかつもろいものでなければならないのだ。場合によっては固定観念ともなるこういったアイディアは、とりわけ、数知れぬほど多くの関係がたがいに交錯し絡み合う状況に、大都会のなかで慣れ親しんでいる人の心を捉えるものだ[26]。」

　この箇所から次の二つのことをすぐさま認めることができる。この箇所からわかることは、一つは、ボードレールにおいてショックの形象と、彼が大都会の大衆《マッセ》と接触をもつこととのあいだには、親密な関連があるということだ。さらにこの箇所は、大衆が実際にどのようなものと考えられるかを教えてくれる。ここで問題となるのは階級でもなく、また、何らかの構造をもった集団《コレクティーヴム》でもない。それは、通行人という無定形な群衆《メンゲ》、また、街頭の公衆《プブリクム》にほかならない。[*3] ボードレールは群衆の存在を決して忘れることはなかったが、群衆は彼のどの作品でもモデルとなることはなかった。しかし、群衆は隠れた形象となって彼の創作のうちに刻み込まれている。ちょうど、先に引用した断片の隠れた形象ともなっているように。剣士のイメージは、群衆から解き明かすことができる。剣士が繰り出す突きは、群衆をかき分けて自分の道を切り開くためのものである。もちろん、《太陽》の詩人が通り抜けてゆく場末に人気《ひとけ》はない。しかし、その秘密の布置《コンステラツィオーン》（この布置のうちで、この詩節のもつ美しさが底の底まで見渡せるものとなる）はおそらく次のようにとらえることができるだろう。詩人がうら寂しい通りで、詩的な獲物を求めて戦い抜く相手は、言葉や断片や詩句の冒頭といった霊たちの群衆なのである。

V

群衆——一九世紀の文士たちに、これ以上正当な権利をもって近づいたものはほかにない。群衆は、読書が普通のものとなっていた広範な層において、公衆として形成され始めていた。群衆は注文主となった。ちょうど寄進者が中世の絵のなかに自分の姿を見つけたがっていたように、彼らは現代の小説のなかで自分の姿を見出したいと願ったのだ。この世紀のもっとも成功した作家は、そうしなければならないと感じて、この要望にしたがった。彼にとって群衆とは、ほとんど古典古代の意味で依頼人《クライアント》[27]の群れ、つまり公衆の群れを意味する。ユゴーは、『悲惨な人たち《レ・ミゼラブル》』、『海の労働者たち』といったタイトルで群衆に言及した最初の人である。ユゴーは、新聞小説と競合することができたフランスでただ一人の作家だった。市井の人々にとって暴露話のネタとなり始めたこのジャンルの巨匠は、周知のように、ウジェーヌ・シュー[28]だった。彼は一八五〇年に圧倒的多数の得票でパリ市代表の国会議員に選出された。若きマルクスが、機会をとらえて、『パリの秘密』に対して激しい非難を行ったのは偶然のことではない。文学かぶれの社会主義が当時すり寄ろうとしていた無定形な大衆から、プロレタリアという堅固な大衆を作り出すことが、早くからマルクスが課題として思い描いていたことだった。だから、エンゲルスが彼の青年期の著作のなかで、おずおずとながら、この大衆のために行っている描写は、マルクスの主題の一つの前奏となっている。『イギリスにおける労働者階級の状態』では、次のように書かれている。「ロンドンのように、何時間歩いてもそろそろ終わりになりそうだとまるで感じさせない街、平坦な土地に近づいたと推測させる気配のまったくない街は、やはり独特のものだ。この巨大な集中、このように二五〇万人もの人間が一点に集積していることによって、この二五〇万人の力が百倍もの力となる……。しかし、そのために費やされた犠牲は、後になってようやくわかる。二、三日ほど大通りの歩道をうろついてみて初めて気づくのだが、このロンドンの住民たちは、街にあふれているあらゆる文明の驚異を実現するために、彼らの人間性の最良の部分を犠牲にしなければならなかったのだ。また、彼らのうちにまどろむ何百もの力が使われないままとなり、抑圧されてしまったのだ。すでに街路の雑踏からして、なにか不快なもの、人間の本性が逆らおうとするものがある。あらゆる階級、あらゆる身分からなる、このひしめき合う何十万もの人々、この人たちはみな同じ特質や能力をもつ人間であり、また、幸福になりたいという同じ関心を抱く人間ではないのか。……それなのに彼らは、まるで何も共通なものがないかのように、互いに何も関係がないかのように、互いにすれ違い走り去ってゆく。彼らのあいだにある唯一の取り決めといえば、矢のように流れてゆく雑踏の二つの流れがお互いに邪魔し合わないように、それぞれ歩道の右側を歩くという暗黙の取り決めくらいだ。他の人たちに一目でもくれようと、誰も考えない。この残忍な無関心さ、個々の人間が自分の個人的利害に閉じこもって無感情に孤立することは、これら一人ひとりの人間が小さな空間にひしめき合う状態では、なおさら不愉快で、感情を害するものとなって現れる。[27]」

この叙述は、ゴズラン、デルヴォー、リュリーヌといったフランスの小巨匠たちに見出せるようなものとは著しく異なっている。[29] エンゲルスの叙述には、遊歩者が群衆のなかを行くときの器用さやノンシャランスが、また、文芸欄《フエイトン》の執筆者が遊歩者から懸命に学びとるあの器用さやノンシャランスが欠けているのだ。エンゲルスにとって、群衆には彼をうろたえさせるものがある。群衆はエンゲルスに道徳的な反応を引き起こす。それとともに、美的な反応も働いている。通行人が互いに矢のようにすれ違うテンポが、彼には愉快なものとは感じられない。何ものにも惑わされることのない批判的振る舞いと古風な調子が交錯していることが、彼の叙述の魅力となっている。著者は当時まだ田舎だったドイツからやってきた。人間の流れのなかにまぎれてしまうという誘惑は、おそらくまだ彼に忍び寄っていなかったのだろう。亡くなる少し前にヘーゲルが初めてパリにやってきたとき、彼は妻に宛てて次のように書いている。「街のなかを歩くと、人々はベルリンとちょうど同じような外見をしている。みんな同じような服装をしており、だいたい同じような顔つきだ。見かけは全く同じなのだが、ただ、すごい量の大衆なのだ。[28]」こういった大衆のなかを歩くことは、パリの人間にとっては自然なことだった。パリの人間が大衆から取ろうとする距離がどれほど大きいものだとしても、パリの人間は大衆の色に染まっており、エンゲルスのように外から大衆を見ることは不可能だった。ボードレールについていえば、大衆は自分の外側にあるものではほとんどない。だから、この大衆に魅惑され、惹きつけられながらも、彼がどれほど大衆に抗っているかを、彼の作品のうちにたどっていくことができるのだ。

大衆は、ボードレールにその叙述を求めても無駄なほど、彼の内側に入り込んでいる。

彼のもっとも重要ないくつかの対象にしても、叙述というかたちをとって現れることはほとんどない。デジャルダン[30]が含蓄深い言葉で言い表しているように、ボードレールにとっては「イメージを飾り立てたり具体的に描写したりすることよりも、イメージを記憶に刻み込むことのほうがもっと重要なこと」[29]なのだ。『悪の華』にしても『パリの憂鬱』にしても、都市の情景描写――ヴィクトール・ユゴーはその大家だったが――にあたるものを探し求めたところで無駄に終わる。ボードレールは住んでいる人間も都市も描写しない。それをしないことで、一方をもう一方の姿のうちに呼び起こすことができたのだ。彼の大衆はつねに大都会の大衆である。彼のパリはつねに人口過剰のパリである。このことが、ボードレールをバルビエ[31]よりもはるかに優れたものとしている。[*4]バルビエの手法はまさに描写であるがゆえに、大衆と都市とがばらばらになってしまう。「パリ情景」[32]のほとんどどの箇所でも、大衆が秘かにそこに存在していることを示すことができる。ボードレールが朝の薄明を主題とするとき、人気《ひとけ》のない街路には、ユゴーが夜のパリから感じ取っているあの「雑踏の沈黙」のいくばくかがある。ボードレールが埃《ほこり》っぽいセーヌの川岸で売りに出されている人体解剖図にまなざしをとめるやいなや、これらの図版の紙の上ではいつのまにか死者たちの群れ《マッセ》が、先ほどまで肋骨の一本一本が見えた場所を占めているのだ。[33]コンパクトな大衆が、《死の舞踏》の形象となって前に進んでいく。[34]歩調を保つことができない足取りで、現代についてはもはや何も分からない思考で、巨大な大衆から転がり出ること、それが、連作詩《小さな老婆たち》[35]が行く末をたどる皺だらけの女たちの英雄的精神である。大衆は動くヴェールであった。ボードレールはこのヴェールを通してパリを見ていたのだ[*5]。大衆がそこに存在していることが、『悪の華』のもっとも有名な作品のひとつを決定づけている。ソネット《通りすがりの女《ひと》に》では、群衆《メンゲ》を名指すような表現も言葉も使われていない。それでも、ちょうど帆船が風にたよって動いていくように、ここでの事の成り行きは群衆にもとづいているのだ。

街路は私のまわりで、耳を聾《ろう》するばかり、喚《わめ》いていた。
丈高く、細《ほっ》そりと、正式の喪の装いに、厳かな苦痛を包み、
ひとりの女が通りすぎた、褄《つま》とる片手も堂々と、
裳裾《もすそ》の縁飾り、花模様をゆるやかに打ちふりながら、

軽やかにも気高く、彫像のような脚をして。
私はといえば、気のふれた男のように身をひきつらせ、
嵐が芽生える鉛いろの空、彼女の眼の中に飲んだ、
金縛りにする優しさと、命をうばう快楽とを。

きらめく光……それから夜！――はかなく消えた美しい女《ひと》、

その眼差しが、私をたちまち甦らせた女《ひと》よ、
私はもはや、永遠の中でしか、きみに会わないのだろうか？

違う場所で、ここから遥か遠く！　もうおそい！　おそらくは、もう決して！
なぜなら、きみの遁《のが》れゆく先を私は知らず、私のゆく先をきみは知らぬ、
おお、私が愛したであろうきみ、おお、そうと知っていたきみよ！[30]

未亡人のヴェールをかぶり、雑踏のなかで黙って運ばれていくことで謎めいたヴェールに包まれて、一人の見知らぬ女性が詩人の視線をよぎる。このソネットがわからせてくれようとしていることは、一言でいえばこういうことだ。この大都市に住む男にとって群衆は、彼を魅了するこの女性の敵対者、彼女に敵対する要素なのでは決してなく、彼女は群衆によってはじめて彼のもとに運ばれてくる。この都市住民の恍惚は、最初のひと眼による愛なのではなく、むしろ最後のひと眼による愛なのだ。それは、詩のなかで魅惑の瞬間と一体となった永遠の別れである。このソネットはそのようにショックの形象、いや破局の形象を示している。しかしこの形象は、このように心を奪われた者とともに、彼の感情の本質にも食い込んだのだ。身体を痙攣で収縮させているもの——「気のふれた男のように身をひきつらせ」とある——は、エロスによって隅々まで満たされた男の幸福の絶頂ではない。それはむしろ、孤独なものを襲うこともあるような性

的な惑乱の性質を帯びている。チボーデ[36]のように、これらの詩句が「大都市でのみ成立しえた」[31]と述べたところで、たいした意味はない。この詩は、大都市での生活が愛に刻み込む傷跡《スティグマータ》を出現させているのだ。プルーストもこのソネットを同じように読んだ。だからこそ彼は、ある日アルベルティーヌという姿で彼の前に現れたあの喪服姿の女の後の残像に対して、「パリの女」というさまざまな意味合いをもつ呼び名を与えたのだ。「アルベルティーヌがふたたび私の部屋に入ってきたとき、彼女は黒いサテンのドレスを着ていた。そのドレスのために彼女は青ざめて見えた。そして、そのために炎のようでありながら青白い、典型的なパリの女に似ていた。つまり、新鮮な空気とは無縁となり、大衆のただなかでの暮らしぶりによって、あるいはまた悪弊の影響によって疲れ切り、赤みがさしていない頬のために落ち着きのない印象を与えるまなざしですぐにそれとわかるような女のことだ。」[32]大都市だけが経験するような愛、ボードレールが詩のために獲得してやったような愛、成就を諦めなければならなかったというのではなく、むしろ成就せずにすんだといってもおかしくないような愛、そのような愛の対象は、プルーストにおいてもなお、そのようなまなざしをしているのだ。[*6]

VI

群衆のモティーフをもつ比較的古いテクストのうちで、ボードレールが翻訳したポーの一つの短編小説は古典的なものとみなしてよいだろう。この作品はいくつかの独特な点を示しており、それをたどってゆきさえすれば、社会的な力の場に行きあたることになる。その力の場は、強力でありながらも隠れたもので、芸術創造に対する深くてごく微妙な、さまざまな媒介を経た作用が生み出されるものに含め入れて考えてよいものだ。この作品は「群衆の人」という標題を与えられている。ロンドンがその舞台となっている。そして、長い病の後に、はじめて都会の雑踏のなかへと出かけるある男が語り手となる。ある秋の日の午後遅い時間、彼はロンドンのとある大きな店の窓際に腰を下ろす。彼は自分のまわりにいる客たちを観察し、また新聞の広告を眺めたりもしている。しかし、とりわけ彼のまなざしが向かうのは、彼のいる窓際を通り過ぎてゆく群衆である。「その通りは、街でもっとも賑わいのある通りの一つだった。通りは一日中、人で溢れかえっていた。しかし、夕闇が訪れると、群衆の数は刻々とふえていった。そして、ガス灯の灯《あかり》がともされていたとき、密集した大量の通行人の流れが、両方向からそのカフェのそばをひしめきあいながら通り過ぎて行った。この黄昏時のような心もちになったことはこれまでなかった。波のようにうねる人々の頭の大海を眺めているときに私に押し寄せた新たな興奮を、私はしっかりと味わっていた。次第に自分がいる空間で起こっていることが目に入らなくなった。私はわれを忘れて通りの情景に見入っていた。[33]」この導入部を含むあらすじの全体は、非常に重要なものではあるが、ここではふれない。このあらすじが展開してゆく枠組みを考察することにしよう。

ポーの作品でロンドンの群衆がガス灯に照らされて動いていくとき、彼ら自身がその光と同じように陰鬱でぼんやりとしている。それは、夜になると「穴から[34]」はい出して来るならず者たちのことだけではない。上層サラリーマン階級をポーは次のように描写している。「彼らの髪はたいてい、もうかなり薄くなっており、彼らの右耳は、ペンを挟むのに使うため、たいがい頭からこころもち横に離れていた。みな習慣のように帽子をくいっと持ち上げ、そしてみな古めかしい形の金の鎖を時計につけていた。[35]」さらに驚くべきは、群衆が歩く様子の描写である。「通り過ぎてゆく者の大半は、自分自身に満足し、人生に両足をしっかりとおろしている人たちといった風貌をしていた。彼らはこの群衆をかき分けて進んでゆくことしか考えていないように見えた。彼らは眉根にしわをよせ、四方に目を配っていた。隣を歩いている通行人がぶつかっても、とくに気を悪くすることもない。自分の衣服を整え、先を急いで行った。他の人たち――これもまたかなりの人数の一団なのだが――は落ち着きのない動きで、赤く上気した顔をしていた。彼らは、自分をとり囲んでいる無数の群衆のうちにいるがゆえに、まるで自分一人でいるように感じて、独り言をいったり、一人で身振りをとったりしていた。歩いている途中で行く手を阻まれ、立ち止まらなくてはならなくなると、この人たちは突然ぶつぶつとつぶやくのを止めた。しかし、彼らの身振りはもっとおおきくなり、心そこにあらずといった作り笑いを浮かべて、行く手をふさいでいる人たちがいなくなるのを待っていた。誰かにぶつかられると、彼らは自分にぶつかってきた相手に深々とお辞儀をし、それからひどく当惑した様子を見せた。[36][*7]」ここで述べられているのは、半分酔っ払った、落ちぶれた人のことだと思われるかもしれない。実際は、「身分の高い人、商人、弁護士、株式投機を行う人たち」[37][*8]なのである。

ポーが描き出したこのイメージは、写実的と言い表すことはできないだろう。ここには、しっかりとした計画で歪曲された想像力が働いていて、それがこのテクストを、社会主義リアリズムのお手本としてしばしば推奨されるようなものから隔てている。たとえばバルビエは、そういった社会主義リアリズムが引き合いに出しそうな最良の作家の一人だが、彼はものごとをこのようにいぶかしく思わせるように描写したりしない。それに彼は一目瞭然で見て取れる対象を選んだ。つまり、被抑圧者の大衆である。ポーにおいてそのような大衆が語られるということはありえない。彼が扱うのは「人々」そのものである。彼らが演じる芝居のなかで、ポーはエンゲルスと同様に、なにか自分を脅かすものを感じとっていたのだ。ボードレールにとって決定的なものとなっていたのは、まさにこの大都市の群衆のイメージだった。群衆が彼を惹きつける力、遊歩者として同じ群衆の一人とする力にボードレールは圧倒された。そのとき、そこに働く群衆の非人間的な性質についての感情が彼の心から離れることはなかった。ボードレールは自ら群衆の共犯者となり、そしてほとんど同じ瞬間に、自分を群衆から分け隔てる。彼は群衆と深くかかわり合うが、思いもかけないときに、軽蔑のまなざしでたった一目見るなり、群衆を虚空へ放り出してしまう。こういった両面的な態度は、ボードレールがそれを遠慮がちに告白しているところでは、他を圧倒するような力をもっている。《夕べの薄明》のもつ究めがたい魅力は、こういった両面的態度と関係しているのかもしれない。

Ⅶ

ボードレールは、ポーの報告者が夜のロンドンであちこちと後をつけまわす群衆の人と、遊歩者というタイプとを同じものだと見なして悦にいっていた。[38] この点でボードレールに賛成することはできないだろう。群衆の人は遊歩者ではない。群衆の人では、落ち着いた振る舞いよりも、躁状態の振る舞いのほうがまさっている。だから、群衆の人から見てとることができるのはむしろ、遊歩者から彼の属している環境が取り去られたとしたら、遊歩者は必然的にどうなるかということだ。ロンドンがかつて遊歩者の環境とされたとしても、それはまちがいなく、ポーの作品で描かれているようなロンドンではない。それと比べていえば、ボードレールのパリは古きよき時代の特徴をいくつかとどめている。当時はまだ渡し舟があり、後に橋がかけられることになる場所でセーヌ川を渡していた。ボードレールが亡くなる年〔一八六七年〕にはまだ、裕福な住民の便宜のために、五百台もの駕籠《かご》を巡回させるというアイディアを企業家が思いつくということもありえた。当時はまだパサージュは人気があった。[*9] そこでは遊歩者は、歩行者を競争相手とは認めない荷車を目にしないですんだのだった。身動きの取れなくなる群衆のなかに自分から入り込む通行人もいたが、自由な余地を必要とし、職に就かない暮らしを手放そうとしない遊歩者もまだいた。多くの人たちは自分の仕事に専念しなければならない。つまり、遊歩の生活ができるのは定職に就かず暮らせる人であり、基本的にそのような人間としてすでに枠から脱落している場合だけである。定職に就かず暮らすということが唱導されるところでは、〔ロンドンの〕都会《シティ》の熱に浮かされたような往来のなかにいるのと同じくらい、遊歩者の居場所がなくなってしまう。ロンドンには群衆の人がいる。ベルリンで三月前期《フォアメルツ》(37)の庶民的キャラクターであった辻待ち人ナンテ(38)は、いわば群衆の人の対極をなしている。パリの遊歩者は、その中間といってもいいだろう。*10

定職に就かず暮らす者が群衆にどのようなまなざしを向けるかということを、ある小さな散文が教えてくれる。それは、E・T・A・ホフマンの書いた最後の小品である。その作品の標題は「従兄の隅窓」という。これはポーの小説よりも十五年ほど前に書かれたものであり、おそらく比較的大きな都市の街頭の情景をとらえようとするもっとも初期の試みの一つである。これら二つのテクストの違いは、心にとどめておく価値がある。ポーの観察者は、公共の空間であるカフェの窓から外を眺めている。それに対して、従兄のほうは家のなかに腰を落ち着けたままである。ポーの観察者はある魅力に取りつかれ、彼はついには群衆の渦のなかへと入り込んでゆく。隅の窓のうちにいるホフマンの従兄は、足が不自由である。たとえ人の流れを自分自身の身で感じとることができるとしても、自分でそれについていくことはできないだろう。しかし、集合住宅のなかで彼が占めている持ち場のためにそうなるのだが、彼はこの群衆に対してむしろ超越した立場にいる。彼はそこから群衆をじっくりと吟味するのだ。週の市がたっており、群衆は水を得た魚のように生き生きとしている。彼のオペラグラスは、群衆から風俗画のような情景を取り出す。この道具を使っている者が心の中で考えていることは、この道具を使うという行為に完全に合致している。彼自身そう認めているように、彼は自分を訪ねてくる者に、「見るという技法の原理[39]」[39]をそっと打ち明けたいと思っているのだ。[*11] その技法のもっとも根本的な点は、活人画を見て楽しむ能力にある。ビーダーマイヤー様式[40]もまた、こういった活人画を追い求めている。そこでは教化的な格言が〔活人画に対する〕解説を与えている。[*12] このホフマンのテクストは、まさにこの時期に書かれるべくして書かれた試みと見ることができるだろう。しかしそれが、ベルリンにおいて、完全な成功とはならない条件のもとに試みられたということは明らかだ。もしホフマンがパリやロンドンに足を踏み入れたことがあったとすれば、もし彼が大衆そのものを描写しようと躍起になっていたとすれば、市場《マルクト》にこだわることはなかっただろう。彼は婦人たちが大勢を占めるような情景を描いたりしなかっただろう。彼はもしかすると、ガス灯のなかを動く群衆からポーが巧みに取り出しているモティーフを取り上げたかもしれない。ちなみに、他の何人かの大都市の観相家たちが感じ取っていたような不気味なものを際立たせるためであれば、そのようなモティーフは必要なかっただろう。ハイネはある含蓄の深い言葉を述べているが、その言葉はこういったことにかかわっている。一八三八年にある人がファルンハーゲン(41)に手紙を宛てている。「ハイネは春に重い眼病を患いました。このあいだ私は彼と大通りを少しばかりいっしょに歩きました。独特の雰囲気をもつこの通りの輝き、そして生気に興奮して、私は飽くことなく感嘆の言葉を並べ立てたのですが、それに対してこのときハイネは、この世界の中心に混じり込んでいるおぞましいものの存在を意味ありげに強調したのです。」40

VIII

大都市の群衆が、彼らを初めて目の当たりにした人たちのうちに呼び起こしたのは、不安、嫌悪感、おぞましさだった。ポーの場合、群衆には何か野蛮なものがある。規律は群衆をかろうじて制御しているにすぎない。のちにジェームズ・アンソール(42)は、群衆における規律と野生状態の対決を倦むことなく描き続けた。彼は、謝肉祭《カーニヴァル》ふうの一群のなかに軍隊の編隊を組みこむことをとくに好んだ。これら一群の人々と軍隊の両者は、模範的なまでによい関係を保っている。つまりそれは、警察が掠奪者と手を携えている全体主義国家の模範のような関係である。「文明」という症候群に対して鋭いまなざしを向けていたヴァレリーは、関連する事実の一つを次のように特徴づけている。「大都市中心部の居住者は、ふたたび野生の状態――あるいはばらばらの状態といってもよい――に戻っている。かつては必要上つねに呼び覚まされていた、他の人たちに頼らざるを得ないという感覚は、社会機構の摩擦のない流れのなかで、次第にすり減ってゆく。こういった機構《メカニズム》が完成すると、それはつねにある種の行動様式やある種の感情の動き……のもつ力を失わせてしまう。」[41]快適さは人を孤立させる。他方、快適さはその受益者を機構《メカニズム》に近づける。一九世紀中葉のマッチの発明とともに、一連の革新が登場する。それらは、いくつにも枝分かれした一連の流れをサッと手を動かすだけで始動させる、という一点において共通している。こういった展開はさまざまな領域で起こっている。そのことをはっきり見てとることができるのは、とりわけ電話である。以前の機械では、ハンドルを絶えず回していなければならなかったが、現在では受話器をもちあげるだけでよい。スイッチの操作、投入、押す動作といった無数のしぐさのなかで、写真家が「パチリ」と押す動作がとくに重要なものとなった。ある出来事をいつまでもとどめておくためには、指でひと押しすればこと足りた。写真機は瞬間に対して、いわば死後のショックを付与したのだ。この種の触覚的経験に、例えば新聞の広告欄や、さらにはまた大都会の交通によってもたらされるような視覚的経験が肩を並べることになった。大都会の交通のなかを動き回ることは、一人一人の人間に一連のショックや衝突をもたらすことになる。危険な交差点では、まるでバッテリーの衝撃のように、稲妻のような神経刺激が次々と人間をつらぬく。ボードレールは、電気エネルギーの貯水池の中に潜ってゆくように、群衆のなかへ入り込んでゆく男について語っている。彼はそのすぐあとこの男を——ショックの経験を言い換えて——「意識を備えた万華鏡」と呼んでいる。[42]

ポーの通行人たちは、見たところ特に理由もなくあちこちに視線を投げかけているのだが、それに対して今日の通行人がそのようにするのは、交通信号から情報を得るためである。そのようにして、技術は人間の感覚器官に複雑なトレーニングを受けさせた。刺激の新たな、そして切実な欲求に対して映画が応える、そのような日が到来したのだ。映画では、ショックのかたちをとる知覚が形式原理となっている。ベルトコンベアーにおいて生産のリズムを規定しているものが、映画では受容のリズムの基礎になっているのだ。

マルクスは、手工業ではさまざまな労働の要素の連関がどれほど流動的なものであるかを強調しているが、それも理由のないことではない。ベルトコンベアーでは、これらの連関はそれぞれ独立したものとなり、工場労働者に対して物的連関となって現れる。労働者の意志とは無関係に、部品が彼の行動半径の中に入ってくる。そして同じように勝手に労働者のもとを離れてゆく。マルクスは次のように書いている。「あらゆる資本主義的生産に共通しているのは、労働者が労働条件を用いるのではなく、反対に労働条件のほうが労働者を使うということである。しかし、器械装置が用いられることによってはじめて、こういった転倒が技術的に具体的な現実となる。[43]」機械とかかわっているうちに労働者たちは、「自分自身の動きを、一様に動き続ける自動機械の運動に[44]」合わせていくことを学ぶ。この言葉によって、ポーが大衆のうちに見てとろうとしているある種の不条理な一様性に対して、ある独特の光が投げかけられることになる。つまり、服装や振る舞いの一様性、とりわけ表情の一様性のことである。微笑みには考えさせられるものがある。微笑はおそらく、あの「キープ・スマイリング」という言葉で今日おなじみになっているものであり、そこでは表情による緩衝器の役割を果たしているのだ。——「あらゆる機械労働は、労働者の早い段階での調教を要求する」[45]とすでに触れた〔『資本論』の〕文脈でも書かれている。ただし、この調教は、習熟と区別して考えなければならない。手工業では唯一決定的な要素である習熟は、マニュファクチュアにおいてはまだある程度存在の余地を残している。マニュファクチュアという基盤のうえでは、「それぞれの特殊生産部門は、経験を積むことでそれに応じた技術的形態を見出していく。そして、この技術的形態をゆっくりと完成してゆく。」しかしもちろん、「ある一定の成熟度まで達するとすぐさま」[46]、その生産部門はこの技術的形態を結晶化して固定的なものとする。しかしながら、他方でこの同じマニュファクチュアが、「マニュファクチュアの勢力下におかれたどの手工業でも、いわゆる未熟練労働者という階級、つまり、手工業という業種が厳しく締め出してきた人たちを生み出すことになる。マニュファクチュアが、包括的な労働能力を犠牲にすることで、徹底的に一面化された専門技能を名人芸の域にまで高めているとすれば、このマニュファクチュアは、能力の発展をことごとく欠いているという状態を、すでに一つの専門技能とし始めていることにもなるのだ。労働者の序列化と並んで、熟練労働者と未熟練労働者という単純な区分が生まれる。[47]」未熟練労働者は、機械の調教によってもっとも貶められることになる存在である。彼の労働は、経験とは一切の関係をもたないように切り離されている。彼の労働では、習熟はその権利を失ってしまっている。[*13] 遊園地のゆらゆらポットや類似の娯楽が実現しているのは、未熟練労働者が工場で仕込まれる調教の試供品に他ならない（この試供品は時として、未熟労働者にとってこの調教のプログラム全体の代替品とならざるをえなかった。というのも、庶民が遊園地で習い覚えることのできた道化役者の技芸は、失業が増えると同時に、大いに栄えることになったからである）。ポーのテクストは、野生と規律のあいだの真の連関を分からせてくれる。彼の描く通行人たちは、自動人形になるように順応させられ、あたかも自動的にしゃべることしかできなくなっているかのような振る舞いをする。彼らの振る舞いは、ショックに対する反応なのである。「誰かがぶつかると、彼らはぶつかってきた相手に向かってぺこぺこと頭を下げた。」

IX

群衆のなかの通行人が受けるショック体験に相当するのが、機械装置について働く労働者たちの「体験」である。だからといって、ポーが工場の労働過程についてそれなりの理解をもっていたと仮定することはまだできない。いずれにせよ、ボードレールはそういった理解をまるでもっていなかった。しかし、ボードレールはあるプロセスにとり憑かれていた。それは、機械が労働者のうちに作動させる反射的メカニズムが、まるで鏡に映っているように、仕事につかずぶらぶらと日を送る人間のうちに詳細に探求されるプロセスである。こういったプロセスを表しているのが、賭博である。このように主張すると、逆説的なことを述べているように聞こえるに違いない。労働と賭博のあいだの対立ほどもっともらしく打ち立てられた対立が他にあるだろうか。アラン[43]が次のように書いているのはもっともなことである。「賭博……の概念には、……どの勝負もその前の勝負とは無関係だということが含まれている。賭博は、確実な状況というものとそもそも折り合わない。前に手にした儲けを計算に入れることはできない。そこに労働との違いがある。賭博は、労働がよりどころとする重々しい過去など……あっさりと片づけてしまう。[48]」アランがこの言葉によって思い描いていた労働とは、高度に専門化された労働である（これは、たとえば精神労働のように、手工業のもつある種の特徴を保っているということができるだろう）。それは大多数の工場労働者の労働ではなく、ましてや未熟練労働者の労働などではない。確かに未熟練労働者の労働には冒険の要素——つまりプレーヤーの心をそそるまぼろし《ファータ・モルガーナ》——がない。しかし、そこに必ずついてまわるもの、それは無益であること、虚しさ、完成することができないということである。この完成することができないということは、工場で働く賃金労働者の活動のうちにむしろ含まれているものだ。自動的な労働過程から生じた賃金労働者の身振りもまた、賭博のうちに現れている。賭博は、掛け金を置いたり、カードを取ったりするすばやい手の動きなしに行われることはない。機械装置の動きのなかでガクンという動きにあたるものは、賭博ではいわゆる「プレイ」である。機械について働く労働者の手の動きは、それに先行する手の動きの厳密な反復であるまさにそのことによって、先行する手の動きとは何の関係ももたない。機械について働くときの手の動きはすべて、ちょうど賭博の勝負でのプレイがそれぞれ先行するプレイから切り離されているように、先行する手の動きとは一切の関係をもたないように切り離されている。それによって、賃金労働者のつらい仕事は、それなりの仕方で、賭博のプレーヤーのつらい仕事と一対を成すものになっている。これら二つの労働はともに、内容という束縛から完全に解き放たれているのだ。

ある賭博クラブを描いたゼーネフェルダー(44)のリトグラフがある。そこに描かれた者のうち誰一人として、普通の仕方でゲームに専心しているわけではない。みなそれぞれに自分のことで興奮しきっているのだ。一人は手放しの大喜び、別の一人はパートナーに対する不審の念にとりつかれ、三人目は息苦しい絶望にとらわれている。そして、四人目は喧嘩をやらかしたくてうずうずしている。またあるものは、いままさにこの世からおさらばしようとしている。これら多様なしぐさのうちに、ある隠れた共通点がある。つまり、ここに集められた登場人物たちによって描き出されているのは、プレーヤーたちが賭博で身を任せるメカニズムが彼らの身も心も完全に支配しているため、彼らは自分の私的領域においても——どれほど情熱的な動きをとるとしても——もはや反射的な動きをすることしかできなくなっているということだ。彼らはポーのテクストのなかの通行人のような振る舞いをしている。彼らは自動人形として存在している。そして、自分の記憶を完全に消し去ってしまったベルクソンの描く架空の登場人物たちに似ている。ボードレールは、賭博のとりことなった人たちに対して共感の言葉、いや敬意の言葉を表わしているのだが、[49] 彼が賭博におぼれていたということはなさそうだ。彼が夜景作品「賭博」[45]のなかで扱ったモティーフは、彼の現代観《モデルネ》のなかに組み入れられているものだった。このモティーフについて書くことは、彼の使命の一部をなしていた。ボードレールにおいて賭博者のイメージは、剣士という古代的なイメージを補完する、本来は現代的《モデルン》な補完物となった。この二つのイメージは、ボードレールにとって、ともに英雄《ヘロス》的な人物像である。ベルネ[46]が次のように書いたとき、彼はボードレールの目でとらえていたことになる。「毎年ヨーロッパで賭博台にて浪費される……精力と情熱を蓄えておけば、それでローマ民族とローマ史に当たるものをそれぞれ作り上げるのに十分なのではないだろうか。まさにそうなのだ。誰もがローマ人として生まれてくるので、市民社会は人間をローマ人でなくそうとする。そしてそのために、賭博や社交的な遊び、小説、イタリア・オペラ、エレガントな新聞……が取り入れられているのだ。[50]」市民階級のうちに賭博が普及したのはようやく一九世紀になってからである。一八世紀に賭け事を行ったのは貴族だけだった。賭博はナポレオンの軍隊によって広められ、いまや「上流階級的な生活の光景、また、大都会の半地下を住処とする何万人もの無秩序な人間たちの光景」に数えられるものとなった。その光景のうちに、ボードレールは「われわれの時代が手にしている」[51] 英雄的《ヘロス》なものを見てとろうとしたのである。

賭博を技術的観点ではなく、心理学的な観点でとらえようとするならば、ボードレールの構想はさらに意味深いものとなるように思われる。賭博者は儲けることを目指す。これはわかりやすいことだ。しかしそうだとしても、勝って金を儲けようという賭博者の努力を、言葉の本来の意味で願望と呼ぼうと思う人はいないだろう。彼の内部を満たしているのは、おそらく欲望、あるいは暗い決意なのかもしれない。いずれにせよ賭博者は、経験についていろいろ言いたてることのできない状態にある。[*14] それに対して、願望のほうは経験の秩序のうちにある。「青年時代に望んだことは、年をとってから豊かに満たされる」とゲーテが言っている。(47) ある願望を抱くのが人生の早い時期であればあるほど、その願望が実現される見込みはそれだけ大きくなる。ある願望が時の遠方へと未来に引き伸ばされるものであるほど、その願望の実現への希望はそれだけ大きなものとなる。しかし、過去の時の遠方へと遡って引き戻されるのは、時を満たし、時を分割する経験である。だからこそ、成就された願望は、経験に対して与えられた王冠なのである。さまざまな民族の象徴体系では、空間的な遠さは時間的な遠さの代わりに現れることがある。それゆえ、空間的にはるか彼方に落ちる流星は、成就された願望のシンボルとなったのである。すぐ隣の仕切りに転がり込む象牙の玉、一番上に乗っているすぐ次のカードは、流星の真反対に当たる。流星の光が人間の目にきらっとひらめく瞬間のうちに含まれている時間は、ジュベール(48)が彼特有の確信をもって描き出した時間と、素材としては同じものである。彼は次のように言っている。「時間は、永遠のうちにも見出される。しかし、この地上の時間、世俗的な時間ではない……。この時間は破壊を行わない。それは完成するだけだ。」[52]この時間は地獄の時間の反対物である。地獄の時間は、着手したことを完成することが何一つ許されていない人たちのいる場である。実際、賭博の評判が悪いのは、賭博者自身が手を下すからだ。（手がつけられないほどくじを買いまくる人間でも、狭い意味での賭博者と同じような排斥にさらされるわけではない。）

何度でも初めからやり直すこと――これが、賭博（同様に賃金労働）の理念を規定しているものである。だから、ボードレールにおいて秒針――〈秒〉[49]――が賭博者のパートナーとして登場することには、厳密な意味がある。

　思い起こせ、〈時間〉は貪欲な賭博者、いかさまなどは
　やらずとも、あらゆる勝負を物にする！　それが定め。[53]

別のテクストでは、ここで考えられている〈秒〉のかわりに悪魔《サタン》そのものが現れる。[54]詩《賭博》が、賭博のとりことなった人たちの行くところとして描かれている、あの沈黙の洞窟もまた、まちがいなくサタンの領域のひとつである。

これは、ある夜の夢の中で、はっきりと物の見える
私の目の前に、繰りひろげられた、暗黒の図絵。
私自身、黙々たるこの洞窟の一隅に、
肘をつき冷然と、声もなく、羨しげな姿が私に見えた、

これらの人々の、頑強な情熱を羨みながら。[55]

詩人は賭博には加わらない。彼は隅のほうで自分の居場所に佇んでいる。詩人が彼らよりも、つまりこの賭博者たちよりも幸せだということはない。彼も経験をだまし取られた男、ひとりの近代人《モデルナー》なのだから。ただ詩人は、賭博者たちが意識を麻痺させるために使う麻薬を拒絶する。彼らは自分の意識を秒針の動きに引き渡してしまったのだ。[*15]

そして、ぱっくり口を開けた深淵へと熱心に走り続け、
われとわが身の血に酔っては、結局、死よりは苦痛を、
虚無よりは地獄を選びかねぬ、あまたの哀れな男を、
羨むとは何事かと、私の心は怖れおののいた！[56]

ボードレールはこの最後の数行の詩句で、いらだちこそが賭博に熱中することの根底

であるとしている。彼は自分自身のうちにこのいらだちという根底をきわめて純粋な状態ですでに見出していた。彼が突然怒り出すことには、パドヴァにあるジョットーの〈憤怒〉(50)の表現力が備わっているのだ。

X

ベルクソンを信じるのであれば、持続《デュレ》を思い描くことによって、人間の心は時間の強迫観念から解き放たれる。プルーストはこういった信念をもち、この信念から訓練課題を作り出した。この訓練課題において彼が生涯にわたり追い求めていたのは、流れ去って行ったものに――それは、無意識のうちにとどまっているうちに、その細孔のなかへと入り込んでいったあらゆる追憶《レミニッセンス》に満たされている――光を当てることだった。プルーストは、『悪の華』の比類のない読者だった。彼はそのうちに親近的なものが働いていたいるのを感じていたからだ。ボードレールについて熟知しているといいながら、それがプルーストのボードレールは時間が奇妙に分割していますることはありえない。プルーストは言う。「ボードレールでは時間が奇妙に分割しています。ごくわずかな特異な日々が姿を現すだけです。それらは重要な意味をもつ日々です。『ある晩のこと』といったような言い回しがなぜボードレールにしばしば見られるのか、そのことからわかります。[57]」これらの重要な意味をもつ日々は、ジュベールの言葉を借りれば、完成する時間の日々である。

それは想起《アインゲデンケン》の日々である。これらの日々は、体験のしるしを何も帯びていない。これらの日々はその他の日々と結びついておらず、むしろ時間から突出して際立っている。これらの日々の内容をなすものを、ボードレールは万物照応《コレスポンダンス》という概念のうちにとどめている。この概念は「現代《モデルン》の美[51]」という概念と直接となり合せになっている。プルーストは、万物照応《コレスポンダンス》(これは神秘主義者たちの共有財産である。ボードレールはフーリエを読んでいるときにこの概念に出会った)に関する学問的文献は脇に置き、万物照応《コレスポンダンス》という事態をめぐる芸術上のヴァリエーション――これは共感覚によって担われている――についてこれ以上取り立てて論議することはしない。ここでの本質的な問題は、万物照応《コレスポンダンス》は礼拝的要素を含む経験の概念を保持しているということだ。ボードレールは、そういった要素を自分のものとすることによってのみ、彼が近代人《モデルナー》としてその証人となった崩壊が何を意味しているかを、十分に判断することができたのだ。そのようにしてのみ、ボードレールはこの崩壊を、彼だけに向けられた挑戦として認識することができたのだ。彼はこの挑戦を『悪の華』のなかで受け止めた。この書物のうちに秘密の建造物を探し出そうと、これまでさまざまな推測がなされてきたが、そのような建造物がほんとうにあるとすれば、巻頭をかざる一連の詩は、もはや取り戻すことのできないある失われたものに捧げられているといってもよいだろう。この一連の詩のなかに、同一のモティーフをもつ二つのソネットがある。《万物照応《コレスポンダンス》》と題された一つ目のものは、次のように始まる。

〈自然〉はひとつの神殿、その生命《いのち》ある柱は、
時おり、曖昧な言葉を洩らす。
その中を歩む人間は、象徴の森を過《よぎ》り、
森は、親しい眼差しで人間を見まもる。

夜のように、光のように広々とした、
深く、また、暗黒な、ひとつの統一の中で、
遠くから混じり合う長い木霊《こだま》さながら、
もろもろの香り、色、音はたがいに応《こた》え合う。[58]

ボードレールが万物照応《コレスポンダンス》という言葉で思い描いていたのは、危機に対して安全な立場を求めようとする一つの経験であるといってよいだろう。そのような経験はただ礼拝的なものの領域においてのみ可能である。このような領域を超え出るとき、そのような経験は「美」となる。美においては、礼拝価値は芸術の価値となって現れる。[*16] 万物照応《コレスポンダンス》は想起《アインゲデンケン》の特定の〈日付〉である。それは歴史的な〈日付〉ではなく、前史の〈日付〉である。祝祭の日々を偉大で重要な意味をもつものとするのは、かつて存在したある生との出会いである。ボードレールはそれを、《前世の生》と題されたソネ

ットのなかに書きとめた。[52] この二つ目のソネットの冒頭によって呼び起こされる洞窟や植物、雲や大波のイメージは涙の温かい靄《もや》のなかから立ち現れてくる。それは郷愁の涙だ。「散歩者は、涙で曇ってしまった彼方に目をやる。そして、彼の眼にはヒステリーの涙が、hysterical tears が湧き上がる。[59]」ボードレールはこのように、マルスリーヌ・デボルド＝ヴァルモール[53]の詩の論評のなかで書いている。のちに象徴主義者たちによって開拓された類の同時的な万物照応はここにはない。過ぎ去ったものが、たがいに即応し合う物たちのなかで、ともに小さなつぶやきの声をきかせている。そして、それら即応し合う物たちの規範的経験は、前世の生のなかにそれ自体で場所を占めている。

大波はうねり、天景を映してころがしながら、
彼らのゆたかな音楽の、世にも力強い和音を、
私の眼に照り映える落日の色と、
おごそかにも神秘に、混ぜ合わせていた。

彼処《かしこ》にこそ私は生きた。[60]

復元を目指すプルーストの意志がこの世の存在の限界のうちにとどまっているのに対して、ボードレールの意志はこの世の存在の限界を超えていく。このことは、どれほど

の根源的で強力な対抗力がボードレールにたち現われているか、というしるしと考えることができるだろう。ボードレールが、そういった対抗力に圧倒されて、諦めているように見えるときほど、完全なものが成し遂げられていることはまずない。《沈思》は、深い空を背景として、昔の歳月のアレゴリーを写しとっている。

見よ、身まかりし〈歳月〉たちが天の露台《バルコニー》の上に、
古ぼけたドレスを着て身を屈めるのを。[61]

これらの詩句でボードレールは、自分から去って行った、人類の記憶の彼方にあるものに対して、流行遅れになったものというかたちをとらせ敬意を表することで満足している。プルーストは、彼の作品の最終巻で、マドレーヌを味わったときに彼を満たした経験にふたたび立ち返るとき、コンブレーの歳月がバルコニーに姿をあらわす歳月に姉妹のような愛情を抱いていると考えている。「ボードレールの場合、こうした無意志的記憶《レミニッセンス》はいっそう数が多い。彼のうちにそれらを呼び起こしているものは偶然ではない。私の考えでは、そのことによって、無意志的記憶《レミニッセンス》は決定的なものになっている。周到に念を入れ、選り好みをしながらも投げやりな感じで、たとえば一人の女の匂い、彼女の髪や乳房の香りのうちに、関連に満ちた照応《コレスポンダンス》を追い求めるような者は、彼をおいて他にいない。そういった照応《コレスポンダンス》が彼に「広々としたまるい空の青さ」や、「旗と

マストでいっぱいの港」といった着想を与えることになるのだ。[62]」この言葉は、プルーストが心の内を明かしている、彼の作品のモットーである。プルーストの作品は、想起《アインゲデンケン》の日々を招集して神聖な一年としたボードレールの作品と親近的な関係にある。しかし、『悪の華』は、こういった成功だけがこの作品のうちで大きな力をもっているのだとすれば、現在われわれが目にするようなものではなかっただろう。この作品の比類のない点はむしろ、同じように慰めながらもそれが何の力ももたないこと、同じように情熱を傾けながらもそれが役に立たないこと、同じような行いをしながらもそれがうまくいかないこと、そういったことをもとにして、そこから詩を何とか作り上げているということのうちにある。それらの詩は、万物照応《コレスポンダンス》が祝祭をとりおこなっているような詩と比べて、何ら劣るところはない。「憂鬱《スプリーン》と理想」の巻は、『悪の華』のツィクルスのなかで第一部をなしている。理想は想起《アインゲデンケン》の力を授けている。それに対して憂鬱《スプリーン》は、秒の群れをかり集める。悪魔が害虫たちに命令を下す者であるように、憂鬱《スプリーン》は秒たちに命令を下す者である。「憂鬱《スプリーン》」詩篇のうちに《虚無を好む心》という詩がある。そこにはこうある。

愛らしい〈春〉も、その匂いを失くしてしまった[63]！

ボードレールはこの詩行で、極度に秘密を保ちながら、ある極度のことがらを口にしている。このことによって、この詩行はボードレールの詩行にあってもまごうことのない存在となっている。かつてボードレールも経験に与っていたのだが、この経験が崩壊してしまったということが、「失くしてしまった（perdu）」ということばのうちに告白されているのである。匂いは、誰も手だしのできない無意志的記憶《メモワール・アンヴォロンテール》の避難所である。匂いが視覚表象と手を携えることはほとんどない。感覚印象のなかで、匂いは同じ匂いとしか結びつかない。他のいかなる回想にもまして、ある匂いを再認することが、人を慰める力をとくにもっているとすれば、それはおそらく、それが時間の経過の意識を深く麻痺させてしまうからだろう。ある匂いは、それが思い出させる匂いのなかで、歳月をかき消してしまう。それによって、ボードレールの先の詩句は計り知れぬほど慰めのないものとなる。もはや何らかの経験をもつことのできない者にとって、慰めは存在しない。しかし、他ならぬこの「できない」ということが、怒りの本質をなすものである。怒る者は「何も聞こうとしない」。怒る者の原像であるティモン[54]は、誰かれの区別なく人間に怒りをぶつける。彼は、もはや選り抜きの親友と宿敵とを区別することさえできなくなっているのだ。バルベ＝ドールヴィイ[55]は、深い洞察をもって、このような状態をボードレールのうちにとらえていた。彼はボードレールを「アルキロコスの天才をもったティモン[64]」と呼んでいる。怒りは発作が起こると、秒のタクトを刻む。憂鬱な人間はこの秒のタクトにとり憑かれているのだ。

そして〈時間〉は刻一刻と私を嚥《の》みこむ
硬直におそわれた人体を大雪が嚥みこむように。[65]

この詩句は先に引用した詩句のすぐあとに続くものだ。憂鬱《スプリーン》においては、時間は具体的な姿をとって現われている。まるで次々と雪のひとひらが積もっていくように、一分一分が人間の上に降り積もっていくのだ。この時間は、無意志的記憶《メモワール・アンヴォロンテール》の時間と同じように、歴史をもたない。しかし、憂鬱《スプリーン》においては、時間の知覚は不自然なほど研ぎ澄まされている。一秒一秒に意識があらかじめゆきわたっており、それによってショックの攻撃を受け流すことができるのだ。*17

時間の計算は持続性よりも均等であることを重視するが、しかしそれでも、自らのうちに均質ではない、特別に際立った断片を存続させておかずにはいられない。質が優れているのを認めることと量を測ることとを一つにまとめた、というのが、さまざまな暦の成し遂げてきたことである。これらの暦は、祝祭日によっていわば想起《アインゲデンケン》の場所を空けておくのだ。経験を喪失する男は、暦の外に追いやられたかのように感じる。大都市に住む人間は、日曜日になるとこういった感覚とかかわりをもつことになる。ボードレールは「憂鬱《スプリーン》」詩篇のある一つの詩のなかで、こういった感覚をいちはやく抱いている。

遠近《おちこち》の鐘が、突然、猛り狂って跳ね始め、
空の方へと、おそろしい唸り声を放てば、
さながら、故国をもたずさまよう亡霊たちが、
執念《しゅうね》く嘆きの声を発しだすかのよう。[66]

かつては祝祭日のものであった鐘は、人間たちと同様に暦の外に追いやられている。この鐘たちは、いろいろと探し求めながらも、結局は歴史を手にすることのないあわれな人々に似ている。ボードレールが《憂鬱《スプリーン》》と《前世の生》のなかで、ばらばらに砕け散った真の歴史的経験の破片を手にしているとすれば、ベルクソンは持続《デュレ》の観念において、それよりもはるかに歴史から遠ざかってしまっている。「形而上学者ベルクソンは、死の存在を握りつぶしている。[67]」ベルクソンの持続《デュレ》には死が欠落しているということによって、持続《デュレ》は歴史的秩序（また前史の秩序）から完全に遮断されている。ベルクソンの行動《アクシオン》の概念もそれに対応して欠落する。そして「実務的な男」が力を発揮する源となる「良識」が、洗礼の代父《ゴッドファーザー》となったのだ。[68] 死が消し去られた持続《デュレ》には、装飾の悪しき無限性がある。持続《デュレ》は、自らのうちに伝統を一切持ち込ませない。[*18] 持続《デュレ》とは、経験という借りものの服を身につけて得意満面に歩き回る体験の権化である。それに対して憂鬱《スプリーン》は、体験をそのままのあからさまな姿で展示する。憂鬱にとらわれた人間は、大地が自然状態そのままの姿に逆戻りしているのを驚愕にとらわれながら目にすることになる。大地

には前史を感じさせるものはなにも漂っていない。またオーラもない。そのようにして大地は、先に挙げた詩句に続く《虚無を好む心》の詩句のなかで次のように姿をあらわす。

私は高みから、まるい形をした地球を眺めやるだけ、
逃げこむための茅屋《あばらや》を、そこにもはや探しもしない。[69]

XI

無意志的記憶《メモワール・アンヴォロンテール》のうちに根づいたものでありながらも、ある直観の対象のまわりに集まろうとするイメージを、その対象のオーラと呼ぶとすれば、その直観の対象に付帯するオーラは、ある使用対象において熟練というかたちで浮かび上がる経験にまさに対応するものである。カメラやそれに類する後の時代のさまざまな機器を使っておこなう処理方式は、意志的記憶《メモワール・ヴォロンテール》の範囲を拡大する。こういった処理方式によって、ある出来事を映像と音声でいつでも機械を通じて記録にとどめておくことが可能になったのだ。それとともに、こういった機械による処理方式は、熟練が収縮してゆく社会が達成したもっとも重要なものの一つとなった。銀板写真《ダゲレオタイプ》はボードレールにとって惑乱と驚愕をもたらすものだった。彼はその魅力を、「驚くべきものであり、かつ冷酷[70]」と呼んでいる。

ボードレールはつまり、ここで述べた連関を見通していたわけではないにせよ、感じとっていたということになる。彼がつねに目指していたのは、「現代的《モデルン》」なものにしかるべき場所をとっておいてやること、とりわけ芸術においては、「現代的」なものに、ここがその場所だと示してやることだった。写真に対しても彼は同様の態度で臨んだ。写真に脅威を感じるたびに、ボードレールは、それは写真の「誤って理解された進歩」[71]のせいだと考えようとした。とはいえ、ボードレールはそこで、この「進歩」が「大衆の愚鈍さ」によって推し進められていると認めている。「この大衆は、自らにふさわしく、自分たちの本性に合った理想を求めている。……彼らの祈りは復讐の神によって聞き届けられた。ダゲールがその預言者となった。[72]」それでもなお、ボードレールはこういった対立をなくしていくような見方をとろうとする。「われわれの記憶の書庫《アーカイブ》のうちに場所を求める」権利のある、この世のはかない事物たちを写真が自分のものにしようとするのであれば、それはまったくかまわない。ただし、「手に取ることができないもの、想像的なものの領域」に踏み込むことがあってはならない。つまり、「人間が自分の魂を分け与え[73]」てくれるものだけが居場所をもつ芸術の領域に、写真が踏み込んではならないということだ。この裁定はしかし、ソロモンのような優れた裁きとは到底いえない。意志による推論的な回想がいつでも可能な状態——これは複製技術によってますます推し進められている——であると、想像力《ファンタジー》が自由に動き回れる余地が切り落とされてしまう。この想像力というのは、ある特別な願望を抱く能力ととらえることもできるだろう。

つまり、その実現が「なにか美しいもの」と考えられているような願望である。こういった実現が何と結びついているかを、ここでもまたヴァレリーが詳しく規定している。「われわれが何かを芸術作品だと認めるその基準は、それがわれわれのうちにある観念を呼び起こすにしても、また、それがわれわれにどのようにせよと促すにしても、そういったことによってその作品が尽きてしまうわけでもないし、またそれで片づけられてしまうわけでもない、という点にある。よい香りのする花をどれほど長く嗅いだとしても、われわれのうちに欲求を呼び覚ますこの匂いは、それで終わりということにはならない。また、どのような回想も思考も振る舞いも、この匂いが及ぼす力を消し去ることはないし、この匂いがわれわれに働きかける力からわれわれを解き放つことはない。同じことを、芸術作品を作ろうとする者は追求しているのだ。[74]」こういった見解にしたがえば、絵画は、ある光景について、何度見ても見飽きることのない対象を再現させるということになるだろう。この絵画の根源に投影されている願望をこの絵画が実現させているとすれば、それを可能にしているのは、この願望に絶えず滋養を与えて育てているものということができるだろう。写真と絵画とを分つものは何か、また、この両者にまたがる「形成」の原理がなぜたった一つも存在しないかということは、いまや明らかだろう。絵画をどれほど見ても見飽きることのないまなざしにとって、写真はむしろ、空腹にとっての食事、のどの渇きにとっての飲み物といった意味合いをもっている。

　このようなかたちではっきりと現われている芸術的再現の危機は、知覚そのものの危機の不可欠な要素として描き出すことができる。美の快楽を鎮めがたいものとしているのは、郷愁の涙によってヴェールをかけられたと呼んでいる、あの前世のイメージである。「ああ、あなたははるか遠い昔に／私の妹、あるいは私の妻だったのだ[56]」――この告白は、美そのものが要求することのできる貢物である。芸術が美を目指し、どれほど簡素なものであれ、美を「再現」するものであるかぎり、芸術は美を（ちょうどファウストがヘレナをそうするように）時の深みから引き上げるのだ。[*19] こういったことは技術的複製ではもはや生じることはない。（技術的複製には美が占める場所はない。）プルーストは、意志的記憶《メモワール・ヴォロンテール》によって与えられるヴェネツィアのイメージが貧しく、深みにかけると文句を言っているが、そういった関連で彼は、「ヴェネツィア」という言葉にふれただけで、このイメージの宝庫がまるで写真の展覧会のように味気ないものに思われたと書いている。[75] 無意志的記憶《メモワール・アンヴォロンテール》から浮かび上がるイメージの他と異なる特徴は、そのイメージがオーラをもっているということであるとすれば、写真は「オーラの衰退」という現象と決定的にかかわっている。銀板写真《ダゲレオタイプ》において非人間的――あるいは致死的とさえ言えるだろう――とどうしても感じてしまうものは、機械をのぞきこむ行為（しかも持続的行為）だった。というのも、機械は人間の像を写し取るわけだが、人間に対してまなざしを返すことがないからだ。まなざしには、心を打ち込む相手から同じように応えてほしいという期待が含まれている。こういった期待が（それは、素朴な意味でのまなざしに込められる期待であると同様に、思考の領域で、何かに注意を向けるある志向をもったまなざしに結びつくこともある期待である）満たされるとき、そのまなざしにはオーラの経験がたっぷりと与えられる。ノヴァーリス[57]は、「知覚の能力は注意力である」と断じている。[76]彼がそのように述べている知覚の能力とは、オーラを知覚する能力に他ならない。つまり、オーラの経験は、人間社会によく見られる反応形式を、生命をもたないものや自然と人間との関係へと転用したものにもとづいている。見つめられている者、あるいは見つめられていると思っている者は、まなざしを開く。ある現象のオーラを経験するということは、この現象にまなざしを開く能力を付与するということである。[*20]無意志的記憶《メモワール・アンヴォロンテール》の発掘物は、このことに対応している。（ちなみに、こういった発掘物は一回限りのものである。回想《エアイネルング》がそれらを自分のものにしようとすると、その手からすべり落ちていくのだ。そのことによってこれらの発掘物は、オーラを「ある遠さが一回限り現れる現象」[77]と把握するオーラの概念を支えるものになっている。こういった規定には、現象の礼拝的性格を一目瞭然にするという利点がある。本質的に遠いものとは、近づき難いものである。実際、近づき難さは、礼拝の対象となる像の主要な特質の一つである。）プルーストがどれほどオーラの問題に精通していたかということは、強調するまでもない。ともかく、彼が折にふれてオーラの理論を含むさまざまな概念のなかでこのことに言及しているのは注目に値する。「神秘を愛する人のうちには、事物にはかつてそれに注がれたまなざしがいくぶんなりとも残っていると考えて得意になっている人もいる。」（これはまなざしに応える能力ということだろう。）「彼らの考えでは、モニュメントや絵画は、何世紀にもわたる数多くの賛美者の愛情と敬虔な思いが織りなしてきた細やかなヴェールの下でしか、その姿をあらわすことはない。」プルーストはここで話を転じて、次のように言葉を結ぶ。「こういった奇怪な幻想《キマイラ》も、彼らが個人にとって存在する唯一の現実、つまり個人の感覚世界にこの幻想を関係づけるならば、真実となるだろう。[78]」夢における知覚をオーラ的知覚ととらえるヴァレリーの規定もこれに近いが、客観的な方向性をもっているために、発展性をもつものとなっている。「ほら、そこにそれが見えると私が言うとき、私とその事物とのあいだに等式が立てられているわけではない。……それに対して、夢の中では等式が存在する。私が目にしている事物は、私がそれを見ているのと同じように、私を見ているのだ。[79]」まさに夢の知覚にとって自然は、次のように言われている神殿そのものなのである。

その中を歩む人間は、象徴の森を過《よぎ》り、
森は、親しい眼差しで人間を見守る。(58)

こういった事情をボードレールがよく知るようになるほど、オーラの衰退は彼の抒情詩にまがうことなく刻み込まれていった。それはある暗号のかたちをとって現れることになった。その暗号は、『悪の華』のなかで、人間の目からまなざしが浮かび上がるところでは必ずと言っていいほど見られる。(もちろん、ボードレールはそれを計画的に置いたわけではない。）その暗号とはつまり、人間のまなざしに向けられた期待が何も報いられることなく終わるということだ。ボードレールは、まなざしを向ける能力が失われてしまったといってもよいような眼を描き出す。しかし、このような特徴をもつ眼にはある種の魅力が与えられており、ボードレールの衝動のかなりの部分、もしかすると圧倒的な部分が、この魅力から力を得ているのだ。こういった眼のもつ魔力によって、ボードレールのうちでは、性そのものがエロスと手を切ることになった。「至福の憧憬」〔ゲーテ『西東詩集』〕のなかの詩句

どれほど遠くてもお前の苦にはならない
飛んでやってきて、魔力でとりこになる

が、オーラの経験に満ちあふれた愛の古典的描写といえるとすれば、抒情詩において、次のボードレールの詩句ほど、それに決然と対抗している詩句は、ほかにほとんど見出すことができない。

夜の穹窿《おおぞら》にも等しく、私はきみを崇《あが》め愛する、
おお悲しみの器《うつわ》よ、丈高い寡黙の女《ひと》よ、
私の愛はいやますばかり、美しい女《ひと》よ、きみが私を遁れようと

すればするほど、また、わが夜な夜なを飾るものよ、
私の腕を涯しもない空の青から引き離す
道程《みちのり》を、皮肉っぽく、きみが延ばすと見えれば見えるほど。[80]

まなざしのなかで克服された、見ている者の不在が深ければ深いほど、まなざしはいっそう強力に抑えつける力を与えることになるといってもよいだろう。鏡のように映す眼のなかでは、こういった不在が少なくなっていくことはない。だからこそ、こういった眼は遠さのことは何も知らないのだ。こうした目の滑らかさを、ボードレールはある巧妙な韻のうちに組み込んでいる。

汝の眼を沈めても見よ、じっと動かぬ（fixes）
眼の中に、半獣神《サチユロス》の雌あるいは水の精などの（Nixes）[81]

半獣神《サチユロス》の雌や水の精は、人間の一族《ファミーリエ》にはもはや属さない。彼らは特別な存在として隔てられている。ボードレールが、遠さに苦しめられたまなざしを「親しい眼差し《ファミリエ》」として詩のなかに書きとめていることは考慮に値する。[82] 家庭《ファミーリエ》を築くことのなかった彼は、「親しい《ファミリエ》」という言葉に、約束と諦めに満ちた肌合い《テクスチャー》を分け与えたのだ。彼はまなざしをもたない眼のとりことなり、何ら幻想を抱くことなく、その力の圏域へと赴く。

きみの眼のあかあかと輝くさまは、まるで飾り窓か
公共の祝祭に燃えさかる灯明台を思わせて、
借り物の力をあつかましくふりまわしている。[83]

ボードレールは、彼が最初に発表した文章の一つのなかで次のように書いている。「愚かさは、しばしば美しさの飾りとなる。黒ずんだ湖沼のように眼が悲しく透明に澄んでいるとすれば、あるいはまた、熱帯の海の油を流したような静けさをもっているとすれば、それはこの愚かさのおかげなのだ。[84]」そのような眼に生気が宿ると、それは獲物を探しながら、同時に自分の身の安全に気を配る猛獣の眼となる。（娼婦も同じように、通行人に気を配りながら、同時にまた警官に用心をしている。こういった生活様式が生み出す観相学的タイプを、ボードレールは、ギースの描いた数多くの売春婦の絵のなかに認めている。「彼女は猛獣のようにまなざしを地平にただよわせる。そのまなざしは、猛獣のように落ち着きがない……。しかし、時には猛獣のように突然、張りつめた注意を向ける。[85]」）大都市の人間の眼が自分の安全の機能のために過大な負担を強いられているということは明らかだ。ジンメル[59]は、あまり意識されないこういった眼の負担について次のような指摘をしている。「何も聞こえないで見えるだけの人間は、何も見えないで聞こえるだけの人間よりも、はるかに……不安な気持ちになる。ここには……

大都市に特有なものがある。大都市における人間相互の関係には……眼の活動が聴覚の活動よりも明らかに優勢であるという特徴がある。その主要な原因は公共交通機関である。一九世紀にバス、鉄道、路面電車が発展する以前は、何十分ものあいだ、さらには何時間ものあいだ、お互いに言葉を交わすこともなく、互いに相手の姿を見ることを強いられるという状態におかれることはなかった。[86]」

　猛獣が周囲をうかがうまなざしには、夢見心地で遠方へと没入することなど無縁である。そのまなざしには、こういった夢のような没入状態を貶めることに快楽を感じるといったことさえ起りうる。以下の奇妙な文章はそのような意味で読むことができるかもしれない。「一八五九年のサロン」でボードレールは、さまざまな風景画にざっとふれた後、次のような告白の言葉で結んでいる。「私はディオラマ(60)に戻りたい。その途方もない粗野な魔術の力によって、私は有用な錯覚《イリュージョン》に巻き込まれてゆく。あるいは、私は芝居の背景画を何枚か見ているほうがいい。そういった絵に、私は自分のいとしい夢が巧みに、そして悲劇的な簡潔さでとりあげられているのを見出すのだ。こういったものはまったくの偽物なのだが、だからこそ、真実にはるかに近いものとなっている。それに対して、先にとりあげたほとんどの風景画家は嘘つきだ。それはまさに彼らが嘘をつく努力を怠っているからだ。[87]」ここでは「有用な錯覚《イリュージョン》」よりも「悲劇的な簡潔さ」の方を重視していただきたい。ボードレールは遠さの魔法にあくまでもこだわっている。彼は風景画をまさに歳の市の屋台に置いてある絵の基準で判断しているのだ。見ている人が背景図に近寄りすぎると必ず起こることだが、そのように遠さの魔法が破られてしまうということを彼は望んでいるのだろうか。このモティーフは、『悪の華』の偉大な詩句のうちに取り入れられている。

雲霞《くもかすみ》のような〈快楽〉は地平線へと逃げ去るだろう、
空気の精《シルフィード》が舞台の裏へと引っこむ姿にも似て。[88]

XII

『悪の華』は、ヨーロッパ全体に影響を及ぼした最後の抒情詩の作品である。後の時代の作品で、ある程度限られた言語圏を超えて広まっていったものは他にはない。このことに加えて重要であるのは、ボードレールは彼の生産的能力をほぼこの一冊の書物にのみ傾注したということだ。そして最後に、彼のモティーフのうち、この論考が扱っているいくつかのものが、抒情詩の可能性に問題を投げかけているということを否定するわけにはいかない。この三つの事実がボードレールを歴史的に確定している。こういった事実は、彼が何ものにも惑わされることなく自分の仕事に向かっていたということを示している。ボードレールは実際、自分の使命を意識するとき、何ものにも惑わされることがなかった。彼は、自分の目標が「紋切型を創り出すこと[89]」であると言い表すほどだった。彼はそのうちに将来の抒情詩人の誰もがかかわる条件を見ていたのだ。こういった条件を満たす力のない者たちを、彼はほとんど評価していなかった。「きみたちは神肴のスープを飲むか。きみたちはパロス島のカツレツを食するか。公営質屋では竪琴《リラ》にいくら出してくれるのか。」[90]後光のさす抒情詩人などボードレールにとっては時代遅れなのだ。彼はそういった詩人に、《後光の喪失》と題されたある散文作品のなかで、端役として場所をあてがっている。このテクストは後になってようやく日の目を見た。遺稿に最初に目を通した時に、このテクストは「出版に不適」として除外されたのである。今日にいたるまで、このテクストはボードレールに関する文献のなかで注意を向けられていないままになっている。

「『おやおや、誰かと思えば、あなたではないですか！　こんなところで！　こんな悪い噂のたっている店で、香り高いエキスをすすられ、神肴《アンブロシア》をお召し上がりになるお方であるあなたをお見かけしようとは！　これはほんとうですか！　いやあ、どうしたことかと思いますよ。』『ほら、私は馬や車が怖いじゃないですか。いまも急いで大通りを横切ったばかりなんですがね、この大混乱が動き回っているようななかでは、死が四方八方から一度にギャロップで押し寄せてくるみたいでしょう、そこでほかの人とちがう動きをしていると、後光が私の頭からほどけて、舗道のぬかるみのなかにボチャン、というわけですよ。それを拾い上げる勇気はなかったんです。骨を折られるよりは、シンボルをなくすほうがまだ被害は少ないのだからと自分に言い聞かせたんです。それになんといっても、禍もつねに福になるのだからと思ったわけですよ。いまでは私はお忍びで動き回れますしね、悪いこともいろいろできますし、命に限りのある普通の人間と同じようにいやらしいこともできますからね。いまでは私はほら、ごらんのとおりですよ、まったくあなたとかわるところはありません。』『それだったら、後光を失くしたことを掲示してもらったり、忘れ物預かり所で問い合わせをしてもらうとかなさったらいいではないですか。』『そんなことは考えてませんよ！　ここはいい気持ちなんです。私だとわかったのはあなただけですよ。それに品位なんてもう退屈そのものです。それに、どこかのヘボ詩人があれを拾い上げて、臆面もなくあれをつけて飾り立てるのではないかと思うと楽しくてね。幸せなやつを一人作り上げる！　これにまさるものはないですね。とくに、笑えるような幸せなやつをね。考えても見てくださいよ、Xとか、あるいはYとかね。いや、こいつはおもしろいことになるでしょうね！[91]』」同じモティーフが日記にもあるが、結末の部分がちがっている。詩人は後光をすばやく拾い上げる。さてそうなると、この出来事はなにか悪いことの前ぶれではないかという気がして心配になってくるのだ[92,*21]。

　これらの文章の著者は遊歩者ではない。これらが皮肉に書きとめているのは、ボードレールが何の粉飾もなく、さらりと次のような文に託しているのと同じ経験である。「この卑しい世の中に迷い込み、群衆に小突きまわされて、私はさしずめ一人の倦み疲れた男、背後の深い歳月に目をやれば醒めた迷宮の跡と苦い失望しか見あたらず、前方には、教訓にせよ苦痛にせよ、何の新しいものも含まれてはいない雷雨ばかりが見える、そういう男だ。[93]」群衆に小突きまわされたこと、このことをボードレールは、彼の人生を今のようなものとしたあらゆる経験のうちで決定的な経験、かけがえのない経験として、ひときわ重要なものととらえている。一体となって動き、一体となって魂を与えられた群衆という仮象——遊歩者はそういった仮象にのめりこんでいたわけだが——は、ボードレールの頭から消え去っていた。こういった群衆の卑劣さを肝に銘じておくために、彼は堕落した女たち、つまり社会からつまはじきにされた女たちさえもが、規律のある生活様式の肩をもち、放埒を断罪し、金をのぞいてあらゆるものを拒絶するようになる日を思い浮かべる。この最後の同盟者からも裏切られて、彼は大衆に立ち向かってゆく。雨や風に立ち向かってゆく人の無力な怒りをもって立ち向かうのだ。ボードレールが経験《エアファールング》の重みを与えた体験《エアレープニス》はそのようなものである。現代《モデルネ》の感覚を手に入れるために、彼はその代価を払った。それは、ショック体験におけるオーラの崩壊である。この崩壊に同意したことは、彼にとって高くつくものとなった。しかしそれに同意することこそ、彼の詩《ポエジー》の法則なのである。彼の詩は、第二帝政期の空に「大気圏のない星」[94]となって浮かんでいるのだ。

原註

1 シャルル・ボードレール『悪の華』。〈《読者に》〉、阿部良雄訳『ボードレール全集I』筑摩書房、一九八三年、一一頁。ベンヤミンのテクストのなかで、フランス語でそのまま『悪の華』から引用されている場合、基本的にこの阿部良雄訳を用いた。〕

2　マルセル・プルースト『失われた時を求めて』第1篇「スワン家のほうへ」。〔『失われた時を求めて1』井上究一郎訳、七四頁。〕

3　プルースト、『失われた時を求めて』。〔『失われた時を求めて1』井上究一郎訳、七四頁。〕

4　テオドール・ライク『驚きと心理学者――無意識の過程を言い当てることと理解すること』一九三五年。

5　ジークムント・フロイト『快感原則の彼岸』。〔『自我論集』竹田青嗣編中山元訳、ちくま学芸文庫、一四三頁。〕

*1　フロイトの論文では、回想《エアイネルング》と記憶《ゲデヒトニス》という概念にはここでの連関にとって本質的な意味の違いはない。〔訳者註：フロイトの翻訳では、Erinnerung は通常、「記憶」と訳されている。そのため、ここではフロイトの引用における Erinnerung という語は、ベンヤミンの用語法における「回想《エアイネルング》」とは別に、慣例に従って「記憶」と訳す。ただし、「記憶《ゲデヒトニス》」と区別するために、あえて「記憶《エアイネルング》」と表記することにする。（例えば、Erinnerungsspur と Gedächtnisspur はともに「記憶の痕跡」と訳される。両者のあいだに本質的な違いはない。）〕

6　フロイト『快感原則の彼岸』。〔『自我論集』一四三－一四四頁――訳者註：引用の前に置かれた「意識」という言葉は、実際のフロイトのテクストでは「意識（Bw）システム」である。それにともなって、『自我論集』の訳文を多少変更した。その他の引用の訳の場合も同様。〕

7　フロイト『快感原則の彼岸』。〔『自我論集』一四二頁。〕

8　フロイト『快感原則の彼岸』。〔『自我論集』一四二頁。〕

*2　プルーストはこれら「別のシステム」をさまざまなかたちで取り上げている。彼がもっとも好んでこれらのシステムを表しているのは手足である。その際、プルーストは、手足のうちにしまい込まれた

記憶《ゲデヒトニス》のイメージについて倦むことなく語っている。太腿、腕あるいは肩甲骨が、ベッドのなかで知らず知らずのうちに、それらがかつて遠いむかしにとったような姿勢になるとき、そういった記憶のイメージが、意識の招きに応じてではなく、直接に意識のなかに侵入するさまを、彼は語るのである。「手足の無意志的記憶《メモワール・アンヴォロンテール》」は、プルーストが好んだものの一つである。（プルースト『失われた時を求めて』第1篇「スワン家のほうへ」参照。）

9 フロイト『快感原則の彼岸』。〔『自我論集』一四七頁。ただし、この箇所についてはこの翻訳を大幅に書き換えている。〕

10 フロイト『快感原則の彼岸』。〔『自我論集』一五二－一五三頁。〕

11 フロイト『快感原則の彼岸』。〔『自我論集』一五三頁。〕

12 ポール・ヴァレリー『残肴（アナレクタ）』。〔『ヴァレリー全集9哲学論考』落合太郎他監修、筑摩書房、一九六七年、四八八頁。――訳者註：ただしこの翻訳では、ベンヤミンが Erinnerung とドイツ語に訳しているものは、「記憶力」「追憶」と訳されている。〕

13 フロイト『快感原則の彼岸』。〔『自我論集』一四四頁。〕

14 ボードレール『悪の華』へのヴァレリーの序文。〔鈴木信太郎訳『悪の華』岩波書店所収、四二四頁。〕

15 エルネスト・レノー『シャルル・ボードレール』（一九二二年）からの引用。

16 ジュール・ヴァレス「シャルル・ボードレール」（アンドレ・ビリー『戦いの作家たち』一九三一年所収）。

17 ウジェーヌ・マルサン『ポール・ブールジェ氏の杖とフィラントの正しい選択』パリ、一九二三年。

18 フィルマン・マイヤール『知識人の都市』パリ、一九〇五年。

19 ボードレール「現代生活の画家」。〔阿部良雄訳『ボードレール全集Ⅳ』〕

20 ボードレール『悪の華』。〔《太陽》、阿部良雄訳『ボードレール全集Ⅰ』一五九頁。〕

21 アンドレ・ジッド「ボードレールとファゲ氏」。

22　ジャック・リヴィエール『エテュード』。

23　ボードレール『悪の華』。〔《敵》、阿部良雄訳『ボードレール全集Ⅰ』三二頁。ベンヤミンは引用した三行目にある ferait（訳文では「ともなる」に当たる）をイタリックで強調している。〕

24　ボードレール『悪の華』。〔《旅ゆくジプシー》、阿部良雄訳『ボードレール全集Ⅰ』三六頁。ベンヤミンはこの詩行のなかで augmente ses verdures（訳文では「地の緑をいよいよ茂らせ」に当たる）をイタリックで強調している。〕

25　ボードレール『悪の華』。〔阿部良雄訳『ボードレール全集Ⅰ』一九四頁。ベンヤミンはこの詩行のなかで jalouse（訳文では「お嫉みだった」に当たる）をイタリックで強調している。〕

26　ボードレール『パリの憂鬱』。〔阿部良雄訳『ボードレール全集Ⅳ』。ただし、ここではベンヤミンのドイツ語訳から翻訳した。〕

＊3　この群衆に心を与えることが、遊歩者のもっとも固有な関心事である。遊歩者にとって、こういった群衆と出会うことは、彼が倦むことなく披露する体験である。こういった幻影の反映をボードレールの作品から取り除いて考えることはできない。この幻影はちなみに〔ボードレールだけで〕その役割を果たし終えたわけではない。ジュール・ロマンの一体主義《ユナニミスム》は、後裔のうち、高い評価を受けているものの一つである。
〔訳者註　ジュール・ロマン（一八八五―一九七二）はフランスの詩人、作家。「一体主義」（unanimisme）と呼ばれる文芸思潮の主導者となった。「一体主義」においては、群衆のうちに有機的な一体性を感じとることが掲げられる。〕

27　フリードリヒ・エンゲルス『イギリスにおける労働者階級の状態』。

28　ヘーゲル、一八二七年九月三日付の書簡。

29　ポール・デジャルダン「現代の詩人たち――シャルル・ボードレール」（一八八七年）。

＊4　バルビエの手法を特徴的に表しているのは、彼の詩「ロンドン」である。これは二四行にわたってロンドンの街を描写したのち、ぎごちなく次のような詞句で締めくくっている。

最後には、物たちの暗く巨大な堆積のうちに
沈黙のうちに生きそして死ぬ、黒々とした人々。
宿命的な本能に従い、善により、また悪により
金銭を追い求める、何千人もの人間たち。
（オーギュスト・バルビエ『諷刺詩と詩』一八四一年）

ボードレールはバルビエの「傾向詩」、とくにロンドン連作《ラザロ》から、これまで認められてきた以上に、深い影響を受けてきた。ボードレールの《夕べの薄明》は次のように結ばれている。

……与えられた
運命を終えて、共同の深い淵へと彼らは向う。
病院はかれらの溜息にみたされる。――一人ならずの者は
もはや、夕暮れ、暖炉のほとり、愛する者のかたわらに、
香りよいスープを求めて帰ってくることができなくなるだろう。
〔阿部良雄訳『ボードレール全集Ⅰ』一八五頁。〕

これをバルビエの《ニューカッスルの坑夫》の第八連の終結部と比較していただきたい。

そして、心の奥底で夢見ていた者、
心地よいわが家を、妻の青い瞳を夢見ていた一人ならずの者は、
深い淵の腹のなかで、永遠の墓を見出すことになる。（バルビエ、『諷刺詩と詩』）

最小限の名人芸的な修正を加えることで、ボードレールは「坑夫の運命」を大都会の人間の平凡な最期につくりかえている。

＊5　何かを待つときに所在なく過ごす幻像《ファンタスマゴリー》のような場所、いくつものパサージュから成るヴェネツィアは、そのアンピール様式がパリの人たちに夢となってそう信じ込ませてくれるのだが、その通路のモザイク状の帯の上を流れていくのは〔大衆ではなく〕一人一人の人間だけだ。だから、ボードレールにはパサージュが現れることはない。

30　ボードレール『悪の華』（阿部良雄訳『ボードレール全集I』一七九－一八〇頁。）

31　アルベール・ティボーデ『内面の作家』パリ、一九二四年。〔梶野吉郎・金井裕訳、而立書房、一九七四年。〕

32　プルースト『失われた時を求めて』（第五篇「囚われの女」）。

＊6　通りすがりの女への恋というモティーフは、初期ゲオルゲのある詩にも取り入れられている。しかし、ゲオルゲには決定的なことが欠けている。それは、群衆によって運ばれる女性が漂って過ぎ去る流れである。それゆえ、ある種のぎごちなさをもった悲歌《エレジー》となる。この詩人のまなざしは、彼がその女性に告白しなければならないように、「憧れのあまり濡れて進んでゆく／彼女が思い切って君のまなざしのなかへと沈んでいこうとする前に」（シュテファン・ゲオルゲ『讃歌・巡礼・アルガバル』）。通りすがりの女の目を深くのぞきこんだのはボードレール自身だということは疑う余地がない。

33　エドガー・ポー『続・異常な物語集』パリ、一八八七年。〔「群衆の人」〕。ここでは、ボードレールがフラ

ンス語に翻訳したものを、さらにベンヤミンがドイツ語に翻訳し、それを日本語に訳していることになる。〕

34 ポー『続・異常な物語集』(「群衆の人」)。
35 ポー『続・異常な物語集』(「群衆の人」)。
36 ポー『続・異常な物語集』(「群衆の人」)。

＊7 この箇所と対になるような一節が《雨の一日》のなかにある。この詩は、別人の署名が付されているものの、ボードレールの作品と考えられている(ボードレール『見出された詩句』ジュール・ムーケ編、パリ、一九二九年)。この詩に並外れて陰鬱な雰囲気を与えている最後の詩句に厳密に対応するものが、「群衆の人」のなかにある。ポーは次のように書いている。「ガス灯の光は、まだ夕暮れの薄明と相争っていた頃は、弱々しいものだった。いまやその光が勝利し、あたり一帯にけばけばしく揺れ動く光を投げかけることになった。すべては黒く見えたが、しかし、テルトゥリアーヌスの文体にかつて比されたことのある黒檀のように、きらきらと輝いていた。」(ポー、上掲書)ここでのボードレールとポーの出会いは、次の詩が遅くとも一八四三年——つまり、ボードレールがポーのことをまだ知らなかった時期——には書かれていたということを考えると、なおさら驚くべきことである。

どの人も、滑りやすい歩道の上でわれわれを肘突き、
身勝手で乱暴に、通り過ぎざまわれわれに泥をはねかけ、
あるいは、もっと早く走ろうと、遠ざかりざまわれわれを突きのける。
いたる所に汚泥、洪水、空の暗さ。
暗黒なエゼキエルの夢に見たでもあろう暗黒な情景《タブロー》!

〔《雨の一日》、阿部良雄訳『ボードレール全集I』四〇五頁。〕

37　ポー『続・異常な物語集』〔「群衆の人」〕。

＊8　ポーにでてくる実業家には、なにかデーモン的なものがある。合衆国における「物質的生産の熱狂的に若々しい運動」のために、「古い幽霊の世界に片をつける……時間も機会もなかった」と述べるマルクスのことが念頭に浮かぶかもしれない（カール・マルクス『ルイ・ボナパルトのブリュメール一八日』）。ボードレールは、夕暮れが始まるとともに、「のろのろとやくざな実業家連中のように悪意に満ちた魔物《デーモン》たち」を目覚めさせている。《夕べの薄明》のこの箇所は、ポーのテクストの連想《レミニッセンス》なのかもしれない。〔阿部良雄訳『ボードレール全集I』一八三―一八四頁。〕

38　ボードレール「現代生活の画家」。〔阿部良雄訳『ボードレール全集IV』〕

＊9　歩行者は、場合によってはそのノンシャランスを挑発的に見せつける術を心得ていた。一八四〇年頃には、パサージュで亀を散歩させることが、一時期、上品な振る舞いの一つとなっていた。遊歩者は好んで自分のテンポを亀たちに合わせようとしていたのである。遊歩者にしたがっていたとすれば、進歩はこのステップを学ばなければならなかったであろう。しかし、主導権を握ったのは遊歩者ではなく、「くたばれ、遊歩！」をスローガンとしたテイラーだった。〔訳者註：いわゆる「テイラー・システム」と呼ばれる、生産現場での科学的管理法を導入したフレデリック・テイラー（一八五六―一九一五）を指す。〕

＊10　グラスブレナーの描いた人物類型では、定職につかず暮らす人間は、フランス的な公民《シトワイアン》のみすぼらしい末流として現れる。ナンテにはいろいろなことを気にかける理由がない。彼は街路で——自明のことながら、街路は彼がどこかに行くためのものではない——、小市民が自分の家でそうするように、ゆったりとくつろぐのだ。〔訳者註：グラスブレナーは「辻待ち人ナンテ」の民衆劇（一八三二年）を創作した作家として知られる。〕

39　E.T.A.ホフマン「従兄の隅窓」〔池内紀編訳『ホフマン短編集』岩波文庫所収。〕

＊11 従兄がこのように認める発言へといたった過程は注目に値する。従兄が下の雑踏を見ているのは、単にさまざまな色彩が移り変わってゆく様子が楽しいからだ、しかし、ずっとそうやっているときっと疲れてしまうだろう、と訪問者は考える。ゴーゴリも同じように、またそれほど時をおかずして、ウクライナのある歳の市の折に次のように書いている。「そこに向かう人々があまりに多いために、目の前がちかちかするほどだった。」動く群衆を日常的に見るということは、かつては珍しい光景だったのかもしれない。目はそういった光景にいったん適応する必要があった。このことを推測として認めてよいとすれば、こういった課題を克服したのちは、新しく獲得した能力をきちんと使えるかどうか確かめてみる機会は、それなりにありがたいものであったという仮定もあながち不可能ではないだろう。ということは、色彩の斑の喧騒のなかで画像を作り出す印象主義絵画のやり方は、大都市に居住する人間の目にはなじみのものとなった経験を反映しているものということになるだろう。いわば石でできた蟻塚ともいえる、モネのシャルトル大聖堂のような絵は、こういった仮定を例証するものとなりうるだろう。

＊12 このテクストのなかで、ホフマンは教化的な考察をとりわけ頭を天に向けたままでいる盲人にささげている。この小説を知っていたボードレールは、「盲人たち」の最後の行で、その教化的な身振りが嘘であることをつきつける表現をホフマンの考察からうまく作り出している。「〈天〉に何を探すのだ、これらすべての盲人たちは？」〔《盲人たち》、阿部良雄訳『ボードレール全集Ⅰ』一七九頁。〕

40 ハイネ『対話・書簡・日記』。〔一八三八年七月七日付、グラウアー宛書簡〕

41 ヴァレリー「カイエB一九一〇」。〔『ヴァレリー全集2テスト氏』筑摩書房、一九六八年、二五八頁参照。〕

42 ボードレール「現代生活の画家」。〔阿部良雄訳『ボードレール全集Ⅳ』〕

43 マルクス『資本論』〔第一巻第四篇第一三章第四節「工場」〕。〔今村仁司他訳『マルクス・コレクションⅤ資本論第一巻・下』筑摩書房、二〇〇五年、八〇頁。〕

44　マルクス『資本論』（同箇所）。〔上掲書、七七頁。〕

45　マルクス『資本論』（同箇所）。〔上掲書、七七頁。〕

46　マルクス『資本論』（第一巻第四篇第一三章第九節「工場立法（保健・教育条項）。イギリスにおけるその一般化」）。〔上掲書、一六九頁。〕

47　マルクス『資本論』（第一巻第四篇第一二章第三節「マニュファクチュアの二つの基本形態」）。〔上掲書・上、五一七頁。〕

＊13　工場労働者の育成期間が短くなればなるほど、軍隊の育成期間は長くなる。習熟が生産の実践から破壊の実践へと移ってゆくことは、社会が全面戦争を準備していることの一つに数え入れることができるかもしれない。

48　アラン『思想と時代』、パリ、一九二七年（「賭博」の章）。

49　ボードレール『パリの憂鬱』。（『パリの憂鬱』二九章「気前のよい賭博者」、および「火箭六」参照）。〔それぞれ阿部良雄訳『ボードレール全集Ⅳ』および『ボードレール全集Ⅵ』一二頁参照。〕

50　ルートヴィヒ・ベルネ『パリ情景』一八二二－一八二四。

51　ボードレール「一八四六年のサロン」。〔阿部良雄訳『ボードレール全集Ⅲ』〕

＊14　賭博は経験の秩序を無効にする。賭博者の仲間内で「粗野なかたちで経験を引き合いに出すこと」がしばしば行われるのは、そのことを薄々感じているからだ。プレイボーイが「おれの好み」というように、賭博者は「おれの数字」という。第二帝政期の終わりころには、こういった状態が広まっていた。「大通りでは、あらゆることを〈チャンス〉で説明することがはやっていた。（ギュスターヴ・ラジョ『出来事とは何か』一九三九年）こういった考え方をさらに後押ししたのは、賭けである。賭けは、出来事にショックの性格を与え、出来事を経験の連関から解き放つ手段である。ブルジョワジーにとっては、政治的な出来事も、賭博台で進行していく出来事のかたちをとるということが起りやすい。

52　ジョゼフ・ジュベール『随想』パリ、一八八三年。

53　ボードレール『悪の華』。〔《時計》、阿部良雄訳『ボードレール全集Ⅰ』一五六頁。強調はボードレール自身による。〕

54　ボードレール『パリの憂鬱』二九章「気前のよい賭博者」。〔阿部良雄訳『ボードレール全集Ⅳ』〕

55　ボードレール『悪の華』。〔《賭博》、阿部良雄訳『ボードレール全集Ⅰ』一八六頁。都合により最後の詩句の末尾を阿部氏の訳文から変更している。〕

＊15　ここで問題となっている麻薬の効果は、それによって鎮められる苦痛と同様に、時間によって詳細な区分けが行われている。時間は、賭博の幻影《ファンタスマゴリー》が織り込まれている生地なのである。グルドンは『夜の草刈り人たち』のなかで次のように書いている。「賭博の情熱はあらゆる情念のうちでもっとも高貴なものであると私は主張する。というのも、それは他のあらゆる情熱を含みこんでいるからだ。幸運な勝負が何回か続けば、賭博をやらない男が何年かけても得られないほどの楽しみを手にすることができる……。私が自分の手に入る金貨のうちに儲けだけを見ているとお思いだろうか？　それは間違いだ。私はそこに金貨がもたらす楽しみを見ているのであり、私はその楽しみを味わいつくすのだ。この楽しみは素早く訪れるために、それに飽きる間もない。また、きわめて多様であるために、退屈になるということもない。私はただ一回の人生のうちに、百回もの人生を送っていることになるのだ。私が旅行をするとき、それはまるで電気の火花が旅行するような具合である……。私がケチで」賭博のための「自分の札をしっかりともっているのは、私が時間の価値をあまりに分かっているために、ほかの人たちがしているような時間の使い方ができないからなのだ。ある楽しみを一つ手に入れると、ほかの何千もの楽しみを犠牲しなければならないだろう……。私は精神の喜びを手にしているのであり、他のものはほしいと思わない。」（エドゥアール・グルドン『夜の草刈り人たち――賭博者たち』パリ、一八六〇年）アナトール・フランスも『エピクロスの庭』のなかの賭博についての美しいスケッチのなかで、こういっ

たことについて同じように書いている。

56 ボードレール『悪の華』。〔《賭博》、阿部良雄訳『ボードレール全集I』一八七頁。〕

57 プルースト「ボードレールについて」一九二一年。〔『プルースト全集15』筑摩書房、一九八六年、三九頁参照。〕

58 ボードレール『悪の華』。〔《照 応《コレスポンダンス》》、阿部良雄訳『ボードレール全集I』二一―二二頁。〕

＊16 美は、歴史に対する関係、自然に対する関係という二通りの仕方で定義することができる。いずれの関係においても、仮象、すなわち美のなかのアポリア的要素が重要になってくる。（前者については、暗示的にふれるにとどめておく。美とは、その歴史的存在にしたがっていえば、かつてその美を称賛した者たちのところへ集まるようにという一つの呼びかけである。美に心を奪われるということは、ちょうどローマ人が死をそう呼んだように、「多数に加わる《アド・プルーレス・イレ》」ということなのだ。こういった美の規定にとって、美における仮象は、讃嘆の念が求めるのと同一の対象はその作品のなかに見出すことができないということだ。讃嘆が手に入れるのは、かつての世代の人々がその作品において讃嘆したものなのである。次のゲーテの言葉は、究極の叡智の結論を明らかにして述べている。「大きな影響を与えたものはすべて、本来、もはや何らかの判断を下すことができないものとなっている。」〔宰相ミュラーとの対話〕）自然との関係における美は、「本質的に、覆い隠されているもの」（ベンヤミン『ゲーテの親和力』）と規定することができる。万物照応《コレスポンダンス》は、こういった覆い隠すものとはどのようなものと考えられるのかについて教えてくれる。この覆い隠すものを、もちろん大胆に切り詰めた言い方になるが、芸術作品における「模写的なもの」とみなすこともできるだろう。万物照応《コレスポンダンス》は裁きの場であり、その場を前にするとき、芸術の対象は忠実に模写することのできる対象であるとわかる。しかしそのことによって、芸術の対象は、次第にアポリア的な対象ともなる。言葉という素材そのもののうちにこのアポリアを真似て作りだそうとすれば、美を、類似的な状態における経験の対象として規定するところまで行き着くことになるだろう。

こういった規定は、次のようなヴァレリーの言い方と重なり合うことになるだろう。「美は、あるいは、事物において定義できないものの追従的な模倣を要求することになる。」（ヴァレリー『続ロンブ』）プルーストはこれほどまでに自ら進んでこの対象に立ち返ろうとするのだが（プルーストにおいてこの対象はふたたび見出された時として現れる）、それについて、彼が内部事情を漏らしているということはできない。このことはプルーストの振る舞いのなかで混乱を招くような側面の一つといってよいだろうが、プルーストが口数多く何度も繰り返し彼の考察の中心においているのは、模写像としての芸術作品という概念、美の概念、要するに芸術の完全に密閉された観点なのである。彼は、上品なアマチュアに似つかわしいような流暢さや都会風の雰囲気で、自分の作品の成り立ちや意図について論じている。ベルクソンの場合、もちろん彼なりの表現がみられる。以下の言葉のうちにこの哲学者は、途切れることのない生成の流れを観照的に思い描くことからあらゆることが期待できると暗に述べている。この言葉には、プルーストを思わせるアクセントがある。「われわれは毎日われわれの生活をそういった観照で浸透させてゆくことができる。そして、そのようにして哲学の力によって、芸術の力によるのと同じような充足を得ることができる。とはいえ、この充足は芸術の場合よりももっと頻繁に、もっと恒常的に、そして普通の人々にとってもっと簡単に手に入るものとなるでしょう。」（アンリ・ベルクソン『思想と動くもの』）

59 ヴァレリーは「不十分なものが出来事となる」（ゲーテの『ファウスト』第二部最後の「神秘の合唱」のなかの言葉）場である〈ここ〉という、よりすぐれたゲーテ的洞察によってとらえているが、ベルクソンはこういった洞察のまなざしがとらえていたものを視野に収めているのだ。

60 ボードレール「わが同時代人の数人についての省察」。〔阿部良雄訳『ボードレール全集Ⅱ』二九六頁参照。阿部氏の註によれば、hysterical tears はキーツから借用したもの。ただし、ここでは単に「女性が理由もなしに流す涙を意味する」にすぎない。〕

ボードレール『悪の華』。〔《前の世》、阿部良雄訳『ボードレール全集Ⅰ』三四頁。最後の一行はベンヤ

ミンにより後半が省略されている。〕
61　ボードレール『悪の華』。〔《沈思》、阿部良雄訳『ボードレール全集Ⅰ』三四二頁。〕
62　プルースト『失われた時を求めて』。〔鈴木道彦訳（集英社）、第一三巻、一六頁。引用されている言葉はそれぞれ、『悪の華』のなかの〈髪〉および〈異国の香り〉から。〕
63　ボードレール『悪の華』。〔《虚無を好む心》、阿部良雄訳『ボードレール全集Ⅰ』一四七頁。〕
64　バルベ＝ドールヴィイ『作品と人間（一九世紀篇）第三部詩人』パリ、一八六二年。
65　ボードレール『悪の華』。〔《虚無を好む心》、阿部良雄訳『ボードレール全集Ⅰ』一四七頁。〕
＊17　ポーは、神秘的な『モノスとウナの対話』のなかで、憂鬱《スプリーン》の状態にある主体がとらえられている空虚な時間の流れを、いわば持続《デュレ》のなかへと複写している。そして、いまやその空虚な時間の流れの恐怖が自分から取り去られたことを、喜ばしいこととして感じ取っているように見える。死者に割り当てられるのは、「第六感」ともいえるようなものである。これは、空虚な時間の流れからさえ苦心して一つの調和《ハーモニー》を手に入れる才能という姿をとっている。もちろんこの調和にしても、秒針が刻む一秒一秒の動きによって、いとも簡単に乱されてしまう。「人間の知性にはほんの漠然とした観念さえ決して与えることができないような何かが、私の頭の中に入り込んできたかのような感じがした。心の振り子の振動という言い方をするのが一番いいように思う。それは、人間の抽象的な時間観念が精神の中で現れたものである。星の運行はこの運動と――あるいはこれに対応するような運動と――完全に調和して制御されていたのだ。私はそのようにして、暖炉の上の置時計や居合わせた人たちの懐中時計が正しくないことを測定していた。それらの時計がチクタクと刻む音が耳について離れなかった。正しい拍子からほんのわずかでもそれてしまうと……ちょうど、人々のなかにあって、絶対的真理が損なわれることによってひどく感情が害されてしまうように、心が傷つけられることになったのだった。」〔『ポオ全集3』東京創元新社、一九七〇年、三〇二－三〇三頁参照。〕

66 ボードレール『悪の華』。〔《憂鬱《スプリーン》》、阿部良雄訳『ボードレール全集Ⅰ』一四四頁。〕
67 マックス・ホルクハイマー「ベルクソンの時間の形而上学」、『社会研究誌』第三号、一九三四年。
68 アンリ・ベルクソン『物質と記憶』一九三三年。
＊18 経験の退化はプルーストの場合、最終的な意図がなんの滞りもなく達成されるというかたちで姿を現す。救済は私の個人的なことだ、ということを読者にさりげなく覚えておいてもらおうとする彼のやり方ほど巧妙なものはなく、また、つねにそのようにする仕方ほど律儀なものはない。
69 ボードレール『悪の華』。〔《虚無を好む心》、阿部良雄訳『ボードレール全集Ⅰ』一四七頁。〕
70 ボードレール「フランスの風刺画家たち数人」。〔阿部良雄訳『ボードレール全集Ⅲ』〕
71 ボードレール「一八五九年のサロン」。〔阿部良雄訳『ボードレール全集Ⅲ』〕
72 ボードレール「一八五九年のサロン」。〔阿部良雄訳『ボードレール全集Ⅲ』〕
73 ボードレール「一八五九年のサロン」。〔阿部良雄訳『ボードレール全集Ⅲ』〕
74 ヴァレリー『フランス百科』第一六巻「現代社会のなかの芸術と文学」、序文、パリ、一九三五年。
＊19 こういった成功の瞬間もまた、それ自体ある一回限りの瞬間として際立っている。プルーストの作品の構成図はそれに基づいている。つまり、この年代記的な語り手が失われた時の息吹によって吹き寄せられる、その状況の一つ一つが、それによって比類のない状況となり、日々の連続から取り出されることになるのだ。
75 プルースト『失われた時を求めて』〔第七篇「見出された時」〕。
76 ノヴァーリス『著作集』ベルリン、一九〇一年、第二部第一巻、二九三頁。
＊20 こういった能力を付与することが、詩《ポエジー》の一つの源である。人間、動物あるいは無生物が、詩人によってそのような能力を与えられて、まなざしを打ち開くとき、このまなざしは遠方へと引き寄せられる。このように目覚めさせられた自然のまなざしは夢を見る。そして、詩人にその夢のあとを追わせる。言

葉もまたオーラをもつことがある。カール・クラウスはそのような言葉のオーラを次のように描き出している。「ある言葉を近寄って見つめるほど、その言葉は遠く離れてこちらを振り返る。」（カール・クラウス『プロ・ドモ・エト・ムンド』）

77 ベンヤミン「技術的複製可能性の時代の芸術作品」。

78 プルースト『失われた時を求めて』（第七篇「見出された時」）。

79 ヴァレリー「アナレクタ（残肴集）」。（『ヴァレリー全集9　哲学論考』筑摩書房、四六九頁。）

80 ボードレール『悪の華』。（阿部良雄訳『ボードレール全集Ⅰ』五二－五三頁。）

81 ボードレール『悪の華』。（《警告者》、阿部良雄訳『ボードレール全集Ⅰ』三三六頁。ただし、韻のために、邦訳の語順をかなり入れ替えてある。）

82 ボードレール『悪の華』。（《照応《コレスポンダンス》》、阿部良雄訳『ボードレール全集Ⅰ』二一頁。訳註58がつけられた箇所に見られる語句。）

83 ボードレール『悪の華』。（阿部良雄訳『ボードレール全集Ⅰ』五三－五四頁。）

84 ボードレール「愛に関する慰めの箴言集」。（阿部良雄訳『ボードレール全集Ⅴ』三二五頁参照。）

85 ボードレール「現代生活の画家」。（阿部良雄訳『ボードレール全集Ⅳ』）

86 ジンメル『社会学』（一九〇八年）。（第九章補論「感覚の社会学について」。ただし、ベンヤミンは一九一二年にパリで刊行されたフランス語のテクストを自らドイツ語に訳しており、ジンメル自身のドイツ語のテクストとは微妙に異なる。）

87 ボードレール「一八五九年のサロン」。（阿部良雄訳『ボードレール全集Ⅲ』）

88 ボードレール『悪の華』。（《時計》、阿部良雄訳『ボードレール全集Ⅰ』一五五頁。）

89 ジュール・ルメートル『同時代人たち』。（『パサージュ論』には次のような項目がある。「ルメートルは、ボードレールが計画どおり実際紋切型《ポンシフ》を創り出したと指摘している。」［J15a,2］『パサージュ論Ⅱ』岩波

書店、六四頁。〕

90 ボードレール「異教派」。〔阿部良雄訳『ボードレール全集Ⅱ』四四頁。〕

91 ボードレール《後光の喪失》。(『パリの憂愁』)。〔阿部良雄訳『ボードレール全集Ⅳ』〕

92 ボードレール「火箭一一」〔阿部良雄訳『ボードレール全集Ⅵ』一八－一九頁参照。〕

＊21 この覚書のきっかけとなったのが、病原となるようなショックだということもありえないことではない。そういったショックをボードレールの作品へと変容させる詩の形成力は、それだけにいっそう示唆に富むものといえる。

93 ボードレール「火箭一五」。〔阿部良雄訳『ボードレール全集Ⅵ』二八－二九頁。強調はベンヤミンによる。〕

94 ニーチェ『反時代的考察』〔第二篇　生に対する歴史の利害について第七節。〕

訳註

(1) アルフォンス・ド・ラマルティーヌ（一七九〇－一八六九）、フランス・ロマン主義の代表的詩人、作家。彼が詩人として活躍したのは、『瞑想詩集』（一八二〇年）、『新瞑想詩集』（一八二三年）から、彼が政治の世界に出る一八三〇年頃までで、ボードレールの『悪の華』（初版一八五七年、第二版一八六一年）の時代からすれば、抒情詩が抒情詩として成立し受容されていた時代ということになる。

(2) ポール・ヴェルレーヌ（一八四四－一八九六）、ランボー、マラルメとともに、フランス象徴主義の代表的詩人の一人。結婚後すぐに出会ったランボーとの関係によっても知られる。青年期に『悪の華』と出会い、強い影響を受ける。一八六〇年代に詩作活動を開始しているが、とりわけ一八八〇年代から一九九〇年代前半に精力的な詩作・出版活動を行っている。ベンヤミンがテクストのなかで述べているように、完全に「抒情詩」というジャンルのみにかかわっていた。

（3）アルチュール・ランボー（一八五四－一八九一）、フランスの詩人。彼自身、象徴主義に深くかかわりながら、そういった範囲を越えてその後のフランス文学に対して大きな影響を与える。『地獄の季節』（一八七三年）、『イリュミナシオン』（一八七四年）などの代表作で知られる。

（4）ヴィクトール・ユーゴー（一八〇二－一八八五）、フランス・ロマン主義の代表的作家、詩人。とりわけ『ノートルダム・ド・パリ』（一八三一年）、『レ・ミゼラブル』（一八六二年）などの長編小説で知られるが、同時に『東方詩集』（一八二九年）、『秋の木の葉』（一八三一年）、『薄明の歌』（一八三五年）、『内心の声』（一八三七年）など数多くの詩集を発表している。

（5）ハインリヒ・ハイネ（一七九七－一八五六、ドイツの詩人、作家、批評家）のもっとも有名な抒情詩集の一つ。一八二七年出版。

（6）ヴィルヘルム・ディルタイ（一八三三－一九一一）、ドイツの哲学者。彼は、ショーペンハウアー、ニーチェ、ジンメル、ベルクソン等とともにいわゆる「生の哲学」の担い手の一人とみなされているが、ここで言及されている『体験と創作』（一九〇六年）はそういったコンテクストにとって重要な意味をもつ著作である。彼の仕事の中心に置かれるのは、「精神科学の基礎づけ」、「解釈学」といった領域であり、彼の哲学が「生の哲学」として言及される場合も、その連関で考えることができる。

（7）ルートヴィヒ・クラーゲス（一八七二－一九五六）、ドイツの思想家。一般的に生の哲学の系譜に位置づけられる。心理学、科学的筆跡学の領域での仕事が多い。そういった方向での人間の性格分析、哲学的人間学に関する著作を多数執筆している。クラーゲスの著作（とりわけ『宇宙生成的エロースについて』（一九二二年）、『魂の敵対者としての精神』（一九二九－三二））はベンヤミンの思想に対して非常に大きな影響を与えている。

（8）カール・グスタフ・ユング（一八七五－一九六一）、スイスの精神分析学者。フロイトの後継者として活躍し始めるが、フロイトとは決別、いわゆるユング心理学の創始者となる。ベンヤミンにとっては、とりわけユングの提唱する「集合的無意識」が彼の思想に対して重要なヒントを与えることになった。ユングとナチズムの関係は、単純に言い表すことはできない。一九三三年のヒトラー政権掌握後、これに反対して精神療法医師会の会長を辞任したクレッチマーにかわって会長となって以降、ユングの活動は親ナチズム的とみなされることになった。

(9) アンリ・ベルクソン(一八五九－一九四一)、フランスの哲学者。『時間と自由』(一八八九年)、『物質と記憶』(一八九六年)、『創造的進化』(一九〇七年)などの著作によって知られる。

(10) マルセル・プルースト(一八七一－一九二二)、フランスの作家。巨大な長編小説『失われた時を求めて』は彼の代表作。ベンヤミンは、プルーストについてのエッセイ「プルーストのイメージについて」(『ベンヤミン・コレクション2』所収)を書いているだけでなく、『失われた時を求めて』の第二篇「花咲く乙女たちのかげに」と第三篇「ゲルマントの方」などを翻訳している。ベンヤミンにとって、プルーストの翻訳は、ボードレールの『悪の華』の翻訳とともに、翻訳そのものとして、また翻訳という行為に関する彼の理論的考察にとって、非常に大きな意味をもっている。

(11) プルースト『失われた時を求めて1』井上究一郎訳、七四―七九頁参照。

(12) カール・クラウス(一八七四－一九三六)、ウィーンの批評家。ジャーナリズムにおける偽善的道徳、偽りの言葉・装飾の言葉としての「常套句」を徹底的に批判した。クラウスは、何をおいてももっとも厳しいジャーナリズムの批判者であった。ベンヤミンは若い頃から、クラウスが編集する雑誌『ファッケル』の読者だった。本書に収録した重要なエッセイ「カール・クラウス」(一九三一年)の他、『一方通行路』のなかにも「カール・クラウス」と題された短い一篇が残されている。

(13) プルーストの『失われた時を求めて』は、実際には、「スワン家のほうへ」「花咲く乙女たちのかげに」「ゲルマントの方」「ソドムとゴモラ」「囚われの女」「逃げさる女」「見出された時」の七篇からなる。

(14) テオドール・ライク(一八八八－一九六九)、フロイトの弟子の精神分析家。ウィーン大学で学位。

(15) ポール・ヴァレリー（一八七一－一九四五）、フランスの作家、批評家。本書にも収録されている複製技術論の第三稿では最初の題辞を含め、ヴァレリーの技術や知覚に関する思考は、ベンヤミンの思想と非常に親近性がある。「ポール・ヴァレリー」（一九三一年）と題されたエッセイも書かれている（『ベンヤミン・コレクション2』所収）。

(16) エドガー・アラン・ポー（一八〇九－一八四九）、アメリカの作家、詩人。「モルグ街の殺人」、「マリー・ロジェの秘密」、「盗まれた手紙」、「黄金虫」によって最初の推理小説の書き手とみなされている。ボードレールはポーのフランス語への最初の重要な翻訳者であり、またこのテクストにおいては、ポーの「群衆の人」が非常に大きな位置を占めている。

(17) アルフレッド・ド・ミュッセ（一八一〇－一八五七）、フランス・ロマン主義の作家、詩人。

(18) ジュール・ヴァレス（一八三二－一八八五）、フランスのジャーナリスト、作家。

(19) このポンマルタン（フランスの批評家、一八一一－一八九〇）のコメントについて、『パサージュ論』には次のような項目が残されている。「ナルジョによるボードレールの肖像画を批判してポンマルタンはこう述べている。「この版画に描かれている顔は、凶暴で、陰気で、憔悴して、悪意がある。重罪裁判所のヒーローか、ビセートル精神病院の入院患者の顔だ。」」［J28,5］（『パサージュ論Ⅱ』岩波書店、一九九五、一一八頁）この箇所にベンヤミンによる註はつけられていない。

(20) 『パサージュ論』のなかの次の引用はおそらくこの箇所にかかわっていると思われる。「一八七六年、クラデルは『なきわが師の家にて』と題する記事のなかで……詩人の容貌の不気味な特徴に言及することになる。……この目撃者のいうところでは彼は、陽気に見せたいと思っている時ほど気味が悪いことはなかったという。というのは、彼は当惑させるような話し方をするし、その話し方の喜劇的効果が人を身震いさせたからである。すすり泣くような悲痛な爆笑の合間合間に、聞く者たちを大いに笑わせるためだと言って、何か死後の話をして、血も凍る思いをさせるのだった。」エルネスト・セリエール『ボードレール』パリ、一九三一年、一五〇ページ［J18a,7］（『パサージュ論Ⅱ』岩波書店、七八頁）この箇所にもベンヤミンによる註はつけられていない。

(21)『ボードレール論』には次のような引用がある。「ゴーティエは、彼の話に『大文字やイタリック』を認めるのだった。彼は、まるで自分自身の声のなかに外国人の言葉を聞いているかのように、自分が述べていることに驚いている。」［J11a,3］（『パサージュ論Ⅱ』岩波書店、四七頁）「大文字やイタリック」に当たる箇所は、テクストではドイツ語式の「隔字体」（印刷における強調のための表記）とされている。

(22)『ボードレール論』［J1a,3］にこの箇所に当たる引用が見られる。「こうした服装で、帽子はかぶらず、ボードレールは、足どりはぎくしゃくしつつも、猫のように神経質で音もたてず、まるで卵を踏みつぶさないよう気をつけなくてはいけないかのように、舗石を一枚一枚選んで、馴染みの界隈と市内を歩き回るのだった。」（『パサージュ論Ⅱ』岩波書店、八頁）

(23)アンドレ・ジッド（一八六九－一九五一）、フランスの作家。とりわけ『狭き門』、『田園交響楽』によって知られる。ベンヤミンとほぼ同世代の作家であり、「アンドレ・ジッドとの対話」（一九二八年）と題されたエッセイがある（『ベンヤミン・コレクション2』所収）。

(24)ジャック・リヴィエール（一八八六－一九二五）、フランスの批評家。一九一二年に『新フランス評論（N.R.F.）』の編集秘書となり、数々の批評を手掛ける。ここで引用されている『エテュード』も『新フランス評論』から一九一二年に出版されたものである。

(25)アルセーヌ・ウーセ（一八一五－一八九六）、フランスのジャーナリスト、批評家。芸術愛好家のための挿絵つきレビュー『ラルティスト（L'Artiste）』の編集長を長くつとめ、またテクストで触れられているように『ラ・プレス』の編集長も一時期つとめていた。

(26)この『パリの憂鬱』の献辞のなかに置かれた「意識の身震い（soubresauts de la conscience）」という語句をベンヤミンは「意識のショック」と訳している。それによって、ベンヤミンのいう「ショック」概念の連関にボードレールをさらに組み込んでいくことになる。

(27) 「依頼人（Klient）」は、古代ローマにおける「被護民（Clientes）」に由来する言葉。

(28) ウジェーヌ・シュー（一八〇四―一八五七）、フランスの作家。社会主義から強い影響を受ける。小説『パリの秘密』（一八四三年）で有名となり、一八四〇年代には非常に読まれた作家の一人だった。

(29) レオン・ゴズラン（一八〇三―一八六六）、アルフレッド・デルヴォー（一八二五―一八六七）、ルイ・リュリーヌ（一八一六―一八六〇）は、いずれもフランスの作家。

(30) ポール・デジャルダン（一八五九―一九四〇）、フランスの作家。

(31) アンリ・オーギュスト・バルビエ（一八〇五―一八八二）、フランスの劇作家、詩人。七月革命から大きな刺激を受け、道徳的腐敗を諷刺的に描き出した。

(32) 一八六一年の『悪の華』第二版で、公序良俗に反するものとされた六篇の詩を削除するとともに新たな詩を加え、冒頭の「憂鬱と理想」の章の次に「パリ情景」と題された章が新たに置かれた。

(33) 『悪の華』のなかの《耕す骸骨》で描かれた情景を指す。〔阿部良雄訳『ボードレール全集Ⅰ』一八〇―一八三頁。〕

(34) 《死の舞踏》、阿部良雄訳『ボードレール全集Ⅰ』一八七―一九一頁参照。

(35) 《小さな老婆たち》、阿部良雄訳『ボードレール全集Ⅰ』一七二―一七八頁参照。この詩には、「ヴィクトール・ユゴーに」という献辞が表題の後に掲げられている。

(36) アルベール・チボーデ（一八七四―一九三六）、フランスの批評家。ここで引用されている『内面の作家』の他、『ギュスターヴ・フロベール』、『スタンダール論』、『批評の生理学』などの著作の邦訳がある。

(37) 「三月前期《フォアメルツ》」は、ウィーン体制が始まった一八一五年から一八四八年の三月革命が始まる前までの時代を指す。一般的に、ウィーン体制における保守的雰囲気のなかで、体制にしたがう大多数の無害な市民の価値観と、ひそかに自由主義を推し進めようとするエネルギーの両極のあいだで、一九世紀前半におけるドイツの市民社会とその価値観が形成されていった。

(38)「辻待ち人ナンテ」は、一九世紀、ベルリンに実在した人物。ベルリンの特定の街角で、便利屋的なポーターの仕事のために待機していた。彼は自分が体験した出来事をジョークを交えて語っていたため有名人となり、いくつかの文学作品の主人公となった。とりわけ、ベンヤミンが註の中で言及しているアドルフ・グラスブレナーの民衆劇『辻待ち人ナンテ』（一八三二年）が有名。

(39)「活人画」とは、たとえば舞台などで衣裳をつけた一群の人物がポーズをとって絵画のような情景を作り出すこと。一八世紀末頃から流行となる。

(40)「ビーダーマイヤー様式」は、ウィーン体制から三月革命までの時代（一八一五－一九四八年）における、ドイツ・オーストリアでの保守的で実直な市民の生活様式、室内装飾・家具の様式を指す。

(41)カール・アウグスト・ファルンハーゲン（一七八五－一八五八）、ドイツの文筆家、伝記作者。彼は、むしろロマン派の作家たちの文学サロンの主宰者であったラーヘル（ラーヘル・ファルンハーゲン、一七七一－一八三三）の夫として知られており、そういったつながりでハイネとも親交があった。

(42)ジェームズ・アンソール（一八六〇－一九四九）、ベルギーの画家。

(43)フランスの哲学者、作家、ジャーナリスト。「アラン」はペンネームで、実際の名はエミール＝オーギュスト・シャルティエ（一八六八－一九五一）。

(44)アロイス・ゼーネフェルダー（一七七一－一八三四）、オーストリアの俳優・劇作家。しかし何といっても、リトグラフの発明者として知られる。

(45)ベンヤミンがボードレールのコンテクストで用いるModerneという言葉は、ボードレール本来の意味では「現代」（古典古代に対してまさにボードレール自身の時代として）と訳すべきであるし、他方、ベンヤミンの思想的コンテクストからすれば、彼にとっては弁証法的に克服されるべき対象としての時代である「近代」と訳すべきであろう。この翻訳では、原語では同じModerneとされているものを、コンテクストに応じて「現代」あるいは「近代」と訳し分けている。

(46) ルートヴィヒ・ベルネ（一七八六－一八三七）、ドイツの作家・批評家。ハイネとの論争によって知られる。

(47) ゲーテ『詩と真実』第二部第六章。

(48) ジョゼフ・ジュベール（一七五四－一八二四）、フランスのモラリスト、文筆家。

(49) 〈秒（la Seconde）〉は、次に引用される『悪の華』のなかの詩《時計》で用いられているアレゴリー的な言葉。

(50) ジョットー（一二六六－一三三七頃）は中世後期のイタリアの代表的画家。パドヴァのスクロヴェーニ礼拝堂には、アシジの聖フランシスコやイエスの生涯のさまざまな場面を描いたフレスコ画とともに、七つの「徳」と七つの「悪徳」をアレゴリー的に描いた画がある。「憤怒」はその「悪徳」のうちの一つとして女性の姿で描かれている。

(51) 「現代の美」は、ボードレールのエッセイ「現代生活の英雄性」のなかに見られる表現。

(52) ボードレール『悪の華』《前の世》、阿部良雄訳『ボードレール全集I』三四－三五頁。

(53) マルスリーヌ・デボルド＝ヴァルモール（一七八六－一八五九）、フランスの詩人。

(54) シェイクスピアの『アテネのタイモン』の主人公、あるいはそのモデルとなっている伝説の人間嫌いティモンを指す。ちなみに、エッセイ『カール・クラウス』でもベンヤミンは、クラウスとティモンを重ね合わせている。

(55) バルベ＝ドールヴィイ（一八〇八－一八八九）、フランスの作家。

(56) シャルロッテ・フォン・シュタイン夫人に宛てたゲーテの詩の一節。

(57) ノヴァーリス（一七七二－一八〇一）、ドイツ初期ロマン派の詩人、作家。

(58) ボードレール『悪の華』。〔《照応《コレスポンダンス》》、阿部良雄訳『ボードレール全集I』二一頁。〕

(59) ゲオルク・ジンメル（一八五八－一九一八）、ドイツの哲学者、社会学者。
(60) ここでのディオラマは、現在よく知られているような立体的模型による情景描写そのものというよりも、背景画の前に置かれた立体模型を窓からのぞく装置を指していると思われる。

技術的複製可能性の時代の芸術作品〔第三稿〕

諸芸術が基礎づけられ、そのさまざまな類型が生まれたのは、われわれの時代とは決定的に異なる時代にまで遡る。また、われわれと比べると事物やまわりの状況に対してほんのわずかな力しかもたない人たちにまで立ち返ることになる。われわれのもつ手段は、適応能力や正確さという点で驚嘆すべき成長を遂げているが、このことは近い将来、古典的な美の産業のうちに決定的な変化が生じるであろうことをわれわれに約束している。あらゆる芸術には、それ以前と同じように考えたり、同じように扱ったりすることのできない物質的な部分がある。こういった部分は、現代科学や現代の実践的活動の影響から無関係でいることはできない。素材にせよ空間にせよ時間にせよ、これらはこの二十年来、かつて存在していたものとはすっかり変わっている。こういった大きな変革が、さまざまな芸術領域の技術全体を変化させ、それによって芸術的創意そのものに対しても影響を及ぼし、ついには芸術の概念そのものを驚嘆するほど変えてしまうことになるかもしれない。こういったことについて、われわれは心の準備をしておく必要がある。

ポール・ヴァレリー『芸術論集』（「同時遍在性の征服」）(1)

序言

マルクスが資本主義的生産様式の分析を企てたとき、この生産様式はまだ端緒についたばかりであった。マルクスはその企てを、将来を見越す予測的価値をもつようにすすめていった。彼は、資本主義的生産の基本的諸関係にまで立ち返り、その基本的諸関係を描き出したが、それによって、将来的に資本主義がなおもちうる力がその諸関係から明らかになった。明らかになったのはつまり、資本主義がますます激しくプロレタリアを搾取する力をもつということだけでなく、資本主義そのものの廃止を可能にするような諸条件を最終的には生み出すことにもなるということである。

上部構造の変革は、下部構造の変革よりもはるかにゆっくりと進行してゆくが、すべての文化領域で生産諸条件の転換が明確に現れるには半世紀以上の時間を要した。それがどのようなかたちをとって現れることになったかは、今日になってはじめてその例をあげることができる。こういった具体例に対して、将来的な見通しについての予測を要求することもできるだろう。とはいえ、ここで要求されるのは、プロレタリアが権力を掌握した後の芸術に関するテーゼであるとか、ましてや階級のない社会に関するテーゼではなく、むしろ、現在の生産諸条件のもとでの芸術の発展傾向に関するテーゼである。現在の生産諸条件のもつ弁証法は、経済においてと同様に、上部構造においても顕著である。それゆえ、こういったテーゼのもつ闘争的価値を過小評価することは、誤ったことといえるだろう。このテーゼは、創造性、天才性、永遠性の価値、神秘といった、一連の伝統的概念はほうっておく。これらの概念を検証することなく（現在のところ、これらを検証することは難しいのだが）用いることは、事実的な素材をファシスト的な意味で加工することにつながる。以下において芸術理論のうちに新たに導入することになる諸概念は、ファシズムの目標とするものにとってはまったく役に立たないということによって、これまで通例となっていた諸概念と区別される。ここでの諸概念は、それに対して、芸術政策における革命的要求を言い表すために有用なものである。

I

芸術作品は原理的にはつねに複製可能であった。人間が作り出したものは、つねに人間によって模造されうるものだった。そういった模造は、弟子たちが修業のために、また巨匠が作品を広く世にゆきわたらせるためにも行われてきたが、さらには利益を得ようとする第三者によっても行われてきた。それに対して、芸術作品の技術的複製は新しい別のことがらである。それは、歴史の中で切れ切れに、そしてばらばらに離れた事象として現れるものの、次第にその強さをまして広まってゆく。ギリシア人にとって、芸術作品の技術的複製の手段は二つしかなかった。鋳造と型押しである。ブロンズ像、テラコッタ、硬貨が、彼らギリシア人によって大量に生産可能であった唯一の芸術作品だったのだ。その他はすべて一回限りのものであり、技術的に複製可能ではなかった。木版画によってはじめて、画像《グラフィック》が技術的に複製可能なものとなった。印刷によって文字が技術的に複製可能となるよりもはるか以前に、画像は技術的に複製可能であったのだ。印刷、すなわち文字の技術的複製可能性が文学のうちに引き起こしたとてつもない変化についてはよく知られている。しかしそういった変化は、ここで世界史的尺度によって考察することになる現象の、一つの――もちろんとりわけ重要なものではあるが――特別なケースに過ぎない。木版画に加えて、中世のあいだに銅版画やエッチングが、そして一九世紀初めにはリトグラフが出現する。

リトグラフによって、複製技術は根本的に新しい段階に達する。絵を木片に刻み込んだり、銅板に絵を腐食《エッチング》させたりする手法とちがって、描いたものを石の上に塗りつけるのは、はるかに簡潔な方法である。これによって画像《グラフィック》ははじめて、画像の描かれた製品を単に（従来どおり）大量に市場にもちこむだけでなく、毎日新しいものを送り出す可能性をもつことになった。リトグラフによって画像《グラフィック》は、日常の出来事に絵を添えることができるようになった。画像《グラフィック》は〔文字の〕印刷と歩調を合わせ始めたのだ。しかしながら、まさにそのようになり始めた時期、石版印刷〔リトグラフ〕の発明後ほんの数十年のうちに、画像《グラフィック》は写真によって追い越される。[2]写真によってはじめて、画像の複製プロセスで、手が芸術上の重要な職責から解放されたのである。以降はレンズをのぞき込む眼だけに、この職責が割り当てられる。手が描くよりも、目がとらえるほうが当然すばやいのだから、画像の複製プロセスは恐ろしい速さで加速され、その結果、このプロセスは話すことと歩調を合わせることができるようになった。映画の撮影技師はアトリエで、役者が話すのと同じ速さで、撮影機のクランクを回しながら画像を定着させてゆく。リトグラフのうちにグラフ新聞が潜在的に隠されていたとすれば、写真のうちにはトーキーが潜在的に含まれていたということになる。音声の技術的複製は、前世紀末に着手されていた。[3]このようにさまざまな努力が収斂してゆくさまは、ポール・ヴァレリーが次の文章で示している状況をはっきりと見てとれるものとしている。「水やガスや電気が、ほとんど意識もせずちょっと手を動かすだけで、遠くからわれわれの住居にやって来て要求にこたえるように、われわれはほんのわずかのしぐさで、ほとんど合図一つで、現れたり消えたりする画像や音声の備わった生活をすることになるだろう。」[1]一九〇〇年頃に技術的複製は、ひとつの水準に達していた。その水準において、技術的複製は伝統的芸術作品の全体をその対象とし、伝統芸術の与える作用に対してきわめて深刻な変化を与え始めていただけではなく、さまざまな芸術のあり方のなかで、独自の位置を獲得していたのである。この水準を研究するためになによりも参考になるのは、その二つの異なった現れである芸術作品の複製と映画芸術が、伝統的なかたちをとる芸術に対してどのような作用を逆に及ぼしているかということである。

Ⅱ

どれほど完全な複製においても欠けているものがある。それは、芸術作品のもつ「いま、ここ」という特質、つまり、芸術作品の存在するその場所における一回的なあり方である。しかし、他ならぬこの一回的な存在に即して、歴史は生起してゆく。芸術作品は、それが存続するあいだ、この歴史に従属しつづけてきた。そこには、時間が経つうちに芸術作品の物質的組成がこうむることになったさまざまな変化や、場合によっては芸術作品がたどることになった所有関係の変遷も含まれる。[2] 物質的組成の変化の痕跡は、化学的・物理学的方法による分析によってのみ明らかにすることができるが、複製に対してこういった方法を行っても意味がない。一方、所有関係の変遷をたどることは伝統の対象となることがらであるが、この伝統をたどるためには、オリジナルが存在する場所から始める必要がある。

　オリジナルのもつ「いま、ここ」という特質が、オリジナルの真正性〔本物であること〕という概念をつくりあげる。ブロンズ像の青錆の化学的分析は、そのブロンズ像が本物であることを立証するのに役立ちうる。同様に、ある中世の写本が一五世紀のある文書庫からでたものであるという証明は、その写本の真正性を立証するのに役立ちうる。真正性のかかわる全領域は、技術的――もちろん技術的なものだけに限らないが――複製の与り知らぬことがらである。[3]しかし、真正なものは、手工的複製に対してはその権威を完全に保持している。手工的複製は、通例、真正なものによって偽物の烙印を押されてきた。それに対して、技術的複製にはこのことは通用しない。それには二重の理由がある。第一に、技術的複製はオリジナルに対して、手工的複製と比べて自立性の度合いがより高い。たとえば写真において技術的複製は、自由に調節可能で、視点を好きなように選ぶことのできるレンズによってのみとらえることができるが、人間の目ではとらえることのできないオリジナルの局面を際立たせることができる。あるいは、拡大やスローモーションといった手段によって、自然の視覚ではまったくとらえることのできない画像を記録する。それが第一の点である。第二に、それに加えて技術的複製は、オリジナルの模造を、オリジナルそのものが到達することのできない状況へと運んでいくことができる。とりわけ、技術的複製によって、オリジナルは――写真というかたちであれ、レコードというかたちであれ――受容者に歩み寄ることができるようになる。大聖堂《カテドラル》はその場を離れ、芸術愛好家のスタジオで受容されることになる。ホールで、あるいは野外で演奏された合唱曲は、部屋のなかで聴くことができるようになる。

芸術作品の技術的複製による産物が場合によって置かれることになるこのような状況

は、その他の点では、芸術作品の存立に対してなんら影響を及ぼすことはないかもしれない。しかし、こういった状況は、芸術作品の「いま、ここ」という性格については、どのような場合でもその価値を失わせてしまう。このことは決して芸術作品だけに当てはまるのではなく、たとえば、映画のなかで観客の目の前を通り過ぎる風景についても当てはまるとすれば、こういった過程を通じて、芸術という対象においてもっとも繊細な核心部分に触れることになる。自然に存在するものは、これほど壊れやすい核をもつことはない。その核心とは、芸術という対象物のもつ真正さである。ある事物の真正さとは、その起源から発して――物質的な存続から歴史的証言力にいたるまで――その事物において伝承されてきたものすべての総体である。歴史的証言力は物質的存続にもとづくものであるから、物質的存続が人間とは関係ないものとなった複製においては、事物の歴史的証言力も危ういものとならざるをえない。危ういものとなるのは、確かに歴史的証言力だけかもしれない。しかし、そのように危うい状況に陥っているものは、実は、事物の権威なのである。[4]

ここで消え去ってゆくものを、オーラという概念でとりまとめ、次のように言うこともできるだろう。芸術作品が技術的に複製可能となった時代に力を失っていくものは、芸術作品のオーラである、と。この過程はある徴候を示している。この過程がもつ意義は、芸術の領域をはるかに越えるものである。複製技術は――一般論としてこのようにいうことが可能であろう――複製されるものを伝統の領域から解き放つ。いくつも複製を作り出すことによって、複製技術は、複製されるものを一回限りのものとして出現させるのではなく、大量に出現させることになる。また、複製技術により複製がどのような状況にある受容者にも対応できるものとなることによって、複製技術は複製されるものをアクチュアルなものにする。この二つのプロセスによって、伝統的なものは激しく揺さぶりをかけられる。この伝統の震撼は、現在、人類が直面する危機および刷新と表裏一体をなしている。これら二つのプロセスは、現代の大衆運動ときわめて密接な関係にある。そのもっとも有力な代弁者が、映画である。映画の社会的意義は、そのもっともポジティブなかたちにおいても、いやまさにそういったかたちにおいてこそ、映画のもつ破壊的、カタルシス的側面を抜きにして考えることはできない。つまり、文化遺産の伝統的価値を清算するという側面である。こういった現象は、いくつかの偉大な歴史映画においてもっとも明白に現れている。この現象は、さまざまな立場をますます広く自分の領域のうちに取り込みつつある。アベル・ガンスは一九二七年に次のように熱狂的に叫んだ。「シェイクスピア、レンブラント、ベートーヴェンが映画となる……あらゆる伝説、あらゆる神話、あらゆる宗派創立者、あらゆる宗教が……映画のなかでの復活を待っている。そして、英雄たちは戸口に押し寄せている。」そのときガンスは、おそらく意図せずして、ある包括的な清算へと誘《いざな》っていたのである。

Ⅲ

広大な歴史の時間の内部で、人間集団の総体的な存在様式が変化するのにともなって、人間の知覚のあり方も変化してゆく。人間の知覚がどのように組織化されるか――すなわち、人間の知覚が生じる場である媒質《メディウム》――は、自然の条件だけでなく、歴史的条件にも制約されるものである。末期ローマの芸術産業および「ウィーン創世記[5]」が生まれた民族大移動の時代は、古典古代とは別の芸術をもっていただけでなく、別の知覚をももっていたのである。リーグルやヴィクホフといったウィーン学派の学者たちは[6]、そういった時代の芸術が埋められてしまっていた古典的伝統の重圧に対して強烈に異議を唱えたが、彼らは、そういった芸術が栄えていた時代に知覚がどのように組織化されていたかを、この芸術から推論するアイディアを最初に考えついた人たちだった。彼らの認識は大きな射程をもつものであったが、これらの研究者たちには、末期ローマ時代の知覚に特有の形式的特徴を指摘するだけで事足れりとしてしまうという限界があった。彼らは、こういった知覚の変化となって現れることになった社会的大変革を明らかにしようとしなかったし、また、おそらくできると思っていなかったのである。現代に関して、同じような考察をおこなおうとすれば、条件はもっと有利な状況にある。そして、知覚の媒質《メディウム》におけるさまざまな変化――われわれはその同時代人である――をオーラの衰退ととらえるとすれば、その社会的条件を明らかにすることもできるであろう。

これまで、歴史上の対象を説明するためにオーラという概念をもちだしてきたが、この概念を自然の対象物のもつオーラという概念でわかりやすく説明するのがよいと思われる。この自然の対象物のオーラを、ある遠さ——たとえそれがどれほど近くにあるとしても——が一回限り現れる現象、と定義することにしよう。ある夏の午後、ゆったりと憩いながら、地平線にある山並みや、憩っている者に蔭を作っている木の枝を眼で追うこと、それがこれらの山々や木の枝のオーラを呼吸するということである。このように描きだしてみると、現在、オーラの衰退がどのような社会的条件のもとにあるかを見てとるのはたやすい。オーラの衰退は二つの事情にもとづくものであるが、この二つの事情は、現代の生活において大衆がますます重要な意義をもつようになっていることと関連している。つまり次のようなことだ。事物を空間的にも人間的にも「もっと近く」にすることは、現代の大衆[6]が情熱を注いでいる関心事である。しかし、それと同様に、あらゆるものの複製を受容することによって一回性を克服しようという大衆の傾向もまた、彼らの関心事なのである。対象物を画像《ビルト》として、あるいはむしろ模像《アップビルド》として——すなわち複製物として——すぐ近くで手に入れたいという欲求は、日々、ますます避けがたいものとなって現れてきている。グラフ新聞や週刊ニュース映画がいつでも作り出せるような複製は、〔オリジナルの〕像《ビルト》とは見まちがいようもなくはっきりと異なる。〔オリジナルの〕像では一回性と持続性が密接に交錯しあっているのに対して、複製においては束の間のものであることと反復可能であることが密接に結びついているのだ。対象からその覆いを取り去ること、つまりオーラの崩壊は、ある種の知覚のしるしである。その知覚は、「世界のうちにある同種のものに対する感覚」がきわめて発達しているため、複製という手段によって、一回的なものからさえも同種のものを引き出す。このようにして、理論の領域において統計の意義増大というかたちで顕著になっているものが、直観の領域において現れているのである。リアリティを大衆に合わせること、また、大衆をリアリティに合わせることは、思考にとっても直観《アンシャウウング》にとっても、計り知れないほどの影響をもつ過程なのである。

Ⅳ

芸術作品が唯一無二のものであるということは、それが伝統の連関のうちに埋め込まれているということと同じである。この伝統というものも、もちろんそれ自体、まさに生き物であって、きわめて移り変わりの激しいものである。たとえば古代のヴィーナス像は、これを礼拝の対象としていたギリシア人の場合と、災いに満ちた偶像と見ていた中世の聖職者たちの場合とでは、異なる伝統連関のうちにあった。しかし、この両者に対して等しく現れていたものがある。それは、ヴィーナス像が唯一無二のものであるということ、つまり言い換えれば、そのオーラである。芸術作品が伝統の連関のうちに埋め込まれていることの原初的な様態は、礼拝のうちに表れている。最古の芸術作品は、知られているように、儀式に仕えるものとして生まれた。はじめは呪術的〔魔術的〕儀式に、ついで宗教的儀式に用いられるものとしてである。ここで決定的に重要であるのは、芸術作品のこういったオーラ的存在様式が、その儀式的機能から完全に切り離されることは決してないということである。[7]言い換えれば、次のように言える。「真正」な芸術作品のもつ比類のない価値は、それが儀式の上に基礎づけられていることにある。芸術作品の本来の使用価値、そして最初の使用価値は儀式のうちにあったのである。こういった基礎づけは、いかに間接的なものになっていようとも、いまでもなお、もっとも世俗的な美の礼拝の形式をとって、世俗化された儀式というかたちで認められる。[8]世俗的な美の礼拝はルネサンスとともに形成され、三百年のあいだ力をもち続けてきたが、この美の礼拝を見舞った最初の深刻な動揺があってこの時代が終わりを迎えた後、(7)その儀式的な基礎をはっきりと示すことになる。すなわち、真に革命的な最初の複製手段である写真の登場（同時に社会主義の勃興）とともに、ある危機――それはその後さらに百年たって見まがいようもなく明らかとなったのだが――が近づいているのを芸術が感じとったとき、芸術は「芸術のための芸術《ラール・プール・ラール》」という教義で応えたのである。それは芸術の神学とでもいうべきものである。そこからさらに、いかなる社会的機能をも否定するだけでなく、対象にかかわる素材によるどのような規定も拒絶する「純粋な」芸術の理念というかたちをとって、まさに反転《ネガティヴ》された神学が生まれた。（文学において最初にこのような立場に達したのはマラルメである。）

こういった連関を正しく評価することは、技術的複製が可能となった時代の芸術作品にかかわる考察にとって不可欠である。それによって、この論議において決定的な認識が準備されることになるからである。それはつまり、芸術作品の技術的複製可能性は、世界史においてはじめて、儀式に寄生する状態から芸術作品を解放する、という認識である。複製される芸術作品であったものは、ますます、はじめから複製可能性を目指している芸術作品の複製となってゆく。[9] たとえば、写真の原板からは数多くのプリントが可能である。真正のプリントはどれかという問いは無意味だ。しかし、真正性という基準が芸術の生産において役に立たないものとなる瞬間に、芸術の社会的機能全体が大きな転換を遂げる。芸術は儀式に基礎をおくかわりに、ある別の実践、すなわち、政治に基礎をおくことになる。

V

芸術作品の受容はさまざまなアクセントをともなって行われるが、それらのうち、次の二つの極が際立っている。これらのアクセントのうち一方は、芸術作品の礼拝価値におかれ、他方は展示価値におかれる。[10,11] 芸術制作は、礼拝のために用いられる造形物をもって始まる。これらの造形物については、このように仮定してよいだろうが、見られることよりも、存在することそのものがより重要なことである。石器時代の人間が洞窟の壁に模写したオオシカは、一種の呪術の道具である。これを描いた人間は、確かに仲間たちを前にしてこのオオシカを展示する。しかし、このオオシカはなによりも精霊たちに対して見せるものと考えられていたのである。そのような礼拝価値は、今日では芸術作品を隠された状態に保っておくよう要求するものとなっているように思われる。ある種の神々の像には、神像安置所のなかで聖職者しか近づくことができない。ある種の聖母像は、ほとんど一年を通じて、覆いが掛けられたままとなっている。また、中世の大聖堂に据えられたある種の彫刻は、地上から観ようとする者の目には見えないものとなっている。個々の芸術行為が儀式の懐《ふところ》から解放されるにつれて、その制作物を展示する機会が増大する。どこへでも送ることが可能な胸像の展示可能性は、神殿内部のきまった場所に据えられている神々の像の展示可能性よりも大きい。タブロー絵画の展示可能性は、それ以前の時代に生まれたモザイクやフレスコ画の展示可能性よりも大きい。ミサ曲の展示可能性は、もともと交響曲の展示可能性より小さいということはなかったかもしれない。しかし交響曲は、その展示可能性がミサ曲の展示可能性よりも大きくなることが期待される、まさにそうした時点に生まれたのである。(8)

芸術作品の技術的複製のさまざまな方法によって、芸術作品の展示可能性は飛躍的に増大した。それにともなって、その二つの極のあいだの量的な推移は、原始時代と同じように、芸術作品の性質の質的な変化へと転換する。つまり原始時代には、礼拝価値におかれた絶対的な重心によって、芸術作品はまず第一に呪術〔魔術〕の道具となっていた。それをある程度芸術作品として認めるようになったのは後になってからのことである。こういった過程と同様に、今日では、展示価値におかれた絶対的な重心によって、芸術作品はまったく新しい機能をもった造形物となっている。それらの諸機能のうち、われわれの知っている機能、つまり芸術的機能がとくに際立っている。これは後になって副次的な機能であると認識されることになるだろう。[12] とりあえず確かなことは、現在、写真さらには映画がこういった認識のためのもっとも有用な手立てとなるということである。

VI

写真においては、展示価値が礼拝価値をあらゆる戦線で撃退し始めている。とはいえ、礼拝価値もまったく無抵抗のまま消え去るわけではない。それは最後の砦にこもる。その砦とは人間の顔である。初期の写真の中心に位置していたのが肖像写真であったということは決して偶然ではない。遠く離れていたり、すでに亡くなってしまった愛する人たちの思い出を礼拝することのうちに、像《イメージ》の礼拝価値は最後の避難所を見出すのだ。人間の顔の束の間の表情のうちに、初期の写真からはオーラが最後の合図を送っている。これこそが、それらの写真の憂愁に満ちた、何ものにも比べがたい美しさをなすものとなっている。しかし、人間が写真から姿を消しているところでは、礼拝価値との対抗関係において展示価値がはじめて優位にたつことになる。こういった過程にその場を与えたことが、アジェ(9)のもつ比類ない意義である。彼は一九〇〇年頃のパリの街路を、人影のない風景として定着させた。アジェはパリの街路を犯行現場のように撮影したと言われているが、それはきわめてもっともなことである。犯行現場もまた人影がない。犯行現場の撮影は状況証拠を得るために行われる。アジェにおいて写真撮影は、歴史の過程《プロセス》・裁判の証拠品となり始める。そのことが、これらの写真の隠された政治的意義をなしている。写真はすでにある特定の意味で受容することを要求しているのだ。こういった写真にとって、自由に漂うような瞑想はもはやふさわしくない。写真は観る者を不安にする。写真を観る者は、それらの写真へといたるある特定の道を探さなければならないと感じるのだ。同じ時期、こういった人のためにグラフ新聞が道標を立て始める。それらが正しいものであったか、まちがっていたかは、どちらでもよい。これらのグラフ新聞で、はじめて説明文《キャプション》が必要となったのである。それが絵画の標題とはまったく別の性格をもつものであることは明らかである。グラフ雑誌のなかで絵や写真を観る者が説明文《キャプション》によって受けとる指示は、その後まもなく映画においてさらに詳細で有無を言わせぬものとなった。映画では、個々の映像の理解は、それに先行するあらゆる画像の連続によって定められているように思われるからだ。

Ⅶ

一九世紀に絵画と写真のあいだでその作品の芸術的価値をめぐって行われた論争は、今日では的外れで混乱したものという印象を与える。しかし、そのことはこの論争の意義を否定するものではなく、むしろその意義を強調するものともなりうる。実際、この論争はある世界史的な大転換の表現であったのだが、いずれの陣営もそれを世界史的な転換とは意識していなかった。技術的複製可能性の時代が芸術をその礼拝的基盤から解放することによって、芸術の自立性という仮象は永久に消滅した。しかし、それとともに生じた芸術の機能の変化は、この世紀の視野からは抜け落ちていた。そして、映画の発展を目にした二〇世紀もまた、長いあいだこの芸術機能の変化を見落としていたのである。

写真が芸術であるか否かという問いに決着をつけるために、いたずらに多くの知恵をしぼったことがかつてあった。しかしその際、写真の発明によって芸術の性格全体が変化したのではないかという、より基本的な問いが立てられることはなかった。そのようにして、映画理論家たちはやがて同様の性急な問題設定を引き継ぐことになった。しかし、写真が従来の美学に対して投げかけていた困難な問題は、映画が従来の美学に直面する際の難問と比べれば、児戯に等しいものであった。初期の映画理論を特徴づける向こう見ずな荒っぽさはそのためである。たとえばアベル・ガンスは、映画を象形文字と比較している。「そのときわれわれは、かつて存在したものへのきわめて奇妙な回帰の結果、ふたたびエジプト人の表現レヴェルにいたったのである。……映像《イメージ》の言語はまだ成熟していない。われわれの眼がまだそれに見合うだけの力をもっていないからである。映像《イメージ》の言語で言い[10]表されたものに対する尊敬も礼拝もまだ十分ではない。[13]」あるいは、セヴラン＝マルスは次のように書いている。「詩的であると同時に現実的でもあるような夢が、これまでいったいどういった芸術に与えられていたであろうか。そのような観点から見れば、映画はまったく比類のない表現手段であり、映画の大気圏のなかで動くことが許されているのは、もっとも高貴な考え方をもつ人たちだけであり、しかもその人たちの人生のなかでもっとも完成された、そしてもっとも神秘に満ちた瞬間だけであるといえるだろう。[14]」アレクサンドル・アルヌー[11]もまた、無声映画についての空想《ファンタジー》を締めくくるにあたり、次のような問いを投げかけている。「ここでわれわれが用いた大胆な描写はすべて、結局は祈りを定義しているものということになるのではないだろうか[15]」映画に「芸術」の仲間入りをさせようという努力のために、これらの理論家たちが無類の向こう見ずさで、礼拝的な諸要素を映画のうちに読み込んで無理やりにでも解釈しようとする様子を目にすることは、非常にためになる。しかも、こういった憶測的な思いつきが発表されていた時代にはすでに、「巴里の女性」や「黄金狂時代」のような作品が存在していたのである。[12]しかし、それによってアベル・ガンスが象形文字との比較をすることの妨げとなるわけでもなく、また、セヴラン＝マルスは、フラ・アンジェリコ⒀の絵画について語るように、映画について語っている。特徴的であるのは、今日でもなおとりわけ反動的な作家たちが、同じような方向に、つまり宗教的なものとまではいかないにせよ、超自然的なもののうちに映画の意義を求めているということだ。ラインハルト⒁による『真夏の夜の夢』の映画化に際して、フランツ・ヴェルフェル⒂は、これまで映画が芸術の王国へ大きく飛躍することの障害となっていたのは、まちがいなく、街路、室内装飾、駅、レストラン、自動車、海水浴場といった外界を不毛にもコピーすることであると断言している。「映画はその真の意味、本当の可能性をまだとらえていない……その可能性は、自然な手段によって、そして比類のない説得力で、妖精的なもの、不思議なもの、超自然的なものを表現するという唯一無二の能力のうちにある。」[16]

Ⅷ

舞台俳優の演技は、最終的には、その俳優自身によって観客に示される。それに対して、映画俳優の演技は、器械装置を通じて観客に示されることになる。後者においては、二つのことが結果として生じる。映画俳優の演技を観客の前にもたらす器械装置には、この演技を全体的なものとして尊重することが求められているわけではない。器械装置は、カメラマンに操作されながら、この演技に対してとぎれることなくポジションをとる。このさまざまなポジションを編集者は彼に引き渡された素材から構成するが、その結果生まれたものが、編集《モンタージュ》の完成した映画をつくりあげるのである。映画には、クローズアップのような特殊カットについてはいうまでもなく、カメラの運動モーメントとして認めざるをえないような一定数の運動モーメントが含まれる。このようにして、俳優の演技は一連の視覚的テストを受けることになる。このことが、器械装置を通じて俳優の演技が行われるという事態のもたらす第一の帰結である。そして、第二の帰結は次のことにもとづいている。つまり、映画俳優は自分自身で自分の演技を観客に示すわけではないため、演技のあいだ観客にあわせて演技をおこなうという、舞台俳優にはまだ残されている可能性を失ってしまうということだ。それによって観客は、俳優とのいかなる個人的接触によっても邪魔をされることのない審査官の立場をとることになる。観客が俳優に感情移入するとすれば、そういったことは器械装置に感情移入することによってのみ生じる。観客はつまり、テストするという態度をとるのだ。[17] こういった態度に礼拝価値がさらされることはない。

IX

映画にとっては、俳優が観客に対してある別な人物を演じることよりも、器械装置に対して自分自身を演じることのほうが、はるかに重要である。テストの成果によって俳優をめぐる状況が変化したことを感じとっていた最初の人々の一人がピランデッロであった[16]。長編小説『映画を撮る』のなかでそれについて述べられている意見は、こういったことがらの否定的側面を強調することのみに限定されたものであるが、そのことは彼の意見の価値を損なうものではない。ましてや、その意見が無声映画に結びつくものであるということで、その価値が損なわれるわけではない。このことについては、トーキーによって何ら根本的なことがらに変化は生じていないからだ。一つの器械装置に対して――あるいはトーキーの場合には、二つの器械装置に対して――演じるということが決定的であるという点にかわりはない。ピランデッロは次のように書いている。「映画俳優は、自分が追放された身であるように感じている。舞台からだけでなく、自分という人間からも追放されているのだ。もやもやとした不快を覚えながら、彼は説明しがたい虚しさを感じる。この虚しさは、彼の身体が脱落症状となることで生じている。つまり、自分自身が消え去ってしまい、自分の現実、自分が生きていること、自分の声、身体を動かすことで出す物音が自分自身から奪い取られ、無言の映像となってしまうことで虚しさが生じているのである。その無言の映像は、一瞬、スクリーン上で震えたのち、静寂のなかで消えてゆく。……小さな器械装置は、彼の影を用いて観客の前で演技することになろう。彼自身はといえば、この小さな機械の前で演技することで満足しなければならないのだ[18]。」同じ事態を次のように特徴づけることができるだろう。人間ははじめて――これこそ映画の働きによるものだが――生きたその人全体によってであるとはいえ、その人のもつオーラを断念して仕事をしなければならない状況に置かれることになったのである。というのも、オーラはその人の「いま、ここ」というものと結びついているからだ。オーラの模像というものは存在しない。舞台の上でマクベスをとりまくオーラは、生身の公衆にとってマクベスを演じている俳優をとりまくオーラと切り離すことができない。映画スタジオにおける撮影に特有なところは、観客の代わりに器械装置が据えられるということにある。それによって、俳優をとりまくオーラはなくなってしまう。そして、それとともに、演じられる役柄のオーラも消え去る。

ピランデッロのような劇作家が、映画の特質を描き出す際に、われわれが現在目にしている演劇を見舞う危機の根底に知らず知らずのうちにふれているのは、驚くべきことではない。実際のところ、技術的複製によってすみずみまでとらえられ、それどころか、映画のように、技術的複製から生まれてきた芸術作品に対して、演劇の舞台の芸術作品ほど決定的に対立するものは他にない。ある程度立ち入った考察はすべて、このことを証明している。専門知識をもつ観察者たちは以前から気づいていたのだが、映画表現においては、「最大の効果はほとんどの場合、できるだけ〈演技〉を少なくすることによって得られる。」一九三二年にアルンハイムは、「小道具は性格《キャラクター》にもとづいて選び出し、しかるべき場所に配置するが、そういった小道具と同じように俳優を扱う」のが「最近の傾向」であるとみている。[19] このことときわめて密接に関連するある別のことがらがある。舞台で演じる俳優は、役柄に身を置いて演じる。こういった可能性は、映画俳優にはたいていの場合閉ざされている。映画俳優の仕事は決してひとまとまりのものではなく、個々の仕事が数多く寄せ集められたものからできている。スタジオ使用料、相手役や舞台装置の調達等々といった、そのときどきで考慮に入れなければならない事情とならんで、俳優の演技を一連の編集《モンタージュ》可能ないくつものエピソードに分解することこそ、映画という機構が必然的に要求する基本的事項なのである。とりわけ照明についてはそれが当てはまる。照明設置の都合上、スクリーン上ではひとまとまりのすばやい流れとして現れる出来事の描写を、いくつかの部分的な撮影に分けて撮らなければならないのだ。これは、スタジオ内では場合によって数時間にわたり分割して行われる。さらにわかりやすい編集《モンタージュ》については、いうまでもないだろう。たとえば、窓からの跳躍は、スタジオ内では足場からの跳躍というかたちで撮影されるが、それに続く逃亡は、場合によっては、何週間も後に屋外撮影によって撮られるということもある。ちなみに、これよりもはるかに逆説的なケースを構成してみるのもたやすいことだ。扉をノックする音に引き続き、俳優が縮み上がるように要求されたとする。この身をすくめる演技が望みどおりにいかないということがあるかもしれない。そういうとき監督は窮余の策をとり、その俳優がまたスタジオにやってきたとき、あらかじめ知らせないでその俳優の背後で一発銃を発射させることもできる。この瞬間の俳優の驚愕の顔を撮影し、映画のなかに編集《モンタージュ》するのだ。芸術が栄えることのできる唯一の場所と長いあいだされてきた「美しい仮象」(17)の王国から芸術が抜け出たことを、これほど徹底的に示すものは他にはない。

X

ピランデッロが描き出しているような、器械装置を前にした俳優の違和感は、本来的に、鏡に自分の姿が映っているのを前にして人間がいだく違和感と同じ種類のものである。この鏡に映った像は俳優から引き離すことが可能となり、そして運搬可能なものとなっている。では、どこへ運搬されることになるのか。観客の前へである。[20] その意識は、いっときたりとも映画俳優の頭を離れることはない。映画俳優は、器械装置の前に立っているあいだ、最終的に自分がかかわっているのは観客なのだ、つまり市場を形成する購買者としての観客なのだ、ということを承知している。俳優が労働力だけでなく、全身全霊をもって赴くこの市場は、自分に割り当てられた演技の仕事をしているときに把握できるものではない。それは、ある工場で生産される商品が市場を把握することがないのと同じことである。こういった状況は、ピランデッロのいうような、器械装置を前にした俳優が感じる胸苦しさ、新たな不安とかかわっているのではないだろうか。映画は、オーラの縮小に対して、スタジオの外での「パーソナリティ」の人工的な創出をもって応える。映画資本によって促進されるスター崇拝は、パーソナリティという魔法を保存しているが、それははるか昔に商品的性格という腐敗した魔法でしかなくなっているものである。映画資本が主導権を握っている限り、一般的にいって、伝統的な芸術観念に対する革命的な批判を進める以外、今日の映画に対してどのような革命的功績を認めることもできない。今日の映画も、特別な場合では、こういった状況を越えて、社会的諸関係に対する、さらには私有財産の秩序に対する革命的批判を推し進めることがありうるということを否定するわけではない。しかし、現在の研究の重点はそこにはなく、また、西欧の映画制作の重点もそこにはない。

技術が展示される演技〔成果〕の場に誰もが半専門家として居合わせるということは、スポーツの技術の場合とちょうど同じように、映画の技術のありかたと関連している。こういった事態を理解するためには、新聞少年たちが一団をなし、自分の自転車にもたれて、競輪の結果についてあれこれ言い合っているのを一度聞いてみるだけでよい。新聞の出版社が新聞配達の少年のためにレースを開催しているのは、いたずらにおこなっているわけではない。こういったレースは、その参加者たちのあいだで大きな関心を呼び起こす。というのも、この競技会の勝利者には、新聞少年から競輪選手へと出世するチャンスが与えられるからだ。同じように、週間ニュースは、通行人から映画のエキストラ出演者へと出世するチャンスを誰にでも与えてくれる。このようにして、場合によっては、芸術作品のなかに——ヴェルトフの「レーニンの三つの歌」(18)やイヴェンスの「ボリナージュの悲劇」(19)といった作品を考えてみるとよい——自分の姿を見ることさえありうるのだ。今日の人間は誰でも、映画に出る要求を掲げることが可能である。今日の文筆をめぐる歴史的状況を一瞥すれば、こういった要求がどのようなものであるか、さらにはっきりと理解できるだろう。

何世紀ものあいだ、少数の書き手が何千倍もの数の読者と向かいあうというのが文筆界における状況であった。前世紀末にそこに一つの転換が生じた。政治、宗教、学問、職業、地域にかかわる新しい発行組織をつねに読者層にもたらしてきた新聞が普及してゆくにつれて、ますます多くの読者が――はじめは特定の場合に限られていたが――書き手の側にまわるようになった。それとともに日刊紙が読者に「読者欄」を開放するようになり、さらに今日では、労働過程にかかわるヨーロッパ人で、仕事の経験や苦情、ルポルタージュその他を発表する機会がまったくどこにもない人はほとんどいないという状況である。それによって、著者と公衆のあいだの区別もその根本的な性格を失いつつある。そういった区別は単に機能的な区別であり、ケースによっていろいろ変わりうる区別にすぎない。読者はいつでも書き手になる用意がある。極度に専門化された労働過程では、よかれ悪しかれ専門的知識をもった者――たとえごく些細な仕事についての専門的知識をもつ者であるにせよ――とならざるをえないが、そういった立場で読者に執筆への道が開かれることになるのだ。ソヴィエト連邦では労働そのものが発言をおこなっている。また、このように労働を言葉によって表現することは、労働を行ううえで必要な能力の一部をなすものとなっている。文学上の資格はもはや専門化された教育のうえに打ち立てられたものではなく、総合技術《ポリテクニクム》的な教育のうちに基礎づけられたものとなっており、そのようにして共有財産となっているのである。[21]

こういったことはすべてそのまま映画に移し変えることができる。映画においては、文筆の世界で何世紀もの時間を要した推移が十年のうちに成し遂げられている。というのも、映画という実践形態では――とりわけロシア映画の実践形態では――こういった推移はすでに部分的に実現されてきたからだ。ロシア映画に出てくる俳優の一部は、われわれのいう意味での俳優ではなく、自分自身を――しかも、まず何より労働過程にある自分を――演じる人々である。西欧では、今日の人間がもっている〔映画のなかで〕複製の対象となりたいという正当な要求を顧慮することが、映画の資本主義的搾取によって妨げられている。こういった事情のもと、映画産業は、幻影《イリュージョン》に満ちた想像や怪しげな憶測的思いつきによって、大衆が映画にかかわるよう駆り立てることばかりを考えているのだ。

XI

映画の撮影、とりわけトーキーの撮影は、これまでいかなる場所でも決して考えることのできなかったような光景を示している。演技の過程そのものには属さない撮影機器、照明一式、アシスタントスタッフ等々が、これを見るものの視界に入ってこない位置はもはやどこにもない（瞳孔の設定と撮影機器の設定が一致する場合は別だが）。映画撮影によって生じるプロセスはそのようなものである。まさしくこういった事情、他のどのような事情にもましてこの事情のために、映画スタジオのシーンと舞台上のシーンのあいだに存在するといわれているいくつかの類似性は、表面的で重要ではないものとなる。基本的に劇場には、出来事がイリュージョンであるとすぐにわからないような場所がある。それに対して映画の撮影シーンでは、こういう場所は存在しない。映画のイリュージョン的性質は、二次的なものである。それは編集の結果生じたものである。つまり、現実を映し出す純粋な視点、器械装置という異物のない視点は、ある特別な手続き――そのために設定された写真機による撮影、またそれを同様の別の撮影と合わせて編集《モンタージュ》すること――の結果生まれたものであり、映画スタジオではそのようにして器械装置が現実のなかに深く浸透している。器械装置が入り込まない視点、リアリティを映し出す視点は、ここではきわめて人工的なリアリティの視点となっている。そして、直接的な〔いわば本物の〕現実を見ることは、技術の国の青い花[20]となっている。

　こういった事情は、演劇の場合と際立った対照を見せているが、この同じ事情を絵画の場合に見られる事情とつき合わせてみればさらに有益なものとなるだろう。ここでわれわれは、撮影技師《オペラトゥール》と画家の関係はどのようなものか、という問いを立ててみる必要がある。この問いに答えるために、操作するもの《オペラトゥール》という概念に依拠するひとつの補助線を考えてみたい。この概念は外科医学に由来する語としてわれわれになじみのもの〔執刀医《オペラトゥール》〕となっている。外科医はある秩序の一方の極にあるが、そのもう一方の極には呪術師が位置する。病人の身体の上に手を置くことによって病気を治す呪術師の考え方は、病人の身体のなかへと介入する〔手術を行う〕外科医の考え方とは異なる。呪術師は自分自身と患者とのあいだの自然な距離をそのまま保つ。もっと正確にいえば――手を置くことによって――その距離をほんのわずかだけ縮め、また――自分の権威によって――その距離を大きく広げる。外科医が行うのはその逆だ。外科医は――患者の内側へと入り込むことによって――患者との距離を非常に縮め、そして――彼が内臓器官のあいだで手を動かす際の慎重さによって――その距離をほんのわずかだけ広げる。一言でいえば、呪術師（これは今日でも臨床医のうちに潜んでいるが）とは異なり、外科医は病人に対して人間対人間の関係で対峙することを決定的瞬間に断念する。彼はむしろ、手術・操作として患者の中に入り込んでゆくのだ。呪術師と外科医との関係は、画家とカメラマンの関係に等しい。画家は仕事をするとき、対象との自然な距離を観察する。それに対してカメラマンは、対象が織りなす網の目のなかへと深く入り込んでゆく。[22] この両者が手に入れる画像はまったく異なる。画家の画像はある全体的なものであり、カメラマンの画像は幾重にも細断化されたものである。それらの断片は、新たな法則に従って結合される。このように、映画によるリアリティの表現のほうが今日の人間にとって比較にならないほど重要なものとなっているのは、この映画のリアリティ表現が、まさに現実と器械装置とのきわめて強力な相互浸透にもとづくことによって、器械装置が映っていない、現実をとらえる視点――今日の人間は芸術作品に対してこういった視点を要求する正当な権利をもっている――を与えているからだ。

XII

芸術作品の技術的複製可能性は、芸術に対する大衆の関係を変化させる。たとえばピカソのような画家に対してみられるきわめて後進的な関係が、たとえばチャップリンのような人物を前にすると、一挙に進歩的な関係へと転換する。その際、進歩的な態度の特徴をなしているのは、芸術作品を見て体験する喜びが、専門家としての判断を下す人間の態度と、直接にそして密接に結びついていることである。そういった結びつきは、重要な社会的徴候である。つまり、ある芸術の社会的意義が弱まるにつれて、公衆において批判的に見る態度と楽しむ態度がばらばらに分かれる。このことは絵画を前にするときはっきりと示される。伝統的なものは、批判的視点をもつことなく楽しむことができる。しかし、ほんとうに新しいものは反感を買って批判される。映画館では、観客の批判的に観る態度と楽しむ態度が一致する。しかも、その際決定的であるのは次のようなことである。個々人の反応の総和が観客全体としての反応となっているのだが、この一人一人の反応はその直後に生じる集団としての反応によってはじめから条件づけられているのである。このことが示されるのは、今では映画館をおいて他にはない。これらの反応が外に現れると、それによって反応はお互いに制御しあう。ここでも絵画との比較が役に立つ。絵画は一人、あるいは少数の人間によって観られることをことさらに要求してきた。一九世紀になって現れるように、多くの公衆によって同時に鑑賞されることは、絵画の危機の初期の徴候である。この危機は、決して写真だけによってもたらされたものではなく、むしろ写真とは比較的無関係に、芸術作品が大衆を求めることによって引き起こされたものである。

絵画はそもそも、集団的受容を同時に行う対象とはなりえない。こういった集団的受容は建築については昔から当てはまるものであったし、かつては叙事詩もそうであった。そしてまた、今日では映画についてもこのことが当てはまる。本来、こういった事情から絵画の社会的役割についての結論を引き出すことはできない。しかし、絵画が特別な事情によって、またいわば自らの本性に逆らって、大衆と直接に向きあわされる瞬間には、上に述べた事情が重大な制限となって重要性をもつことになる。中世の教会や修道院では、また一八世紀末頃までの宮廷では、絵画の集団的受容〔鑑賞〕は、同時にではなく、何層もの階層をなし、ヒエラルキーが介在することによって行われていた。このことに変化が生じたとすれば、画像の技術的複製可能性によって絵画が巻き込まれることになった特別な葛藤が、そこに現れているということなのである。しかし、絵画をギャラリーやサロンで大衆の前へと持ち込むことが企てられたとしても、大衆がそういった受容のあり方へと自分自身を組織化し、制御することができる方法は存在しなかった。[23]そういうわけで、ドタバタ喜劇《グロテスク》映画を前にして進歩的な反応を見せるまさに同じ公衆が、シュルレアリスムを前にすると後進的な公衆とならざるをえないのである。

XIII

映画の特徴は、人間が撮影機に向かって自分を表現する仕方にあるのではなく、撮影機の力を借りて周囲の世界を自分に対し表現する仕方にある。適性心理学を一目見れば、テストするという器械装置の能力は明らかである。また、心理分析を一瞥すれば、他の側面からこの能力が明らかになる。映画は実際、さまざまな方法でわれわれの知覚世界を豊かなものとしてきたが、それらの方法はフロイト理論の方法に即して説明することができる。会話のなかの言い間違えは、五十年前には多かれ少なかれ気づかれないままやり過ごされていた。以前は表面的に進んでゆくと思われた会話のなかで、言いまちがいが突然深層のパースペクティブをうち開いたとすれば、それは例外に数えられる出来事であったといってもよいだろう。『日常生活の精神病理学』以来、こういったことは一変した。この著作は、かつては気づかれないまま知覚されていたものの大きな流れのなかでともに漂っていた事物を、互いに孤立させ、それと同時に分析可能なものとした。映画についても、視覚の知覚世界――現在ではさらに聴覚の知覚世界――全体のなかでそれと同様の統覚の深化が見られるという結果がもたらされることになった。映画によって示されるものは、絵画や舞台上で見ることができるものと比べて、はるかに正確ではるかに多数の視点から分析可能であるということは、こういった事態の裏面にすぎない。絵画と比べていえば、映画のうちに示されるものがより大きな分析可能性をもっているのは、他とは比べ物にならないほど精密に状況を提示する能力のためである。また、演劇の舞台と比べていえば、映画によって表現されるものがより大きな分析可能性をもっているのは、それがより高度な孤立性をもっているからである。こういった事情は――そしてこのことが映画の中心的意義となっているのだが――芸術と科学の相互浸透を促進する傾向をともなっている。実際、ある特定の状況の内部できれいに――身体に付随する筋肉の一つのように――標本として取り出された〔映画のなかの〕ある動作について、その芸術的な価値と科学的な利用価値のいずれによってそれが魅力的なものとなっているかということは、ほとんど述べることができない。写真の芸術的利用と科学的利用は、かつてはたいていの場合ばらばらに分かれていたが、それらを同じものとして認識できるようにすることが、映画の革命的機能の一つなのである。[24]

映画は、選り抜きのクローズアップによって、私たちがよく知っている道具類の隠れたディテールを強調することによって、卓越したレンズの操作を行いつつ平凡な環境を探求することによって、一方では、われわれの生活を支配するさまざまな不可避の事象をさらによく見えるようにしてくれる。それによって、他方では、映画は途方もないほどの、そして予期することもなかった自由な活動の余地をわれわれに約束してくれることになるのだ！　酒場《クナイペ》や大都市の街路、オフィスや家具つき部屋、駅や工場は、絶望的なまでにわれわれを取り囲んでいるように思われた。そこに映画がやって来て、この牢獄の世界を十分の一秒のダイナマイトで爆破した。その結果、われわれはいまや、飛び散った瓦礫のあいだで悠々と冒険旅行を行うのだ。クローズアップすることで空間が引き伸ばされ、スローモーションによって運動が引き伸ばされる。拡大するというのは、われわれが、明確ではなくとも「とにかく」見ているものを単に明確にするというだけのことではなく、むしろ物質のまったく新しい構造を明らかにすることである。また、スローモーションは既知の運動の要素を明らかにするだけではなく、この既知のもののうちにまったく未知のもの、「すばやい運動をゆっくりとした動きにするのではなく、独特の滑るようで、漂うような、またこの世のものではないような印象を与える」[25]ものを発見する。それによって、カメラに語りかける自然は、眼に語りかける自然とは別種のものであるということがよくわかる。とりわけ、人間が意識を織り込んだ空間にかわって、無意識的に織り込んだ空間がたち現れることによって。大雑把にではあれ、人々がどういう歩き方をするか説明できるというのはごくあたりまえのことだ。しかし、足を運ぶときの何分の一秒かの姿勢については、何もわからないにちがいない。ライターやスプーンをつかむ動作は、大雑把にではあれ、すでによく知っている。しかしその際、手と金属のあいだでどのようなことが起こっているのか、ましてやそれがわれわれのその時々の気分や状態でどうちがってくるのか、ほとんどわからない。ここにカメラは、ティルト・アップやティルト・ダウン、中断や隔離、時間の流れの引き伸ばしや縮約、拡大や縮小といった補助手段を用いて、入り込んでくる。心理分析によって衝動における無意識を知るように、われわれはカメラによって視覚における無意識を知るのだ。

XIV

昔から、芸術のもっとも重要な役割の一つは、完全に満たされる時期がまだ到来していないような需要を作り出すことであった。[26] どのような芸術形式の歴史にも危機的な時代がある。芸術形式はそのような時代には、技術水準が変わった後に、つまりある新しい芸術形式においてはじめて無理なく生じる効果をめざして突き進む。このようにして──とりわけ衰退の時代に──生じる常軌を逸した芸術表現や粗野な芸術表現は、実は、もっとも豊かな、歴史の力の中心部から生まれ出るものなのである。近年のダダイズムは、こういったバーバリズム的表現で満ちあふれていた。ダダイズムの衝撃は今になってようやく認識できるものとなっている。ダダイズムは、今日の公衆が映画のうちに求める効果を、絵画(あるいは文学)という手段によって生み出そうとしたのだ。

需要を生み出すことが根本的に新しく、画期的なものである場合、それはすべて目標を越え、的を外れてしまうことになろう。ダダイズムはやり過ぎて、もっと重要な意図のために、市場価値──これはなんといっても映画の特質となっているものである──を犠牲にまでしている。もちろんダダイズムは、そういった意図をここで述べているようなかたちでは意識していなかったのであるが。ダダイストは、自分たちの芸術作品の商業的活用などよりも、瞑想的な沈潜の対象としては、それを利用不可能なものとすることにはるかに重きをおいていた。彼らはとりわけ自分たちの使う素材を徹底的に貶めることで、利用不可能なものにすることを達成しようとした。ダダイストの詩は「言葉のごたまぜ」であり、そこには猥褻な言い回しや、およそ考えられる限りの言葉の屑が含まれている。彼らの絵画にしても事情は変わらない。彼らはそこにボタンや切符を組み込んで《モンタージュ》いた。ダダイストがそういった手段で達成しているのは、自分たちが作り出したもののオーラを容赦なく破壊することである。彼らはそれらに製作《プロダクション》の手段を用いて複製《リプロダクション》の烙印を押すのだ。アルプの絵やアウグスト・シュトラムの詩を前にして、ドランの絵やリルケの詩を前にして行うように、(21)精神を集中させ自分の考えをまとめる時間をゆっくりと取ることなどできない。沈潜は、市民階級の堕落に際して非社会的態度を学ぶ場となったが、この沈潜に対して、気晴らしが社会的態度の一変種として登場する。[27] 実際、ダダイストたちの宣言文は、芸術作品をスキャンダルの中心とすることによって、激烈を極める気晴らしを保証するものであった。芸術作品は何をおいてもある一つの要請を満たすものでなければならなかった。それは、公衆の憤激をかきたてるということである。

ダダイストたちにおいて芸術作品は、魅惑的な外観を備えたものや説得力をもった音の構成物からそのすがたを変え、一発の銃弾となった。それは見る者の身を襲った。それは触覚的な性質を帯びることになった。それによって芸術作品は、映画に対する需要にとって有利に働いた。映画の気晴らし的な要素は、ダダイズムの芸術作品と同様に、まずなんといっても触覚的なものだからである。つまり、映画の気晴らし的な要素は、見ている者にガクッガクッと断続的に迫ってくる場面やショットの移り変わりにもとづいている。映画が上映されるスクリーンと絵画の描かれるキャンヴァスを比較してみるとよい。後者は見る者を瞑想へと誘う。キャンヴァスを前にするとき、見る者は連想が流れてゆくままに身をまかせることができる。映画の映像を前にするときにはそうはいかない。映像を目にしたかと思えば、次の瞬間にはもう別の映像へと変わっているのだ。映画の映像は固定しておくことができない。映画を憎み、映画の意義については何も理解していなかったが、その構造についてはかなりのことをわかっていたデュアメル[22]は、こういった事情を次のようなコメントで言い表している。「自分が考えようと思っていることをもはや考えることができない。動く画像が私の思考の場を占めてしまうのだ。[28]」実際、これらの画像を見る者の連想の流れは、画像が次々に変わることによってすぐさま中断されてしまう。映画のショック作用はこのことに依拠している。このショック作用は、他のあらゆるショック作用と同様に、いっそう沈着冷静な思考によって受け止められたものでなければならない。[29]映画はその技術的構造によって、ダダイズムがいわば道徳的なショック作用のうちに包んでいた身体的なショック作用を、この包装から解き放ったのである。[30]

XV

大衆とは一つの母体《マトリックス》であり、そこから現在、芸術作品に対するいつもどおりの態度がすべて新たに生まれ変わって生じつつある。量が質に転化したのだ。これまでよりはるかに膨大な数の参与する大衆によって、これまでとは異なる参与のあり方がもたらされたのだ。この参与のあり方がとりあえずは評判の悪いかたちをとって現れているからといって、観察を誤ってはならない。実際、ことがらのこういった表面的な側面にすがることに一生懸命になってきた人たちには事欠かない。そういった人たちの中でも、デュアメルはもっとも過激な発言を行ってきた。映画に関してとりわけ彼の気に入らないことは、映画が大衆に引き起こす参与のあり方である。デュアメルは映画を「被抑圧者《ヘイロタイ》のための暇つぶし、心労ですっかり消耗してしまった、無教養で悲惨なやつれきった連中の気晴らし、……いかなる集中も必要とせず、何の思考能力をも前提としない芝居、……心のうちに光を灯すこともなく、呼び起こす希望といえば、いつの日かロサンゼルスで〝スター〟になるというばからしい希望だけであるような芝居[31]」と呼んでいる。これは、結局のところ、大衆は気晴らしを求めるが、芸術はそれを見るものに精神の集中を要求するのだという、昔からある嘆き節ということになるだろう。これはお決まりの文句の一つだ。そういった決まり文句が映画を研究するための立脚点となるかどうかという問題だけが残るが。このことはより仔細に見ておく必要がある。気晴らしと精神の集中は対立する概念だが、これは次のように言い表すことができる。芸術作品を前にして精神集中する者はそのなかに沈潜する。自分の完成した絵を見ているうちに絵のなかに入っていった中国の画家についてある伝説が伝えているように、[23]彼はその作品のうちに入り込んでゆくのだ。それに対して、気の散った大衆のほうでは、芸術作品を自分のうちに沈潜させる。それがもっともはっきりと具体的に現れているのが建築物である。建築は昔から、気の散った状態で、かつ集団を通じて受容が行われる芸術作品の原型であった。建築の受容にかかわる法則からは、きわめて多くのものを学ぶことができる。

建築は、原始時代以来、人類とともにあった。数多くの芸術形式が成立し、そして消滅していった。悲劇はギリシア人とともに成立し、彼らとともに消え去ったが、何世紀もたった後に、その「法則」に従うというかたちでのみ復活することになった。叙事詩は諸民族の青年期に起源をもつが、ヨーロッパではルネサンスの終わりとともに消滅する。タブロー絵画は中世の創造物であるが、これが途切れることなく続いていく保証は何もない。しかし、寝場所を求める人間の要求は変わることがない。建築芸術には休止期間など決して存在しなかった。建築芸術の歴史は他のいかなる芸術の歴史よりも長いものであり、建築芸術の作用を思い描いてみることは、人間の芸術作品に対する関係を説明するためのあらゆる試みにとって重要なものとなる。建築物は二重の仕方で受容される――すなわち、使用することによって、そして知覚することによって。[24]あるいは、触覚的に、そして視覚的にといってもよいだろう。こういった受容のあり方は、たとえば有名な建築物を前にした旅行者におなじみの、精神集中した受容の仕方を思い浮かべるとすれば、理解することができない。視覚の側で瞑想にあたるものが、触覚の側にはまったく存在しないのだ。触覚的受容は、注意深さによってではなく、習慣によっておこなわれる。建築に対しては、習慣はかなりの程度、視覚的受容さえも規定する。視覚的受容も、もともとは、緊張して注意を払うというよりも、ことのついでに気づくというかたちでおこなわれるものだ。建築において形成されるこういった受容のあり方は、ある特定の状況のもとでは規範的な価値をもつものとなる。なぜなら、歴史の転換期において人間の知覚器官につきつけられる課題は、単なる視覚そのもの、つまり瞑想によって解決することは決してできないからだ。そういった課題は、触覚的受容、つまり慣れることによって次第に克服されるのである。(25) 慣れることであれば、気の散った人間にもできる。さらには、ある課題を気の散った状態〔気晴らし〕で克服できれば、それではじめてその課題を解決することが習慣になっているとわかる。気晴らしを通じて――芸術はそういった気晴らしを提供するよう求められている――どの程度、新しい課題が統覚にとって解決可能なものとなったかが、ひそかにチェックされるのだ。ところで個々人にとっては、そういった課題から逃れたいという誘惑があるものだから、芸術がそのもっとも困難でもっとも重要なものに着手するのは、芸術が大衆を動員することができる場所においてということになる。現在、芸術がそれをおこなっている場所が映画である。気の散った状態〔気晴らし〕で受容することは、芸術のあらゆる領域でますます明確に現れており、統覚の徹底的な変化の徴候となっているが、そういった受容にとってのトレーニングの道具となっているのが映画なのである。ショック効果をもつことによって、映画はこの受容形式に対応するものとなっている。映画は、観客〔公衆〕を鑑定する態度にしむけることによってだけでなく、映画館での鑑定的態度が注意深さを含まないことによって、礼拝価値をしりぞける。観客は審査官である。しかしそれは、気の散った審査官である。

後書き

現代の人間がますますプロレタリア化していくことと大衆がますます編成されてゆくことは、同一の出来事の両側面である。ファシズムは新しく生まれたプロレタリア大衆を組織化しようとしているが、このプロレタリア大衆がその廃絶を目指している所有関係には手をつけないでいる。ファシズムは、大衆に表現の機会を与えてやること（決して、権利をではない）がファシズム自身のためになると思っているのだ[32]。大衆は所有関係を変革する権利をもっている。ファシズムはそれに対し、所有関係を現状維持したまま表現の機会を与えてやろうとしているのだ。ファシズムは当然ながら、政治生活の美化へと行き着く。ファシズムは総統の崇拝〔礼拝〕によって大衆を屈服させているが、このように大衆を力ずくでわがものにすることに対応しているのが、礼拝価値を生み出すために役に立つ器械装置を力ずくでわがものとすることなのである。

政治を美化するためのあらゆる努力は、ある一つの点で頂点に達する。この一つの点とは、戦争である。戦争は、そして戦争だけが、従来の所有関係を保持したまま、最大規模の大衆運動に一つの目標を与えることを可能にする。政治の側から事態を見れば、このように言うことができるだろう。このことは技術の側から見れば次のように言うことができる。戦争だけが、所有関係を保持したまま、現在のすべての技術的手段を動員することを可能にする。当然のことながら、ファシズムによる戦争の讃美〔神聖化〕はこれらの論拠を用いてはいない。しかしながら、それを見ておくことは示唆を与えてくれる。エチオピア植民地戦争に対するマリネッティ[26]の宣言文《マニフェスト》に次のようなくだりがある。

「二七年前からわれわれ未来派は、戦争を美的ではないものとして描き出すことに反対してきた。……それに応じて、われわれはここに確認する。……戦争は美しい。なぜなら戦争は、ガスマスク、威嚇用拡声器、火炎放射器、小型戦車によって、機械を屈服させ、機械に対する人間の支配を打ち立てるからだ。戦争は美しい。なぜなら戦争は、人間の身体を金属で覆うという夢想を華々しく導入することになるからだ。戦争は美しい。なぜなら戦争は、花咲く野原を連発銃の炎という蘭の花で豊かに飾ることになるからだ。戦争は美しい。なぜなら戦争は、銃火や大砲の連射、射撃の合間の静寂、芳香と腐臭とを一つの交響曲にまとめあげるからだ。戦争は美しい。なぜなら戦争は、たとえば巨大な戦車や幾何学的な航空機の編隊、炎を上げる村々から立ち上る螺旋状の煙といった新しい構成物、その他多くのものを創り出すからだ。……未来派の詩人と芸術家たちよ、……この戦争の美学の根本原理を想い起こすのだ。新しいポエジーと新しい造形を求める君たちの奮闘が……これらの原理によって照らし出されるようにと！」[33]

この宣言文には明快さという長所がある。その問題設定の仕方は、弁証法的に思考する者が引き継ぐに値する。しかし、弁証法的に思考する者には、今日の戦争の美学は次のようなかたちで現れてくる。生産力の自然な利用が所有の秩序によって妨げられると、技術手段、テンポ、エネルギー源の増大は、生産力の不自然な利用を求めずにいられなくなる。この不自然な利用の場は戦争に求められる。戦争はそのさまざまな破壊行為を通じて、社会が技術を自らの器官とするほどにはまだ十分に成熟していなかったということ、技術が社会の根源的諸力を従えるまでには十分に成長していなかったということの証明を行っているのだ。帝国主義戦争のさまざまなおぞましい特徴を規定しているのは、巨大な力をもつ生産手段と、生産過程におけるその不十分な利用とのあいだの齟齬（別の言い方をすれば、失業と販売市場の不足）である。帝国主義戦争は技術の反乱である。自然資源を与えようという要求を社会が拒んだために、技術は「人的資材」でその取り立てを行っているのだ。河川を運河にする工事を行うかわりに、技術は人間の流れを塹壕の底へと向ける。飛行機から種をまくかわりに、技術は爆弾をさまざまな都市の頭上に撒き散らす。そして、技術はガス戦のうちに、オーラを新しいやり方で廃絶する手段を見出している。

「芸術は行われよ〔栄えよ〕、たとえ世界が滅びようとも」(27)とファシズムは言い、マリネッティが公言しているように、技術によって変化した知覚を芸術で満足させることを戦争に期待する。これは明らかに芸術のための芸術《ラール・プール・ラール》の完成である。人類は、かつてホメロスにおいてオリュンポスの神々の見世物の対象となっていたが、いまや人類自身にとっての見世物の対象となっている。人類の自己疎外は、自分自身の破滅を第一級の美的享楽として体験するほどのものとなっている。ファシズムがおこなう政治の美化とはこのようなものである。このファシズムに対して、共産主義は芸術の政治化をもって答える。

原註

1 ポール・ヴァレリー『芸術論集』〔『同時遍在性の征服』〕。〔『ヴァレリー全集10 芸術論集』筑摩書房、一九六七年、三一八頁参照。〕

2 当然ながら、芸術作品の歴史にはさらに多くのものが含まれる。たとえば、モナ・リザの歴史には、一七世紀、一八世紀、一九世紀に製作された複製の様態や数量が含まれることになる。

3 まさに真正性〔本物であること〕が複製不可能であるがゆえに、ある種の複製方法〔技術的なもの〕が強烈に進出することは、真正性の差別化と序列化の口実を与えることになった。そういった区別をつくりあげることは、美術商の重要な機能であった。こういった画商には、ある版木から印刷したさまざまな刷り〔銘を記入する前のものか後のものか〕、銅板からのものか、などを区別する明白な利害関係・関心があった。木版画の発明とともに——といってよかろうが——真正さの質は、それが遅咲きの花を咲かせる前に、根をやられていた。中世の聖母像は、それが完成されたときにはまだ「真正〔本物〕」ではなかった。聖母像が「真正」になったのは、その後何世紀ものあいだにかであって、おそらく一九世紀がもっとも「真正」なものが溢れかえっていた時期であった。

4 田舎で上演されるどんなにみすぼらしい『ファウスト』であれ、それがヴァイマールで行われた初演と観念的競合関係にあるという点で、ファウストを映画化したものと比べるといずれにせよ優れている。メフィストのうちにゲーテの青春時代の友人ヨハン・ハインリヒ・メルクが潜んでいるとか、そういった類のことがらも、舞台ばなではそのような伝統的内容を想い起こさせることもあるにせよ、映画のスクリーンを前にしては使いものにならないものとなってしまった。

5 アベル・ガンス「映像の時代が来た」、『映画芸術II』パリ、一九二七年。

6 人間的に大衆へと「近づけ」られることは、自分の社会的機能を視野の外に置くということも意味する。現代の肖像画家が、家族と食卓についている著名な外科医の絵を描くとき、たとえばレンブラントが「解剖室」で描いたように、一七世紀の画家が公衆に対して医者たちをありありと描き出して見せている以上に、その外科医の社会的機能を精密にとらえているという保証は何もないのだ。

7 「ある遠さ——たとえそれがどれほど近くにあるとしても——が一回限り現れる現象」というオーラの定義は、芸術作品の礼拝価値を、時間空間的知覚の諸カテゴリーで表現することに他ならない。遠さとは近さの反対物である。本質的な遠さとは近寄りがたいもののことである。実際、近寄りがたさとは礼拝像のもつ主要な特質である。礼拝像のもつ性質上、「どんなに近くても存在する、ある遠さ」は保たれることになるのだ。素材的なものから近さを取り出してくることは可能かもしれないが、その近さは、礼拝像が現れてからそこに保たれている遠さを損なうことはない。

8 像の礼拝価値が世俗化される程度に応じて、像の一回性の根底についてのイメージは不明瞭なものとなる。

礼拝像のなかで力を及ぼしている現象の一回性は、造形芸術家やその芸術的成果が経験として一回的なものであるという事実によって、受容者のイメージのなかで、ますます追いやられていく。もちろん、あますところなく完全にというわけではない。真正性の概念は、その芸術家の本物《オーセンティック》の作品という概念をつねに越え出ようとする。(このことはとりわけ蒐集家にはっきりと表れる。蒐集家は、つねに呪物崇拝的な性格をもち、芸術作品を自分で所有することによって、芸術作品の礼拝的な力に与る。)そのことはともかくとして、芸術鑑賞の際に、ある芸術家の本物《オーセンティック》の作品という概念の機能はつねに明らかな意味をもちつづけている。すなわち、芸術の世俗化にともなって、ある芸術家の本物《オーセンティック》の作品だということが礼拝価値にとってかわることになるのだ。

9

映画作品の場合、その制作物の技術的複製可能性は、文学や絵画の作品の場合とは異なり、それらの作品が大量に普及する際の、外部から姿を現す条件ではない。映画作品の技術的複製可能性は、直接その製作技術が理由となって生じている。映画の製作技術は、きわめて直接的なかたちで映画作品の大量普及を可能としているだけでなく、むしろ大量普及を強いているのだ。製作技術が大量普及を強いるのは、一本の映画を製作するには非常にお金がかかるものであり、たとえば絵を買うことができるような個人であっても、映画を買うわけにはいかないからである。一九二七年の計算では、比較的大規模な映画の場合、収益をあげるためには九百万人の観客を動員する必要があるとされる。とはいえ、トーキーによって、ここにはひとまず逆行的な動きが現れた。観客に対して言語の制約が課せられることになったのだが、このことは、ファシズムによって国民の利益が強調されることと同時的な現象であった。しかしながら、こういった後退現象——ちなみに、吹き替えによってそれは和らげられたのだが——を記録にとどめておくことよりももっと重要なことは、この後退現象とナチズムとの関係に注目することである。この二つの現象が同時に起こったことは、経済恐慌に起因する。これら同じような混乱は、大局から見れば、既存の所有関係をあからさまな暴力によって固定しようとする試みをもたらしたが、これらの混乱は、経済恐慌によって脅かされていた映画資本を動かして、トーキーの準備作業を無理やりにでも進めることに結びついていった。そのほかにも、トーキーの導入は一時しのぎにはなった。それは、トーキーによって大衆が新たに映画館に来るようになったからというだけではなく、トーキーによって電気産業界の新資本と映画資本とが連携することになったからである。そのようにして、外側から見ればトーキーは国民的《ナショナル》な利益を促進することになったが、内側から見れば映画産業を以前よりもいっそう国際《インターナショナル》化した。

〔訳者註：最初のトーキーは一九二七年のアメリカ映画「ジャズシンガー」で、複製技術論の第二稿で言及されているミッキーマウスについていえば、「蒸気船ウィリー」（一九二八年）が最初のアニメーションのトーキーであった。ドイツで最初期のトーキーとしては、ハンス・シュヴァルツ監督の Melodie des Herzens（邦題「悲歌（エレジー）」）等があるが、もっと有名な初期のトーキーとしては、ジョセフ・フォン・スタンバーグの「嘆きの天使」（一九三〇年）、ゲオルク・ヴィルヘルム・パプストの「三文オペラ」（一九三一年）、フリッツ・ラング「M」（一九三一年）をあげることができる。トーキーの出現にともなって、無声映画は一九三六年頃までに消滅する。ドイツでの無声映画は、ベンヤミンが指摘するように、ファシズムの台頭と同じ時期に展開している。〕

こういった両極性を観念論の美学は正当に扱うことができない。観念論における美の概念は、この両極性を基本的に分割できないものとして包括してとらえる（したがって、分割できるものとしてはこれを排除する）。いずれにせよ、ヘーゲルにおいては、観念論の制約のなかで考えられるもののなかではきわめて明瞭にこの両極が姿を現している。『歴史哲学講義』のなかでは次のように書かれている。「像は、はるか昔からあった。敬虔な信仰はすでに早くから、信心のために像を必要とした。しかし、そのような敬虔さに美しい像は不要であり、むしろ敬虔な信仰にとって邪魔なものでさえあった。美しい像のうちには、外的な要素も存在しており、像が美しい限り、この外的な要素の精神が人間に語りかける。しかし信心において本質的に重要なのは、ある事物に対する関係である。なぜなら信心そのものは、魂を精神のない鈍感な状態にするものだからである。……美しい芸術は……教会自身のうちで成立した。もちろん、芸術はすでに教会の原理から抜け出てしまっていたのだが。」（ゲオルク・ヴィルヘルム・フリードリヒ・ヘーゲル『歴史哲学講義』）『美学講義』のなかの一つの箇所でも、ヘーゲルがここである問題を感じ取っていたことが指摘されている。そこでは次のように述べられている。「私たちは芸術作品を神のように崇拝する態度を、すでに乗り越えている。芸術作品が与える印象は、もっと意識作用をともなう性質のものであり、芸術作品がわれわれのうちに喚起するものには、もっと高度な試金石が必要である。」（ヘーゲル『美学講義』）

11

芸術作品の受容における第一のあり方から第二のあり方への移行は、芸術受容の歴史的な流れ全般を規定している。しかし、それにもかかわらず、基本的にどのような芸術作品にとっても、この両極的な受容のあり方のあいだの微妙なゆれを指摘することができる。たとえば、システィーナの聖母像である。フーベルト・グリメの研究以降、システィーナの聖母像はもともと展示する目的のために描かれたものであることがわかっている。グリメの研究のきっかけとなったのは、二人の子どもの天使たちが肘をついている、絵の前面の木枠は何のためのものか、という問いであった。グリメはさらに問いを重ねる。ラファエロのような画家が背景の天空に二、三枚の飾り幕をつけるようなことが、いったいどうして起こったのか。研究の結果、このシスティーナの聖母像は、教皇シクストゥスの棺台への安置のセレモニーをおこなう機会に委嘱されたものだということがわかった。歴代の教皇たちの入棺は聖ピエトロ寺院の礼拝堂で行われてきた。ラファエロの絵は、この荘厳な入棺式の際に――この礼拝堂の壁の窪《ニッチ》みのような形を背景にして――棺の上で憩うように掛けられていたのである。ラファエロはこの絵のなかで、緑の仕切り幕で区切られた壁の窪《ニッチ》みの背景から聖母が雲に乗って教皇の棺に近づいている様子を描き出している。シクストゥスの葬儀の際に、ラファエロの絵の際立った展示価値が発揮されることになったのだ。その後しばらくしてこの絵は、ピアチェンツァのベネディクト修道院付属教会にある祭壇のうえに設置された。このように外に移された理由は、ローマ教会の典礼書にある。ローマ教会の典礼書は、葬儀の儀式の際に展示された絵が祭壇上での礼拝のために用いられることを禁じている。ラファエロの作品の価値は、この規則によって、ある程度損なわれることになった。しかしその代償として、教皇庁はこの絵を祭壇上に掲げるのを黙認することにした。センセーションを避けるために、この絵は辺鄙な地方都市の教団に移されたのである。

〔訳者註：ベンヤミンがここで言及しているラファエロの「システィーナの聖母」に関する研究は、造形芸術の学術雑誌に掲載された、フーベルト・グリメの論文「システィーナの聖母の謎」である（一九二二年）。しかし、ベンヤミンがここで要約している記述は、さまざまな事実的な誤りを含んでいると思われる。ベンヤミンは（グリメの記述に基づいて）、この絵画が「教皇シクストゥス」の遺体安置の際に委嘱された作品であると述べている。しかし、一五一三－一四年頃製作されたこの作品の成立に関わっているのは、教皇シクストゥス四世（一四八四年没）ではなく、その甥でラファエロのパトロンでもあった教皇ユリウス二世（一五一三年没）である。しかも、その委託は葬儀とは関係なく、ユリウス二世自身の委託による。この絵画では、幼子イエスを抱く聖母の両側に、聖シクストゥス（二五八年に殉教死した教皇シクストゥス二世）と聖バルバラが描かれているが、そのこともしかすると混乱の原因となっているのかもしれない。ちなみに、この「システィーナの聖母」は、一七五四年以降ドレスデンに置かれており（現在、「アルテ・マイスター絵画館」）、この絵画、そして特に画面下に描かれた二人の子どもの天使は、ドイツ人にとってとりわけよく知られたものである。〕

12 別の次元ではあるが、ブレヒトもまた同様の考察を行っている。「芸術作品が商品に変わったときに生まれる物をあらわすのに、芸術作品という概念ではもはやもちこたえることができないとすれば、われわれは慎重に用心深く、しかし物怖じすることなくこの概念を捨て去らなければならない。もし、この新たに生じたものの機能そのものもいっしょに清算してしまおうというのでなければ。この新たに生じたものは、こういった局面をどうしても経なければならないのだ。しかも、何ら隠された意味をともなうことなどなく。それは正しい道からそれた気ままな寄り道などではなく、ここでこの新たなものに起こっていることはこの新たに生じたものを根本的に変え、その過去を抹消する。そしてそれは、この古い概念が再び用いられるようになったとき——実際そうなるだろうが、だからといって別におかしくないのでは？——その概念によってこの新たに生まれたもの（かつてはこの概念によって言い表されていたのだが）が想い起こされるということはもはやない、という程度まで進んでいくことだろう。」（ベルト ルト・ブレヒト「三文裁判」）

13　アベル・ガンス「映像の時代が来た」。〔強調はベンヤミンによる。〕

14　アベル・ガンス「映像の時代が来た」。

15　アレクサンドル・アルヌー『シネマ』パリ、一九二九年。

16　フランツ・ヴェルフェル「真夏の夜の夢　シェイクスピアとラインハルトによる映画」、『新ウィーン・ジャーナル』（一九三五年十一月一五日）。

17　「映画は……人間の行動を仔細にわたって有効に解明する（あるいはその可能性がある）。……性格から動機づけをおこなうということはない。個々人の内面生活は、決して物語の筋の主因とはならず、またおもな帰結となることもめったにない。」（ブレヒト「三文裁判」）器械装置が映画俳優のうちに実現するテスト可能なものの領域の拡大は、経済的情勢によって個々人に起こってきた、テスト可能なものの領域の途方もない拡大と対応している。このようにして、職業適性テストの意義はますます大きくなっている。職業適性テストにおいて問題となるのは、個人の成し遂げる仕事の断片的な部分である。映画の撮影と職業適性テストは、ともに専門家の委員会の前でおこなわれる。映画スタジオにいる撮影主任は、適正テストでの試験官とまったく同じ立場をとっている。

18 ルイジ・ピランデッロ『映画を撮る』。〔『或る映画技師の手記』岩崎純孝訳、今日の問題社、一九四二年〕

19 ルドルフ・アルンハイム『芸術としての映画』〔みすず書房、一九六〇年〕映画監督を舞台で実践していることから遠ざけている一見瑣末なことがらのうちに、この連関においてきわめて大きな興味を引くものがある。とりわけドライヤーが「裁かるゝジャンヌ」で行っているような、俳優にメーキャップなしで演技させる試みもそういったものである。異端審問を構成する四十数名の俳優を見つけ出すのに、彼は何ヶ月もの時間を使った。これらの俳優を探し出すことは、入手困難な小道具を探し出すのに似ていた。ドライヤーがとくに努力を傾けたのは、年齢や体格、顔つきが似ているのを避けることであった。（モーリス・シュルツ『映画撮影術』所収「化粧」参照。）俳優が小道具になるとすれば、他方で、小道具が俳優の役割を演じるというのも珍しいことではない。いずれにせよ、映画が小道具に役割を与えることになったということは、なんら特別なことではない。無数にある例から適当なものを選び出してくるかわりに、ここではとくに論証力のある例をよりどころとすることにしよう。動いている時計は舞台上ではつねに邪魔なものでしかない。舞台の上で、時間を測るという役割を時計に認めてやるわけにはいかないのだ。自然主義の作品においてさえ、天文学上の時間は舞台上の時間と衝突してしまうことになろう。こういった状況を考えると、映画が場合によっては時計による時間の測定をそのまま使うことができるのは、映画にきわめて特徴的なことである。個々の小道具が場合によっては映画において決定的な役割を引き受ける可能性をもっているということを、これほどはっきりと見て取れるものは他にはないかもしれない。ここから、「ある対象物と結びつき、それに立脚している俳優の演技は、つねに、映画構成のもっとも強力な方法の一つである」というプドフキンの説までは、ほんの一歩しか離れていない（プドフキン『映画の監督と脚本』）。このように映画は、物質と人間の共演を示すことのできる唯一の芸術手段である。それゆえ映画は、唯物論的表現のための優れた道具となりうる。

20 ここで確認することができる、複製技術による展示の仕方の変化は、政治においても顕著に表れている。

市民の民主主義の諸形態が現在直面している危機は、統治者をどのように展示するかということにとって決定的な諸条件が直面する危機をも含んでいる。民主主義はいずれも、統治者をその人自身の姿で、しかも代議士たちの前に展示する。議会が統治者の観衆となるのだ。録音・撮影機器の刷新によって、演説の最中に無数の人たちがこの演説者を聞くことができるようになり、またそれほど時をおかずして、無数の人たちがこの演説者を見ることができるようになった。それとともに、政治に関わる人間をこういった録音・撮影機器を前にして展示することの重要性がひときわ際立つことになる。劇場が寂《さび》れていくのと同時に、議会も寂《さび》れていく。放送と映画によって変化をこうむるのは職業俳優の機能だけではない。統治者がそうであるように、これらの機器を前にして自分自身を展示する人の機能こそ、まさに変化してゆく。この変化の方向は、それぞれが果たす独自の役割とは関わりなく、映画俳優と統治者の場合で変わりはない。それが目指しているのは、特定の社会的条件のもとで、審査可能な、さらには［機械によって］引き受け可能なパフォーマンスを展示することである。それによって、あらたな選り抜きの人々が生じることになる。それは器械装置を前にして生まれるより抜きの人々であり、そこからスターや独裁者が勝利者として頭角を現すことになる。

21

ここで問題となるそれぞれの技術の特権的性格は今では消滅している。オルダス・ハクスリーは次のように書いている。「技術的進歩は……卑俗なものに向かうことになった。技術的複製可能性と輪転機印刷によって、文書や画像を無数にコピーすることが可能になった。普通教育や比較的高い給与を得るようになったことで、読むことができ、文字や絵による資料を手に入れることができる非常に多数の公衆が生まれた。こういった資料を提供するために、大会社が設立された。とはいえ、芸術的才能をもつ者はごく限られている。その結果、どのような時代であれ、またどのような場所であれ、芸術的創造の大部分は価値のないものであったということになる。しかし今日、芸術創造全体のなかで屑が占める割合は、かつてよりも大きくなっている。……ここでわれわれが目にしているのは、簡単な算数の問題である。

前世紀のあいだに西ヨーロッパの人口は二倍以上に増加した。しかし文字や画像による文書は、少なくとも二十倍、場合によっては五十倍、あるいは百倍にもなっているのではないかと推計する。x百万人の人間のうちにn人の芸術的才能をもつ人がいるとすれば、2x百万人の人間のうちにはおそらく2n人の芸術的才能をもつ人がいることになるだろう。この状況は次のように要約することができる。百年前に文字や画像による文書が一ページ出版されたとすれば、今日ではそれに対して百ページとはいわないにしても二十ページの出版が行われることになる。他方で、百年前に芸術的才能をもつ人が一人存在していたとすれば、今日ではそれに対して二人いるということになる。かつてならばその能力を生かすことができなかった、潜在的能力をもつ多数の人たちが、今日では普通教育によって生産的な仕事をするようになっているという可能性は認めよう。とすれば、次のように仮定したい。芸術的才能をもつかつての一人の人に対して、今日では三人、さらには四人の芸術的才能をもつ人がいる。それにもかかわらず、文字や画像による資料の消費は、才能ある文筆家や才能ある画家を自然に生み出す数を大幅に上回るものだった。聴覚にかかわる資料についても事情は同じだ。経済的繁栄、蓄音機やラジオにより、聴覚素材の消費が人口の増加や、それにともなう才能をもつ音楽家の自然な増加とまったくつり合わないような公衆が生まれることになったのである。すなわち、あらゆる芸術において、絶対的にも相対的にも、屑の生産はかつてよりも大きいという結果になる。現在のように、文字、画像、聴覚素材をつりあいが取れないほど膨大に消費することを人々が続けるならば、事態は同じ状況のままとならざるを得ない。」（オルダス・ハクスリー『冬の周遊旅行——中央アメリカの旅』一九三三年）こういった考え方は、明らかに進歩的ではない。

22 カメラマンの大胆な作業は、実際のところ、外科の執刀医のそれと比べることができる。リュック・デュルタンは、特別に手先の技術を必要とする熟練の技を列挙しているなかで、次のような技能を挙げている。「それは外科医学において、ある特別に難しい手術の際に必要となる技能である。たとえば、耳鼻咽喉科のケースを一つ選ぶことにする……。いわゆる鼻腔内のパースペクティブ処置のことをいっている。あるいは、咽頭鏡にうつる倒立像によって、咽頭手術を行わなければならないときのアクロバティックな技をあげてもよい。さらには、時計職人の精密作業を思わせる耳の手術に言及してもよいだろう。人間の身体を修理し、救おうとする者に対して、どれほど筋肉による繊細な作業を次々とこなしていくことが要求されることか。あるいは、白内障手術を考えていただくだけでよい。この手術では、いわばメスとほとんど液状化した組織との論争がおこなわれているといってもよい。あるいはまた、鼠蹊部の重要な手術（開腹手術）を考えていただきたい。」（リュック・デュルタン「技術と人間」一九三六年）

23

こういった見方は荒削りな印象を与えるかもしれない。しかし、偉大な理論家であるレオナルド〔・ダ・ヴィンチ〕が示しているように、荒削りな見方もその時代には意味のあるものとみなされることもあるだろう。レオナルドは次のような言葉で絵画と音楽とを比較している。「絵画は音楽よりも優れている。なぜならば、不幸な音楽の場合、生命を与えられるとすぐさま死滅する運命にあるが、絵画はそうではないからだ。……生まれるや否や消滅してしまう音楽は、ニスを使うことで永遠のものとなった絵画に劣っている。」（レオナルド・ダ・ヴィンチ『文学的哲学的断章』）

24

こういった状況と類似するものを探すとすれば、ルネサンス絵画のうちに示唆に富む類似《アナロジー》が見られる。ここでわれわれが出会う芸術の比類ない隆盛や意義はなによりも、この芸術のうちに数多くの新しい学問やさらにはまた科学上の新しいデータが統合されているということにもとづいている。ルネサンス絵画には解剖や遠近法、数学、気象学、色彩論が必要とされた。ヴァレリーは次のように書いている。「レオナルドのような人物が口にする奇異な要求ほどわれわれから縁遠いものはほかにはない。彼にとって絵画は至上の目標であり、認識を最高度に提示するものであった。彼が確信しているところによると、絵画は全知を要求するものであり、彼自身、理論的分析を前にしてたじろぐことはなかった。今日のわれわれであれば、その深さ、精密さのために、呆然と立ち尽くすしかないのだが。」（ポール・ヴァレリ

ー「コローをめぐって」）（『ヴァレリー全集10　芸術論集』筑摩書房、新装版（一九七四年）、一四六頁）

25　ルドルフ・アルンハイム『芸術としての映画』。

26　「芸術作品が価値をもつのは、それが未来からの反射によって震撼させられるときのみである」とアンドレ・ブルトンは語っている。実際、十分に展開した芸術形式はすべて、三つの発展のラインの交点上にある。つまり、〔第一に〕技術はまずある特定の芸術形式を目指して進む。映画が登場する以前は、小さな写真の本があった。それらの写真を親指で押さえて、見ている人にすばやくパラパラとめくると、写真はボクシングやテニスの試合を見せてくれるというものだった。あるいは、ハンドルを回すことで一連の絵の動きを見ることができる、バザーでの自動機械もあった。第二に、従来の芸術形式は、発展の特定の段階において、後に新しい芸術形式が無理強いされることなく目標とするような効果を目指して進む。映画が一般的になる以前は、ダダイストたちは、後にチャップリンのような俳優がより自然なやり方で生み出した動きを、彼らの催し物によって観客に見せようとしていた。第三に、しばしば、人目につかない社会的変化が受容のあり方の変化を目指して進む。そういった受容の変化は、新しい芸術形式が生じたときにはじめてその役に立つことになる。映画が公衆を形成し始める以前に、カイザー・パノラマでは、画像（これはすでに動かないものではなくなっていた）が集まってきた観客によって受容されていた。この観客たちは、ステレオスコープが備え付けられているついたての前に立ち、やってきた人たちそれぞれに一つがあてがわれていた。このステレオスコープには自動的にいろいろな画像が現れたが、それらはちょっとのあいだ動きを止めると、他の画像に代わっていった。エジソンは、（スクリーンや映写といった方法が知られる以前に）少人数の観客に最初のフィルム上映を行ったときにはまだ、これと似たような手段をとる必要があった。その観客たちは、一連の画像がなかで動いている機械をのぞきこんだのである。ちなみに、カイザー・パノラマの装置には、発展の弁証法がことさらはっきりと現れている。映画が画像を見る行為を集団的なものとする直前には、この急速に廃れた施設のステレオスコープの前に、一人で画像を見るという行為がいま一度きわめて明確に広まったことがあった。これは、かつて僧侶が神像安置所のなかで神々の像を見ていたこととまったく同様のことである。

27　こういった沈潜の神学的原像は、自分一人で神とともにいるという意識である。こういった意識のもとに、市民階級の偉大な時代には教会の保護監督を振り払おうとする自由が強まった。しかし、市民階級が没落する時代には、個々人が神との交わりの際にかたむける力を共同体の問題から取り除こうとする隠れた傾向のことを、この同じ意識が顧慮しなくてはならなくなったのである。

28　ジョルジュ・デュアメル『未来生活の情景』一九三〇年。

29　今日の人間は、生命の危険がますます大きくなっていることを直視しなければならないが、映画はこういった生命の危険に対応して生まれた芸術形式である。ショック作用にさらされたいという欲求は、自分を脅かす危険に人間が適合するあり方の一つなのである。映画は、統覚器官の徹底的な変化に対応している。その変化とは、個人の生活の尺度でいえば、大都市の交通で通行人の誰もが体験しているものであり、また、歴史的な尺度で言えば、現代の国民がみな体験しているものである。

30　ダダイズムと同様に、キュービズムや未来主義についてもまた、映画から重要なヒントを引き出すことができる。キュービズムも未来主義もともに、現実と器械装置との相互浸透を考慮しようとする、欠陥をもった芸術の試みであるように思われる。この両派は、映画と異なり、現実《リアリティ》の芸術的表現のために器械装置を用いることによってではなく、表現された現実と表現された器械装置の一種の合金によって、こういった試みをおこなったのである。その際、キュービズムにおいて支配的役割を演じているのは、光学に依拠するこの器械装置の構造を予感するということである。一方、未来主義においては、映画フィルムの急速な流れのなかで効力を発揮する、この器械装置の効果を予感することが、重要な役割を果たしている。

31　デュアメル『未来生活の情景』。

32　とりわけ週間ニュース映画（そのプロパガンダの意義はどれほど強調したとしても、しすぎるということはない）を考慮に入れるならば、ここではある技術上の事情が重要になってくる。大量《マッセ》複製には大衆《マッセ》の複製が対応しているのだ。祝祭の大パレードや巨大な集会、大衆のスポーツ大会、そして戦争といったものはすべて、今日、撮影機器の手に渡されているが、大衆はこういった催しのなかで自分自身と対面することになる。こういったプロセスがどれほどの影響範囲をもつものであるかは強調するまでもないが、このプロセスは、複製の技術あるいは撮影の技術の発展ときわめて密接に関連している。大衆の動きは一般的にいって、眼で捉えるよりも機械で捉えるほうがいっそうはっきりと表現される。何十万人もの軍勢は、鳥瞰的なパースペクティブによってもっともうまく捉えることができる。こういったパースペクティブを器械装置でも人間の目でも同じようにとることができる場合でも、眼が捉える像は、撮影のように拡大することはできない。つまり、大衆の動きは、またその意味で戦争も、器械装置にとりわけ適合した、人間の振る舞いの形式なのである。

33　『ラ・スタンパ』からの引用。
〔訳者註：『ラ・スタンパ』はトリノに本拠地をもつイタリアの日刊紙。ドイツ語版ベンヤミン全集の編者ティーデマン／シュヴェッペンホイザーは、この未来派宣言のテクストは、ベンヤミンが書いているようにイタリア語の新聞からではなく、フランス語の新聞（『フィガロ』）から翻訳されたものだろうと見ている。〕

訳註

（1）ポール・ヴァレリー（一八七一－一九四五）、フランスの作家、批評家。この冒頭の引用は、第三稿になってはじめてつけられている。ヴァレリーからの引用は、ベンヤミン自身がフランス語からドイツ語に翻訳したものである。ここに引用されたテクスト「同時遍在性の征服」自体は、『ヴァレリー全集10』

芸術論集』筑摩書房、一九六七年のうちに含まれている。

(2) リトグラフは、一七九六年、アロイス・ゼーネフェルダーによって発明され、一九世紀のかなり早い段階でヨーロッパ中に普及した。最初の写真はジョセフ・ニセフォール・ニエプスによるもので、一八二〇年代半ばに成功している。その後、彼がさらに追求していた銀板写真はルイ・ジャック・マンデ・ダゲールによって引き継がれ、一八三九年に完成された(「ダゲレオタイプ」と呼ばれる)。これらについてベンヤミンは、『写真小史』のなかでもふれている。

(3) 一八七七年、トーマス・エジソンによって円筒式蓄音器が発明され、さらに一八八七年、エミール・ベルリナーにより円盤式レコード「グラモフォン」が発明される。

(4) アベル・ガンス(一八八九－一九八一)、フランスの映画監督。とりわけ『鉄路の白薔薇』(一九二三)、『ナポレオン』(一九二七)で知られる。引用のなかで言及されている人物のうち、ベートーヴェンを描いた映画「楽聖ベートーベン」(一九三六)は制作されている。

(5) 「ウィーン創世記(Wiener Genesis)」は、六世紀前半の彩色挿絵のある創世記の写本。保存状態のよい最古の聖書の写本である。現在、ウィーンの国立図書館に収蔵されている。ベンヤミンは、「カール・クラウス」でも表現主義との連関で「ウィーン創世記」について言及している。

(6) 「ウィーン学派」とは、ウィーン大学でおこった新たな美術史の方法をかかげる学者たちの一派。ここで言及されているフランツ・ヴィクホフ(一八五三－一九〇九)やアロイス・リーグル(一八五八－一九〇五)は、一九世紀末にウィーン大学で教授を務めていた。とりわけリーグルは、このテクストや『ドイツ悲劇の根源』でも言及されるように、ベンヤミンの思考にとってきわめて重要な意味をもっている。テクストのこの箇所で言及されている「ウィーン学派の学者たち」の見解は、具体的にはとりわけリーグルの『末期ローマの芸術産業』(『末期ローマの美術工芸』井面信行訳、中央公論美術出版、二〇〇七年)に見られるものである。

(7) ベンヤミンが「ルネサンス」というとき、一五世紀半ばのグーテンベルクによる活版印刷の発明、そして一六世紀初頭の宗教改革、人文主義を念頭においており、一五〇〇年前後と考えてよいだろう。そして、それが「三〇〇年」続いて、「最初の深刻な動揺」としての「写真」(ニエプスによる発明は一八二〇年代半ば)が登場する。

(8) ベンヤミンがここで「交響曲」というとき、ハイドン、モーツァルト、ベートーヴェンといったウィーン古典派における交響曲を念頭においていると思われる。一八世紀後半から一九世紀の初頭にかけて、交響曲の古典的形式・編成はこれらの作曲家によって完成されるが、それは同時に公開の「演奏会」という音楽受容の形式の成立史とも重なる。それ以前の音楽(現在、「クラシック音楽」として受容される高級文化としての音楽)が、おもに教会(聖)における典礼・儀式のためのもの(「ミサ曲」はそのもっとも典型的な作品形式である)か、あるいは宮廷(俗)での娯楽に奉仕するもの(オペラ、舞踏、食事など)であったのに対して、交響曲という形式は、まさにその完成の時期に、市民社会における多数で不特定の聴衆に受容される方向で次第に展開していったということになる。それはまた、写真の発明とほぼ同じ時代である。

(9) ウジェーヌ・アジェ(一八五七 - 一九二七)、フランスの写真家。ベンヤミンの『写真小史』のなかでも、オーラの衰退と関連づけながらアジェについて比較的詳しく取り上げられている。

(10) セヴラン=マルス(一八七三 - 一九二一)、フランスの俳優。アベル・ガンス監督の「戦争と平和」(一九一九年)、「鉄路の白薔薇」(一九二三年)に出演している。

(11) アレクサンドル・アルヌー(一八八四 - 一九七三)、フランスの作家。一九二二年から一九五三年にかけて、「巷の子 (Dans les Rues)」(一九三三年)、パプスト監督の「ドン・キホーテ」(一九三三年)等、数多くのフランス映画の台詞にもかかわっている。

(12) 「巴里の女性」(一九二三年)および「黄金狂時代」(一九二五年)は、ともにチャールズ・チャップリンの映画。このコンテクストからすれば、ここにあげられたチャップリンの映画は映画に礼拝的要素をもちこんでいない作品ということになる。テクストのあとの箇所で登場する「精神集中」と「気晴らし」という対概念でいえば、教養市民層の価値観に対置される「気晴らし」が、礼拝価値の対極にあるものと結びつく。その意味でいえば、「黄金狂時代」は「気晴らし」としてまちがいなく大衆に屈託なく受容される作品である。それに対して、「巴里の女性」はチャップリンの映画のなかでも特殊な位置を占める。というのも、この映画にはチャップリンは登場せず、一貫してシリアスな物語が展開されるからだ。ここでベンヤミンが、わざわざ「巴里の女性」を例としてあげているのは、その意味でわかりにくいが、これについてはベンヤミンのエッセイ「チャップリン回顧」参照。

(13) フラ・アンジェリコ（一三八七－一四五五）、イタリア・ルネサンスの画家。とりわけ、「受胎告知」の絵で知られる。

(14) マックス・ラインハルト（一八七三－一九四三）、オーストリアの演出家、舞台監督。彼は演劇界で圧倒的な影響力をもっていたが、映画にも多大な関心をもち、ここで言及されているように、シェイクスピアの『真夏の夜の夢』の映画化なども手掛けている。

(15) フランツ・ヴェルフェル（一八九〇－一九四五）、ドイツ、オーストリアの作家、詩人。一九一〇年代には表現主義の活動にも深くかかわっていた。また、アルマ・マーラーの再婚相手の一人としても知られる（一九二九年に結婚）。

(16) ルイジ・ピランデッロ（一八六七－一九三六）、イタリアの劇作家、小説家。一九三四年にはノーベル文学賞を受賞している。ここで言及されている『映画を撮る』は、『或る映画技師の手記』（岩崎純孝訳、今日の問題社、一九四二年）という題で邦訳がある。

(17) 「美しい仮象」という概念については、複製技術論の第二稿にベンヤミン自身の詳細な註が付されている。『ベンヤミン・コレクションⅠ』六三三－六三五頁参照。

(18) ジガ・ヴェルトフ(一八九六－一九五四)、ロシアの映画監督。彼は「映画眼(キノ・グラース)」という概念を提唱したことで知られる。それにもとづいて制作された「カメラをもつ男」(一九二三年)では、カメラを通じて撮られた世界がどのようにスクリーンに現れることになるか、また映画制作がどのようにおこなわれるかを描き出すにとどまらず、映画カメラを通じて提示された像が、われわれの通常の視覚的認識や世界の経験とどれほど決定的に異なるものかを示してくれるものでもある。ここで言及されている「レーニンの三つの歌」(一九三四年)は、標題のとおり、ロシア各地で歌われるレーニンを称える三つの歌を軸にしながら、さまざまなロシア民衆のありのままの生活を描き出している。

(19) ヨリス・イヴェンス(一八九八－一九八九)、オランダ、フランスの映画監督。第二次世界大戦後もとりわけベトナム戦争を告発する複数のドキュメンタリー映画を制作しているが(ゴダールらの「ベトナムから遠く離れて」(一九六七年)にも加わっている)、ベンヤミンの時代の作品としてはここにあげられている「ボリナージュの悲劇」(一九三三年)が重要な作品である。この映画では、ベルギーのボリナージュにある炭鉱での鉱夫の悲惨な生活、搾取が描かれている。

(20) 「青い花」は、ドイツ初期ロマン主義の作家ノヴァーリスの小説『ハインリヒ・フォン・オフターディンゲン』(邦訳『青い花』岩波文庫)で、ロマン主義的理想の象徴として示されるものである。

(21) ハンス・アルプ(一八六六－一九六六)はストラスブール出身(第一次大戦終了まではドイツ、その後はフランス)の彫刻家、画家、詩人で、トリスタン・ツァラ、フーゴー・バルとともにチューリヒ・ダダ(一九一五－一九二〇年頃)の中心メンバーの一人だった。アウグスト・シュトラム(一八七四－一九一五)はドイツ表現主義の詩人であり、このコンテクストからはダダイズムの側にあるように見えてしまうが、むしろ広い意味でアヴァンギャルド芸術の担い手としてあげられていると考えられる。シュトラムの詩は、名詞や名詞化された動詞を断片的に積み重ねたような表現によって特徴づけられる。しかし、それは本来、決してダダイズムの詩についていわれるような「言葉の屑」として作られたものではない。アンドレ・ドラン（一八八〇－一九五四）はフランスの画家。マティス、ヴラマンクとともにフォーヴィズム（一九〇五年頃）の中心的な担い手の一人とみなされている。また一九一〇年前後にはキュービズム的な作風となっている。ただしこのテクストでは、ドランはダダイズムに対置される側の一人としてあげられており、（リルケもそうだが）新たな芸術を志向しながらも、伝統的な芸術受容に組み入れられる画家として位置づけられていることになる。ドランは、一九二〇年代以降、伝統的なアカデミズムの画風となっており、そのことも関係しているかもしれない。ライナー・マリア・リルケ（一八七五－一九二六）はオーストリアの作家、詩人。同時期のオーストリアの作家でいえば、ホフマンスタールとならんできわめて重要な作家である。

(22) ジョルジュ・デュアメル（一八八四－一九六六）、フランスの作家、詩人。とりわけ第一次世界大戦の体験から、機械文明に対する批判が彼の思想の根幹に置かれるようになり、ここで引用されている『未来生活の情景』もそういった方向にある。テクストの後の箇所で現れる「気の散った状態」と「集中」という対概念も、もともとはデュアメルの表現であり、デュアメルが伝統的な教養的人文主義の立場から「精神の集中」に価値をおき、「気の散った状態」を批判したのに対して、ベンヤミンはそれを逆手にとって、これらにまさに逆転した価値を与えていることになる。

(23) 「気の散った（zerstreut）」という言葉は、「気晴らし（Zerstreuung）」と基本的に同じ語にもとづいている。つまり、「精神集中」の対極にあるものが「気の散った」状態であり、そのことは同時に娯楽的な「気晴らし」にもつながる。訳文では、Zerstreuungという語を、コンテクストに応じて「気晴らし」あるいは「気の散った状態」と訳し分けている。

(24) 「使用すること」と「知覚すること（Wahrnehmung）」は、テクストのすぐあとに続く文からわかるように、それぞれ「触覚」と「視覚」に関係づけられている。「知覚」はもちろん、人間の五感のすべて（つまりここで対置的に言及されている「触覚」も含めて）にかかわるが、ここでは建築物を「見る」

ことの意味で述べられていると理解する必要があるだろう。

(25) ベンヤミンがここで掲げている「視覚」と「触覚」という対置関係は、直接的にはアロイス・リーグル（訳註（6）参照）の『末期ローマの芸術産業』で用いられている対概念を念頭においたものと考えられる。しかし、それとともに、ジョン・ロックの『人間知性論』での論議に端を発するいわゆる「モリヌークス問題」も考えに入れる必要があるだろう。「モリヌークス問題」は、ヨーロッパ思想史において、視覚と触覚という二つの知覚の対置的な関係に関する論議を引き起こしているが（その意味でリーグルも間接的にその影響下にあるといえるだろう）、基本的な方向性として、「視覚」に対しては理性的認識が割りふられているのに対して、「触覚」は感性的把握、あるいは全感覚的な把握にかかわる。ベンヤミンでは、「視覚」が基本的に「瞑想」「沈潜」「精神の集中」に関係する知覚であるのに対して、「触覚」は「慣れること」「気の散った状態＝気晴らし」と結びつけられている。

(26) フィリッポ・トンマーゾ・マリネッティ（一八七六－一九四四）は、イタリア・未来派の作家、批評家。一九〇九年、フランスの新聞『フィガロ』に未来派宣言が掲載される。未来派はイタリアのファシスト政権と強く結びついていた。

(27) 神聖ローマ皇帝フェルディナント一世のモットー、「正義が行われよ、たとえ世界が滅びようとも」というラテン語の成句をもじったもの。

歴史の概念について

I

よく知られていることだが、チェスの名手である自動人形が存在したといわれている。(1) この人形は、チェスの相手がどのような手を指してきても、その勝負を確実に勝たせる手で打ち返すように作られていたという。それはトルコ風の衣装を身にまとい、水煙草のキセルを口にくわえた人形で、広いテーブルの上に置かれた盤を前にして座っていた。複数の鏡を用いたシステムによって、このテーブルはどの方向から見ても透明であるかのような錯覚が生み出されていたのである。実際には、その中にはせむしの小人が座っていた。このせむしの小人はチェスの名手で、紐で人形の手を操っていたのだ。この装置に対応するものを、哲学において思い描くことができる。「歴史的唯物論」と呼ばれている人形は、いつでも勝つことになっている。この人形は誰とでもらくらくと渡り合うことができるのだ。今日では周知のように小さくて醜く、そうでなくとも人目に姿をさらすことのできない神学を、この人形が自分のために働かせるときには。

II

「人間の気質のもっとも注目すべき特質の一つに」、とロッツェが言っているのだが、「個々人ではあれほどの利己心を持ちながら、人間全体としては、現在が未来に対して羨望を抱くことはないという特質がある」(2)。こういった考え方を推し進めてゆくならば、われわれの抱く幸福のイメージは、自分たちの日々の生活によってわれわれがともかくも押し込められているこの自分の時代によって、完全に染め上げられている、ということになる。幸福はわれわれのうちに羨望の念を引き起こすこともあるが、そういった幸福は、われわれが呼吸をしていた空気のなかにしか——われわれが語りかけていたかも知れぬ人たち、また、われわれに身をゆだねていたかもしれない女たちのいた空気のなかにしか——存在しない。言い換えれば、幸福のイメージのうちには救済のイメージが、決して引き渡すことのできないものとして共鳴しているのだ。歴史が自分の仕事としている過去のイメージについても、まったく同じことがいえる。過去はある秘められた索引《インデックス》をともなっており、その索引によって過去は救済へと向かう。私たち自身に、昔いた人たちのまわりの空気がそっとそよいでいるのではないか。われわれが耳を傾ける声のうちに、今では沈黙してしまった声のこだまがあるのではないか。われわれが求愛する女たちには、彼女らがもはや知ることのなくなってしまった姉妹がいるのではないか。そうであるとするならば、かつての世代とわれわれの世代のあいだに、ある秘められた約束があるということになる。そうだとすれば、われわれはこの地上で待ち受けられていた者なのだということになる。そうだとすれば、われわれの前のすべての世代と同様に、われわれにもかすかなメシア的な力がともに与えられているということになる。過去はこのメシア的な力を頼みとしている。この期待を安易に片づけるわけにはいかない。歴史的唯物論者はそのことをよく心得ている。

Ⅲ

さまざまな出来事を、大小の区別をつけることなく、一つずつ物語ってゆく年代記作者は、そのようにすることで、ある真理に対して配慮を行っている。それは、かつて起こったことは何一つとして、歴史にとって見捨てられるものとはならないという真理である。もちろん、救済された人類に対してだけ、その過去が完全なかたちで与えられる。それはつまり、救済された人類に対してだけ、過去がそのどの瞬間においても引用可能なものとなるということだ。人類が生きたどの瞬間も、「命令伝達の際の顕彰〔呼び出し〕(citation á l'ordre du jour)」(3)となる。この日こそ、まさに最後の審判の日である。

Ⅳ

まず最初に食と衣を得ることに努めよ。そうすれば、神の国は汝らにおのずと与えられることになろう。(4)

ヘーゲル、一八〇七年

マルクスで修行を積んだ歴史家がつねにはっきりと思い描いている階級闘争とは、粗野で物質的なものを求める闘争である。そのような粗野で物質的なものがなければ、繊細で精神的なものもない。それにもかかわらず後者は、勝利者の手におちる戦利品のイメージとは異なるものとして、階級闘争のうちに存在する。これらのものは、確信、勇気、ユーモア、術策、不屈としてこの闘争のうちに生きており、その働きかけははるか過去にまで遡って作用する。それらは、いつもあらたに、かつて支配者が手にしたあらゆる勝利に対して、疑問の眼を向けることになるだろう。花が太陽に頭《かしら》を向けるように、過ぎ去ったものは、密かな向日性の力によって、歴史の天に上ろうとしている太陽に向かおうとしている。歴史的唯物論者は、このあらゆる変化のうちでもっとも目立たない変化をよく心得ていなければならない。

V

過去の真のイメージはさっとかすめ過ぎてゆく。それを認識できる瞬間に閃《ひらめ》き、そしてその後は永遠に目にすることのないイメージ、過去はそのようなイメージとしてしか、しっかりととどめておくことができない。「真理はわれわれから逃げ去ることはない。」ゴットフリート・ケラーに由来するこの言葉は、歴史主義の歴史像において、歴史的唯物論によって撃ち抜かれるまさにその場所を示している。というのも、自分は過去のイメージのなかで意図された存在なのだという認識をもたなかったあらゆる現在とともに消え去ろうとしているのは、二度と取り戻すことのできない過去のイメージなのだから。

VI

過ぎ去ったものを歴史というかたちで言い表すということは、それを「もともとあった通りに」認識することではない。それは、危険な瞬間に閃《ひらめ》くような回想を自分のものにするということである。歴史的唯物論にとって重要なのは、危険な瞬間に歴史的主体に思いがけず立ち現れるような過去のイメージをしっかりととどめておくことである。そういった危険は、伝統の存立と伝統の受け手をともに脅かしている。両者にとってこの危険性は同一のものである。つまり、支配階級の道具となる危険性だ。大勢順応主義《コンフォーミズム》は、伝承されてきたものを今まさに征服しようとしているが、その大勢順応主義《コンフォーミズム》の手から伝承をあらたに奪い返そうとする試みが、どの時代《エポック》でも行われなければならない。メシアは単に救済者としてやって来るだけではない。反キリストを克服する者としてやって来るのだ。敵が勝利するなら、死者さえもその敵に対して安全ではないだろう。こういった考え方にすみずみまで満たされている歴史記述者だけに、過ぎ去ったもののうちに希望の火花をかきたてる才能が宿っているのだ。そして、この敵は勝利することを止めてはいない。

Ⅶ

悲嘆の声が響き渡るこの谷の
暗さとひどい寒さのことを考えろ
ブレヒト『三文オペラ』

フュステル・ド・クーランジュ(5)は歴史家に、ある時代を追体験しようと思うなら、その後の歴史の流れについて知っていることを、すべて頭から振り払うようにと勧めている。歴史的唯物論がきっぱりと手を切った方法をこれ以上うまく言い表すことはできない。それは感情移入という方法である。その起源は心の不活発さ、すなわち怠惰《アケーディア》にあるが、これはその弱気さのために、束の間閃《ひらめ》く歴史の真のイメージを自分のものにすることができない。中世の神学者たちはこの怠惰《アケーディア》を、悲しみの根本原因であると考えていた。悲しみとは一方《ひとかた》ならぬつきあいのあったフロベールは、「カルタゴを甦らせるためにどれほど悲しまなければならないか、それを推し量る人は少ない」と書いている。

歴史主義の歴史記述者はいったい誰に感情移入しているのか、という問いを投げかけるならば、この悲しみの本性がいっそうはっきりする。その答えは否応なく、勝利者に、ということになろう。その時々の支配者とは、かつて勝利したすべての者たちの遺産相続人である。したがって、勝利者に感情移入することは、その時々の勝利者にとってはつねに好都合なことなのだ。これだけいえば、歴史的唯物論者にとっては十分だろう。今日にいたるまで、勝利をさらっていった者は誰であれ、いま地に倒れている者たちを踏みつけて進む今日の勝利者たちの凱旋行列のなかで、ともに行進しているのだ。戦利品は、いつもそのようにされてきたように、凱旋行列のなかでいっしょに運ばれる。この戦利品は文化財と言い表されている。これらの文化財は、歴史的唯物論者が対象に対して距離をもった観察者であることを念頭におく必要があるだろう。なぜなら、歴史的唯物論者が文化財に見てとっているものは、ことごとく、戦慄を覚えることなしに考えることができないような由来のものだからである。それが存在しているのは、創造してくれた偉大な天才たちのおかげというばかりでなく、彼らの同時代人たちの、もはや誰のものともわからない苦役のおかげなのだ。それは文化の記録であると同時に、否応なく、野蛮の記録でもある。そして、それ自体が野蛮から逃れられないように、それがさまざまな人たちの手をわたっていった伝承のプロセスもまた、野蛮から逃れることはない。それゆえ歴史的唯物論者は、可能な範囲でそういった伝承と一線を画す。歴史的唯物論者は、歴史を逆なですることを自らの使命と考える。

Ⅷ

抑圧された者たちの伝統は、われわれが生きている「非常事態」(6)は実は通常のものなのだと教えてくれる。われわれはこれに対応する歴史の概念に到達しなければならない。そのとき、真の非常事態を招き寄せることがわれわれの課題であると、はっきり思い描くことになるだろう。そして、それによって、ファシズムに対する闘争のなかでのわれわれの立場がよりよいものとなるだろう。ファシズムにチャンスを与えているのは、とりわけ、ファシズムに対抗する者たちが、歴史の規範としての進歩という名のもとにファシズムに接していることなのである。われわれが体験するものごとが二〇世紀になっても「まだ」可能であるという驚きは、哲学的な驚きではない。それは認識の発端となるものではない。そういった驚きを生み出す歴史像などもちこたえることができないものだ、という認識の発端となるのであれば別だが。

IX

私の翼はいまにもはばたこうとしている
もといたところに帰ることができればよいのだが
生きているあいだここにいつづけても
私にはほとんど幸福はないのだから
ゲルショム・ショーレム《天使の挨拶》[7]

「新しい天使《アンゲルス・ノーヴス》」と題されたクレーの絵がある。そこには一人の天使が描かれており、その天使は、彼がじっと見つめているものから、今まさに遠ざかろうとしているかのように見える。彼の目は大きく見開かれており、口はひらいて、翼はひろげられている。歴史の天使はこのように見えるにちがいない。彼はその顔を過去に向けている。われわれには出来事の連鎖と見えるところに、彼はただ一つの破局《カタストロフィー》を見る。その破局は、次から次へと絶え間なく瓦礫を積み重ね、それらの瓦礫を彼の足元に投げる。彼はおそらくそこにしばしとどまり、死者を呼び覚まし、打ち砕かれたものをつなぎ合わせたいと思っているのだろう。しかし、嵐が楽園《パラダイス》のほうから吹きつけ、それが彼の翼にからまっている。そして、そのあまりの強さに、天使はもはや翼を閉じることができない。この嵐は天使を、彼が背中を向けている未来のほうへと、とどめることができないままに押しやってしまう。そのあいだにも、天使の前の瓦礫の山は天に届くばかりに大きくなっている。われわれが進歩と呼んでいるものは、この嵐なのである。

X

修道院の規則によって修道士たちが瞑想するよう与えられるテーマには、修道士たちが世の中やその営みに対して背を向けるようにするという役割があった。ここでわれわれがたどる思考の道筋も、それと似た使命から生じたものだ。われわれの思考が目指しているのは、ファシズムに対抗する者が希望をおいていた政治家たちが力なく屈服し、自らの理想を裏切ることでさらに敗北を深めているこの瞬間に、政治において俗世に生きる人を、この政治家たちが絡めとっている網から解放することなのである。この政治家たちのかたくなな進歩思想、彼らの「大衆基盤」への信頼、そして最後に、制御できない機構のなかに彼らが追従的に組み込まれていること、これらは同じことがらの三つの側面であったということが、ここでの考察の出発点となっている。この考察が行おうとしているのは、この政治家たちがあいかわらずしがみついている歴史観とのあらゆる共犯関係を避ける歴史の観念にとって、われわれのいつもどおりの考え方がどれほど高いものにつくかをわかってもらうことである。

XI

社会民主主義に当初からなじんでいた大勢順応主義《コンフォーミズム》は、この党の政治的戦術だけでなく、その経済観にもこびりついている。これはのちの崩壊の一因となる。自分たちは流れに乗っているという考えほど、ドイツの労働者層を堕落させたものはない。自分たちは技術の発展を、自分たちが乗っていると考えていた流れを生み出す勾配《こうばい》だとみなしていた。そこから、技術的進歩を遂げつつあるとされる工場労働は一つの政治的成果であるという幻想までは、ほんの一歩でしかなかった。かつてのプロテスタント的な労働のモラルが、ドイツの労働者たちのあいだで、世俗化されたかたちで復活することになったのだ。ゴータ綱領(8)はすでにこういった混乱の痕跡をとどめている。それは労働を「あらゆる富、あらゆる文化の源泉」と定義する。マルクスは悪い予感を覚え、これに対して、自分の労働力以外にいかなる財産も所有しない人間は、「〔物的労働条件の〕所有者となった他の人々の奴隷とならざるを得ない」と反論した(9)。それにもかかわらず、こういった混乱状態はさらにあちこちに広がり、まもなくしてヨーゼフ・ディーツゲンは次のように告げている。「労働とは、新しい時代の救世主である。……労働を……改善する……ことで富が生まれるのだ。富は、これまでいかなる救済者も成し遂げなかったことを、いまや成し遂げることができる(10)。」労働とは何かということについての、こういった俗流マルクス主義的な考え方は、労働者が生産物を自分で自由に使えるのでない限り、生産物は労働者自身にとってどんな役に立つのか、という問題にかかわりあうことはほとんどない。それは、自然支配の進歩だけを認めて、社会の退歩を認めようとはしないのだ。そこにはすでに、後にファシズムのうちに現れることになる技術万能主義的な特徴が現れている。そういった特徴の一つに自然の概念がある。この自然概念は、三月革命以前の社会主義的ユートピアにおける自然概念に対して、不気味な様相を見せながら、くっきりと浮かび上がっている。いまや理解されるところとなった労働は、結局のところ、自然の搾取にゆきつく。人々はこれをプロレタリアートの搾取と対置して、素朴に満足しているのだ。こういった実証主義的な考え方と比べれば、フーリエをさんざん嘲笑する種となったあの荒唐無稽な空想(11)は、思いがけないほど健康的な感覚を裏づけるものである。フーリエによれば、よく整備の行き届いた社会的労働の結果、四つの月が地上の夜を照らし出し、両極からは氷が消え、海水はもはや塩辛くなくなり、そして猛獣は人間に仕えることになるという。これらすべてが描き出している労働は、自然を搾取することからは遠く離れたもので、自然が、その胎内で可能性としてまどろむ被造物を産み出す手助けをすることができるものである。堕落した労働概念には、それを補完するものとして、「自然」が付属しているが、ディーツゲンの表現によれば、それは「無料《ただ》でそこにある」。

XII

われわれは歴史を必要とする。しかし、甘やかされたのらくら者が知の園で必要とするのとは異なったしかたでそれを必要とするのだ。

ニーチェ「生に対する歴史の利害について⑫」

歴史的認識の主体は、戦う被抑圧階級自身である。マルクスでは、この階級は、最後の隷属させられた階級として、復讐する階級として現れる。彼らが、何世代にもわたる打ち負かされた者たちの名において、解放という仕事を終わらせるのだ。短期間だったが「スパルタクス⑬」で返り咲いたこの意識は、社会民主党にとっては以前から不愉快なものだった。ブランキ⑭という名前の与える強烈な響きは一九世紀を震撼させるものであったが、社会民主党は三〇年たつうちに、このブランキという名前をほとんど消し去ることができた。社会民主党は、労働者階級に未来の世代の解放者の役割を引き渡して得意になっていたのだ。それによって社会民主党は、労働者階級のもっとも力ある腱を断ち切ったのである。このように教え込まれることで、労働者階級は憎しみも犠牲への意思もたちまち忘れてしまった。なぜなら、これらはともに隷属させられていた祖先のイメージを糧《かて》とするのであり、解放された子孫たちという理想によって養われるのではないからだ。

XIII

なにしろ、われわれのなすべきことは日ごとにはっきりとしたものとなり、人民は日ごとに賢くなっているのだから。

ヨーゼフ・ディーツゲン『社会民主主義の哲学』

社会民主主義の理論、そしてそれ以上に実践は、進歩概念によって規定されていた。それは現実をよりどころとするのではなく、教条主義的な要求をつきつけるものであった。社会民主党の人たちが思い描いていた進歩とは、第一に、(単に人間の技能や知識だけの進歩ではない)人類自身の進歩であった。第二に、完結することのない進歩(人類の無限の完全化に対応する進歩)であった。第三に、本質的に押しとどめることのできない進歩(自動的に直線あるいは螺旋《らせん》状に進んでゆく進歩)と考えられていた。これらの述語のいずれもが議論の余地のあるものであり、いずれに対しても批判を加えることができる。しかしこの批判は、熾烈な状況にある場合、これらの述語すべての背後へと遡り、それらに共通するものにねらいを定めなければならない。歴史のなかで人類が進歩するという観念は、歴史が均質で空虚な時間を一貫して進行してゆくという観念と切り離すことができない。こういった歴史の進行の観念に対する批判こそが、進歩の観念全般に対する批判の基礎を作り上げるものでなければならない。

XIV

根源が到達点なのだ。
カール・クラウス『詩となった言葉Ⅰ』(15)

歴史は構成作業の対象となるものであるが、この構成の場を形成しているのは、均質で空虚な時間ではなく、「いまこのとき(16)(Jetztzeit)」によって満たされた時間である。そのように、ロベスピエールにとって古代ローマは、「いまこのとき」が満ち満ちた過去であり、彼はそのような過去を歴史の連続性から打ち壊して取り出したのだった。フランス革命は、自分自身をローマが回帰したものであると理解していた。ちょうどモードが過去の衣装を引用するように、フランス革命は古代ローマを引用した。モードは、アクチュアルなものに対して鋭い勘が働く。たとえ、そのアクチュアルなものが「むかし」という茂みのなかのどこを動いていようとも。モードは、過ぎ去ったものに襲いかかる虎の跳躍なのだ。ただしこの跳躍は、支配階級の統制下にある闘技場で行われる。歴史という広々とした空間のなかでのこの同じ跳躍こそが、マルクスの考えていたような弁証法的跳躍である。マルクスは革命をそのようなものとして理解していた。

XV

歴史の連続性を打ち壊してこじ開けようとする意識は、行動の瞬間にある革命的な階級に特有のものである。フランス大革命は新しい暦を導入した。新しい暦が始まるその日は、低速度撮影による歴史のクイックモーションのようなはたらきをする。そして、祝日——それは想起《アインゲデンケン》の日である——というかたちをとって何度も回帰する日も、基本的にはこれとまったく同じ日なのだ。[17] 暦はつまり、時計のような時の数え方をしない。暦とは歴史的意識の記念碑《モニュメント》であるが、ヨーロッパではこの百年来、そういった歴史意識のほんのわずかな痕跡ももはや残されていないように思われる。七月革命の時にはまだ、こういった歴史意識がそれにふさわしい現れ方をした偶発事が生じていたものだった。戦闘が行われた最初の日の晩がやってきたとき、パリのいくつかの場所で、お互いに無関係に、しかも同時に、塔の時計に向けて発砲するという出来事があった。ある目撃者は、当時次のように書いているが、彼の予感はおそらく韻の力によるものだ。[18]

　誰がそれを信じるだろう！　人の話では、時間に対して苛立って、
新しいヨシュアたちが、あらゆる塔の下で

時を止めるために、時計の文字盤に向けて撃ったという。

XVI

移行をあらわすのではなく、時間が停止し、静止状態になった現在の概念を、歴史的唯物論者は手放すことができない。なぜならば、この概念こそがまさに、歴史的唯物論者自身が歴史を書きつつあるその現在を定義するものだからだ。歴史主義は過去の「永遠」の像を打ち立てるが、歴史的唯物論者は、唯一存在する過去をめぐっての経験を示す。歴史主義の売春宿で、「むかしむかし」という娼婦とつきあって精力を使い果たすことなど、歴史的唯物論者は他人にまかせておく。彼は自分の力を使う場所をいつも心得ている。彼は歴史の連続性を打ち壊しこじ開ける力を十分にもった男なのだ。

XVII

歴史主義の頂点をなしているのは、当然ながら「世界史」である。唯物論的歴史記述は方法のうえで、おそらく他のどのような歴史記述に対してよりも、この世界史に対してはっきりと際立った違いをみせている。世界史には何の理論的装備もない。そのやり方は加法的である。つまり、均質で空虚な時間を満たすために、大量の事実的なことがらを駆り集めるのだ。一方、唯物論的歴史記述の基盤をなしているのは、構成的原理である。思考するということには、思考の運動だけでなく、同様にその停止も含まれる。さまざまな緊張が充満した布置《コンステラツイオーン》(19)のなかで思考が突然停止すると、そのとき思考はこの布置《コンステラツイオーン》にショックを与え、このショックによって、思考は単子《モナド》(20)として結晶する。歴史的唯物論者が歴史の対象に近づくのは、唯一、その対象が彼に対して単子《モナド》として現れるときだけだ。歴史的唯物論者は、この構造のうちに、出来事のメシア的静止の徴《しるし》を認める。言い換えれば、それは抑圧された過去のための闘争における革命的なチャンスの徴《しるし》である。歴史的唯物論者はそのチャンスを認めると、歴史の均質的な流れを打ち壊し、そこからある特定の時代《エポック》を取り出す。同じようにして歴史的唯物論者は、時代《エポック》からある特定の生を、また一生涯《ライフワーク》の仕事からある特定の作品《ワーク》を取り出す。作品のうちに一生涯《ライフワーク》の仕事が、一生涯《ライフワーク》の仕事のうちに時代《エポック》が、そして時代《エポック》のうちに歴史の流れの全体が保存され止揚されている。それがまさに歴史的唯物論者の方法の成果である。歴史的に把握されたものという栄養豊かな果実の内側には、貴重ではあるが味わいに欠ける種子としての時間が含まれているのだ。

XVIII

「ホモ・サピエンスのわずか五万年は」、と比較的最近のある生物学者が言っているのだが、「地球上での有機体の生命の歴史と比べれば、二十四時間の一日の最後の二秒のようなものだ。ましてや文明化した人類の歴史ということになると、この尺度に当てはめるならば、最後の一時間の最後の一秒のその五分の一ということになろう。」メシア的時間のモデルとして、恐ろしく短縮したかたちで全人類の歴史を要約する「いまこのとき」は、人類の歴史が全宇宙の中で見せているその姿にぴたりと一致する。

（補遺）

A

歴史主義は、歴史のさまざまな要素の因果関係を確立することで満足する。しかし、どのような事実であっても、それが原因であるからというまさにその理由のために、すでに歴史的事実として存在するわけではない。それが歴史的事実となったのは、死後になってからであり、ひょっとすると何千年もの年月によってその事実から隔てられているようないくつもの出来事を通じて、歴史的事実となったのだ。このことを出発点とする歴史家は、ちょうどロザリオを繰《く》るように[21]さまざまな出来事の連なりを指でたどってゆくことはやめる。この歴史家は、彼自身の時代《エポック》が昔のごく特定の時代《エポック》とともに入り込んでゆく布置《コンステラツイオーン》を把握する。彼はこのようにして、「いまこのとき」としての現在の概念を打ち立てる。この「いまこのとき」のうちに、メシア的時間の破片がちりばめられているのだ。

B

時間が胎内に何を宿しているのかを時間から聞き出した予言者たちは、まちがいなく、時間を均質なものとしても空虚なものとしても経験していなかった。このことをありありと思い描く者は、おそらく、過ぎ去った時間が想起《アインゲデンケン》においてどのように経験されてきたか、わかるだろう。つまり、まったく同じように経験されてきたのだ。よく知られているように、ユダヤ人には未来を探ることが禁じられていた。律法《トーラー》と祈禱は、そのかわり、彼らに想起《アインゲデンケン》を教えている。想起《アインゲデンケン》は、予言者たちに教えを請う者たちがとらえられた未来の魔力から、彼らを解き放つ。しかし、それだからといって、ユダヤ人にとって未来は均質で空虚な時間とはならなかった。なぜならば、時間のうちの一秒一秒が、メシアがそこを通ってやってくるかもしれない小さな門だったからだ。

訳注

（1）ここで言及されている「自動人形」は、エドガー・アラン・ポーの「メルツェルの将棋差し」のなかで描かれている自動人形として知られている。

(2) ヘルマン・ロッツェ『ミクロコスモス』ライプツィヒ、一八六四年。ロッツェのこの引用については、『パサージュ論』の［N13a,1］でもふれられている。ヘルマン・ロッツェ（一八一七―一八八一）は、一九世紀のドイツ講壇哲学のなかで中心的役割を果たしていた。現在では彼の名前は哲学史のなかではとんど埋もれてしまっているが、彼がおもにゲッティンゲンで活躍した生前、そして第一次世界大戦頃までは、もっとも有名な哲学者の一人であった。ベンヤミンがここで自明のように「ロッツェ」という名前を引き合いに出しているのは、彼が学生時代に哲学を学んだときの学問世界の状況に由来すると思われる。

(3) ここではフランス語の citation à l'ordre du jour という表現がそのまま用いられている。〝ordre du jour〟は、citation という語と結びつくとき、軍隊での表現として、それぞれの隊などでのその日の命令伝達事項等を表す（ちなみに、一般的な意味としては、会議における「議事」を意味する）。その際、citation は基本的に功績などのあった者に対する「顕彰」という意味をもつ。この「歴史の概念について」の他、たとえば「カール・クラウス」にも顕著に見られるが、ベンヤミンが（citation に対応する）zitieren あるいは Zitat という言葉を使うときは、それはある言葉を「引用」する行為であるとともに、時間の流れとしての歴史のなかから、ある特定の断片を「呼び出す」行為でもある。そしてそれによって、引用されたもの、呼び出されたものは、この世界から救済されて新たな構成のうちに位置づけられることになる。この第三テーゼでも、「引用」という言葉が用いられるときは、そのもう一つの意味である「呼び出す」ことが含意されている。このフランス語の表現でも「顕彰」を第一義的には意味するにせよ、全体のなかから特定のものに言及すること（顕彰）によって「呼び出す」という原義を共有している。つまり、「命令伝達の際の顕彰」という軍隊用語を言葉遊び的に用いながら、最後の審判の日に、神によって正しき人が呼び出されるというイメージを重ね合わせていることになる。

(4) 一八〇七年八月三〇日付のクネーベル宛の書簡。「マタイによる福音書」第六九章第三三節に「まず神の国と神の義とを求めなさい。そうすれば、これらのものは、すべて添えて与えられるであろう」とある。ここで題辞として掲げられたヘーゲルの言葉は、このよく知られた聖書の言葉をもじったものである。

(5) フランスの歴史家(一八三〇―一九八九)。ベンヤミンは、クーランジュについて、たとえば『パサージュ論』の[N8a,3]でも言及している。

(6) ここでは、とりわけカール・シュミットが『独裁』(一九二一年)や『政治神学』(一九二二年)のなかで展開した「非常事態」に関する論議を念頭においていると考えられる。

(7) ゲルショム・ショーレム(一八九七―一九八二)、ユダヤ神秘主義の研究者。ベンヤミンの学生時代からの友人で、アドルノとともに初期のベンヤミン受容において決定的な役割を果たした。《天使の挨拶》と題されたこの詩の全体は、一九二一年六月二五日付のショーレム宛書簡に見ることができる(邦訳なし)。

(8) 一八七五年、ラサール派の「全ドイツ労働者協会」とアイゼナハ派の「ドイツ社会民主労働者党」の合同大会がゴータで開催され、そこで合意に至った「ドイツ社会主義労働党」の綱領。この党は、一八九〇年に「ドイツ社会民主党」と改称される。「労働は、あらゆる富、あらゆる文化の源泉である」という言葉は、ゴータ綱領の冒頭に置かれている。

(9) マルクス「ドイツ労働者党綱領評注」(一八七五年)(マルクス『ゴータ綱領批判』岩波文庫所収)。アイゼナハ派は、社会主義の理論的指導者であったマルクスに「ゴータ綱領」の草案を送って意見を求め、マルクスはそれに対して「ドイツ労働者党綱領評注」を送って答えた。しかし、この批判は結局、この時点で公開されることはなく、一八九一年、マルクスの死後、エンゲルスによって発表された。

(10) ヨーゼフ・ディーツゲン「社会民主主義の哲学」(一八七六年)、『全集1』ヴィースバーデン、一九一一年。ディーツゲン（一八二八―一八八八）は、唯物論の哲学者、社会主義理論家。

(11) 一般に「空想的社会主義者」の一人として位置づけられるシャルル・フーリエ（一七七二―一八三六）は、ニュートンの万有引力の法則を援用した「情念引力」の理論を著書『四運動の理論』（一八〇八）のなかで展開し、さらに二〇年代終わりには「ファランステール」と呼ばれる建物において営まれる、産業協同社会を構想し、実際にそのようなユートピア的共同体を形成しようとした。ベンヤミンは、フーリエのこれらの試みのもつ歴史的位置づけに対して、きわめて大きな関心を抱いていた（『パサージュ論』Wの項参照）。

(12) フリードリヒ・ニーチェ『反時代的考察』の第二篇「生に対する歴史の利害について」の「緒言」からの引用。

(13) ドイツ社会民主党内の左派勢力であるカール・リープクネヒト、ローザ・ルクセンブルクらが中心となって、第一次世界大戦中に社会民主党から独立して結成されたグループ。一九一六年に「スパルタクス・グループ」の名で呼ばれるようになり、一九一八年末に「ドイツ共産党」となるまで「スパルタクス団」としての活動が続いた。

(14) ルイ・オーギュスト・ブランキ（一八〇五―一八八一）、フランスの革命家、社会主義の理論家。七月革命、二月革命、パリ・コミューンをはじめとして、さまざまな革命・反乱に参加、数多くの投獄を経験している。ベンヤミンにとってブランキは、革命理論家・実践者であるとともに、とりわけ「ボードレール論」の当初のアイディアのなかで、彼の歴史哲学の枠組みに大きな影響を与えた著作『天体による永遠』の著者として、重要な位置を占める存在である。

(15) 一九一六年に出版されたカール・クラウスの最初の詩集『詩となった言葉I』のなかの《死に瀕した人間》と題された詩の一節。エッセイ「カール・クラウス」（一九三一年）のなかでも言及されている。

(16) マクシミリアン・ロベスピエール（一七五八―一七九四）は、フランス革命期の急進派の政治指導者。

一七九三年六月から、ギロチンで自ら処刑されるまでの一九九四年七月にかけての一年間は、権力を掌握して恐怖政治を推し進めた。

(17)「ボードレールにおけるいくつかのモティーフについて」のX章で、暦のなかの祝祭日が「想起《アインゲデンケン》の場所」であると述べられている。また、同じ章の中でプルーストを引き合いに出しつつ、ボードレールに見られる「重要な意味をもつ日々」が「想起《アインゲデンケン》の日々」ともいわれている。このような「祝祭日」、「日々」と呼ばれている特別な日は、均質な時間の流れのなかから「いまこのとき」となっていわば静止した特別な時間である。

(18)「韻の力」とは、「塔(tour)」と「日(jour)」(この語は、本文中の詩の翻訳では、意味をとって「時」と訳している)の呼応関係を指している。詩の原文は以下の通り。

Qui le croirait! On dit qu'irrités contre l'heure,
De nouveaux Josués, au pied de chaque tour.
Tiraient sur les cadrans pour arrêter le jour.

七月革命という歴史の決定的瞬間に、「日」の流れとしての時を停止させようとする行為が、「塔」めがけて(実際には塔の時計の文字盤めがけて)銃を発射するという象徴的な出来事とまさに韻によって重ね合わされていることになる。これはアレゴリー(塔を撃つ)によってその理論的連関(時の停止)を同時に浮かび上がらせようとするベンヤミン特有の思考法でもある。同じく行末に置かれた「時間(heure)」もイメージ的には重なるが、音としては一致しない。

(19)「布置=星座(Konstellation)」という概念は、『ドイツ悲劇の根源』(とくに「認識批判的序論」)のなかで明確に提示されている。われわれ人間の存在する現象の世界、あるいは歴史の世界のうちにあるさまざまな事物のうち、特定のもの(理念・根源を指し示す可能性のあるもの。ベンヤミンにとって基本的にアレゴリーとして存在する)が構成要素となってそれらが「配置・布置」され、その構成要素の「配置」がまさに「星座」のように理念的なもの・根源的なものをいわばモザイク像として描き出す。それは同時に、現象的なもの、歴史の世界のうちにあるもの、罪にとらわれたものの「救済」でもある。

(20) ライプニッツの哲学における中心的概念の一つ。『ドイツ悲劇の根源』の「認識批判的序論」のなかでも、ライプニッツのモナド論が、事実的構成要素の「布置」による理念の表現というベンヤミンの根本的な思想の根底にあることが強調されている。

(21) ロザリオはカトリックの信者および聖職者が、定められた一連の祈りを唱える際に用いるもので、小さな玉が数珠状に連なった輪と、それにつながっている（多くの場合）十字架がつけられた部分とからなる。ロザリオを用いて祈る者は、特定の大きさと個数をもつ小さな玉を順番に指でたどっていくことによって、「使徒信教」、「主の祈り」、「天使祝詞」、「栄唱」からなる、すべて合わせると何十にも及ぶ一連の祈りを、一定の順番と一定の回数にしたがって唱えることができる。つまり、ロザリオは玉を順番に指でたどっていくことによって、祈りの順番と回数を正しく把握するための道具である。

訳者解説

山口裕之

本書は、論文やエッセイといったかたちで書かれたベンヤミンの比較的短いテクスト、しかもベンヤミンを読むうえでもっとも重要なテクストを集めたものである。このアンソロジーには、たとえば『ドイツ悲劇の根源』あるいは『一方通行路』といった、ベンヤミンの思想をたどるうえできわめて重要なテクストであっても、独立した書物のかたちで出版されたものは含まれていないし、また、短めのものであっても、ここでとりあげなかった非常に重要なテクストはいくつもある。それでも本書は、ベンヤミンの思想が凝縮されたアンソロジーであるということはできるだろう。また、初めてベンヤミンにふれる読者にとっても、手に取りやすい選集となるのではないかと思う。

本書で取り上げた十篇のテクストは、ほぼ執筆年代順に並べられている。その意味で、本書には特別な構成はない。しかし、ここで取り上げられたエッセイには、「言語」、「神学的な歴史概念」、「メディア」といったいくつかの重要な主題を見てとることができる。これらの主題がベンヤミンの思考のなかで特別な軸を形成するものである以上、このアンソロジーにそれらの軸が現れるのは自明のことかもしれない。いずれにせよ、そういった意味では、時系列以外の意図的な外的構成を与えられていないこのアンソロジーにも、先にあげたような主題圏のなす内的構成が存在しているともいえる。以下、それを補うかたちで、それぞれのテクストについて簡単にふれていきたい。

「言語一般について　また人間の言語について」

このテクストは、一九一六年一一月一一日にいたるまでの一週間のあいだに執筆されたと考えられている。ベンヤミンは一九一二年にフライブルク大学で大学生活を始め、この後、フライブルク大学とベルリン大学のあいだを何度も行き来することになるが、この学生時代のあいだ、一九一四年に第一次世界大戦が勃発し、一九一五年には、青年時代のベンヤミンに対して決定的な影響を与えていたドイツ青年運動の指導者グスタフ・ヴィネケン（一八七五－一九六四）と訣別する。後にユダヤ神秘主義の偉大な研究者となるショーレムと出会ったのも、同じく一九一五年のことだった。彼は、このテクストの最初の読者となる。この言語論は、そのような学生時代を送っていた二四歳のベンヤミンによって書かれたものである。

このテクストは、一般に、ベンヤミンの「初期言語論」と呼ばれている。ベンヤミンの執筆活動、思想にとって、『ドイツ悲劇の根源』が完成した一九二五年は決定的な分水嶺となっており、それ以前のベンヤミンの執筆活動を「初期」、それ以降を「後期」という言葉で言い表すことが多い。『ドイツ悲劇の根源』は、素材的にはドイツ文学・芸術を対象とし、彼の「アレゴリー的な見方」を決定的に打ち立てた著作であるが、この論文が教授資格論文として受け入れられなかったために、以後ベンヤミンはアカデミズムの道を断念し、新聞や雑誌などでの批評が主な著作活動の場となってゆく。この『ドイツ悲劇の根源』以前の「初期」の著作の一般的特徴として、しばしば、ドイツ文学、哲学、美術史・芸術学といった、ひとまずはアカデミズムの枠内での対象や研究方法、ときには「神秘主義的」とも見えるような神学的傾向が指摘される。それに対して、「後期」の著作活動においては、ジャーナリズム的な批評が彼のスタイルの中心を占めていくという外面的な特徴とともに、ユダヤ神秘主義と対極をなすようなマルクス主義的唯物論への志向や、アレゴリー的思考を実践に移すような断片的イメージによるテクスト構成（たとえば『一方通行路』）といった特徴がみられる。

話が、「初期言語論」から、ベンヤミンの著作活動全般の概観へと広がりすぎてしまったが、このテクストについていえば、ベンヤミンの「初期」「後期」について云々する以前に、きわめて若い時期に書かれたテクストとして「初期」という言葉が冠されているともいえるだろう。それとともに、このテクストがベンヤミンの「初期」の特徴を備えていることはまちがいない。言語の本質を問うこのきわめて思弁的なテクストが依拠しようとするのは、何よりもきわめて神学的な思考である。この時期の言葉をめぐる思考は、素材的にも、「初期」の著作の集大成といえる『ドイツ悲劇の根源』へとほぼそのまま引き継がれている。しかし同時に、この神学的思考は、最晩年の「歴史の概念について」にいたるまで、一貫してベンヤミンの思想の根底にあるものでもある。彼の思考にはつねに、「神の言葉」と、この地上での堕落した言語という対置関係が、さまざまなヴァリエーションとなって繰り返し現れている。そういった視点から、この最初に置かれたテクストを読むこともできるだろう。

「暴力の批判的検討」

一九二〇年から一九二一年にかけての約三週間、おそらく一九二一年一月に執筆された。ベンヤミンは、戦争中の一九一七年にドーラと結婚、翌一八年には息子シュテファンをもうけている。そして、戦後すぐの一九一九年にスイスのベルン大学に提出された博士論文『ドイツ・ロマン主義における芸術批評の概念』が受理され、七年間にわたる大学生活を終えることになる。ベンヤミンは、戦後すぐの社会的・経済的混乱期に幼い子どもを連れた家庭生活を始めることになるのだが、学生生活を終えた当初は、富裕な両親の経済的援助を当てにした生活を続けていたようだ。「暴力の批判的検討」、「神学的・政治的断章」といったテクストが書かれた一九二〇年から一九二一年にかけて、そういったかつてのブルジョワ的生活はもはや断念せざるをえない状況となっているが、いずれにせよ、これらのベンヤミンのテクストで主題化されているものは、そういった彼の実生活におけるある種の呑気さからは遠く離れているかのようだ。

ここで「暴力の批判的検討」という標題によって翻訳したテクストは、周知のように、これまで「暴力批判論」の名で親しまれてきたものである。そのタイトルをあえて避けたのは、「暴力批判論」という言葉が、どうしても「暴力を悪として批判する」といった響きを与えてしまうためである。近代ヨーロッパの思考にかかわる人にとって、「批判」という言葉が、対象を客観的に、そしてより高次の視点から検証するというきわめて重要な思考活動を意味することは自明のことである。しかし、その「批判」の対象が「暴力」である場合、そうとわかっていても、どうしてもそこに倫理的裁定のニュアンスを感じ取ってしまいがちになる。そのためこの翻訳では、Kritikという語に対して、基本的に「批判的検討」という言葉を用いることにした。

ベンヤミンがここで行おうとしているのはまさに、さまざまな先入観やドグマにまみれた「暴力」の概念を、それらから解き放つことによって批判的に検討することである。そのために、ベンヤミンは現行の法制度・社会体制そして法哲学的思考を参照項としつつ考察を進める。しかし、ベンヤミンのテクストは、しばしば法哲学あるいは政治学的視点からも読まれている。実際このベンヤミンの考察の終着点は、「神話的暴力」と結びついている「法」はあくまでも問題を孕むものであること、そして、「神的暴力」こそが「正義」と結びついていることを示す、ということにある。つまり、テクストのなかでもベンヤミン自身「歴史哲学的な法の見方」をとることになると明言しているように、最終的にこのテクストのなかで問題となっているのも、やはり神学的な思考と決定的に結びついた歴史の概念と見ることができるだろう。

このテクストのなかにちりばめられているさまざまなベンヤミン・ターム（たとえば「神話的」、「神的」、「法」、「正義」、「二義的」）が、いかに彼の神学的な歴史観と結びついているかを理解するためには、このテクスト内部での論理関係だけでなく、どうしても他の主要なベンヤミンのテクストから、彼の思考の全体像に迫ることも必要になってくる。とりわけ重要なのは「神話的」という言葉で、この語は、ベンヤミンの思考の中では基本的に、克服の対象となる段階と結びついている。たとえば、『パサージュ論』の枠組みで言うならば、「高度資本主義の社会」としての一九世紀パリのなかにみられるさまざまな形象は「神話的」形象である。そしてその「神話的」なものは、ベンヤミンにとって悪しきもの・運命的なものとして「法」の領域と結びついている。それらは、最終的には「救済」されるべきものである。マルクス主義的な枠組みでは、その「救済＝解放」は、この世界での人間のために行われる。しかし、ベンヤミンにとって、このマルクス主義的「救済＝解放」と結びついているはずの神学的「救済」は、同時に、人間の視点からの「救済」ではない（こういった思考がもっとも先鋭化したかたちであらわれているのが、次に取り上げる「神学的・政治的断章」であり、また「歴史の概念について」の第九テーゼである）。「暴力の批判的検討」は、第一次世界大戦直後のきわめてアクチュアルな政治的・法的状況とかかわっているように見えるし、実際に、少なくるともきっかけとしてはそうであるだろう。しかし、それと同時に、ここで言われている「法」は、現実の法制度そのものというよりも、むしろその本質をあぶり出すための神学的・歴史哲学的思考に支えられたものである。また「法」に対置される「神的」なもの、「正義」にしても、人間の社会のため、人間の幸福のための「正義」とはまったく別の次元のものであることを把握しておく必要があるだろう。

「神学的・政治的断章」

このテクストの成立時期については、二つの対立する考え方がある。一つはアドルノの見解であり、彼は、一九三八年のサン・レモ滞在の際にベンヤミンから聞かされたこのテクストが当時書かれたものであると確信して、後期のテクストであると主張している。それに対して、他の友人や研究者たち（ゲルショム・ショーレム、ヤーコプ・タウベス、全集編集者のロルフ・ティーデマン／ヘルマン・シュヴェッペンホイザー等）は、テクストの主題、他のテクストとの連関から、一九二〇／二一年頃を成立時期と考えている。その一つの重要な論拠となっているのが、テクストの中で言及されているエルンスト・ブロッホの『ユートピアの精神』（一九一八年）で、ベンヤミンは一九一九年秋にこのテクストに集中的に取り組んでいた。

いずれにしても、このテクストは、初期から後期にいたるまで、ベンヤミンのあらゆる思考の底流となる思想が集約的に表現されたものといえる。つまり、このわれわれが生きている世界のすべてのことがら（「世俗的なものの秩序」）は、「神の国」から逸脱したものとして、「神の国」へと救済されようとしている。ただし、その救済は、「世俗的なもの」の視点において「救済」と考えられるもの（それは「幸福」という観念と端的に結びつく）ではなく、あくまでも神の視点から見た「救済」である。それは、人間にとってはむしろ「滅び」であり「破局」と受け止められるものともいえるだろう。「神学的・政治的断章」というタイトルは、もともとベンヤミンによってつけられたものではない。一九五五年にアドルノの編集した二巻本のベンヤミン著作集が刊行されるが、そこではじめて「神学的・政治的断章」という標題が公に示されることになる。ただし、ベンヤミンがアドルノにこのテクストを読み聞かせた際に、アドルノがこの標題を提案し、それをベンヤミンが受け入れたという可能性もある。いずれにせよ、われわれはアドルノによって与えられた標題で、現在、このテクストに慣れ親しんでいることになる。

「翻訳者の課題」

「翻訳者の課題」という標題によって知られるこのテクストは、ベンヤミンの翻訳によるボードレール『パリ風景』のドイツ語・フランス語対訳版（一九二三年出版）につけられた「前書き」のかたちで出版された（執筆そのものは、一九二一年にされている）。その意味でこのテクストは、ボードレールの『パリ風景』を実際に自分が翻訳するという、きわめて実践的なコンテクストのうえに位置づけられていることになる。しかもベンヤミンは、翻訳論のなかでつねに問題になる「忠実」と「自由」――もっとわかりやすく言い換えれば「直訳」と「意訳」――という二項対立にテクストのなかで言及し、「行間逐語訳」というもっとも極端な直訳の形式を一つの理想として掲げているわけだから、なおさらのこと実践的な意味での翻訳の側面も際立ってしまう。実際、翻訳理論に関するさまざまな著作のなかで、ベンヤミンの「翻訳者の課題」は、ひとつの「翻訳理論」として、必ずといってよいほど言及されている。

しかし、言うまでもなく、この「翻訳者の課題」は、そのような実践的な翻訳の理論では決してない。ここに現れているのも、やはり、われわれの世界において現象として存在するもの（それぞれの文学作品における個別の言語の姿＝「原作」）を、神の領域における完全な姿（「純粋言語」）へといわば救済しようとする志向である。つまり、「翻訳」とは、ベンヤミンが冒頭に強調しているように、原作を読者に理解してもらうためにとられる二次的な必要悪の手段などでは決してないどころか、何よりも言葉の「救済」のための行為という神学的な意味を与えられていることになる。このようにとらえるとき、この「翻訳者の課題」が、初期の言語論の思想的ヴァリエーションであることが見えてくるだろう。

「カール・クラウス」

このエッセイは、本書に収録した他のテクストとは、文体的にも大きく異なる。訳註でも書いたように、このエッセイは当初、一九三一年に四回にわたって『フランクフルト新聞』に掲載されたものである。ここでとられている文体はまず、新聞の読者のために書かれたテクストであるということによって特徴づけられるが、それとともに、対象として取り上げている批評家、ベンヤミン自身にとってある種の畏怖の対象でもあった批評家カール・クラウスの文体や彼に特有の言葉遊びに対する意識も、かなりの程度働いていると思われる。

このエッセイを読むためには、どうしても対象として語られるカール・クラウスという人物やその著作活動、また人間関係に対する知識もある程度必要になってくるだろう（そのため、このエッセイではとくに多くの訳註をつけることになった）。しかし、ベンヤミンの批評的テクストにおいてはある程度共通してみられることだが、ここで描き出されているのは、対象となるカール・クラウスという人物というよりも、むしろ、ベンヤミン自身の思考の枠組みである。ベンヤミンはこのクラウス論を生み出すために、一年近くの歳月をかけて精力を傾けており、かなり綿密な図式的構成を念頭におきながら執筆している。このエッセイには、いわゆる後期のベンヤミンを特徴づけるマルクス主義的思考が、他の文章には見られないほどの明確な弁証法的構成をとって提示されている。また、ベンヤミン自身が、マルクス主義への転換を初めて明確に告知した文章でもある。その意味で、このテクストはベンヤミンの著作のなかでも特別な重要性をもつものであるということができるだろう。

全体は、「全人間」、「デーモン」、「非人間」と題された三つの章から構成されている。これらの標題はそれぞれクラウスの三つの局面を言い表したものという外観をとってはいるが、それとともにここでは、ベンヤミンの思い描く西欧近代の人間像を弁証法的展開によって提示する思考モデルが重ね合わされている。「全人間」という像は、一方で、一般的に思い描かれている偉大な人格としてのクラウスのイメージを表すとともに、他方では「古典的ヒューマニズム」そのものを体現するものでもある。言い換えれば、ポジティブに描き出された市民的価値観の総体といってもよいだろう。「全人間」がいわばクラウスの明るい側面に基本的にかかわっているのに対して、「デーモン」の章ではクラウスのいくつかの特質が、暗鬱な連関にあるものとして位置づけられている。ここでは、「デーモン」の属性として彼の「二義性」が執拗に言及されているのだが、この「二義性」は一般にクラウスの特質として考えられているものというよりも、完全にベンヤミン自身の理論的連関のうちにある概念である。「デーモン」と「二義性」という概念の結びつきは、たとえば『ドイツ悲劇の根源』、「暴力の批判的検討」、『ゲーテの親和力』等のテクストに繰り返し現れているが、『パサージュ論』の概要として書かれた「パリ、一九世紀の首都」では、「二義性」の概念がもっとも明確に説明されている。「二義性」とは、二つの意味を同時にまとったアレゴリーの特質なのだが、そのアレゴリーは同時に「罪」の連関のうちにあるものとして、神の領域から離れて、この世界のうちにある。つまり、「二義性」という特質をもつものは、この「罪」の世界から「救済」されることをそれ自体志向しているということになる。

その「救済」の場として示されるのが、図式的にいえば、「非人間」によって表される領域である。このエッセイでは、この「非人間」の像は、マルクス主義的な意味での「現実的ヒューマニズム」を体現するものとして提示されている。つまり、全体としてみれば、このエッセイは市民的な「古典的ヒューマニズム」からマルクス主義的な「現実的ヒューマニズム」への転換を描き出すものとなっている。しかし、クラウスを「現実的ヒューマニズム」の体現者として描くということは、実際にはどうしても無理がある。そのためにベンヤミンは、共産主義に対して共感を示しているかのような身振りをとるクラウスのテクストを引き合いに出している（「ある感傷的でない女性のローザ・ルクセンブルクへの回答」）。しかし、それが大きな悪を攻撃するための、いわば「より小さな悪」の許容にすぎないこと、また、わざわざ見つけ出してこなければならないような特殊なテクストであることは、ベンヤミン自身よくわかっている。

もっと顕著なのは、「根源」という言葉のとらえ方である。クラウスにとって、「根源」はいわばユートピア的な状況を指し示すきわめて重要な言葉である。クラウスの場合、「根源」は世界の出発点にあるものであり、「根源が到達点なのだ」という一見逆説的な言葉も、文字通り、理想的状態としての原点こそが努力の末たどり着く場所であることを言い表している。しかし、ベンヤミンはこのクラウスの根源概念を、完全に自分自身の理論的コンテクストに置き換えている。ベンヤミンにおいても、「根源」は確かに、神の領域における原初的なものを指し示している。しかし、ベンヤミンの場合、「根源」はそのようないわば復古的な状態にとどまるだけの概念ではない。「根源」からこの世界のうちに生み出されたさまざまな事物は、ふたたび神の領域へと救済されることを目指している。つまり、この世界の事物はそこでふたたび「根源」へといたることになるのだが、そのとき、その神の領域（あるいは天使の領域）はもはや最初のような無垢で純粋な姿をとってはいない。弁証法的に回帰したものは、新たな段階のうちに置かれている。それは人間の目にとっては、「破壊」とも映るものである。だからこそ、原初的な「根源」の「純粋さ（Reinheit）」が、「非人間」の段階では、「破壊」と結びついた「浄化（Reinigung）」になるといわれているのだ。

このように、クラウスという人物について語った批評的文章としてみた場合、このテクストは、確かに実際のクラウスにまつわるさまざまな素材をもちいながらも、むしろ一般的に理解されているようなクラウスの姿から大きく逸脱する像を描き出すエッセイとなっているかもしれない。しかし、それによって、ベンヤミン自身の思考モデルがきわめて的確に描き出されている。さらにいえば、それによってまったく新たな——クラウス自身も理解していなかったような——クラウス像を提示していることにもなるだろう。

「類似性の理論」「模倣の能力について」

一般的に、「模倣の能力について」がいわば確定的なテクストであって、「類似性の理論」はその草稿に当たるものとして扱われている。「全集」はのぞいて、ドイツ語のベンヤミン著作集（一九五五年のアドルノの編集による著作集、および一九六六年に「選集第二巻」として出版された『アンゲルス・ノーヴス』）でも、「模倣の能力について」のみが掲載されているし、日本語の翻訳でも、基本的に「模倣の能力について」が取り上げられている。少なくとも、この二つのテクストが同時に日本語の翻訳で収録されたことはこれまでない。

「類似性の理論」は、一九三三年一月以降に執筆されたものである。ベンヤミンは、一月末にナチスが政権を握ったことを受けて、三月中旬、フランスに亡命する。「模倣の能力について」は、同じ年の夏にスペインのイビザ島で書かれているが、この半年ほどの間に、確定稿において単に分量が縮約されただけでなく、明らかに「オカルト的」、「神秘主義的」言及が後退していることが分かる。このことは、ショーレムが述べているように、「神秘主義的言語理論への共感」と「マルクス主義的世界観」とのあいだで引き裂かれていたベンヤミンが、より「マルクス主義的世界観」に配慮した書き方へと修正を加えたとみることも確かにできるだろう。しかし、それにもかかわらず、確定稿とされる「模倣の能力について」でも、「神秘主義的」といわれるような要素があくまでもこのテクストの根底にあることは見まがいようもない。というのも、「非感性的類似」という概念こそがこのテクストの中心に据えられているからだ。この確定稿における「神秘主義的」側面を的確に読み取るためには、言うまでもなく、その「草稿」とされる「類似性の理論」こそがもっとも重要な道標となる。そういった意図から、ベンヤミンのもっとも重要なテクストを選び出すというこのアンソロジーの方針からすれば一見例外的とも見えるこの草稿を、ここに加えることになった。

書き換えられた二つのヴァージョンとして、この二つのテクストのあいだには、対応する同じドイツ語の表現の箇所がかなり存在する。翻訳に際しては、原文が同じ箇所についてては、訳も対応させている。

「ボードレールにおけるいくつかのモティーフについて」

ベンヤミンの「ボードレール論」と呼ばれているものは、一般に、「ボードレールにおける第二帝政期のパリ」、「ボードレールにおけるいくつかのモティーフについて」、さらには「セントラル・パーク」を指すが、そのうちここに翻訳した「ボードレールにおけるいくつかのモティーフについて」は、もっとも読まれているテクストといえるだろう。しかし、このテクストの成立に関しては、かなり複雑な経緯がある。

ベンヤミンはもともと三部構成のボードレール研究を計画しており、その研究全体に対して『シャルル・ボードレール――高度資本主義の時代における抒情詩人』という標題を与えていた。このボードレール研究は、当初『パサージュ論』内の一章として考えられていたが、構想の過程で『パサージュ論』全体の「ミニチュアモデル」として計画されることになった。そのボードレール研究全体の第二部にあたるものが、実際に執筆された「ボードレールにおける第二帝政期のパリ」である。ベンヤミンは、このボードレール研究の全体を、ニューヨークに亡命していたアドルノやホルクハイマーの「社会研究所」の機関紙『社会研究誌』に寄稿するために準備していたのだが、量的・時間的理由から一九三八年にこの「第二帝政期のパリ」だけが提出された。この原稿はアドルノの厳しい批判を受けたが、経済的に困窮していたベンヤミンは書き直してもう一度新たな原稿を提出することを余儀なくされる。それがここで翻訳した「ボードレールにおけるいくつかのモティーフについて」である。この原稿は、翌一九三九年に提出され『社会研究誌』に掲載された。（このあたりのアドルノとベンヤミンのあいだの濃密なやりとりは、『ベンヤミン　アドルノ　往復書簡』野村修訳、晶文社、一九九六年を参照していただきたい。）

結局、こういった経緯のために、当初計画されていた三部構成の研究の第二部と第三部は執筆されないままとなった。この三部構成のボードレール研究全体のためのメモは残されているのだが、その枠組みだけを示すと、第一部が標準的な理論の枠組みを与え、第二部でボードレールの時代の具体的事象を提示する。それを弁証法的形象として読み解くための理論的枠組み（「アレゴリー的な見方」）自体は、第三部ではじめて明示されるという構想であった。その第二部である「ボードレールにおける第二帝政期のパリ」は、ボードレール自身と彼の時代に焦点を当てた具体的事象の提示というコンセプトのもとにもとづいて書かれていた。実はアドルノの批判の一つが、ベンヤミンの叙述が現象の記述に終始していて、理論的連関が見えないということだったのだが、そのこと自体、ベンヤミンの本来のコンセプトに含まれていたといえる。ベンヤミンは「第二帝政期のパリ」では、あえて理論的痕跡を消し去り、「アレゴリー的な見方」によって具体的事象を描いていたと考えることができるだろう。

それに対して、必要に迫られてこの「第二帝政期のパリ」を書き直したヴァージョンである「ボードレールにおけるいくつかのモティーフについて」では、おそらくアドルノの要請にしたがうかたちで、いくつかの理論的枠組みが明示的に与えられている。しかし、ある程度の素材が「第二帝政期のパリ」から引き継がれてはいるものの、それらの与える理論的連関は、当初のボードレール研究の構想そのものとは、大きく外れているように見える。このように、「ボードレールにおけるいくつかのモティーフについて」には、一方で、当初のボードレール研究の構想（これは『パサージュ論』そのものの構想を考える上で、きわめて重要な手掛かりとなる）が失われてしまっているという大きな損失がある。しかし、他方で、当初の構想とは別の、しかもベンヤミンの思考のあり方を考える上できわめて重要な理論的枠組（「記憶」、「ショック」、そしてとりわけ「想起（Eingedenken）」）が、比較的明確に提示されている。その意味で、このテクストがベンヤミンの著作のなかでとくに重要な位置を占めるということはまちがいない。

「技術的複製可能性の時代の芸術作品」〔第三稿〕

一般に「複製技術論」という呼称で親しまれているこのテクストは、ベンヤミンのすべての著作のなかでももっとも多く読まれているものだろう。単にベンヤミンの思想圏のなかで取り上げられるというよりも、むしろ現代の美学・メディア理論の連関全般において、もっとも基本的な著作の一つとなっている。

論文として書かれたこのテクストもまた、その成立については少しばかり複雑な経緯をたどっている。この論文は、当初、一九三五年秋に亡命中のパリで執筆され、一九三六年にアドルノの編集する『社会研究誌』に、そのフランス語版が編集上の理由によりある程度短縮されたかたちで掲載された。しかし、最終的に一九三九年三月から四月にかけて完成されたテクストが決定稿とみなされ、一九五五年に出版された最初のベンヤミン著作集（全二巻）でも、この三九年のヴァージョンがとられている。一九七二年から一九七四年にかけて出版されたベンヤミン全集（この時点では第四巻まで）でも、一九三五年の「第一稿」と一九三九年の「第二稿」（そして補遺でフランス語版）が収録されていた。ところが、一九八九年に刊行されたベンヤミン全集の第七巻で、それまで散逸したと思われていたタイプ原稿が新たに発表された。この原稿は一九三五年一二月から一九三六年二月にかけてベンヤミンが完成していたもので、現在このヴァージョンが「第二稿」と呼ばれ、そして当初「第二稿」と呼ばれていた一九三九年の最終稿が、現在「第三稿」とされている。

つまり、この複製技術論には三つのドイツ語ヴァージョンと一つのフランス語ヴァージョンが存在する。それらのうち、本来ならば、最終稿である「第三稿」が、いわばある程度軌範的なテクストとみなされるはずのものである。ところが、日本語の翻訳についていえば、実はこの稿の問題に関して、いくぶん奇妙な現象が結果的に生じている。現在、複製技術論には三つの日本語による翻訳が存在するが、そのうち「第三稿」は晶文社から刊行されている『複製技術時代の芸術』のみとなっている。晶文社版の複製技術論初版（『ベンヤミン著作集』第二巻）は一九七〇年となっているが、実はこの翻訳は、一九六五年に紀伊國屋書店から出版された『複製技術時代の芸術』と題されたベンヤミンのアンソロジー（これが日本で最初に出版されたベンヤミンの著作集である）で使われたものをほぼそのまま踏襲している。この時代には「第二稿」はまだ発見されていないので、「第三稿」の翻訳であるのは当然のことである。あとの二つは、岩波文庫の『ボードレール他五篇』（野村修編訳、一九九四年）に収録されたものと、ちくま学芸文庫の『ベンヤミン・コレクション1』（浅井健二郎編訳、一九九五年）に収められた翻訳（久保哲司訳）で、これらはいずれもあえて「第二稿」を選択している。これら比較的新しい二つの翻訳がいずれも「第二稿」のものであるため、日本では「第二稿」が軌範的なテクストとなっているかのような印象さえ与えているようにもみえる。これらほぼ同時期に出版された二つの翻訳がともに「第二稿」を選んでいるのは、野村修氏が解説のなかで述べているように、すでに翻訳されている「第三稿」を避けたということに加えて、何よりも第二稿のテクストがもっている独特の力強さや、第三稿にはない興味深い論点に惹かれたということが大きいだろう。もちろんそれに加えて、これらの翻訳作業が行われた時期は第二稿が公表されて間もない頃であり、このまったく新しい部分を含むテクストを日本語に翻訳するという作業は、きわめて魅力的なことだったと思われる。

ちょうど「ボードレールにおける第二帝政期のパリ」が、アドルノの批判を受けて大きく書き換えられることになったように、現在「第二稿」とされているテクストは、一九三六年三月にアドルノの批判的コメントを受けている。おそらくそのことも大きな理由となって、「第三稿」では、「第二稿」で展開されているきわめて興味深い論点が大きく削ぎ落されている箇所がいくつもある。その意味でも、複製技術論の「第二稿」がきわめて重要なテクストであることは、言うまでもない。しかし、複製技術論の最終稿である「第三稿」の重要性をあらためて提起することが、今回のアンソロジーのなかでもとくに重要な眼目となっている。ただし、誤解を避けるために繰り返しておきたいが、「第二稿」の重要性を否定するわけでは決してない。一般の読者にとっては煩雑なことと映るかもしれないが、学問的領域においてこの複製技術論にかかわる者にとっては、少なくとも「第二稿」と「第三稿」の両方のテクストを知っておくことが必要だろう。

今回の翻訳では、これまで日本の読者が慣れ親しんできた表現に対して、一つ比較的大きな変更を加えている。これまで「アウラ」という言葉で呼ばれてきたものを、すべて「オーラ」としていることである。おそらく多くの人にとって複製技術論といえば「アウラ」というイメージが強烈に定着している状況にあって、これが「オーラ」と表記されるのは、かなりの抵抗感をともなうかもしれない。しかし逆にいえば、それは「アウラ」という言葉が、日本人にとってあまりにも秘教的な概念となっていたがゆえに感じる抵抗なのではないか。もちろん、これはベンヤミンの特殊な概念である。しかしベンヤミンは、彼にはよくある戦略だが、さしあたり誰でも知っている普通の言葉(もちろん「オーラ」はそれほど日常的な言葉ではないにせよ)を使っているのだ。「アウラ」という、日本語としては、ベンヤミンとその周辺以外では使うことのない言葉をもちこむことによって、「アウラ」はまさに「アウラ」を帯びた言葉となっていたのかもしれない。

変更といえば、もう一つ、標題についてもこれまで慣れ親しまれてきた「複製技術時代」という表現を、あえて原文そのままに「技術的複製可能性の時代」とした。これまでの標題で「複製技術時代」という表現が選ばれたのは、おそらく「技術的複製可能性の時代」という直訳による表現が、日本語としてはあまりにも生硬で重いためだろう。しかし、「技術的複製可能性」はこのテクストのなかでもっとも中心的な概念の一つである。ベンヤミンの論議のなかで「複製可能性」が問題となるのは、それがメディアの技術的進展のもっとも重要なメルクマールであり、そしていうまでもなく、その技術的進展にともなって「オーラの衰退」という芸術概念における根本的な転換が生じるからである。「オーラの衰退」が問題にならない「手工的複製可能性」ではなく、「オーラの衰退」によって芸術の根本的な機能変化を生じさせる「技術的複製可能性」の時代こそが、ここで強調されていることである。その時代の重要な第一歩は「写真」がしるすことになるが、ベンヤミンにとって、この「技術的複製可能性の時代」とは、何よりも彼の時代の新しい技術メディアであった「映画」の特質によって特徴づけられる時代である。

とはいえ、ここでベンヤミンがいくぶん素朴でオプティミスティックに語っている彼の時代の映画や彼の映画理解だけを考えるとすれば、ここでの論議は古びたものと映るかもしれない。ベンヤミンの他のテクストについてもしばしば言えることだが、ここでの「映画」は単に文化史的な視点からとらえるべきではなく、むしろ新しい技術メディアの思考モデルとして考えることができる。たとえば、『一方通行路』のなかの「公認会計士」と題されたエッセイにおいてきわめて顕著に示されているのだが、ベンヤミンは書物／文字というメディアの終焉と画像的メディアの支配をすでに二〇年代半ばに感じ取っている。彼が「技術的複製可能性の時代の芸術作品」のなかで掲げている芸術の機能転換は、そのようなメディアの転換および知覚のあり方の転換をめぐる思考と重ね合わされており、こういったコンテクストにおいて、この複製技術論は現在のメディア理論の枠組みのなかにごく自然に収まる。というよりも、すでにこの時点において、ベンヤミンの思考はメディア理論の枠組みのきわめて重要な部分を築きあげているということができるだろう。

「歴史の概念について」

一九四〇年、ベンヤミンのほぼ最後の著作である。

この「歴史の概念について」の最初のテーゼでは、「自動人形」としての「歴史的唯物論」を、「せむしの小人」の姿で描かれる「神学」が隠れて操っているメタファーが示される。このエピソードは、「後期」のベンヤミンが掲げる「歴史的唯物論」の根底にあるのが「神学」であることを宣言しているという意味で、まさにこの「歴史哲学テーゼ」の冒頭におかれるにふさわしい。確かに、マルクス主義的な「歴史的唯物論」にとって、「神学」は、「人の目に姿を晒してはならない」ものだろう。しかし、ベンヤミンにとっての神学的思考は、一貫して彼の著作の根底にある。とりわけ『ドイツ悲劇の根源』で示された神学的な歴史観とアレゴリー的思考は、この「歴史の概念について」へとほぼそのまま引き継がれているとみてよいだろう。

ベンヤミンが「歴史的唯物論」と呼んでいるものは、あくまでもベンヤミンの意味での、神学を携えた歴史的唯物論である。その歴史概念の根底にあるのは、歴史が展開するわれわれのこの世界は、救済されるべき悲惨さあるいは罪のうちにとらわれた世界であり、メシアがそれを救済するという思考である。歴史の世界はこのようにユートピアと対置され、救済を目指すものと位置づけられている。しかし、この世界のうちにあるものはどのようにして救済されることになるのか。『ドイツ悲劇の根源』では、この歴史の世界の彼方へと救済されるべきものは、この世界のなかでアレゴリー的な自然史の形象として存在している、とされる。その形象は、長い時間的スパンがいわば一瞬へと凝固し空間化したものであるとともに、アレゴリーとしてその空間性のうちに二つの意味を胚胎している（それが「二義性」という特質ともなる）。両極的なものが空間のうちに凝固したその形象は、「後史」におけるラディカルな解決を自らのうちに含みもっている。「歴史の概念について」では、こういった思考のあり方は、時間の凝縮ないしは停止のイメージとしてさまざまな表現をとって現れる。「さっとかすめ過ぎてゆく」時間、「いまこのとき（Jetztzeit）」、「低速度撮影」による時間の縮約、「時間が停止し、静止状態になった現在」、あるいは宇宙的な時間の尺度において人類の歴史を恐ろしく短縮する思考――これら瞬間へと縮約され、凝固した時間は、すべて「後史」への革命的転換をもたらす構成要素となるのである。

こういった「歴史的唯物論」の歴史・時間概念に対置されているのが、「歴史主義」というレッテルのもとに批判される「均質で空虚な時間」の概念である。それは、「歴史主義」に押しつけてすむものというよりも、むしろわれわれがふつうに抱いている歴史・時間概念そのものと考えてよい。一般に、時間は物理的には機械的な尺度（「時計」）によって測定されるような一定の速度で流れていると考えられており、歴史として語られるものも、この一定の時間の流れのなかで生起した出来事の「加法的」な連鎖として理解されている。先ほど述べたアレゴリー的な自然史の形象は、時間性が凝縮されることによって空間化されたものという特質をもつわけだが、このアレゴリー的形象にしても、やはりこの一般的な意味での時間・歴史の流れのなかに存在している。しかし、「一瞬」というかたちで凝固した時間は、「歴史的唯物論者」／アレゴリカーのまなざしにとっては、通常の時間の流れからは突出したものとして現出する。ボードレール論でも言及されている「祝日」のような特別な「日々」は、そのような突出した時間である。それら凝固した時間の破片を通常の時間・歴史の連続から打ち砕いて取り出し、まったく異なる次元における連関へと構成すること（それがエッセイ「カール・クラウス」のなかで述べられている「引用」の機能である）が、ベンヤミンにとっての歴史の作業ということになる。

ベンヤミンが「救済」と呼んでいるものは、まさにこの作業にかかわる。つまり、根源を指し示している自然史の形象を、歴史の連続から破壊的に取り出し、それを後史となる新たな段階へともたらすことである。しかし、その新たな段階とは具体的にどのようなかたちを取るのだろうか。「歴史的唯物論」を掲げるこのテクストにおいて、一方では、確かにマルクス主義的なユートピア像がそれと結びつけられて提示されているようにみえる。しかし、他方では、このマルクス主義的な「解放＝救済」とは別の次元での、純粋に神学的な意味の「救済」のまなざしが、この「歴史の概念について」を強烈に支配している。しかしそれは、あくまでも「歴史の天使」のまなざしから見た「救済」である。この歴史の世界、つまり神の領域から離れて、われわれが時間の流れのなかで生きているこの世界が、ふたたび神の領域、あるいは天使の領域へともたらされるとき、人間にとってそれは——「神学的・政治的断章」のなかでも示されているように——世界の破局、歴史の終焉でしかない。この歴史哲学テーゼの根底にあるのは、そのような「救済」のイメージに支えられた歴史の観念である。

＊　　＊　　＊

今回、この『ベンヤミン・アンソロジー』を出版するにあたって、必ず次のような問いを向けられることになるであろうと意識してきた。すでにこれまでにベンヤミンの重要なテクストには複数の日本語の翻訳が存在する。文庫版のかたちでは、野村修氏編訳による岩波文庫の二巻、そして何よりも、現在、ちくま学芸文庫で第四巻まで出ている、浅井健二郎氏を中心とする『ベンヤミン・コレクション』という優れた仕事がある。それなのに、なぜあらたな翻訳を出す必要があるのか、という問いである。それに対して比較的明確に答えられる理由は、すでに「技術的複製可能性の時代の芸術作品」の解説の箇所で詳しくふれたように、このテクストの最終稿である「第三稿」を四十五年ぶりにあらたに翻訳するということである。しかし、その他のテクストについても、実際に翻訳作業にあたっているとき、あくまでも訳者自身の感覚ではあるが、あらたに翻訳をおこなう意義を強く感じることができた。そのような意義を読者のみなさまに少しでも感じていただくことができたとすれば、訳者としては望外の幸せである。

今回の翻訳に際して、もう一つ強く意識していたことがある。それは、「翻訳」という行為そのものについてである。翻訳においては、現代の読者にとってできるだけ読みやすい文章となること、そしてそれとともに原文に対して正確であること（当然のことだが）をともかく目指した。こういった心構え的な言葉は、通常の訳者のあとがきとしては、単純にそのまま受け止めてもらえるかもしれない。しかし、なにしろこのアンソロジーには、ベンヤミンの翻訳論「翻訳者の課題」が含まれている。このテクストでは冒頭から、「芸術作品や芸術形式の認識にとって、受容者を考慮に入れることが実り豊かなものとなるということは決してない」と宣言されている。つまり、ここで展開されている論議に文字通りしたがうとすれば、読者にとっての読みやすさを顧慮するということは、それ自体としては、作品のうちに含まれている「純粋言語」へと収斂していく言語の運動とは無関係のことであり、場合によっては「悪い翻訳」の目印とも取られかねないようにも見える。ベンヤミンのテクストを翻訳する人間は、こういったベンヤミンの思考をつねに頭のかたすみに据えながら翻訳の作業を進めているのではないかと思う。とりわけ、「翻訳者の課題」を翻訳するという課題を前にするとき、翻訳者はきわめて逆説的な状況に立たされてしまうのを感じることだろう（岡部仁氏も『ドイツ哀悼劇の根源』（講談社文芸文庫）の「訳者あとがき」のなかで、似たようなことを述懐している）。

「翻訳者の課題」は、ここであらためて強調するまでもなく、翻訳の技術的なことがらそのものを論点とする翻訳論ではない。しかし、すでにふれたようにベンヤミン自身、このテクストの中で「忠実」と「自由」、つまり起点言語のシンタックスや語単位の対応関係までカヴァーした直訳の形式（そのもっとも極端なかたちが「行間逐語訳」である）と、「意味」の再現を目指すために目標言語の自然な表現を最大限に顧慮した翻訳のあり方、という翻訳理論における伝統的な二項対立をもちだし、前者を「純粋言語」の理論連関に組み込んでいる。だからこそ、一般的にいえば後者の方向、つまり、読者にとってのわかりやすさを顧慮した翻訳のあり方を目指す翻訳者は、とりわけベンヤミンのテクストを前にして、逆説的な状況に立たされてしまうことになるのだ。

しかし、この翻訳では、ベンヤミンに逆らって、あるいはベンヤミンの翻訳論の言説を無視して、読者にとってのわかりやすさを顧慮した翻訳を目指しているわけではない（少なくとも、いわゆる「直訳」を目指していないことは確かだが）。この翻訳に際して終始意識していたことは、読者にとってのわかりやすさを顧慮しながら、ベンヤミンの思想と言葉の志向を浮かび上がらせることである。このことは、ベンヤミン自身の翻訳の実践とも実は矛盾しない（ちなみに、彼がプルーストの翻訳で苦慮していることを書いた文章を読むと、なんだ、ベンヤミンもやはり同じようなことで苦心しているんじゃないか、とちょっと安心する)。この翻訳がどの程度、ベンヤミンの志向を浮かび上がらせるものとなっているかはともかくとして、また、テクストに対するさまざまな理解不足や日本語の表現での力足らずの点はともかくとして、ここであらたに生を与えられた翻訳のテクストたちが、これまでの翻訳やおそらくさらに続くであろう翻訳のテクストたちとともに、その運動のなかでベンヤミンの姿を浮かび上がらせ続けてゆく――これが訳者の願いである。

本書を完成させるにあたっては、さまざまな方々の恩恵を被っている。なかでも、まず、これまでベンヤミンのテクストを日本語に翻訳されてこられた、私にとっての大先輩となるすべての先生方に、感謝と敬意の念を表したい。今回の翻訳は、これらの既訳をつねに参照させていただきつつ進めていったものである。こういった翻訳や研究なしには、本書の完成はもちろんありえなかった。とくに、「ボードレールにおけるいくつかのモティーフについて」では、ボードレールのフランス語の箇所(おもに『悪の華』)で、故阿部良雄先生の翻訳をほぼそのまま使わせていただくことになった(これについては結果的に『ベンヤミン・コレクション』での翻訳と同じかたちをとっている)。その意味でも、阿部良雄先生には特別の敬意の念を捧げたい。

もっと具体的な協力という意味では、東京外国語大学の若い同僚たちから有益なアドバイスを得ることができた。フランス語の桑田光平氏、ドイツ語の西岡あかね氏、ヴィンチェンツォ・スパニョーロ氏に心から感謝したい。「技術的複製可能性の時代の芸術作品」での「アウラ」を「オーラ」と訳すということについては、確か、この翻訳の話が出るよりもずっと以前に、日本大学芸術学部の木村三郎先生と会話していたときになにげなく話題に上ったことがそもそものきっかけだったように思う。この場をお借りして御礼申し上げたい。また、さまざまなかたちで支えてくれた家族にも心から感謝している。

ヴァルター・ベンヤミンのもっとも重要なテクストをあつめた選集を文庫版で出すというアイディアは、河出書房新社の阿部晴政氏からサジェストされたものだった。阿部晴政氏とは、「道の手帖」のシリーズとして刊行された『ベンヤミン——救済とアクチュアリティ』で一緒に仕事をさせていただいたが、私にとって今回の翻訳は、この『ベンヤミン』の企画の延長として結実したものとも感じられる。予定したよりも一年近く脱稿が遅れてしまったが、阿部氏にはこの間、必要な時に的確なアドバイスをいただくことによって、訳者の仕事の進行を力強くサポートしていただいた。この翻訳の機会を与えていただいた阿部氏に、変わらぬ感謝の意を表したい。

本書は河出文庫のための訳し下ろしです。

Walter Benjamin

ベンヤミン・アンソロジー

二〇一一年一月一〇日　初版発行
二〇二五年　七　月三〇日　7刷発行

著　者　ヴァルター・ベンヤミン
編　訳　山口裕之《やまぐちひろゆき》
発行者　小野寺優
発行所　株式会社河出書房新社
〒一六二−八五四四
東京都新宿区東五軒町二−一三
電話〇三−三四〇四−八六一一（編集）
〇三−三四〇四−一二〇一（営業）
https://www.kawade.co.jp/

ロゴ・表紙デザイン　粟津潔
本文フォーマット　佐々木暁
印刷・製本　大日本印刷株式会社
落丁本・乱丁本はおとりかえいたします。
Printed in Japan ISBN978-4-309-46348-3

神の裁きと訣別するため

アントナン・アルトー　宇野邦一／鈴木創士〔訳〕　46275-2

「器官なき身体」をうたうアルトー最後の、そして究極の叫びである表題作、自身の試練のすべてを賭けて「ゴッホは狂人ではなかった」と論じる35年目の新訳による「ヴァン・ゴッホ」。激烈な思考を凝縮した2篇。

百頭女

マックス・エルンスト　巖谷國士〔訳〕　46147-2

古いノスタルジアをかきたてる漆黒の幻想コラージュ一四七葉——永遠の女「百頭女」と怪鳥ロプロプが繰り広げる奇々怪々の物語。エルンストの夢幻世界、コラージュロマンの集大成。今世紀最大の奇書！

慈善週間　または七大元素

マックス・エルンスト　巖谷國士〔訳〕　46170-0

自然界を構成する元素たちを自由に結合させ変容させるコラージュの魔法、イメージの錬金術!!　巻末に貴重な論文を付し、コラージュロマン三部作、遂に完結。今世紀最大の芸術家エルンストの真の姿がここに!!

見えない都市

イタロ・カルヴィーノ　米川良夫〔訳〕　46229-5

現代イタリア文学を代表し世界的に注目され続けている著者の名作。マルコ・ポーロがフビライ汗の寵臣となって、様々な空想都市（巨大都市、無形都市など）の奇妙で不思議な報告を描く幻想小説の極致。解説＝柳瀬尚紀

不在の騎士

イタロ・カルヴィーノ　米川良夫〔訳〕　46261-5

中世騎士道の時代、フランス軍勇将のなかにかなり風変わりな騎士がいた。甲冑のなかは、空っぽ……。空想的な《歴史》三部作の一つで、現代への寓意を込めながら奇想天外さと冒険に満ちた愉しい傑作小説。

ファニー・ヒル

ジョン・クレランド　吉田健一〔訳〕　46175-5

ロンドンで娼婦となった少女ファニーが快楽を通じて成熟してゆく。性の歓びをこれほど優雅におおらかに描いた小説はないと評される、214年の禁をとかれ世に出た名著。流麗な吉田健一訳の、無削除完訳版。